陕西师范大学优秀著作出版基金资助

教育部人文社会科学研究规划基金项目资助

宋代杜诗学史

魏景波 著

中国社会科学出版社

图书在版编目（CIP）数据

宋代杜诗学史／魏景波著. —北京：中国社会科学出版社，2016.9
ISBN 978 - 7 - 5161 - 9099 - 9

Ⅰ.①宋…　Ⅱ.①魏…　Ⅲ.①杜诗—诗歌研究
Ⅳ.①I207.227.423

中国版本图书馆 CIP 数据核字（2016）第 235693 号

出 版 人　赵剑英
选题策划　罗　莉
责任编辑　刘　艳
责任校对　陈　晨
责任印制　戴　宽

出　　版　中国社会科学出版社
社　　址　北京鼓楼西大街甲 158 号
邮　　编　100720
网　　址　http://www.csspw.cn
发 行 部　010 - 84083685
门 市 部　010 - 84029450
经　　销　新华书店及其他书店

印　　刷　北京明恒达印务有限公司
装　　订　廊坊市广阳区广增装订厂
版　　次　2016 年 9 月第 1 版
印　　次　2016 年 9 月第 1 次印刷

开　　本　710×1000　1/16
印　　张　21.25
插　　页　2
字　　数　329 千字
定　　价　78.00 元

序

祝尚书

　　杜甫及杜诗研究，宋以后蔚为显学，并进而成为专学——"杜诗学"。"杜诗学"这个称谓，盖首创于金人元好问，他著有《杜诗学》一书，书虽久佚，而《杜诗学引》一文尚存。我颇欣赏《引》中这两句："窃尝谓子美之妙，释氏所谓学至于无学者耳。"老杜尝读书过万卷，早有济世志，然遭世不偶，时值安史之乱，宇内腥风血雨，兵戈遍野，他举家衣食无着，流离于陇右蜀左，浪迹于巴峡楚湘，真所谓"诗人例穷苦，天意遣奔逃"（苏轼《次韵张安道读杜诗》）。于是将家愁国恨，江山草木之情，一以诗发之，遂道尽人间哀乐，赤子胸襟。此盖即所谓"学至于无学"者也。此岂"无学"哉！"学至于无学"方是真学问、大学问，有真学问、大学问，方才有真诗歌。如他的不朽诗句："朱门酒肉臭，路有冻死骨。"（《自京赴奉先县咏怀五百字》）"安得广厦千万间，大庇天下寒士俱欢颜，风雨不动安如山。呜呼！何时眼前突兀见此屋，吾庐独破受冻死亦足。"《茅屋为秋风所破歌》）"再光中兴业，一洗苍生忧。"（《凤凰台》）等等。嘻！此等高境、妙境，若无大学问，大怀抱，岂能道之？"学至于无学"，方是为学的最高境界。

　　有大学问必被众人爱之、慕之、研究之，不欲立"学"也难。宋人刊有《黄氏补千家注杜工部诗史》一书，乃黄希、黄鹤父子补注。所谓"千家注"，"千家"盖约数，极言宋代杜诗研究者之多。黄氏父子生活在高宗末至宁宗嘉定年间，这是宋代杜诗研究的鼎盛期。王士禛曰："千家注杜，如五臣注《选》；须溪评杜，如郭象注《庄》。此高识定论，或訾之，余所未解。"（《分甘余话》卷四）对该书评价很高，直以唐五臣拟之。元好问《杜诗学引》称"杜诗注六、七十家",这是在宋金对峙、南北隔绝情况下所能见到的数字,也已十分可观。据统计,从唐至清,有关杜诗的编集、注释、诗话、评点、论述的专门著述,有文献可征者即达七百余种(《宋代杜诗学史·绪论》引张忠纲《杜集叙录》)。清亡至今百余年,海内外学者用各种语言文字撰写的杜诗研究论著尚无人统计,不知其数。一九六二年,杜甫被世界和平理事会推选为世界文化名人。时至今日,杜甫及其诗仍是学人讲习、研究的热点、重点,经久不衰,无与伦比。

魏景波同志踵前贤之后,亦热心于杜诗研究,不过他的视角是宋代杜诗研究之研究,撰写了一部《宋代杜诗学史》书稿,正放在我的案头,即将付梓,嘱我为其序。没有理由推辞,只好从命。

景波师从复旦大学陈尚君教授,获博士学位。然后负笈入蜀,谬与我合作进行博士后研究,这部《宋代杜诗学史》,即他出四川大学博士后流动站时提交的研究报告。景波在复旦主攻唐代文学,尝谓予曰,读博士后乃欲由唐入宋(鄙人忝治宋代文学及文献),其好学如是。是稿原仅二十余万字,现已增补至三十三万,其间对宋代学者的杜诗研究论著稽考殆遍,然后条分缕析,由感性认识上升到理性解读。有宋是杜诗由"冷"转"热"并被江西诗派确定为"诗祖"的时代,研究者群从,成果十分丰富,但相关资料多散见于浩如烟海的文献之中,要一一梳理并酝酿成"史",难度之大,足令畏缩者却步。景波迎难而上,克服了许多困难,在史料搜集、框架建构、论点确立等各个环节,都下了很大功夫。他说:"一部宋代杜诗学史,在学理上应该既是杜诗研究史,也是杜甫的接受史和影响史。其中,研究史与接受史代表了宋代杜诗学史的两翼,宋人在整理研究杜诗的基础上学习接受杜诗,又在接受杜诗的过程中,深化对杜诗的研究,此二者关联紧密,无法割裂。"(《绪论》)此言甚善。基于这种理解和设计,故全书层次丰富,立体感强,披卷时见妙语,论述不乏精义。与当年的出站报告比,质量有了大幅提升,较之学界的同类著作,也自有鲜明的特色,当然缺点或疏误谅也难免。

在本书《后记》中,作者自谓"生性疏懒";"疏懒"未必,但他做事不慌不忙倒是实情。出站十年了，方推出此书，其"定力"可见一斑。四川有句俗话，曰："好先生不在忙处。"意谓欲做成大事，不必急于一时。景波就是位很有耐性的"好先生"；其实呢，他又何尝没有时不我待的焦虑？目前正值盛年，学术之路走得正欢，但愿他多出成果，出好成果，为繁荣学术做出自己的贡献。

　　是为序。

2016 年 6 月 25 日，写于成都江安河畔

目　　录

绪　　论

　　在中国诗歌史上，自《诗经》《楚辞》以下，诗集版本、注本、评本、选本最多的诗人，首推杜甫。杜诗以其登峰造极的艺术造诣和深厚博大的文化内涵，影响了一代又一代的诗人，自中唐以迄晚清的全部古典诗学，几乎无不笼罩在杜诗的万丈光芒之下，诚可谓继诗骚之后传统诗学新的经典。作为诗歌史上最负盛名的诗人，杜甫的影响不仅自古及今，而且远抵海外。正如哈佛学者宇文所安所论："在中国诗歌传统中，杜甫几乎超越了评判，因为正像莎士比亚在我们自己的传统中，他的文学成就本身已成为文学标准的历史构成的一个重要部分。"① 杜甫身后，有关辑杜、注杜、论杜、学杜的著作卷帙浩繁，汗牛充栋。据粗略统计，从唐至清，有关杜诗的编集、注释、诗话、评点、论述的专门著述，有文献可征者即达七百余种，流传至今者尚有二百多种②，成为一笔弥足珍贵的文化遗产，并形成了传统文史研究中的专门之学——杜诗学。

　　然而，纵览文学史的"成型"过程可知，并非所有的"大家"一开始就占据了文坛的核心地位，文学经典既是作品特质的体现，也是一种历史文化现象，无可避免地经过了历代接受者的重新评判。因而，文本经典化的过程并非一蹴而就，常常呈现为各种文化元素的渐次层积与沉淀。甚至可以说，整个文学史面貌的成型就是一个不断遴选与确立经

---

　　① ［美］宇文所安：《盛唐诗》，贾晋华译，生活·读书·新知三联书店 2004 年版，第 209 页。

　　② 参见张忠纲、赵睿才、綦维、孙微编著《杜集叙录》前言，齐鲁书社 2008 年版。

典的过程。文学史常常出现这样的现象：有些作家生前名震当代、煊赫一时，但却随着岁月的流转而光华渐逝，甚或湮没不闻，最终"尔曹身与名俱灭"；与之相反，另外一些作家在生前知音难觅、默默无闻，而随着历史的发展而价值凸显，声誉日隆，最终赢得了"不废江河万古流"的地位。

回溯文学史的发展我们发现，杜诗从诞生到被后人奉为经典，经历了漫长的岁月淘洗。杜甫生前和身后的很长一段时间，虽见称于世，但其诗并不为时代所重，在现存唐人所选的十余种唐诗选本中，仅有一种选本提及。由唐至宋，在宋代特定的文化背景下，杜诗的艺术价值与思想价值得到了宋人的极力推崇，杜甫终于由生前的"百年歌苦"赢得来了身后的"千秋盛名"，奠定了诗歌史上至高无上的不朽地位。杜诗最早的刊本、注本、评本均成于宋代，宋人号称"千家注杜"，尊杜、论杜、学杜蔚然成风，关于杜诗学的几个重大命题诸如诗圣说、诗史说、集大成说都是在宋代才得以完成的。

不仅如此，杜诗学又和宋代诗学的发展密不可分，宋代诗人对杜诗的研究直接影响着宋诗的特质和风貌。杜诗的价值为宋人发现并重新阐释，杜甫身后的命运也被宋人重新书写。诗学典范的桂冠也最终落在杜甫头上，这其中有宋代文化的因素，也有诗学自身发展的因素。宋人遴选诗学典范的历程，也表现为宋代诗学动态发展的过程，杜诗学与宋代诗学存在着双向互动关系。因此，以宋代为独立单元，关注这一杜诗学史上最为关键的时代，对于杜诗学的研究，乃至中国古代诗学的研究来说，都是一个至关重要的课题。而作为这个课题的源头与背景，需要首先考察杜甫在唐代的影响与诗名。

一　百年歌苦与千秋盛名——诗人杜甫的生前与身后

（一）百年歌自苦，未见有知音——杜甫的生前寂寞

大历四年，五十八岁的杜甫流落湖湘。暮年的诗人回顾自己辗转漂泊的生命历程，在《南征》中喟然而叹："老病南征日，君恩北望心。

百年歌自苦，未见有知音。"① 杜甫一生，壮年以前为实现自己远大理想奔走呼号，晚岁则将一腔政治热情化作高歌短吟，这四句诗可谓对自己一生仕途穷愁潦倒和文学上无人知赏双重不遇的夫子自道。后两句从古诗十九首"不惜歌者苦，但伤知音稀"化用而来，济之以慷慨悲凉之风力，蕴含着类似于"前不见古人，后不见来者"那样的"伟大者的孤独感"。诚如萧涤非先生所论："这两句感慨很深，很大，自视也很高。不能不使杜甫伤感：对于同时代大诗人或者有成就的诗人，他本着'乐道人之善'的态度差不多全都评论到，全都给以应得的评价，他成了他们的知音。然而，却很少有人谈论到他的诗，他自己却找不到一个知音。"② 其实，五代的王赞早就说过"杜甫雄鸣于至德大历间，而时人或不尚之。呜呼！子美可谓无声无臭者矣"③。那么，杜甫在生前确实"未见知音""无声无臭"吗？若真是如此，又是什么原因造成的呢？

杜甫出身于"奉儒守官，未坠素业"的书香门第，且以"诗是吾家事""吾祖诗冠古"的文学世家自诩，从小受到良好的教育。加之天资聪颖，诗才早现，这一点在其长安时期的作品中多次提及：

> 甫昔少年日，早充观国宾。读书破万卷，下笔如有神。赋料扬雄敌，诗看子建亲。李邕求识面，王翰愿卜邻。（《奉赠韦左丞丈二十二韵》）

> 臣之述作，虽不足以鼓吹六经，先鸣数子，至于沉郁顿挫，随时敏捷，而扬雄、枚皋之流，庶可跂及也。（《进雕赋表》）

一诗一文的字里行间，充溢着盛唐士人特有的自信，可视为杜甫早年出入诗坛的生动例证。直至晚年流落夔州之时，诗人还在《壮游》

---

① 萧涤非主编：《杜甫全集校注》卷19，人民文学出版社2014年版，第5684页。下引杜诗诸篇，非经特别注明者，均出自此本。
② 萧涤非：《杜甫诗选注》，人民文学出版社1979年版，第322页。
③ （五代）王赞：《玄英先生诗集序》，载董诰等编《全唐文》卷865，中华书局1983年版，第9070页。

中自豪地追忆:"往昔十四五,出游翰墨场。斯文崔魏徒,以我似班扬。七龄思即壮,开口咏凤凰。"也许前引材料免不了干谒文字露才扬己的高自称道,但在正史的文字中,我们也可找到有关杜甫诗名的记载:

> 甫,字子美,少贫不自振,客吴越、齐赵间。李邕奇其材,先往见之。举进士不中第,困长安。天宝十三载,玄宗朝献太清宫,飨庙及郊,甫奏赋三篇。帝奇之,使待制集贤院,命宰相试文章,擢河西尉,不拜,改右卫率府胄曹参军。①

对于"待制集贤院"这一生命中的"亮点",杜甫一再自豪地追忆:"彩笔昔曾干气象"(《秋兴八首》之八),"忆献三赋蓬莱宫,自怪一日声辉赫。集贤学士如堵墙,观我落笔中书堂。往时文彩动人主,此日饥寒趋路旁"(《莫相疑行》)。也炫耀自己曾"昭代将垂白,途穷乃叫阍。气冲星象表,词感帝王尊"(《奉留赠集贤院崔、于二学士》)。可见,当时的文坛名宿和最高统治者均对杜甫之才表示惊奇,杜甫在当时亦赢得了一定的诗名,对此我们不应有过低的评估。但是,这些并未给杜甫的生活带来实质性的影响,杜甫并没有像李白那样"名动京师",更未得到"御手调羹"的至高礼遇,仅仅获得了一个看守兵器甲仗的微职,暂时摆脱了"卖药都市,寄食友朋"的窘境,而此时已是安史之乱爆发的前夜。

杜甫进入诗坛之后,与当时的著名诗人多有交往和唱酬,见于杜诗的有三次。第一次是入长安前在梁宋与高适、李白之游,对于这次"裘马清狂"的浪漫之旅,杜甫晚年的诗作中多有追忆:"昔者与高李,晚登单父台"(《昔游》),"昔我游宋中,惟梁孝王都。……忆与高李辈,论交入酒垆"(《遣怀》)。第二次是天宝十一载在长安,与高适、岑参、储光羲、薛据等人同登慈恩寺塔赋诗,杜甫作有《同诸公登慈

---

① 《新唐书》卷201《杜甫传》,中华书局1975年版,第5736页。

恩寺塔》，表达了与其他诸家迥然不同的忧虑时局的政治情怀①。第三次是乾元元年，短期在朝任左拾遗时，与王维、岑参同和贾至《早朝大明宫》诗。可以看出，杜甫所交游的人物几乎荟萃了盛唐诗坛的精英，这些大诗人的雅集唱和可谓诗国盛事与文坛佳话。在雕版尚未盛行的写本时代，诗名传播方式极其有限，文人的交游、诗坛巨子的品题乃是成名之捷径，可以说，杜甫已获得了成就一代诗名的良好机遇。在与友朋的酬赠之作中，杜甫对这些诗坛名流称颂不已，赞李白"笔落惊风雨，诗成泣鬼神"（《寄李十二白二十韵》），或称"敏捷诗千首，飘零酒一杯"（《不见》）；赞王维"最传秀句寰区满，未绝风流相国能"（《解闷十二首》之八），或谓"中允声名久，如今契阔深"（《奉赠王中允维》）；赞高适"当代论才子，如公复几人。骅骝开道路，鹰隼出风尘"（《奉简高三十五使君》），又谓"叹惜高生老，新诗日又多。美名人不及，佳句法如何"（《寄高三十五书记》）；赞岑参"外江三峡且相接，斗酒新诗终日疏。谢朓每篇堪讽诵，冯唐已老听吹嘘"（《寄岑嘉州》），或誉为"海内知名士，云端各异方。高岑殊缓步，沈鲍得同行"（《寄彭州高三十五使君适、虢州岑二十七长史参三十韵》）。不仅如此，对诗名不显、仕途不达者乃至后生晚辈，如郑虔、苏涣、元结、李峤、李之芳、毕曜等人，杜甫也毫不吝啬赞誉之词。其中有些人名不见于史，诗不载于集，端赖杜甫才得以青史留名。对此，宋人周紫芝云：

> 杜少陵用胸中万卷之书，作妙绝古今之句。尝自言诗有神助，而语不惊人，虽死不休，宜其傲睨凌轹，高目一世，以谓前无古人，后无作者。至于诗人文士间有可称者，未尝不力加推许，至于再三，或见于言语文字，谆谆不已，如高詹事、元道州与岑参辈，

---

① 参见程千帆、莫砺锋《他们并非站在同一高度上》，载程千帆、张宏生、莫砺锋《被开拓的诗世界》，上海古籍出版社 1990 年版。

皆其人也。①

　　然而，对于杜甫的诗作，时人的赠答之什却鲜有揄扬之词。关于时人对杜诗的褒扬，我们翻检现存文献，可以确认的只有任华、郭受、韦迢三位诗坛并不闻名者。

　　杜甫晚年流落荆湘时，有两首赠诗表达了对他的推崇。一是衡阳判官郭受的《杜员外兄垂示诗，因作此寄上》："新诗海内流传遍，旧德朝中属望劳。……春兴不知凡几首，衡阳纸价顿能高。"二是韶州刺史韦迢的《潭州留别杜员外院长》称杜甫"大名诗独步"②。倘说这两诗不无客套应酬之嫌而略显空洞，那么任华的《杂言寄杜二拾遗》对杜诗不仅评价甚高，而且论之甚详：

　　　　杜拾遗，名甫第二才甚奇。任生与君别来已多时，何尝一日不相思。杜拾遗，知不知，昨日有人诵得数篇黄绢词。吾怪异奇特借问，果然称是杜二之所为。势攫虎豹，气腾蛟螭，沧海无风似鼓荡，华岳平地欲奔驰。曹刘俯仰惭大敌，沈谢逡巡称小儿。昔在帝城中，盛名君一个。诸人见所作，无不心胆破。郎官丛里作狂歌，丞相阁中常醉卧。前年皇帝归长安，承恩阔步青云端。积翠扈游花匝匝，披香寓直月团栾。英才特达承天卷，公卿谁不相钦慕。只缘汲黯好直言，遂使安仁却为掾。如今避地锦城隅，幕下英僚每日相就提玉壶。半醉起舞捋髭须，乍低乍昂傍若无。古人制礼但为防俗士，岂得为君设之乎！而我不飞不鸣亦何以，只待朝廷有知己。亦曾读却无限书，拙诗一句两句在人耳。如今看之总无益，又不能崎岖傍朝市。且当事耕稼，岂得便徒尔。南阳葛亮为朋友，东山谢安

---

　　① （宋）周紫芝：《书岑参诗集后》，《太仓稊米集》卷67，影印文渊阁《四库全书》本。明末的王嗣奭有类似的说法："公自谓'语不惊人死不休'，又云：'沉郁顿挫，随时捷给，扬（雄）枚（皋）可企。'平日自负如此，定应俯视一切。今听许诗，实心推服，不啻口出。其称他人诗，类此尚多。生平好善怀贤，诚求乐取，从来词人最少。"周、王二人都点出了杜甫身上的嶙峋傲骨和仁者情怀。

　　② 《宋本杜工部集》卷18附，商务印书馆1957年影宋本。

作邻里。闲常把琴弄，闷即携樽起。莺啼二月三月时，花发千山万山里。此时幽旷无人知，火急将书凭驿吏，为报杜拾遗。①

　　此诗笔势飞腾，豪气纵横，真可谓"奇之又奇"。作者听人一诵即能辨识，足见对杜诗之熟悉。诗中认为杜诗雄奇而有气势，曹、刘、沈、谢均非敌手，在当代也是"盛名君一个"。然而，对于这首"奇作"的真实性，前人颇感怀疑，仇兆鳌云："玩此诗起段，似杜旧友，又似杜乍交。当时少陵诗名，推重海内，此篇颇傲睨放恣，几乎呼大将如小儿矣。考《唐诗纪》中，止载华两首，一寄太白，一寄少陵，何独拣此二大名公作诗相赠耶？又篇中语带俚俗，格调不见高雅，俱属可疑。"② 现代学者亦有持阙疑态度者："此诗中称'任生与君别来已多时，何曾一日不相思。'则任华与杜甫相交甚笃，然杜诗中绝无一处提及之，是为最可疑之事。因为杜甫笃于友情，集中对于诸友皆反复咏及，何以独遗任华一人？待考。"③ 这确为质疑此诗的有力佐证。关于任华其人，现可知者，他与盛唐诗人多有交往，《唐诗纪事》卷 22 中有高适赠任华诗，在五代王定保的《唐摭言》卷 11，以及宋初所修的大书《文苑英华》卷 721 中，还收有任华的不少书信和赠序，证明当时确有其人，且其个性属于洒脱不羁的盛唐狂士。《全唐诗》存其诗三首，分别咏李白、杜甫和草圣张旭，风格相近，此咏杜之作首见于晚唐韦庄编选的《又玄集》，似未可遽断为伪作。如果这首诗不属伪作，那么当是第一篇论杜之作，任华当是第一位杜诗研究者。但任华此人，在盛唐诗坛本无影响，故其诗中对杜甫的称扬仅为个案，并不能代表当时对杜诗的普遍看法。

　　自有唐诗以来，选诗之风蔚然而兴，唐代开始即出现了"本朝"诗的选本。选本经过选家的手眼，往往能体现一代诗坛的风尚。在文学史上，经典作品的确立受选本的影响至深。正如鲁迅先生所说："凡选

　　① （唐）韦庄：《又玄集》卷上，载傅璇琮、陈尚君、徐俊编《唐人选唐诗新编》（增订本），中华书局 2014 年版，第 794—795 页。

　　② （清）仇兆鳌：《杜诗详注》附编《诸家咏杜》，中华书局 1979 年版，第 2258 页。

　　③ 莫砺锋：《杜甫评传》，南京大学出版社 1993 年版，第 3 页注。

本，往往能比所选各家的全集或选家自己的文章更流行，更有作用。……凡是对于文术，自有主张的作家，他所赖以发表和流布自己的主张的手段，倒并不在作文心，文则，诗品，诗话，而在于选本。"①方孝岳《中国文学批评》中认为总集选本的影响远在诗话文话之上："从势力影响上来讲，总集的势力，又远在诗文评专书之上。……有许多诗话文话，都是前人随便当作闲谈而写的，至于严立各人批评的规模，往往都在选评诗文的时候，才锱铢称量出来。"②

那么，唐人的诗歌选本体现出怎样的诗坛风尚呢？据历代目录书记载，唐人编选诗歌总集多达 137 种，其中选本朝诗者达 50 种以上，现存唐人所编带有选本性质的唐诗集计有 16 种：《翰林学士集》一卷，《珠英集》五卷，《搜玉小集》一卷，《丹阳集》一卷，《河岳英灵集》二卷，《国秀集》三卷，《箧中集》一卷，《玉台后集》一卷，《中兴间气集》二卷，《御览诗》一卷，《元和三舍人集》一卷，《极玄集》一卷，《窦氏联珠集》一卷，《又玄集》三卷，《瑶池新咏集》一卷，《才调集》十卷③。其中，《珠英集》乃唐代"崔融集武后时修《三教珠英》学士李峤、张说等诗"④，《翰林学士集》集太宗朝君臣唱和诗，《丹阳集》"止录吴人"⑤，《元和三舍人集》《窦氏联珠集》为合集性质，《瑶池新咏集》专录女性。此六集出于体例所限，杜诗无由预其选，而其他十种选本理论上都有选杜诗的可能。令人遗憾的是，只有唐末五代韦庄的《又玄集》选杜诗七首，其余选本均未选。《又玄集》所选七首杜诗为：《西郊》《春望》《禹庙》《山寺》《遣兴》《送韩十四东归觐省》《南邻》，并将此七首诗置于全书之首，可见对杜诗的重视。

---

① 鲁迅：《集外集·选本》，《鲁迅全集》第 7 卷，人民文学出版社 1981 年版，第 136 页。

② 方孝岳：《中国文学批评》，生活·读书·新知三联书店 1986 年版，第 5 页。

③ 此据傅璇琮、陈尚君、徐俊编《唐人选唐诗新编》（增订本），中华书局 2014 年版。

④ 《新唐书》卷 60《艺文志》，中华书局 1975 年版，第 1623 页。

⑤ （唐）高仲武《唐中兴间气集序》："《珠英》但纪朝事，《丹阳》止录吴人。"参见傅璇琮、陈尚君、徐俊编《唐人选唐诗新编》（增订本），中华书局 2014 年版，第 451 页。

但韦庄选诗之旨是"但掇其清词丽句"①，其所选七首固为杜诗中的名篇，却非代表其主导风格的沉郁顿挫之作。唐代已经散佚的选本中，可以考知选入杜诗的只有顾陶《唐诗类选》一书②。

在诸多选本中，影响较大的《河岳英灵集》和《中兴间气集》，分别选盛唐和大历间诗，和杜甫创作高峰期相始终，却对杜诗只字未提。殷璠《河岳英灵集》崇尚以王维诗为代表的盛唐风尚，加之杜甫在开元、天宝年间的诗作未臻其至境，未预此选可以理解，所谓"《英灵》集于天宝，杜诗或未盛行"③；高仲武的《中兴间气集》专门选录从肃宗到代宗末年这一时期的诗，其时正是杜诗的名篇佳作大量产生的时期，而况选者声称要力革过去选本之弊，"朝野通取，格律兼收"④，共选诗人二十六位，竟也没有杜甫，而以钱起、郎士元等大历年间崛起的诗坛新军为主。这种现象不能不引人深思。对此现象，历来学者多有探析，莫衷一是。但杜诗在杜甫生前并未处于诗坛中心地位，应是当日诗坛的基本状况。

从唐人选唐诗可以看出，盛唐开天诗坛的盟主是位处长安文化中心的王维⑤，稍后则是崛起于大历时期的钱起、郎士元等人。诗坛名宿之前既未能褒扬杜诗，而新秀继起诗坛之后，杜甫仍处于诗坛边缘地位，始终未能回到诗坛中心。在创作风尚上，杜诗既不合于"盛唐气象"，又不群于"大历诗风"，处于两者之间的一个尴尬境地。此外，杜甫在安史之乱前因诗歌尚未成熟，此后其代表作出现后，却因战乱的社会原

---

① （唐）韦庄：《又玄集》序，载傅璇琮、陈尚君、徐俊编《唐人选唐诗新编》（增订本），中华书局2014年版，第773页。

② 参见胡可先《杜甫诗学引论》，安徽大学出版社2003年版，第160—164页。

③ （明）胡应麟：《诗薮》外编卷3，上海古籍出版社1979年版，第164页。

④ （唐）高仲武：《唐中兴间气集序》，载傅璇琮、陈尚君、徐俊编《唐人选唐诗新编》（增订本），中华书局2014年版，第451页。

⑤ 邓乔彬先生在分析了长安诗坛艺术趣尚与长安精神——制度与文化两方面原因后，认为："王维之能够得到一代'文宗'之誉，是由于以上关系着长安文化两个方面的原因。李白、杜甫之所以时誉未及，一方面是由于未似王维那样在长安开始他的创作活动，在此地成名，未能成为长安文化圈中的诗坛核心人物；另一方面则是李白的道者与文化苑习气太重，杜甫作为纯然儒者，对其接受、推重只能是中唐以后的事，而尤显于崇儒重道的宋代。"参见邓乔彬《长安文化与王维诗》，《文学评论》2001年第4期。

因和避地西南的地域因素而得不到广泛流传，杜诗与当日诗坛风尚之间总不合拍。对于盛唐选本不选杜诗的现象，闻一多先生曾做过研究，他在论及唐诗选本时说："《箧中集》的编者元结曾作《贫妇词》，是一篇社会描写，也是《箧中集》作者们共同的趋向与作风。奇怪的是盛唐诗的几种选本没有一本选过杜甫的诗，可见他的作风在当时就跟《箧中集》相近，只因那还是太平时代，这种社会描写不太被人重视，如果杜甫不长于其他各种诗体的话，他的诗很有可能被埋没。"① 指出了杜甫诗风与盛唐风尚不合的现象。

除了诗坛风尚原因之外，文献流传也是影响杜甫在唐代诗名的一个重要因素。杜甫生前名不甚显，卒后至贞元初长约四十年的时间，为什么杜诗竟也会出现"无声无臭"的局面呢？除了王赞所云"诗人或不尚之"这种诗歌趣味的原因之外，其中也与杜诗流布面狭小、流传数量不多有关。大历年间最早编辑杜集的樊晃在其《杜工部小集序》云："文集六十卷，行于江汉之南。常蓄东游之志，竟不就。属时方用武，斯文将坠，故不为东人所知。江左词人所传诵者，皆公之戏题剧论耳，曾不知君有大雅之作，当今一人而已。"② 表明杜诗初期仅流传在较小范围内之"江汉之南"，且以部分面目之"戏题剧论"进入诗歌传播的公共空间，其诗歌的价值尚未被时人充分认识。

按照萧涤非先生的杜诗分期法，杜甫一生可分成读书漫游、长安十年、陷贼及短期为官、漂泊西南四个时期③。整体来看，杜诗最具创造力、达到思想艺术绝诣的时期为后两期，亦即安史之乱至其卒时。但是，由于第三期杜甫辗转于战乱兵燹，无暇他顾。第四期僻处西蜀与荆湘，而当时文化聚集的中心，一是北方的两京即长安与洛阳，二是南方的江左吴越，或"名动于两京"，或"雅集于江左"，是文人的私心向往，杜甫后期却与这两个文化中心皆山水相隔，失去了播扬诗名的客观

---

① 郑临川记录、徐希平整理：《笳吹弦诵传薪录——闻一多、罗庸论中国古典文学》，上海古籍出版社 2002 年版，第 101 页。

② （唐）樊晃：《杜工部集小序》，载（清）钱谦益《钱注杜诗》附录，上海古籍出版社 1979 年版，第 709 页。

③ 参见萧涤非《杜甫诗选注》，人民文学出版社 1979 年版。

条件。第三期虽短期立朝，旋又因获罪于新主肃宗而远离诗坛中心。在雕版尚未流行的写本时代，诗歌依靠传抄或吟诵而传播，受客观条件的限制，诗作的成名与否与诗人所处地域及诗集的传写等客观因素密切相关。

在诗歌繁荣的同时，唐代的音乐舞蹈也异常发达。诗乐结合之后，音乐成为诗歌传播的重要手段。李白、王维这些诗坛大家的诗歌很多都是通过音乐，以乐府、歌诗的形式传播的，如王维的诗就在长安诗坛广泛传唱。《旧唐书》本传云："维以诗名盛于开元、天宝间，昆仲宦游两都，凡诸王、驸马、豪右、贵势之门，无不拂席迎之，宁王、薛王待之如师友……代宗时，缙为宰相。代宗好文，常谓缙曰：'卿之伯氏，天宝中诗名冠代，朕尝于诸王座闻其乐章。今有多少文集，卿可进来。'"① 代宗所谓"于诸王座闻其乐章"，可见王维诗歌以演唱的方式在上流社会广泛流传。有学者将入乐歌唱的诗篇谓之"歌诗"，并以为"唐人诗名高下，很大程度上取决于诗歌入乐的普遍程度。大量的歌诗创作，使王维在当时有很高的诗名"②，李白也创作了大量的和乐而歌的乐府诗，其后白居易的诗歌也是"童子解吟长恨曲，胡儿能唱琵琶篇"。至于杜甫，似乎与音乐关系并不密切，他自己曾说韦济"每于百僚上，猥颂佳句新"，也只是"诵"而不"吟"，"目前记录杜甫的歌诗创作的材料不多，是他本来很少作这样的歌诗呢？还是另有原因，这是一个值得深入探讨的问题"③，这个问题姑置勿论，但杜甫入乐诗歌不多，应是已知的事实，这或许是杜甫生前诗名不彰的另一原因。

唐人对诗文传播颇为重视，已有传播诗文的自觉意识，如罗隐在《陈先生集后序》中称："文章莫若大于流传。"④ 杜甫也特别属意于诗歌的流传，其作品中多次写及诗歌之传播，如"新诗句句好，应任老夫传"，"岂有文章惊海内，漫劳车马驻江干"，然而杜甫晚年诗作流传极为有限，大多数诗作，尤其是最能代表杜诗的"大雅之作"知者寥

① 《旧唐书》卷190《王维传》，中华书局1975年版，第5052—5053页。
② 吴相洲：《唐诗创作与歌诗传唱关系研究》，北京大学出版社2004年版，第212页。
③ 同上书，第203页。
④ 《文苑英华》卷707，中华书局1966年版，第3648页。

寥无几。樊晃极力收集也仅得区区 290 篇，尚不及现存杜诗的四分之一，更不及曾经存在的杜诗正集的十分之一。此时的润州刺史樊晃虽编成《杜工部小集》，而欲将此集"行于江左"乃至在更大范围流布，在当时条件下恐亦难以实现。此前，杜甫流传江左的极有限诗篇却是所谓"戏题剧论"。这些诗当非杜诗的精华，恐多便于吟诵的短章，而非那些"律切精深"、"沉郁顿挫"的鸿篇巨制。在艺术价值上，所谓戏题亦多有率尔之作，非如那些苦心经营之作有着撼动人心的力量。再加上原与杜甫交游的活跃于诗坛的诗人如李白、高适、岑参、王维等人也早于杜甫相继凋零。他们生前即未有揄扬杜甫之作，以影响后世，他们卒后，远离了诗坛中心的杜甫更是备感落寞。这就不难理解杜甫为何会发出"百年歌自苦，未见有知音"的感叹了。

直到杜甫卒后四十余年，元稹所撰《唐检校工部员外郎杜君墓系铭》的出现，才标志着杜甫诗名的肇始。此后，杜甫其人其诗的地位迅速抬升，得到了主流诗坛的充分肯定，杜诗学史上的几个主要观点即"诗史"、"诗圣"、"集大成"等说以及李杜优劣论，也都在中唐人的评论中埋下了伏笔，元稹此论则被认为"李杜优劣论"的滥觞①。随着李杜并称的开始，杜甫的诗名鹊然而起。关于此后李杜二人诗名的升降问题及中晚唐杜甫诗名的沉浮，在本书附录一中重点论及，此不予赘述。

综上所述，杜甫与盛唐诗坛大家多有交往，在盛唐诗坛已有一定的声名，但诗名不彰，与其诗作的巨大艺术成就相比，实不相称。中晚唐至五代，杜甫的影响是广泛的，但尚未有模式化的倾向，更无被推为宗主的迹象，人们对杜甫基本上持"学而不尊"的态度，如此一来奠定杜诗经典地位的历史重任自然落在宋人肩上。对于杜甫在唐代的诗名，我们既无必要夸大，也无须过分强调杜诗在唐代的暗淡无光，用以突出杜诗在宋代的光芒万丈，以杜甫生前遭遇的百年歌苦衬托他身后赢得的千秋盛名。总之，杜甫在唐代已具有一定的诗名，并非默默无闻，但终其一生，始终未能占据诗坛中心地位，一直处于被边缘化的境地。其诗

---

① 《旧唐书》卷 190《杜甫传》，中华书局 1975 年版，第 5055 页。

名非但与生前的个人期许相去甚远，更与其在宋代的万丈光焰不可同日而语。从这个意义上讲，杜甫在生前是相当寂寞的。

（二）子美集开诗世界——宋人宗杜的文化土壤与诗学背景

迨至两宋，杜诗蕴含的文化伦理价值与诗学艺术造诣被宋人重新发现，在长期的接受过程中最终得到认同，成为诗学的最高典范。在宋诗发展的过程中，宋人所尊崇师法的对象，从宋初浅俗的白体到雅化的西昆体，再到北宋中期的诗文革新运动，先后选择了白居易、贾岛、李商隐、韩愈等唐代诗人，直至王安石、苏东坡、黄庭坚等大家的出现，最后才将杜甫定为一尊。这是一个宋人以自身眼光选择、确立乃至重塑诗学典范的过程。关于宋人寻求诗学典范最终独尊杜甫的具体演进历程，我们在后面各章中会有论述，此节就宋代杜诗学产生的文化土壤与诗学背景做一综论。

杜甫生前的诗名不彰，有文献流传的原因，也有诗坛风尚演进的原因，更有一代文化风气转移的缘由，而这三个因素在宋代则发生了彻底改变。从杜诗学发展史的横剖面来考察，在杜甫经典化的过程中，宋人做了三方面的工作，即在文献上对杜甫诗集的整理，在文化上对杜甫人格的尊崇，在文学思潮上对杜甫诗法的追慕，三个方面互相交错，相辅相成。杜甫地位在宋代的确立，是三个因素的合力所致。文献流传、文化转型与文学嬗变，共同促成了宋代杜诗学的繁荣。其中后两者分属思想与艺术层面，文化学是诗学嬗变的外因，文艺学则是诗学演进的内因。唐宋文化和唐宋诗学的转型，中唐皆肇其端。而杜甫处于其关捩点上，因此，文化转型和诗学嬗变是考察宋代杜诗学的切入点。通过文化的过滤和汰择，宋人发现了杜甫；因了诗学的传承和演进，杜甫又开启了宋诗。此处分而论之。

1. 文化土壤

宋代向来被视为积贫积弱，与前之李唐和后之蒙元皆无法比拟。自其开国始，就长期处于西北少数民族政权的挤压之下。钱钟书先生在《宋诗选注》序里把北宋的国土比作逼仄的"八尺方床"，并进一步说

"到了南宋，那张卧榻更从八尺方床收缩为行军帆布床"①。但若论其在文化领域的开疆拓土，宋代则揭开了中华文明光辉灿烂的一页，前辈学者对此有极高之评价。陈寅恪先生曾说："华夏民族之文化，历数千年之演变，造极于赵宋之世。"② 王国维亦云："天水一朝人智之活动与文化之多方面，前之汉唐，后之元明，皆所不逮也。"③ 邓广铭更进一步申述此说："宋代是我国封建社会发展的最高阶段。两宋时期内的物质文明和精神文明所达到的高度，在中国整个封建社会历史时期之内，可以说是空前绝后的。"④ 可谓揄扬有加。

在中国历史长河中，唐宋两代文治武功，诗词歌赋，俱臻极致，可谓前后辉映，双峰并峙。然而，如将唐宋两代文化两相比较，则表现出迥然不同的特质，台湾学者傅乐成总结出"唐型文化"和"宋型文化"两术语来概括之：

> 大体说来，唐代文化以接受外来文化为主，其文化精神及动态是复杂而进取的。唐代后期的儒学复兴运动，只是始开风气，在当时并没有多大作用。到宋，各派思想主流如佛、道、儒诸家，已趋整合，渐成一统之局，遂有民族本位文化的理学的产生，其文化精神及动态亦转趋单纯与收敛。南宋时，道统的思想既立，民族本位文化益形强固，其排拒外来文化的成见，也日益加深。宋代对外交通，甚为发达，但其各项学术，都不脱中国本位文化的范围；对外来文化的吸收，几达停滞状态。这是中国本位文化建立后的最显著现象，也是宋型文化与唐型文化最大的不同。⑤

① 钱钟书：《宋诗选注》序，人民文学出版社 1989 年版。
② 陈寅恪：《冯友兰中国哲学史调查报告》，载《金明馆丛稿二编》，上海古籍出版社 1985 年版，第 245 页。
③ 王国维：《宋代之金石学》，载《王国维遗书》第 5 册《静安文集续编》，上海古籍书店 1983 年影印版，第 70 页。
④ 邓广铭：《谈谈宋史研究的几个问题》，《社会科学战线》1986 年第 2 期。
⑤ 傅乐成：《唐型文化与宋型文化》，载《汉唐史论集》，台湾联经出版事业公司 1977 年版，第 380 页。

　　傅氏以"复杂而进取"和"单纯与收敛"来概括唐宋两代文化，对此我们或许不能完全同意。但是，如果仔细考察这两个文学与文化均致鼎盛而在时序上紧紧相连的两个王朝，我们就会发现，在文化的诸多方面唐宋迥异其趣，甚至大相径庭。而这个差异，正是宋代杜诗学得以繁荣兴盛的土壤和基础。大体可从三个方面分论之。

　　其一，由唐至宋政治的变革，宋代文人因地位提高而表现出强烈的淑世精神，与杜诗忠君忧国的文化内涵不期而遇，杜甫的政治责任感和忠义精神得到了宋人的认同。

　　宋代开国之初，便奠定了绵延数百载的右文国策。宋代统治者鉴于晚唐五代藩镇割据动摇国本，危及朝廷，从而重用文人，贬抑武官。《宋史·文苑传序》云：

　　　　艺祖革命，首用文吏而夺武臣之权，宋之尚文，端本乎此。太宗、真宗其在藩邸，已有好学之名，作其即位，弥文日增。自时厥后，子孙相承，上之为人君者，无不典学；下之为人臣者，自宰相以至令录，无不擢科，海内文士彬彬辈出焉。①

　　经过唐末五代的动荡时代，门阀大族垄断政权的现象被彻底终结，名公巨卿皆由科举一途遴选，大批出身寒微的文人凭借自己的才学进入仕途，占据了朝廷和地方各级行政机关，"朝为田舍郎，暮登天子堂"的理想成为现实。太祖赵匡胤以"不得杀士大夫及上书言事人"垂示嗣君，确立了优礼士大夫、振兴文教的"祖宗家法"，士大夫参政的热情极度高涨，这不仅与五代的忠义道丧有天壤之别，也与魏晋南北朝的社会形态迥然不同。

　　魏晋以来门阀为重的社会，出现了皇权与士族权力平行的政治生态，代表文化统系的士族，与代表权力更替的君主并行不悖甚而分庭抗礼，由以下史载可见一斑：

————————

　　①　《宋史》卷439《文苑传序》，中华书局1977年版，第12997页。

颜协字子和，琅邪临沂人也。七代祖含，晋侍中、国子祭酒、西平靖侯。父见远，博学有志行。初，齐和帝之镇荆州也，以见远为录事参军，及即位于江陵，以为治书侍御史，俄兼中丞。高祖受禅，见远乃不食，发愤数日而卒。高祖闻之曰："我自应天从人，何预天下士大夫事？而颜见远乃至于此也。"①

中书舍人纪僧真幸于武帝，稍历军校，容表有士风。谓帝曰："臣小人，出自本县武吏，邀逢圣时，阶荣至此。为儿昏，得荀昭光女，即时无复所须，唯就陛下乞作士大夫。"帝曰："由江敩、谢瀹，我不得措此意，可自诣之。"僧真承旨诣敩，登榻坐定，敩便命左右曰："移吾床让客。"僧真丧气而退，告武帝曰："士大夫故非天子所命。"时人重敩风格，不为权倖降意。②

所谓"何预天下士大夫事"，"士大夫故非天子所命"，表征出"士大夫"和"天子"并非一个休戚相关的命运共同体，魏晋士人以超脱玄谈、饮酒服药乃至无所事事为好尚。迨至宋代，随着门阀士族的消亡，科举制度的完善，登上了政治舞台的"新型"士大夫的命运，和以君主为代表的国家紧紧捆绑在一起，形成了所谓"与士大夫共天下"的政治格局。史载北宋熙宁四年（1071）三月戊子，神宗在资政殿召见二府重臣，与三朝元老枢密使文彦博有一段著名的君臣问答：

彦博又曰："祖宗法制具在，不须更张，以失人心，"上曰："更张法制，于士大夫诚多不悦，然于百姓何所不便？"彦博曰："为与士大夫治天下，非与百姓治天下也。"③

"与士大夫治天下"与东晋时的"王与马，共天下"有着本质的不同，后者是并行不悖，而前者是休戚与共。魏晋士人不务政事、纵谈玄

① 《梁书》卷50《颜协传》，中华书局1973年版，第727页。
② 《南史》卷36《江敩传》，中华书局1975年版，第943页。
③ （宋）李焘：《续资治通鉴长编》卷221，中华书局1995年版，第5370页。

理，保持着贵族天生而来的从容和优越感，而宋代士人汲汲于国事，积极参与国家事务乃至帝王"家务"，以天下为己任，这就是论者津津乐道的"淑世精神"。

出身于所谓庶族的知识分子登上政治舞台后，注重立朝大节，高扬人格力量。对于唐末五代因政局兴替引发礼崩乐坏、廉耻道丧、变节从俗种种行为，北宋前期士人予以彻底清算，在政治秩序重建的同时，也进行大规模的文化与道德重建。北宋初年，士林即显现了慕志尚气、砥砺品行的士风。史官以赞赏的口吻阐论自五代至宋初士林风习之嬗变曰：

> 士大夫忠义之气，至于五季，变化殆尽。宋之初兴，范质、王溥犹有余憾，况其他哉！艺祖首褒韩通，次表卫融，足示意向。厥后西北疆场之臣，勇于死敌，往往无惧。真、仁之世，田锡、王禹偁、范仲淹、欧阳修、唐介诸贤，以直言谠论倡于朝，于是中外搢绅知以名节相高、廉耻相尚，尽去五季之陋矣。故靖康之变，志士投袂，起而勤王，临难不屈，所在有之。及宋之亡，忠节相望，班班可书，匡直辅翼之功，盖非一日之积也①

顾炎武在《日知录》中照录这一段记载，有感于明末清初的时局，做了进一步申论："人君御物之方，莫大乎抑浮止竞。宋自仁宗在位，四十余年，虽所用或非其人，而风俗醇厚，好尚端方，论世之士，谓之君子道长"②，上列诸人，尤以范仲淹为代表。《宋史》本传褒扬他曰："每感激论天下事，奋不顾身，一时士大夫矫厉尚风节，自仲淹倡之。"③余英时认为，范仲淹是"以天下为己任"的"新儒学入世苦行的倡行者'，"以天下为己任"这句话"事实上也可以看作是宋代新儒

---

① 《宋史》卷446《忠义传》序，中华书局1977年版，第13149页。

② （清）顾炎武：《宋世风俗》，载顾炎武著、陈垣校注《日知录校注》卷13，安徽大学出版社2007年版，第724页。

③ 《宋史》卷314《范仲淹传》，中华书局1977年版，第10268页。

家对自己的社会功能所下的一种规范性的定义"①。范仲淹怀着强烈的社会责任感"言政权之源流，议风俗之厚薄，陈圣贤之事业，论文武之得失"②，树立了宋代士人的风范。

这种政治使命感和社会责任感体现在文学上，表现为对政治时事题材的关注，以及忧国忧民精神的高扬。与唐代相比，宋代文人普遍士大夫化，宋代文学的政治色彩与伦理观念得到加强。在宋人选择文学经典的过程中，杜诗的政治题材和诗中对国事的感念就与宋人的期待视野相融和。由人品而及诗品，宋人对前代文学家的品评出现了泛道德化的倾向，对杜诗的推崇亦肇始于对杜甫人格的推崇，诗史说、忠君说等杜诗学的重要观点正是在这种氛围中应时而生。

杜诗中的政治性作品或曰作品中政治内容的来源，一部分来自强烈的政治责任感，如《北征》谏书体的议论严正。另一部分则是因政治变乱的刺激而产生的政治危机的反映，如《三吏》《三别》，这一部分更具真情实感。宋代诗人的士大夫身份表现在诗文中，是"先忧后乐"的担当。而靖康之变乃至宋元之际的社稷倾覆，身经乱离的宋人对杜甫产生了一种心心相印的感怀，从而激起了对杜诗爱国精神的阐扬和学习。

其二，在思想方面，杜甫所体现的儒家情怀和杜诗的伦理内涵亦在宋代儒学复兴背景下得到发掘。在宋人眼中，杜诗固然是可供师法的诗学典范，而杜甫其人则更是千古不移的人格楷模。

唐宋之际是中国社会的转型变革期，唐末五代，在连绵不断的军阀混战、武夫擅权造成的社会动荡中，弑君弃主、节义沦丧等历史悲喜剧不断上演，传统的伦理道德观念遭遇到前所未有的挑战。文化失序、道德颓丧、价值迷失，儒家正统视之为千古不移之圭臬的纲常伦理面临彻底崩塌之危险。北宋立国以后，挽救唐末五代颓丧的士风、重整国家社会秩序，成为新生政权迫在眉睫的任务，也是从君主到士人自上而下达

① 余英时：《士与中国文化》，上海人民出版社1987年版，第520页。
② （宋）范仲淹：《奏上时务书》，载李勇先、王蓉贵校点《范仲淹全集》，四川大学出版社2008年版，第200页。

成的共识。宋初"兴文教、抑武事"①的国策所重视的所谓"文",绝非单纯的文教,而是蕴含着复兴儒学道统的努力,并借此为新生政权的合法性寻找依据。

南宋孝宗时的宰相史浩亦指出:"五代惟专用武,朝无儒者,故相尚为威虐,败乱接踵。及太祖皇帝英武开国,独降意屈于儒士夫,二帝三王之道固不寄于长枪大剑之人,必讲于圆冠方屦之士。自战国秦汉,圣人之道不传,而治道益卑,千有余年,然后道术复明,文治熙洽,实我太祖崇儒重道之力。"②"崇儒重道"是宋代君臣上下一心的追求,其结果则是重文抑武。文人地位提高的同时,重整道统获得了历史的机遇。在这种时代背景下,理学应运而生,并逐渐发展壮大,成为有宋一代的文化标签,宋人陈郁谓:"本朝文不如汉,书不如晋,诗不如唐,唯道学大明,自孟子而下,历汉、晋、唐皆未有为天地立心,为生民立极,为万世继绝学,开太平者也。"③ 在思想上,理学家把儒家道丧归结为社稷倾覆的根本原因,程颐总结唐代兴亡云:

> 唐有天下,如贞观、开元间,虽号治平,然亦有夷狄之风。三纲不正,无父子、君臣、夫妇,其原始于太宗也。故其后世子弟皆不可使。玄宗才使肃宗,便叛;肃宗才使永王璘,便反。君不君,臣不臣,故藩镇不宾,权臣跋扈,陵夷有五代之乱。④

在理学大师程颐的眼中,中晚唐的"藩镇不宾,权臣跋扈"祸起于贞观、开元的"夷狄之风",号为"天可汗"的贞观天子李世民几乎成为罪魁祸首。这也体现了宋代政权在北部"夷狄"压力之下,所做的正"夷夏之辨"以期获得道德优势的努力。在这种时代氛围中,宋代士大夫的人生态度和价值取向与唐人相较,在整体上发生了巨大的转

---

① （宋）李焘:《续资治通鉴长编》卷18,中华书局1995年版,第394页。
② （宋）胡榘:《宝庆四明志》卷9《叙人中》,载《宋元方志丛刊》,中华书局1990年版,第5100页。
③ （宋）陈郁:《藏一话腴》甲集卷上,影印文渊阁《四库全书》本。
④ （宋）程颐:《二程集·河南程氏遗书》卷18,中华书局1981年版,第236页。

变，由盛唐时代对外在事功的孜孜追求，转向内在道德精神的自省与弘扬。《左传·襄公二十四年》谓："大上有立德，其次有立功，其次有立言。"① 立德、立功、立言所谓"三不朽"，是传统士人奋斗目标之所在。随着时代演进与文化生态的嬗变，士人对"三不朽"的认同侧重点亦在发生位移。唐代，尤其是初盛唐时代，强盛的社会国力、多元的思想文化与宽松的政治氛围支撑起一个时代的自信和豪迈，大多数士人形成建功立业、垂名千载的政治理想和人生意气，充溢着"不破楼兰终不还"的豪迈气概和英雄情怀，他们乘时而起，渴望平步青云，所谓"举头望君门，屈指取公卿"②，动辄"发言立意，自比王侯"③，以为"公侯皆我辈，动用在谋略"④。建功立业、万里封侯成为相当一部分士人的自觉选择与人生目标。

反观宋代，在儒学复兴思潮的影响下，个体伦理自觉意识的培育成为宋代士大夫最为关心的要义，理学家即以臻于"圣人"之精神境界为人生之终极追求。在宋儒看来，"内圣"是先于"外王"的首要问题和前提条件。当然，理学家并非不讲"外王之道"，张载即以"为天地立心，为生民立命，为往圣继绝学，为万世开太平"⑤ 为使命，这也是他对儒者之根本要求，程颐、朱熹也都曾表明要"以此道觉此民"，"自任以天下之重"等等，表述的就是那种以天下为己任，经邦济世的"外王之道"。"修齐治平"作为儒家入世的基本程序，并非每个人都能兼而有之，不同时代的儒者会有不同的侧重点。相较而言，汉儒重"外王"，更重视治国平天下，而宋儒重"内圣"，更重视修身齐家。道德修养是宋代理学家关注的核心问题，视为立身安命的根本。

唐代儒、释、道三教并行不悖，士人思想本极驳杂，但杜甫"一

① 杨伯峻编著：《春秋左传注》，中华书局 1981 年版，第 1088 页。

② （唐）高适：《别韦参军》，载孙钦善《高适集校注》，上海古籍出版社 1984 年版，第 4 页。

③ 《旧唐书》卷 190《王翰传》，中华书局 1975 年版，第 5039 页。

④ （唐）高适：《和崔二少府登楚丘城作》，载孙钦善《高适集校注》，上海古籍出版社 1984 年版，第 111 页。

⑤ （宋）张载：《张子全书》卷 14，影印文渊阁《四库全书》本。

生却只在儒家界内"①，是唐代诗人中儒家伦理的践履者。其《祭远祖当阳君文》自述："不敢忘本，不敢违仁。"又云："奉儒守官，未坠素业。"所谓"本"，指自其远祖杜预以来的儒家之本；所谓"仁"，指儒家所谓的仁者情怀。杜甫以执着的儒者自居，现存杜诗中间提到"儒"字达四十余次。他自谓"儒生"、"老儒"，甚至戏称"腐儒"，无论个人的境遇多么凄苦，他一生的儒者信念至死不渝。杜诗中所贯穿的忠君忧国、尊王攘夷思想，在韩愈之前，实已开了中唐儒学复兴运动的先河，至宋代更在理学氛围中获得了高度的认同。

虽然杜甫在儒学理论方面并无建树，但儒家学说从本体上来说是一种强调实践轻视理论的哲学，看重人的行为和实践。儒学的创始者孔孟汲汲乎奔走于天下，主要是从实践的角度推行其心中之道。从这个意义上说，杜甫正是体现儒家人格、发扬儒家精神的楷模。因此我们看到，宋人尊杜的过程体现了由人格而及诗艺的特点。

其三，在士风上，儒者的地位超过了诗人，占据宋代文化的中心地位，成为宋代文化舞台上的主角，杜甫的儒者气质得到阐发，诗人的一面则被淡化。

从唐至宋，世风和士风皆发生了转型。宋代士人在经过理学洗礼之后，文人普遍以得道自居，以诗赋为杂学末艺。在唐代诗人中，杜甫虽具儒者气质，但又是受盛唐文化影响的"文士"。至宋代，杜甫"文士"的角色被淡化了，而儒者的角色则得到了凸显。唐代对儒、道、释取调和兼用之策，形成整合三教、优容诸说的多元格局和自由诘难论争的文化氛围。高祖、高宗、德宗都曾召集过儒师、沙门、道士讲论诘难，三教并行，兢逐论对，终唐一代绵延不绝。儒学虽被奉为正统，却自始至终未达到独尊的程度，甚至不时受到其他思想学说的挑战。高宗、武后之时更甚，"政教渐衰，荡于儒术"，"博士、助教，唯有学官之名，多非儒雅之实"，"生徒不复以经学为意，唯苟希侥幸，二十年间，学校顿时隳废矣"②。儒生、经书甚至儒家祖师不断受到鄙薄与嘲

① 袁津琥校注：《艺概注稿》卷 2《诗概》，中华书局 2009 年版，第 290 页。
② 《旧唐书》卷 189《儒学传》，中华书局 1975 年版，第 4942 页。

弄。诸如李白诗云"我本楚狂人,凤歌笑孔丘"(《庐山谣寄卢侍御虚舟》),高适诗云"大笑向文士,一经何足穷"(《塞下曲》),杜牧诗云"跳丸相趁走不住,尧舜禹汤文武周孔皆为灰"(《池州送孟迟先辈》),乃至崇儒的杜甫都公然吟诵"儒术于我有何哉?孔丘盗跖俱尘埃"(《醉时歌》)。此等"狂语",在唐诗中比比皆是,非儒薄孔,非圣薄经,时常有之,并不被视作大逆不道。

在历来的文化传统中,道德与伦理占据着首要位置。唐代不然,一开国便有重才学而轻德行的倾向,开了不拘流品之端。高宗之后,科举重诗赋文章,又起了导向与强化作用,文才成为品评人物的重要标准。时人刘晓说:"礼部取士,专用文章为甲乙,故天下之士,皆舍德行而趋文艺。"① 张亮采在谈到科举与士风的关系时,不无偏颇地说:"科举时代,以有唐为开始,故唐代之风俗,可以科举代表之。天下人心所注射,不离乎科举,又可以文词代表之,无所谓实学也。然其卒也,至无忠臣义士,效可睹矣。君子观于唐之风俗,而始知科举之害烈也。"② 对唐代士风亦颇为不满。随着科举制度的发展,诗赋取士进一步调动了全社会对文章的好尚,"无贤不肖,耻不以文章达"③,"五尺童子,耻不言文墨焉。是以进士为士林华选,四方观听,希其风采。每岁得第之人,不浃辰而周闻天下"④,文士之地位声望于此可以想见。天宝初,李白奉诏入京既无诚惶诚恐之意,也无受宠若惊之态,而是"神气高朗,轩轩然若霞举",玄宗都"不觉忘万乘之尊"⑤。《旧唐书·文苑传》叙写众多文士,其个性不外乎或"恃才傲物"、或"言论偶傥"、或"诡激啸傲"、或"不拘细行"、或"狂率不逊",诸如此类,不胜枚举,可见当时士风的一斑。

对于企图青史留名的古代士人而言,身后入儒林传还是文苑传,是一个在生前就必须做出的人生抉择。二者的区别早在范晔所著《后汉

---

① 《资治通鉴》卷 202,中华书局 1956 年版,第 6374 页。
② 张亮采:《中国风俗史》,上海文艺出版社 1988 年版,第 123—124 页。
③ (唐)沈既济:《词科论序》,《全唐文》卷 476,中华书局 1983 年版,第 4867 页。
④ (唐)沈既济:《词科论》,《全唐文》卷 476,中华书局 1983 年版,第 4868 页。
⑤ (唐)段成式:《酉阳杂俎》前集卷 12,中华书局 1981 年版,第 116 页。

书》中已显露出来,《后汉书》在儒林之外,别立《文苑传》,标志着文士从传统的士人中独立出来,且二者的地位并不等同。唐高宗、武后时重文吏,即受到了《旧唐书》的批判:"古称儒学家者流,本出于司徒之官,可以正君臣,明贵贱,美教化,移风俗,莫若于此焉。故前古哲王,咸用儒术之士;汉家宰相,无不精通一经。朝廷若有疑事,皆引经决定,由是人识礼教,理致升平。近代重文轻儒,或参以法律,儒道既丧,淳风大衰,故近理国多劣于前古。"① 与此相类,《新唐书》的作者也对文士持批判态度,而且这个批判非常严厉,上升到君子小人之分的高度:

> 夫子之门以文学为下科,何哉?盖天之付与,于君子小人无常分,惟能者得之,故号一艺。自中智以还,恃以取败者有之,朋奸饰伪者有之,怨望讪国者有之。若君子则不然,自能以功业行实光明于时,亦不一于立言而垂不腐,有如不得试,固且阐绎优游,异不及排,怨不及诽,而不忘纳君于善,故可贵也。②

君子小人之辨,雅俗之辨关涉人品之分,在宋人看来是为人为文的基本要求。苏轼《跋钱君倚书遗教经》云:"人貌有好丑,而君子小人之态不可掩也。言有辨讷,而君子小人之气不可欺也。书有工拙,而君子小人之心不可乱也。"③ 黄庭坚《书缯卷后》云:"学书要须胸中有道义,又广之以圣哲之学,书乃可贵。若其灵府无程,政使笔墨不减元常、逸少,只是俗人耳。余尝为少年言:士大夫处世,可以百为,唯不可俗,俗便不可医也。"④ 苏、黄皆从"书如其人"的角度对士之为人提出要求。郭若虚《图画见闻志叙论·论气韵非师》云:"窃观自古奇迹,多是轩冕才贤、岩穴之士,依仁游艺,探颐钩深,高雅之情一寄于

---

① 《旧唐书》卷189《儒学传》,中华书局1975年版,第4939—4940页。
② 《新唐书》卷201《文艺传》,中华书局1975年版,第5726页。
③ 张志烈、马德富、周裕锴主编:《苏轼全集校注》文集校注卷69,河北人民出版社2010年版,第7824页。
④ (宋)黄庭坚:《黄庭坚全集》,四川大学出版社2001年版,第475页。

画。人品既已高矣，气韵不得不高；气韵既已高矣，生动不得不至，所谓神之又神而能精矣。"对于六朝以来的绘画而言，气韵无疑是一个至关重要的范畴，但在这里，人品甚至成为决定"气韵"的关键。因此，宋人多以儒者自命，视心性学问为第一要务，以诗赋为可有可无的杂学，价值天平从文士倾向了儒者。

在宋代文化的影响下，杜甫被视为儒者和忠臣，这与宋人的价值判断密不可分。杜甫在宋代的典范意义既蕴含了宋代士人崇尚人格的心态，也折射出文学创作与时代文化理想的内在默契。杜甫身上本有唐代文化的质素，却也潜藏着宋代文化的成因。宋人在选择杜甫的同时，也改造了杜甫，对杜甫形象予以重塑。杜甫身上那种盛唐文士的狂傲被宋人"过滤"掉了，儒者的一面则被放大。无疑，这是宋人有意误读杜诗的结果。同一部作品在不同时代的读者中，往往会产生不尽相同甚至很不相同的感受和体验，从而产生迥然相异的影响。宋人通过有意的误读，把杜甫塑造成忠君楷模和人伦典范。

毋庸置疑，杜甫生长于开元盛世，受到了盛唐文化的濡染和熏陶，他的性格当中有明显的狂放傲诞的一面，这在两唐书中均有记载。如载其"纵酒啸咏，与田夫野老相狎荡，无拘检。严武过之，有时不冠，其傲诞如此"①，"甫旷放不自检，好论天下大事，高而不切。少与李白齐名，时号'李杜'。尝从白及高适过汴州，酒酣登吹台，慷慨怀古，人莫测也"②。这些评语与后人树立的诗圣形象可谓大相径庭。杜甫在《赠李白》中高唱："痛饮狂歌空度日，飞扬跋扈为谁雄。"无疑带有夫子自道的性质，又自谓"性豪业嗜酒，嫉恶怀刚肠。……饮酣视八极，俗物都茫茫。……气劘屈贾垒，目短曹刘墙。……放荡齐赵间，裘马颇清狂"（《壮游》），高自称许，有乃祖之风，这也许是少年杜甫的形象，然其晚岁所作的诗篇亦云："我生性放诞，雅欲逃自然。嗜酒爱风竹，卜居必林泉"（《寄题江外草堂》），"畏人成小筑，褊性合幽栖"（《畏人》），这些皆非宋人眼中的醇儒形象，而更多地体现出嵇、阮等辈的

① 《旧唐书》卷190《杜甫传》，中华书局1975年版，第5054—5055页。
② 《新唐书》卷201《杜甫传》，中华书局1975年版，第5738页。

魏晋风度。

杜甫自称"欲填沟壑唯疏放，自笑狂夫老更狂"（《狂夫》），动辄自称"狂夫"，后人也说"杜甫狂处遗天地"（杨巨源《赠从弟茂卿》）。"狂"谓放荡不羁、不拘小节。这种狂放差不多代表了唐代士人的典型个性，史载杜甫乃祖杜审言即如此：

> 杜审言，字必简，襄州襄阳人，晋征南将军预远裔。擢进士，为隰城尉。恃才高，以傲世见疾。苏味道为天官侍郎，审言集判，出谓人曰："味道必死。"人惊问故，答曰："彼见吾判，且羞死。"又尝语人曰："吾文章当得屈、宋作衙官，吾笔当得王羲之北面。"其矜诞类此。①

杜甫身上或多或少带有乃祖的影子。明代中叶那位反对盲目拟古的瀛州才子②孙绪论诗颇有识见，但对杜甫身上所带的盛唐狂士的气质颇有微词："孔子万世之师，恩同天地。诗人狂纵不检，直斥其名。至杜甫乃直曰：'孔丘盗跖俱尘埃。'孔子何人，与盗跖并称，且直斥姓名，可谓忍心无忌惮者也。其祖审言曰：'为小儿造物所苦。'天地尚比之小儿，何有于夫子？盖其家传傲睨，无礼非一日矣。虽有才艺，名教罪人之言不足多也。"③ 对于此类诗，非但不足多（不值得称赞），甚至斥其为无礼。

唐人多欣赏杜甫作为狂生才子的一面。任华在《杂言寄杜拾遗》中为杜甫画像云"郎官丛里作狂歌，丞相阁中常醉卧"，好一个"狂歌醉卧"，俨然诗仙李白的形象。流寓成都时，严武去草堂看他，写诗规劝道："莫倚善题鹦鹉赋，何须不著鹔鹴冠？腹中书籍幽时晒，肘后医

① 《旧唐书》卷190《杜审言传》，中华书局1975年版，第4999页。
② （清）陈田辑撰《明诗纪事》引《明诗统》语："沙溪，瀛州才子，所作清新典丽，足以名世"，上海古籍出版社1993年版，第1242页。
③ （明）孙绪：《无用闲谈》，《沙溪集》卷13，影印文渊阁《四库全书》本。

方静处看。"① 当然，严武之诗主要还是着眼于杜甫之才学。但是，一比为"自以有才辩，气尚刚傲，好矫时慢物"的狂生祢衡，再比为"日中晒书"的名士郝隆，却正突出个性之"狂"。后世流传的严武欲杀杜甫的故事，虽小说气甚浓，恐怕也不全是面壁虚构的无稽之谈，诗人酒后偶显狂态亦有可能。总之，杜甫生前更多地被人看作诗酒狂放的诗客才子，而非宋人眼中人伦典范的循循醇儒。与唐代诗人相比，宋代诗人少了一份狂狷气，多了一份书卷气。宋代诗人中既无李白那样的狂者，又无卢仝、马异那样的怪者，也无李贺那样的奇者。即使像苏轼那样个性突出的旷世逸才，对狂怪之作亦颇有贬抑，最终赢得了神宗"终是爱君"的优评。

宋人按照自己的眼光尊崇杜甫，在宋代文化氛围里，杜甫的命运得到改写，杜甫的形象也被重新塑造，于是一个宋代版本的杜甫出现在历史的视野里。

2. 诗学背景

杜甫在宋代诗坛独尊地位的确立，既是宋代文化的自觉选择，也是诗学自身的发展结果。宋人论杜、注杜、学杜络绎不绝，同时杜诗为宋代诗学的发展演变提供了参照和标准，并成为宋人学习的范本。究其原因，大略有二。

其一，杜诗在唐宋诗风转型中的作用。

中国古典诗歌艺术至唐代达到了登峰造极的境界，章太炎云："唐以后诗，但以参考史事存之可也，其语则不足诵。"② 鲁迅曾说"一切好诗，到唐代已被做完，此后倘非能翻出如来掌心的齐天大圣，大可不必动手。"③ 似乎一种成熟而凝定的诗学范式业已渗入后代诗人的思维模式与文化心理，因而翁方纲感慨道："若夫宋诗，则迟更二三百年，天地之精英，风月之态度，山川之气象，物类之神致，俱已为唐贤占

---

① （唐）严武：《寄题杜二锦江野亭》，载谢思炜《杜甫集校注》卷12，上海古籍出版社 2015 年版，第 1917 页。

② 章炳麟：《辨诗》，载《国故论衡》卷中，上海古籍出版社 2003 年版，第 90 页。

③ 鲁迅：《致杨霁云》，载《鲁迅全集》第 12 卷，人民文学出版社 1981 年版，第 612 页。

尽。即有能者，不过次第翻新，无中生有。"①

　　灿烂辉煌的唐诗，为宋人既留下了取之不尽的艺术财富，又提出了严峻的挑战。中国古典诗歌经过漫长的演进，在抵达它的巅峰时，也几乎耗尽了"库存"的诗歌资源。唐诗气象万千，无所不包，题材和体裁皆至此大备，诗歌的疆域似乎到了山穷水尽之时。宋人穷则思变，独辟蹊径，却也收到了柳暗花明之效。诚如蒋士铨所谓"唐宋皆伟人，各成一代诗。变出不得已，运会实迫之。格调苟沿袭，焉用雷同词？宋人生唐后，开辟真难为。一代只数人，余子故多疵。敦厚旨则同，忠孝无改移。元明不能变，非仅气力衰。能事有止境，极诣难角奇。"② 这种变的趋向，大体来看，内容上由个性飞扬走向老成持重，风格上则由高华流丽走向深折新奇。

　　清初的吴之振有感于明代诗坛尊唐黜宋的习气，为宋诗正名说：

　　　　自嘉、隆以还，言诗家尊唐而黜宋，宋人集，覆瓿糊壁，弃之若不克尽，故今日蒐购最难得。黜宋诗者曰"腐"，此未见宋诗也。宋人之诗，变化于唐，而出其所自得，皮毛落尽，精神独存。不知者或以为"腐"，后人无识，倦于讲求，喜其说之省事，而地位高也，则群奉"腐"之一字，以废全宋之诗。③

　　阐明了唐宋之间诗道之变，认为宋诗"变唐"而"自得"。叶燮则从天道的角度考察诗道之变："盖自有天地以来，古今世运气数，递变迁以相禅。古云：'天道十年而一变'，此理也，亦势也，无事无物不然；宁独诗之一道，胶固而不变乎？"④ 他也从变化的观点出发，认为宋诗是唐诗的继承和发展，以"变"的观念来突破唐诗一统天下的局面，而这个"变"的开端即在杜甫。关于诗体的正变观，清人陈廷焯

---

　　① （清）翁方纲：《石洲诗话》卷4，人民文学出版社1981年版，第122页。
　　② （清）蒋士铨：《辩诗》，《忠雅堂诗集校笺》卷13，上海古籍出版社1993年版，第986页。
　　③ （清）吴之振：《宋诗钞》序，中华书局1986年版，第3页。
　　④ （清）叶燮：《原诗》，人民文学出版社1979年版，第4页。

《白雨斋词话》云：

> 诗至杜陵而圣，亦诗至杜陵而变。顾其力量充满，意境沉郁，嗣后为诗者，举不能出其范围，而古调不复弹矣。故余谓自风骚以迄太白，诗之正也，诗之古也。杜陵而后，诗之变也。自有杜陵，后之学诗者，更不能求风骚之所在，而亦不得不以杜陵为止境。①

李白重在承前，杜甫重在启后。李白是盛唐气象的终结者，杜甫则开辟了中唐诗风乃至宋调。赵翼分析诗史发展时谓："至昌黎时，李、杜已在前，纵极力变化，终不能再辟一径。惟少陵奇险处尚有可推扩，故一眼觑定，欲从此辟山开道，自成一家，此昌黎注意所在也。"② 所谓"奇险"，乃相对于"平正"而言，已点出杜诗乃唐诗正音之变。杜甫之号称集前代诗歌之大成，既包罗万象，也千变万化，其诗已蕴涵着求新求变的元素，透露出几丝诗风转变的消息。韩愈学习借鉴杜诗的用力所在，正是杜诗艺术上的独创之处与新变因素，宋人则沿着这一诗学道路继续前行。

富有意味的是，在后人眼中，杜诗即为唐诗之变，有意无意之间往往将杜诗和唐诗对举。南宋的叶适云："庆历、元祐以来，天下以杜甫为师，始黜唐人之学。"这里把杜甫与唐人对举，在叶适看来，杜甫并非"唐人之学"，宋人学杜自然导致与唐诗异趣。清代学者朱仕诱《鲁远怀诗序》云："昔余与瑞金杨侍御论诗京师，侍御力持唐音，而余主杜甫，不相下。"③ 在他看来，杜甫与唐音乃对立的两面，至少是大不相同的。作为唐代诗坛的双子星，李白重在继往，为诗之"正"，杜甫重在开来，为诗之"变"，他的集大成和对诗艺的创新探索，给宋人开创了无数法门。正如赵翼所谓："呜呼浣花翁，在唐本别调。时当六朝

---

① （清）陈廷焯：《白雨斋词话》卷7，人民文学出版社1959年版，第183页。

② （清）赵翼：《瓯北诗话》卷3，人民文学出版社1963年版，第28页。

③ （清）朱仕诱：《梅崖居士文集》卷18《鲁远怀诗序》，载《清代诗文集汇编》，上海古籍出版社2010年版，第350页。

后，举世炫丽藻。青莲虽不群，余习犹或蹈。惟公起扫除，天门一龙跳。"①

杜诗以其集大成被宋人树立为效法的典范。钱钟书先生以他惯用的比喻方式，对后人的学杜予以形象的概括："少陵七律兼备众妙，衍其一绪，胥足名家。譬如中衢之尊，过者斟酌，多少不同，而各如所愿。"② 吴之振的《宋诗钞》已深刻地指出这一点，认为"宋诗大半从少陵分支"③。在唐宋诗学演进过程中，杜诗是关键的一环，杜诗中已隐含了诗学嬗变的因素，预示着诗学演进的方向，并开启了宋诗。

其二，杜诗已蕴含"宋调"的萌芽，具备若干宋诗的元素。

论诗倡妙悟的严羽在批评宋诗时说："近代诸公乃作奇特解会，遂以文字为诗，以才学为诗，以议论为诗。夫岂不工，终非古人之诗也。盖于一唱三叹之音，有所歉焉。且其作多务使事，不问兴致；用字必有来历，押韵必有出处，读之反覆终篇，不知着到何在。其末流甚者，叫噪怒张，殊乖忠厚之风，殆以骂詈为诗。诗而至此，可谓一厄也。"④ 这就道出了宋诗不同于唐诗的特点。

宋代的右文政策，为宋人"以才学为诗，以文字为诗，以议论为诗"创造了条件。宋初，太宗、真宗重视文化建设，或"锐意文史"⑤，或"道遵先志，肇振斯文"⑥。又先后组织编修《太平广记》《太平御览》《文苑英华》《册府元龟》等"四大类书"，完成了规模浩大的文化工程。北宋科举取士之多，官吏数目之冗滥，俸禄之优厚，都是史无前例的。诚如赵翼所云："恩逮于百官者唯恐不足，财取于万民者不留

---

① （清）赵翼：《题陈东浦藩伯教拙堂诗集》，《瓯北集》卷38，上海古籍出版社1997年版，第920—921页。

② 钱钟书：《谈艺录》，中华书局1984年版，第172页。所谓"中衢之尊"，典出《淮南子·缪称》，意谓于路中置樽，过者饮酒，多少不同，而各得所宜。

③ （清）吴之振、吕留良、吴自牧选：《宋诗钞·剑南诗钞》小序，中华书局1986年版，第1819页。

④ 郭绍虞：《沧浪诗话校释·诗辨》，人民文学出版社1983年版，第26页。

⑤ （宋）江少虞：《宋朝事实类苑》卷2，上海古籍出版社1981年版，第19页。

⑥ （明）李嗣京：《册府元龟考据》，载（宋）王钦若等编纂《册府元龟》附录，周勋初等校订，凤凰出版社2006年版，附录第2页。

其有余。"① 宋代士人的优厚待遇，以及印刷术的发达普及，使许多文化典籍得以刊刻流传，为宋人"以学问为诗"创造了物质条件。

重学问首先是强调读书。读书是宋代士人基本的生活方式，也是读书人取得自身社会资格的依据。宋代士人中多有藏书家，藏书、读书风气浓厚。如黄庭坚《郭明甫作西斋于颍尾请予赋诗二首》其一云："万卷藏书宜子弟，十年种木长风烟。"陆游《冬夜读书》云："平生喜藏书，拱璧未为宝。"因而，宋代士人多能"读书破万卷"，学识渊博，集官僚、文人、学者三重身份于一身，如王安石自谓："某自百家诸子之书，至于《难经》《素问》《本草》诸小说，无所不读。"② 就士人的心理定式而言，唐代士人多具浪漫襟怀的诗人气质，宋代士人多具自省内修的文人学者风度，学问成了宋人基本的精神标识。

这种文化昌明、学术兴盛之风体现在文学思想上，则是宋人以诗来体现才学。与唐人作诗重性情不同，"以才学为诗"是全面高涨的宋代文化思潮在诗歌创作上的一种表现。宋人认为诗歌的艺术造诣与诗人学问修养是连在一起的，诗人功力的显示主要表现在语言技巧上的用典、句法和炼字等方面。黄庭坚的文章与书信不厌其烦地强调"词意高胜，要从学问中来"③，"更精读千卷书，乃能毕兹能事"④，"子苍之诗，今不易得。要是读书数千卷，以忠义孝友为根本，更取六经之义灌溉之"⑤，"所作文字，甚有笔力，他日可为诸父雪耻。但须勤读书令精博，极养心使纯静，根本若深，不患枝叶不茂也"⑥。针对杜诗中的才学，黄庭坚总结出著名的"点铁成金"之法，实已把"以才学为诗"

---

① （清）赵翼著、王树民校证：《廿二史札记校证》卷25"宋制禄之厚"条，中华书局2003年第2版，第560页。

② （宋）王安石：《答曾子固书》，《临川先生文集》卷73，中华书局1959年版，第779页。

③ （宋）黄庭坚：《论作诗文》，载《黄庭坚全集》，四川大学出版社2001年版，第1684页。

④ （宋）黄庭坚：《书旧诗与洪龟父跋其后》，载《黄庭坚全集》，四川大学出版社2001年版，第703页。

⑤ （宋）黄庭坚：《与韩纯翁宜义》，《黄庭坚全集》，四川大学出版社2001年版，第1378页。

⑥ （宋）黄庭坚：《与济川侄》，《黄庭坚全集》，四川大学出版社2001年版，第498页。

上升为主要的理论标准。

　　宋代文化是中国古代文化走向成熟的范型，崇尚传统、重视心性修养成为一代风尚，在诗歌创作中则要求艺术作品充满书卷气。费衮《梁溪漫志》云："作诗当以学，不当以才。诗非文比，若不曾学，则终不近诗。"① 滥用典故本是西昆体诗人的一大通病，欧阳修却从"学问"的角度肯定了他们"雄文博学，笔力有余，故无施而不可"②。对当代诗人的评价，宋人也以"才"与"学"区分，如"放翁，学力也，似杜甫。诚斋，天分也，似李白"③。在"学"与"才"的对比中，宋人强调"学"重于"才"，如宋神宗比较李白、苏轼的才与学的言论反映了宋人的这一基本看法："上（神宗）一日与近臣论人材，因曰：'轼方古人孰比？'近臣曰：'唐李白文才颇同。'上曰：'不然，白有轼之才，无轼之学。'"④ 在宋人眼里，杜甫是重视学问的典范，相对而言，李白才华横溢而学力不逮，而本朝的苏轼则是才学双全的士人楷模。

　　胡应麟在评析宋人学杜时云：

　　　　宋人学杜得其骨，不得其肉；得其气，不得其韵；得其意，不得其象，至声与色并亡之矣。神韵遂无毫发。如无己哭司马相公三首，其瘦劲精深，亦皆得之百炼，而神韵遂无毫厘。⑤

　　意为宋人对杜诗的学习与传承，不在于"声色"与"神韵"，而主要表现在"气格命意"、"筋骨思力"等方面。这恐怕也是唐诗与宋诗的区别。可见，宋人对杜诗的接受与发展是有选择的，他们以时代特定的审美理想对杜诗进行了重新解读，从学杜而变杜，最终自成一家。

　　① （宋）费衮：《梁溪漫志》卷7，影印文渊阁《四库全书》本。
　　② （宋）欧阳修：《六一诗话》，载（清）何文焕辑《历代诗话》，中华书局1981年版，第270页。
　　③ （宋）刘克庄：《后村诗话》前集卷2，中华书局1983年版，第33页。
　　④ （宋）陈岩肖：《庚溪诗话》卷上，载丁福保辑《历代诗话续编》，中华书局1983年版，第170页。
　　⑤ （明）胡应麟：《诗薮》内编卷4，上海古籍出版社1979年版，第60页。

宋代士人兼有诗人、学者、官僚三重身份，"以学问为诗"蔚成风气。唐代"选学"大兴，唐人固然熟读《文选》，但作诗多出于性情，较少受经典的约束。至宋，经史子集皆进入了士人的治学范围，修身养性、饱读经典成为宋人必备的功课。宋人更重修养，并不满足做一个诗人，而期冀做一个儒者，认为"文章最为儒者末事"①。翁方纲说："谈理至宋人而精，说部至宋人而富，诗则至宋而益加细密。盖刻抉入里，实非唐人所能囿也。"又云"宋人之学，全在研理日精，观书日富，因而论事日密"②。因而，"以学问为诗"乃是时代风气使然。

胡应麟在《诗薮》中说："李、杜两家，其才本无优劣，但工部体裁明密，有法可寻；青莲兴会标举，非学可至。又唐人特长近体，青莲缺焉，故诗流习杜者众也。"③吴沆亦云："杜甫长于学，故以字见工；李白长于才，故以篇见工；韩愈长于气，故以十数篇见工"④。杜甫的长于学，给宋人树立了"有规矩故可学"⑤的榜样。

杜甫自言"七龄思即壮，开口咏凤凰"（《壮游》），固然源于艺术的天赋，但后天的锤炼之功却是成就他诗学造诣的关键因素。杜甫视诗歌为生命，用全副心血作诗，杜诗屡次提到作诗的认真和辛苦，诸如"读书破万卷，下笔如有神"、"新诗改罢长自吟"、"颇学阴何苦用心"、"语不惊人死不休"、"晚节渐于诗律细"、"遣词必中律"等等，即可见其端倪。王嗣奭在《杜臆》中说："此公一生精力，用之文章，始成一部杜诗。"⑥宋人王直方更是把杜诗看成学问的渊薮："不行一万里，不读万卷书，不可看老杜诗也。"⑦李复在回答别人请教杜诗出处

———————————

① （宋）黄庭坚：《答洪驹父书》，《黄庭坚全集》，四川大学出版社 2001 年版，第 475 页。

② （清）翁方纲：《石洲诗话》卷 4，人民文学出版社 1981 年版，第 119、122—123 页。

③ （明）胡应麟：《诗薮》外编卷 4，上海古籍出版社 1979 年版，第 190 页。

④ （宋）吴沆：《环溪诗话》卷中，中华书局 1988 年版，第 131 页。

⑤ （宋）陈师道：《后山诗话》，载（清）何文焕辑《历代诗话》，中华书局 1981 年版，第 304 页。

⑥ （明）王嗣奭《杜臆》卷 8，上海古籍出版社 1983 年版，第 262 页。

⑦ 《王直方诗话》，载郭绍虞辑《宋诗话辑佚》，中华书局 1980 年版，第 23 页。

时说："杜读书多，不曾尽见其所读之书，则不能尽注。"① 在以学问为诗成了诗坛的风习之后，饱含着学问的杜诗很自然赢得了宋人的青睐，成为学诗的范本。

二　宋代杜诗学的"题中应有之义"

（一）所谓"杜诗学"

在杜诗研究领域，"杜诗学"名称的提出，源于学术意识的自觉。在传统学术研究领域，古代学者著书立说多出于自发的兴趣，并无自觉的学科意识。随着西风东渐与近代学术转型，学科划分越来越精密，学术研究也成为学者这一群体自觉的追求。当学术领域积累了丰厚的研究成果之时，建立学统水到渠成地提上了议事日程。从20世纪末开始，学术界就加快了学术史梳理的进程，也加快了开"学"立"派"的努力。固然，这种努力不仅有其必要性，而且有其可行性，但是不问允当与否，径称自己的研究为某"学"似已成为学界的风习，一时之间，几乎无往而不"学"。似乎一个专题研究如果"升格"为学，则身价倍增，仿佛眨眼之间摇身一变，由诸子升格为六经。这种现象，一方面源于"地盘"意识和浮躁心态；另一方面则因为在学者的潜意识里，认为研究对象的重要性与研究工作本身的意义成正比。

客观地讲，一种学术研究一旦以"学"名之，似应具备以下条件：首先，就历史来讲，研究对象在不同的历史语境中已经积淀相当丰厚的成果，在时间和空间、深度和广度上拥有相当的基础和规模，能够形成自身较为独立的学术谱系。研究对象在其所以产生的文化语境中有着举足轻重的地位，并对后世的文化生态产生了深远影响。其次，就当下来讲，研究对象自身必须具有丰富的文化内涵，研究领域已积淀了丰厚的研究成果，有了进行系统总结的必要。最后，就未来发展而言，研究对象应有广阔的可阐释空间，有着长久的生命力和潜力。以是观之，杜诗研究称其为"学"已具有了可能。

---

① （宋）李复：《与侯谟秀才书》，《潏水集》卷5，影印文渊阁《四库全书》本。

最早提出"杜诗学"这一名目者为金人元好问（1190—1257），其《杜诗学引》有云：

> 杜诗注，六七十家，发明隐奥，不可谓无功，至于凿空架虚，旁引曲证，鳞杂米盐，反为芜累者亦多矣。要之，蜀人赵次公作《证误》，所得颇多，而托名于东坡者为最妄，非托名者之过，传之者过也。

> 窃尝谓子美之妙，释氏所谓学至于无学者耳。今观其诗，如元气淋漓，随物赋形；如三江五湖，合而为海，浩浩瀚瀚，无有涯涘；如祥光庆云，千变万化，不可名状，固学者之所以动心而骇目。及读之熟，求之深，含咀之久，则九经百氏，古人之精华，所以膏润其笔端者，犹可仿佛其余韵也。夫金屑、丹砂、芝术、参桂，识者例能指名之，至于合而为剂，其君臣佐使之互用，甘苦酸盐之相入，有不可复以金屑、丹砂、芝术、参桂名之者矣。故谓杜诗为无一字无来处，亦可也；谓不从古人中来，亦可也。前人论子美用故事，有着盐水中之喻，固善矣。但未知九方皋之相马，得天机于灭没存亡之间，物色牝牡，人所共知者为可略耳。

> 先东岩君有言，近世唯山谷最知子美，以为今人读杜诗，至谓草木虫鱼皆有比兴，如试世间商度隐语者，此最学者之病。山谷之不注杜诗，试取《大雅堂记》读之，则知此翁注杜诗已竟，可为知者道，难为俗人言也。

> 乙酉之夏，自京师还，闲居崧山，因录先君子所教与闻之师友之间者为一书，名曰《杜诗学》，子美之传志年谱，及唐以来论子美者在焉。候儿子辈可与言，当以告之，而不敢以示人也。六月十一日，河南元某引。①

此文评价南宋注杜情况，述及著书之旨，正式提出了"杜诗学"之名目。注杜之学，至南宋而极盛，号"千家注"，对杜诗的释事解义

---

① 狄宝心校注：《元好问文编年校注》卷1，中华书局2012年版，第91—92页。

等皆有开拓之功。但宋人逞博炫奇之习亦尽显露，空虚无据之言、穿凿附会之解亦充斥其间。富有意味的是，南宋的杜诗研究成果丰厚，号"千家注"，而杜诗学的名目却由北方的金人元好问提出。

南宋与金元长期对峙，造成南北悬隔。南北之间仅仅通过官方互派使者和民间商贸，进行有限的交流。由于南宋文化整体水平远远高于北方，对北方文化形成辐射。南宋的杜诗著作可能随着文化交流传入北方，并推动北方杜诗学的发展。元好问正是在南宋杜诗学的影响下，编纂了《杜诗学》一书，并首先提出"杜诗学"之名，成为杜诗学史上值得关注的现象。

《金史》谓"其（元好问）所著文章诗若干卷、《杜诗学》一卷"①，此后之诸家著录，皆作一卷。看来《杜诗学》的篇帙不大，当属无疑。原书已佚，只留下这篇引文，成为杜诗学史上弥足珍贵的文献。这篇引文首先对当时注杜的繁盛景象提出了公允的批评，指出赵次公注之精与伪苏注之非，皆为确当之评，颇具批评大家的手眼。其次以系列比喻对杜诗蕴含的"才学"之高妙予以提示，实为黄山谷"无一字无来处说"的申述。末叙《杜诗学》一书的体例内容，大要有三：一是元好问闻见于其父及师友间论杜之语的撮录；二是唐至南宋有关杜诗的评论的汇集；三是杜甫传志年谱的辑录，估为两唐书杜甫本传和元稹所撰墓志，这是当时有关杜诗著述的体例。以此引文来考察《杜诗学》原书，这一篇幅并不大的著述带有杜诗研究资料汇编的性质，其体例类同蔡梦弼的《草堂诗话》和方深道的《诸家老杜诗评》。根据历代书目的著录，这部著作流传的范围很小，大约在明代就失传了，明清两代的杜诗注本皆未采录其内容。况且，自元好问提出"杜诗学"一语，几成空谷足音，嗣后并无继响，因此与现代意义上的"学"尚有距离。

对于元好问的这部《杜诗学》，现代研究者大都给予很高的评价，或谓之"系统的理集阐述"②，或谓"元好问的《杜诗学》，是以杜诗

---

① 《金史》卷126，中华书局1975年版，第2742页。

② 黄志辉：《全面认识杜学发展的历史和现状》，《杜甫研究学刊》1992年第3期。

辑注之学为根柢，以杜诗谱志之学为其线索，以唐、宋、金诸家论杜为参照，确实是一部博综群言、体例完备的杜诗学专著"①。元氏所纂《杜诗学》固为第一部研究杜甫的专书，但似乎不能以此追认元氏是"杜诗学"成立的鼻祖，此书就是杜诗学史上的首部论著，以证明杜诗学源渊有自。其实，亦大可不必汲汲于为"杜诗学"正名，庄子早就用他睿智的"卮言"警示后人："名者，实之宾也。"实际上，两宋研杜的盛况已经说明，"杜诗学"纵无其"名"，已具其"实"。无论"杜诗学"的概念何时提出，杜诗在中国诗学史和文化史上投射的巨大身影都是不容忽视的。

学科意义上的杜诗学为现代学者所提出，体现着现代学者的学科自觉意识，以期使杜诗研究真正做到"实至"而"名归"。关于杜诗学的称名，究竟定名为杜诗学、杜学还是杜甫学，在杜甫研究界尚存在不同看法。关于杜诗学的内涵，学界亦颇有争议。廖仲安认为："杜诗学，简称'杜学'，顾名思义，就是'有关杜甫诗歌的一切学问。'"②傅光则致力于辨析"杜诗学"与"杜学"的区别，以确立此学科的内涵外延③，其说较为笼统。胡可先试图建立杜诗学的框架，析杜诗学为八类：一是杜诗目录学；二是杜诗校勘学；三是杜诗注释学；四是杜诗史料学；五是李杜优劣论；六是杜诗历史学；七是杜诗文化学；八是杜诗学的研究进程④。但是，其所分八类之间互有交叉和重叠。杜诗海涵地负，杜诗学天地广阔，学科体系的建立还将有大量的工作要做。我们认为，对于杜诗学的内涵，与其采取"分门别类"体的"块状"切割法，毋宁先采取"断代编年"体的"段状"分类法，先将各个时段的杜诗学考察清楚，以便理清杜诗学发展的脉络。因之，笔者侧重于在"杜诗学史"意义上使用"杜诗学"这一术语，在内涵上将研杜、论杜、注杜、尊杜、学杜等都囊括在这一概念之下。

从杜甫研究的整体发展历程来看，杜诗学这一命题从提出到广泛采

---

① 詹杭伦、沈时蓉著：《元好问的杜诗学》，《杜甫研究学刊》1990 年第 4 期。
② 廖仲安：《杜诗学》，《首都师范大学学报》1994 年第 5 期。
③ 傅光：《论杜学的定义与内涵》，《人文杂志》1999 年第 3 期。
④ 胡可先：《杜诗学论纲》，《杜甫研究学刊》1995 年第 4 期。

用，说明杜甫研究发展到现阶段，面临着对历代研究成果进行总结的必要。研究者们必然希望在规律性的讨论和学科性的归纳上有所推进。在这样承前启后、继往开来的学术史影响下，杜诗学这一学术命题将会成为总结现有研究成果、开拓未来研究空间的重要契机。目前，已有论著做了不少的开创工作，如许总的《杜诗学发微》可谓导夫先路，胡可先的《杜诗学引论》已初具规模，但成体系之作还有待来者。杜诗学内涵的界定和体系的建立尚有大量工作要做，其研究前景十分广阔，杜诗学必将成为未来杜甫研究的重要领域。

（二）研究史与接受史的多重视角

一部宋代杜诗学史，在学理上应该既是杜诗研究史，也是杜甫的接受史和影响史。其中，研究史与接受史代表了宋代杜诗学史的两翼，宋人在整理研究杜诗的基础上，学习接受杜诗，又在接受杜诗的过程中，深化对杜诗的研究，此二者关联紧密，无法割裂。

李剑锋在《元前陶渊明接受史》中认为："一部作品的接受史便是一部后代读者对作品及前代读者的接受成果的继承发展史、扬弃创造史，是凝定与新变、积淀与突破辩证结合的历史。考察一部作品的接受史，最应注意描绘的是积淀性成果形成的轨迹和突破性成果产生的历程，以及它们形成、产生的原因。"① 接受史和研究史有交叉有重叠，也有侧重点的区别，陈文忠先生在其《中国古典诗歌接受史研究》前言中，着重强调了接受史与研究史之间存在着根本的区别：

> 首先，从对象范围看，研究史涉及的范围大于接受史。研究史的范围，除了历代评论家对作品的不同分析评价外，广泛涉及到版本源流、本事考证、成书过程、作家的生平事迹等内容。接受史以审美经验为中心，集中考察历代读者对文学作品的审美反应，进而窥探审美观念和价值取向的发展变化，并寻求其变化的原因。……
> 其次，从主体态度看，研究史偏重客观科学的整理，接受史则

① 李剑锋：《元前陶渊明接受史》，齐鲁书社 2002 年版，第 4 页。

强调主观能动的阐释。研究史或学术史的整理目的，或者是总结一
个阶段的学术成果，或者为未来的学者提供学术指南，或者为个人
的学术课题作系统的前期准备。这就要求研究史的整理者，既做到
全面系统，又力求客观科学，这样才能使学术的发展建立在客观可
靠的基础之上。接受史研究的重要意义，在于沟通古今的审美经
验，实现历史视野与现实视野之间的融和，从而发挥文学的社会造
型功能。①

　　新时期的古典文学研究中，接受史和学术史的研究越来越受到学
者的关注，近年兴盛起来的学术史研究思潮，即以学术历程的回顾反
思为主要内容。程千帆《张若虚〈春江花月夜〉的被理解与被误解》
一文，通过考察经典名篇《春江花月夜》的接受情况，展示出文学
接受过程中所存在的极为复杂的情形与错综变化的时代特征，堪称接
受史研究的经典范例。此文在开头部分指出："在文坛上，作家的穷
通及作品的显晦不能排斥偶然性因素所起的作用，这种作用有的甚至
具有决定性。但在一般情况下，穷通显晦总是在一定的历史社会条件
下发生的，因而是可根据这些条件加以解释的。探索一下这种变化的
发展，对文学史丰富复杂面貌形成过程的认识，不无益处。"② 依照
程先生的看法，接受史的研究并不能仅仅停留在"研究的研究"之
单一层面上，而应上推到文学史的研究。因而广义上讲，接受史也是
文学史不可或缺的一部分。

　　结合宋代杜诗学的实际，接受史的研究是我们尤须关注的问题，而
接受的基础是阐释。现代阐释学的奠基人加达默尔认为在阐释者与作者
之间，"有一个不可消除的差异，而这种差异是由他们之间的历史距离
造成的。每一个时代必须以它自己的方式来理解流传下来的本文，因为

---

① 陈文忠:《中国古典诗歌接受史研究》前言，安徽大学出版社1998年版，第6页。
② 程千帆:《张若虚〈春江花月夜〉的被理解与被误解》，《文学评论》1982年第4
期。

这本文是属于整个传统的一部分"①，这说明任何一个阐释者都是处于特定的历史文化环境之中的，他们拥有一种先在的认知结构或者说期待视野，阐释即是本文拥有的过去视界同阐释者拥有的现在视界的融合。由此他批评了传统的把理解视为"还原"的社会历史批评方式，认为"对于同一部作品，其意义的充满正是在理解的变迁中得以表现，正如对于同一个历史事件，其意义是在发展过程中继续得以规定一样"②。因此，阐释者难免带有自己的思想感情、常识经验和历史社会背景，总是自觉或不自觉地充分发挥潜在经验的作用，从而使其理解带有强烈的个人色彩。所以，诠释出来的意义未必符合作者本来的意图，甚至带有某种方向性的偏离，从而造成了读者的"误读"接受。就此种意义而言，"误读"现象在所难免，正如哈罗德·布鲁姆所言："阅读，如我们在标题里所暗示的，是一种延迟的、几乎不可能的行为，如果更强调一下的话，那么阅读总是一种误读。"③

　　因此，在文学史上，我们常常会看到这样的情况，一些后来被视为"伟大"的作家在生前并没有获得应有的声誉，甚或默默无闻，直到身后相当长的历史时期，人们才逐渐认识到其作品的价值，正所谓"千秋万岁名，寂寞身后事"（杜甫《梦李白》其二）。与此相反，也有一些作家在某种特定的历史语境中，因迎合了当时某种文学思潮或主流意识形态而煊赫一时，引得洛阳纸贵，而一旦时过境迁，就变得无声无息，当人们从遥远的后代追溯诗史时，甚至忘记其曾经煊赫的存在。还有一些作家，一直处于毁誉参半的境地，随着时间的推移，其命运一再被改写。这些表现各异的文学现象，不仅说明作家的复杂多面和作品的价值多元，也说明时代的评判标准并非恒定不变。因此，要客观评价和衡量作品所具有的意义与价值，除了把作家作品还原到具体的社会与文

---

　　①　[德]加达默尔：《真理与方法——哲学诠释学的基本特征》，洪汉鼎译，上海译文出版社1986年版，第380页。

　　②　同上书，第479—480页。

　　③　[美]哈罗德·布鲁姆：《误读图示》，朱立元、陈克明译，天津人民出版社2008年版，第1页。

化环境中加以考察外，还应对其在流传过程中的种种因素加以综合分析，这样才能比较准确地解释某些文学现象，厘清文学发展的具体环节。

传统的文学史研究，往往以作家和作品为中心，以探讨作品的意义为出发点，进而探究作家与作品的深层关系。在方法论上多采用社会—历史批评方法，致力于挖掘作品产生的社会背景、作家生平经历、思想人格对创作的影响等。这种方法强调文学生产过程的源头，注重作家及作品的主体性，但在很大程度上忽略了接受者的主观能动作用，忽略了作品接受的时代背景、接受者的群体与个体差异等重要因素。文学史的成形是各种复杂的社会现象与精神现象的合力所致，一个作家能否为人所接受，一部文学作品能否得以流传，除了其自身所应具备的内在价值之外，还有赖于适宜的社会背景、传播媒介以及千变万化的读者接受形态。因之，作品的完成恰恰是接受的开始，相当于开创了一个作家与读者共享的公共空间。在这个空间里，作家只占据了一部分位置，甚至是很小的一部分，留下较大的空白等待读者去填充。从这个意义上说，与创作相比，接受是一种更为普遍的文学活动，一部作品的生命力之所以穿越时空的隧道而绵延不绝，与读者的积极参与密不可分。实际上，作品不可能是作者自己的喃喃自语，他在创作时必然有一种阅读的期待。因之，作品成为一种有待读者激活，用读者自己的感情去印证和展开的精神性产品。文学史不应当只是作家加作品的简单罗列，而应该是读者参与的开放体系。

接受美学最突出的特点，就是以读者为出发点来研究文学问题，认为作品的意义和价值是在阅读过程中由读者重新赋予的。原联邦德国康斯坦茨学派代表人姚斯和伊瑟尔在现象学和哲学解释学的基础上，于20世纪60年代创立了这一文学理论体系。接受美学提出了"期待视野"和"审美距离"两个重要概念，姚斯认为，在阅读一篇作品之前，读者已经形成了关于这部作品应该具备什么样的道德内涵、艺术风格、语言形式等方面的思维定式，这种思维定式，他称之为"期待视野"，它规定了读者理解作品的边界和限度。据此，姚斯进一步认为，既然读者的期待视野是在给定的文化氛围中形成的，那就不可避免地带有个人的和时代的局限，从而在期待视野与作品之间产生距离，他谓之"审美距离"。在此基础上，姚斯区分了文本和作品两个概念，认为文本是否成为具有"文学性"的作品，完全取决于读者，没有经过读者阅读的文本只是一个"召唤结构"，只有经过读者的阅读，文本才成其为"作品"。这一区分完成了由文本中心论向读者中心论的转移，使读者成为作品意义的构建者。

按照接受美学的观念，文学史应该是变动不居的过程，而非完成式的、静态的事实总和。既然文本是一个有待读者的开放式结构，那么文学史就是一部读者阅读作品的历史，一部以读者为中心的接受史。对于这一现象，姚斯在他的著作中用了一个精彩的比喻予以解释："一部文学作品，并不是一个自身独立、向每一时代的每一读者均提供同样的观点的客体。它不是一尊纪念碑，形而上学地展示其超时代的本质。它更多地像一部管弦乐谱，在其演奏过程中不断获得读者新的反响，使本文从词的物质形态中解放出来，成为一种当代的存在。"① 接受美学把久未受到重视的读者之维推到了文学活动的前台，认为接受者是文学活动整个系统中能动的构成要件，强调文本的开放性，完成了由文本中心向读者中心的转移，首次使读者成为作品意义的构建者，具有重要的文学本体论意义。

通过接受理论，观照今天的古典文学研究，以接受的视角重新审视文学史，有助于打破单一链条式的文学发展模式，深入考察文学的生产、消费、再生产的动态过程，从而形成由"作家创作史"和"读者接受史"双线互补的文学史研究新格局。与西方接受美学相比，中国古典诗论偏向于一种泛接受美学，它既关乎诗的作品论，又关乎诗作的生成论，作者、作品、读者是三位一体的。同一作品的接受变化，取决于不同时代的精神需求和不同读者的审美差异。西方谚语中有"一千个读者有一千个哈姆雷特"的说法，中国文化传统中也有类似的说法，董仲舒《春秋繁露·精华》中有一段著名的论述："《诗》无达诂，

---

① ［德］H. R. 姚斯、［美］R. C. 霍拉勃：《接受美学与接受理论》，周宁、金元浦译，辽宁人民出版社 1987 年版，第 26 页。

《易》无达占，《春秋》无达辞。从变从义，而一以奉人。"① 刘向《说苑·奉使》也说："传曰：《诗》无通诂，《易》无通吉，《春秋》无通义。"② 所谓"《诗》无达诂"，意即理解《诗经》不应固执一端，拘于一义，而要注意其多义性，追求触类旁通。"《诗》无达诂"的传统阐释学思想充分强调了读者理解的变通能力，也给我们以接受的视角考察杜诗在宋代的经典化提供了借鉴。

依照阐释学和接受美学的理论，一部宋代杜诗学史，应该既是一部研究史、阐释史，也是一部接受史、影响史。在很大程度上，宋代杜诗学与杜诗学的其他历史阶段有所不同，宋人通过研究杜甫而接受杜甫，通过学习杜甫而自成一家，形成了完全不同于"唐音"的"宋调"。因此，在宋代杜诗学中，"接受"和"影响"的成分占据了很大比重。对宋代的杜甫研究做出再研究，对宋代的杜甫评价做出再评价，从而对宋代杜诗研究的功过是非和成败得失做出一定的价值判断，这固然是带有学术史意味的题目中不可或缺的"题中应有之义"，但是，除却对宋代杜甫研究的功过是非做出评价，我们不能忽视宋代杜甫研究和评价之所以生成的外在文化动因和内在的诗学走向，也不能回避宋诗与杜诗的关联性，所以在关注这个问题时与其采取宋人研究杜甫的单一视觉，毋宁采取宋人重塑杜甫和杜诗向宋诗学渗透的双重视角。

三　研究现状与本书旨趣

在整个杜诗学史上，宋代和清代是杜诗学的繁盛期，也是学者关注的热点。目前，在相关学术领域，有关宋代唐诗学的研究已有三本专著，早期有傅明善的《宋代唐诗学》和蔡瑜的同名著作且已分别在大陆和台湾出版，稍后有王园的《唐诗与宋代诗学》，三书以宋人学唐为宏观背景，相关章节对宋代杜诗学有所涉及。杜诗学通论方面以许总《杜诗学发微》与胡可先《杜诗学引论》出版较早，发凡起例，初具框

---

① 苏兴义证：《春秋繁露义证》卷 3，中华书局 1992 年版，第 95 页。

② 向宗鲁校证：《说苑校证》，中华书局 1987 年版，第 293 页。

架。稍后有刘文刚的《杜甫学史》与吴中胜的《杜甫批评史》，分别持学术史与批评史的视角，皆以史为纲，以人物为纬。专题论文集有孙微与王新芳合著的《杜诗学研究论稿》、左汉林的《杜甫与杜诗学研究》与林继中的《杜诗学论薮》，三书以专题论文的形式，深化了杜诗学个案研究，对宋代杜诗学皆有论及。在杜诗学文献整理和研究方面，杜诗目录学有周采泉的《杜集书录》和郑庆笃、焦裕银、张忠纲、冯建国编著的《杜集书目提要》，搜罗完备，颇具规模。版本源流方面有万曼《唐集叙录》中的《杜集叙录》，洪业所编《杜诗引得》的序言部分，两著对杜诗文本源流理出了基本的线索。林继中《杜诗赵次公先后解辑校》和张忠纲《杜甫诗话校注五种》两种辑校本，为杜诗学基础文献研究打下坚实基础。在断代杜诗学史研究方面，有赫兰国的《辽金元杜诗学》、刘重喜的《明末清初杜诗学研究》和孙微的《清代杜诗学史》三书，对特定时段的杜诗学相关问题进行了细致的梳理与深入的探讨。近年杜集文本研究集大成之作，当推萧涤非主编的《杜甫全集校注》与谢思炜的《杜甫集校注》，作为现代学者的今注本，两书在参考古往今来杜诗研究成果的基础上，对杜甫全部存世诗文做了相当完备的校勘、编年、注释、评论等工作，为今后的杜甫研究提供了新的起点。

至于宋代杜诗学史方面的研究，主要集中在一些单篇论文，内容多侧重于宋代诸多诗人学者的学杜论杜，一鳞一爪，难见全豹。相关的三本专著各有侧重，取得了一定的成就。台湾学者蔡振念的《杜诗唐宋接受史》探究唐宋主要诗人与诗派对杜诗的接受，个案研究挖掘较深。杨经华的《宋代杜诗阐释学》以杜诗阐释为研究对象，主要就杜诗在宋代的注释评点以及伪注现象进行了探析。黄桂凤的《唐宋杜诗接受研究》从接受的角度出现，按唐宋的时代为序，以重要诗人为专题，就杜诗接受问题予以纵向梳理。关于专门的宋代杜诗学史，尚缺乏比较系统的专著。目前，宋代杜诗学的研究经过一段时间的积累已进入整合阶段，很有进行系统研究的必要，本书将于此尽力推进。

为了理清宋代杜诗学的发展过程，对宋代杜诗学有全局的把握，本书在做法上以史为经，以杜诗学史上重要人物和专题为纬，力求做到点

（杜诗学重要人物或论杜观点）、线（杜诗学动态发展过程）、面（群体学杜风尚）结合，在杜诗学一些重要观点和专题方面则予以展开论述，梳理其源流，分析其得失。在总体构思上，不自限于宋代杜甫研究这个层面，而持传播史、研究史、接受史、阐释史、影响史的多重视角。自有杜诗以来，杜诗的研究向为显学，成就甚丰，但有关杜诗学史的研究则相对薄弱，有关宋代杜诗学史的系统研究尚付阙如，特别是在宋代文化和诗学背景下考察杜诗在宋代的阐释和接受，既是当前学界的一个薄弱环节，也正是本书致力之所在。

第一章　宋调初起与诗学典范的选择

《文心雕龙·时序》言"时运交移，质文代变"，由于传统的惯性，这种"代变"中也蕴含着传承。因而一代文学的总体风貌往往源自对前代文学的继承和革新，唐人对建安风骨和齐梁诗风的批评融成了唐诗的气象，而宋人则在对唐代诗学的批评中铸就了宋诗的格调。然而，文风的递变通常表现出某种滞后和惯性，与政治的鼎革及社会的发展并非同步进行。因此，新朝开国之初的文学思潮多为前代之因袭与延续，如同初唐诗坛残留着六朝诗风，宋初诗风也是晚唐诗风的延续。一方面，后周世宗柴荣病死后，恭帝年幼，殿前都点检赵匡胤利用手中兵权，乘机发动陈桥兵变，黄袍加身，建立了大宋王朝，从此朝代更替，江山易姓；另一方面，文学本身有顽强的惯性，宋初的诗学与晚唐五代相比却并无大的变化，诗坛的风尚并不会因为政治变动而立即改头换面。以唐为法，祖尚唐音，乃宋初诗坛之风气。

与初唐的取法六朝所不同者，宋代诗人多数身兼创作者和评论者的双重角色，尚统意识和归属心态比之前代大为加强，传承宗风，开立体派，辨析源流成为他们的自觉追求。于是，宋人在学唐的过程中持续不断地选择可资师法的经典，以期由"宗唐"而"变唐"。宋人宗法的经典名单中，入围的唐代诗人先后有白居易、李商隐、贾岛、韩愈等人。如果我们纵向考察宋初诗坛，宋人选择师法对象的过程，也是宋代诗学动态发展的过程。这个过程中，杜诗最为晚出，却最终确立了诗坛至尊的地位。而在杜诗经典地位确立之前，诗坛学杜之音虽不绝如缕，却长期处于潜流。

一 宋初诗坛与杜诗的落寞

（一）王禹偁：两宋学杜的先声

宋初诗坛，沿袭唐音，为中晚唐诗风所笼罩。宋人以唐为法，学唐目的在于变唐而成宋调，但宋初的学唐却是亦步亦趋，只是唐风的延续，尚未见出宋人风格。刘克庄对此颇有批评："国初诗人，如潘阆、魏野，规规晚唐格调，寸步不敢走作，杨刘则又专为昆体，故优人有掎扯义山之诮。"① 在继承唐代诗学遗产的过程中，因时代风尚和个性喜好之不同，宋人开创了众多的"体"和"派"。体派名目之下聚集趣味相投的诗人，蔚成声势。"一部宋代诗歌史，从一定意义上而言，也是不同诗派与诗体的嬗变推衍的历史，从'体'与'派'来研究宋诗，或许更能看清'宋调'从酝酿、发生、成熟、变化乃至衰微的真实面貌"②，同样，从体派的消长也可看出杜诗学的发展历程。宋末方回对宋初诗人的体派与渊源有更为详细的勾勒：

> 宋划五代旧习，诗有白体、昆体、晚唐体。白体如李文正、徐常侍昆仲、王元之、王汉谋；昆体则有杨、刘《西昆集》传世，二宋、张乖崖、钱僖公、丁崖州皆是；晚唐体则九僧最逼真，寇莱公、鲁三交、林和靖、魏仲先父子、潘逍遥、赵清献之父。凡数十家，深涵茂育，气极势盛。③

诗风演进，可谓环环直扣，此消彼长。关于三体的消长和相生，晁说之云："本朝王元之学白公；杨大年矫之，专尚李义山；欧公又矫之，而归韩门；而梅圣俞则法韦苏州也。"④ 从白居易到李商隐再到韩

---

① 辛更儒：《刘克庄集笺校》卷95，中华书局2011年版，第4023页。
② 王水照主编：《宋代文学通论》，河南大学出版社1997年版，第80页。
③ （元）方回：《送罗寿可诗序》，《桐江续集》卷32，影印文渊阁《四库全书》本。
④ （宋）晁说之：《成州同谷县杜工部祠堂记》，《景迂生集》卷16，影印文渊阁《四库全书》本。

愈、韦应物，宋初诗人所师法的经典虽一再变化，杜诗却一直未能预其列，可看出当时杜诗的落寞。然而，我们从白体诗人王禹偁的诗作和诗论中可寻绎出他学杜的足迹，他可谓两宋学杜第一人。

宋初诗坛体派相继，渐次登场，最先出场的是一群白体诗人。其中以五代入宋的徐铉、杨徽之、李昉、李至、宋白等人为早期代表。他们学习白居易平易浅切的诗风，是宋初文化重建的主要力量，也是唱和诗风的代表人物。"宋初唱和诗的盛行，一方面反映五代入宋的一批文人，为了自身仕途的需要，而将诗歌作为君臣相娱的工具，使他们流于肤浅庸俗。另一方面，也是统治者喜好和提倡"①，除了这两方面的原因，也可能是因为白诗流传面广的缘故，李昉即以为"著述之多，流传之广，近代以来，乐天而已"②。李昉是典型的以文学起家而官至宰辅的文人，出身于文学世家，入宋以后主编《文苑英华》《太平广记》《太平御览》，历任宰辅之职，是宋初的政坛重臣兼文坛宗主。他对白居易诗极为喜爱和推崇，诗作颇似白居易晚年居洛诗的风调，表现出独善其身、知足保和的内敛心态。王禹偁《司空相公挽歌》云："须知文集里，全似白公诗。"可见，在他的心目中，近代诗人最著者莫过于白居易。最能体现李昉对白居易喜爱的是他和李至的《二李唱和集》，此集效中唐刘白唱和，是端拱元年至淳化二年他罢知政事，任尚书右仆射时与吏部侍郎兼秘书监李至唱和之作，吴处厚亦云："昉时务浅切，效白乐天体。晚年与李公参政至为唱和友，而李公诗格亦相类，今世传二李唱和集是也。"③

在"白体"诗人群中，王禹偁（954—1001）成就最高而生年较晚，其早年诗亦学白居易，诗酒唱和，优游闲适。其诗"尔来游宦五六年，吴山越水共新编。还同白傅游杭日，歌诗落笔人争传"④。真实描述了他在长洲任知县时优游山水、以诗遣兴的快意生活。史载罗处约

① 张毅：《宋代文学思想史》，中华书局1995年版，第21页。
② （宋）李昉：《王仁裕神道碑》，《全宋文》卷48，上海辞书出版社、安徽教育出版社2006年版，第172页。
③ （宋）吴处厚：《青箱杂记》卷1，中华书局1985年版，第3页。
④ 《酬安秘丞见赠长歌》，《小畜集》卷13，《四部丛刊初编》本。

知吴县，王禹偁知长洲县，日以诗什唱酬，苏、杭间多传诵。① 在任职期间，仅与游览太湖相关的唱和诗就有一百首之多，可见白居易怡情遣兴的唱和诗对他的影响。

淳化二年，王禹偁被贬商州，作有《得昭文李学士书报以二绝》："谪居不敢咏江蓠，日永门闲何所为。多谢昭文李学士，劝教枕藉乐天诗。左臣寂寥惟上洛，穷愁依约似长沙。乐天诗什虽堪读，奈有春深迁客家。"② 其着眼点也在以白诗表现的旷达人生态度来消解迁谪之忧，抚慰遭受政治挫折的心灵。这一年他与商州知州冯伉酬唱，写了百余首唱和诗，编为《商於唱和集》，比编定于淳化四年（993）的《二李唱和集》还早两年。因此，林逋所谓"放达有唐惟白傅，纵横吾宋是黄州"③，把他和白居易相提并论，也重在"放达"这一面。

作为"白体"的代表诗人，王禹偁是宋诗的开派人物。清吴之振云："是时西昆之体方盛，元之独开有宋风气，于是欧阳文忠得以承流接响。文忠之诗，雄深过于元之，然元之固其滥觞矣。"④ 严羽云："国初之诗，尚沿袭唐人，王黄州学白乐天。"⑤ 王禹偁也曾夫子自道："予自谪居，多看白公诗。"（《前赋春居杂兴诗二首》自注）他对自己的诗才亦颇自负，作于淳化四年的《览照诗》曾有颇为自信的期许："贫久心还乐，吟多骨亦清。他年文苑传，应不漏吾名。"王氏在翰林时，一代英主宋太宗曾预言："王某文章，独步当代，异日垂名不朽。"⑥ 但王禹偁与其说学白，毋宁说学杜。白易学而杜难至，在他心目中，杜是高不可攀的，所以他明言学白而实亦崇杜。

王禹偁论诗，初学白居易，进而喜好杜甫、李白。北宋初期诗坛风行的白居易体，并非白的讽谕诗，而是其唱和闲适诗。君臣之间，文人之间的酬唱之风大行于世，白居易与元稹、刘禹锡的唱和诗篇，就成为

---

① 《宋史》卷440《罗处约传》，中华书局1977年版，第13033页。

② （宋）王禹偁：《小畜集》卷8，《四部丛刊初编》本。

③ （宋）林逋：《读王黄州诗集》，《全宋诗》卷107，第1230页。

④ （清）吴之振、吕留良、吴自牧选：《宋诗钞·小畜集钞》小序，中华书局1986年版，第13页。

⑤ 郭绍虞：《沧浪诗话校释·诗辨》，人民文学出版社1983年版，第26页。

⑥ （宋）江少虞：《宋朝事实类苑》卷7，上海古籍出版社1981年版，第68页。

宋初诗坛仿效的对象。王禹偁初入诗坛也以唱和为能事，但是他效仿白居易，并不限于优游之唱和诗，还注意汲取白诗中关心社会现实与民生疾苦的讽谕精神，这一点也正是他通过白居易上追杜甫的体现。他的《对雪示嘉祐》有句云："胡为碌碌事文毫，歌时颂圣如俳优。"既是对过去自己某些应酬之作的反省，也是对当时大量流行的此类作品的否定。

王禹偁不满晚唐五代以来的浮靡文风而崇尚古文，《送孙何序》云："咸通以来，斯文不竞，革弊复古，宜有所闻。"① 对于文和道的关系则继承了韩柳古文运动以来的文道观。他还说："夫文，传道而明心也。古圣人不得已而为之也。且人能一乎心，至乎道，修身则无咎，事君则有立。及其无位也，惧乎心之所有不得明乎外，道之所蓄不得传乎后，于是乎有言焉。又惧乎言之易泯也，于是乎有文焉。信哉不得已而为之也。既不得已而为之，又欲乎句之难道邪，又欲乎义之难晓邪，必不然矣。"（《答张扶书》）王禹偁所谓的"道"强调儒家思想中操守正直、积极入世的一面，并非后来道学家所倡的内省自圣之学。《三黜赋》中自称："屈于身兮不屈其道，任百谪而何亏？吾当守正直兮佩仁义，期终身以行文。"在这些话中，可以看出王禹偁所传的道，要明的心，与空洞说教完全不同，乃是刚直不阿、正道直行的处世原则。苏轼赞他"雄文直道，独立当世"②，确为不刊之论。

在今存王禹偁的诗文中，最早提到杜甫的是《送冯学士入蜀》一诗："锦川宜共少年期，四十风情去未迟。蚕市夜歌欹枕处，峨嵋春雪倚楼时。休夸上直吟红药，多羡乘轺听子规。莫学当初杜工部，因循不赋海棠诗。"③ 清人仇兆鳌评此诗曰："'歌枕'、'倚楼'、'红药'、'子规'，皆杜诗所用者。前诗以'古'对'金'，此诗以'子'对'红'，皆假对法。杜诗'云薄翠微寺，天青皇子陂'，'子云清自守，今日起

---

①　（宋）王禹偁：《小畜集》卷19，《四部丛刊初编》本。

②　（宋）苏轼：《王元之画像赞并叙》，《苏轼全集校注》文集校注卷21，河北人民出版社2010年版，第2326页。

③　（宋）王禹偁：《小畜集》卷7，《四部丛刊初编》本。

为官'，少陵先有此法矣。"① 从字法着眼，指出王诗字规句模的学杜之迹。

淳化三年，王禹偁仿杜甫《八哀诗》作《五哀诗》，其序云："予读杜工部《八哀诗》，惟郑广文、苏司业名位仅不显者。余多将相大臣，立功垂裕，无所哀矣。噫！子美之诗，盖取'人之云亡，邦国殄瘁'而已，非哀乎时也。有未列于此者，待同志而嗣之云。"② 为当世人物以诗立传，意在以诗存史，是对杜诗"诗史"精神的弘扬。

其诗《前赋〈春居杂兴〉诗二首，间半岁不复省视。因长男嘉祐读〈杜工部集〉，见语意颇有相类者，咨于予，且意予窃之也。予喜而作诗，聊以自贺》：

> 命屈由来道日新，诗家权柄敌陶钧。任无功业调金鼎，且有篇章到古人。本与乐天为后进，敢期子美是前身。从今莫厌闲官职，主管风骚胜要津。③

"敢"者，"岂敢"也，表面自谦，实则颇为自负。因与杜诗"语意颇有相类"，而"作诗自贺"，显现出王禹偁诗的师法路径，即由白入手而上追老杜，学白只是学杜的津梁，对杜则是"虽不能至，心向往之"。对此，《蔡宽夫诗话》言之甚详：

> 元之本学白乐天，在商州尝赋《春居杂兴》云："两株桃杏映篱斜，妆点商山副使家。何事春风容不得，和莺吹折数枝花！"其子嘉祐云："老杜尝有'恰似春风相期得，夜来吹折数枝花'之句，语颇相近。"因请易之。王元之忻然曰："吾诗精诣，遂能暗合子美耶？"更为诗曰："本与乐天为后进，敢期子美是前身。"卒

---

① （清）仇兆鳌：《杜诗详注》附编《诸家咏杜》，中华书局 1979 年版，第 2266 页。
② （宋）王禹偁：《小畜集》卷 4，《四部丛刊初编》本。
③ （宋）王禹偁：《小畜集》卷 9，《四部丛刊初编》本。

不复易。①

其写给挚友冯伉的《日长简仲咸》有云：

> 日长何计到黄昏，郡僻官闲昼掩门。子美集开诗世界，伯阳书见道根源。风飘北院花千片，月上东楼酒一樽。不是同年来主郡，此心牢落共谁论。

以"子美集开诗世界"来评价杜诗，突出了杜诗继往开来的意义，钱钟书先生评此句说："用了当时算得很创辟的语言来歌颂杜甫开辟了诗的领域。"② 而且杜诗所开创的"诗世界"，已经超越了诗歌本身，"杜诗开出的这一新世界，不只是开拓了一些成熟的艺术手段，更主要的是以诗情诗境塑造出新的人格意象，创造了一种新的精神世界。这一人格意象与盛唐名士不同，而与宋儒强调的人格精神多有契合之处"③。

作为正道直行而屡遭贬谪的诗人，王禹偁自觉继承了杜甫关怀时事，忧国忧民的现实主义精神。其《谪居感事一百六十韵》有意追摹杜甫长律大篇，写自己刚直被谤、命途多舛的坎坷经历，夹叙夹议，沉郁悲凉，近于杜甫《北征》之风调。王禹偁描写现实的篇什，往往浅切者似乐天，深沉者似少陵。《对雪》《秋霖》《自嘲》《感流亡》等作，则表现出儒者的进取精神和仁者的博爱情怀，风格也极似杜甫。

不仅如此，在王禹偁的周围，亦有一些学杜者，形成了一个学杜的群体。年辈稍晚的孙何（961—1004）、孙仅（969—1017）兄弟与王皆以学杜相期，相互唱酬，王氏雅重孙氏兄弟，唱酬甚密。孙氏兄弟皆有论杜之文传世，孙何有《读杜子美集》，感叹杜甫"高名落身后，遗集

---

① （宋）蔡居厚：《蔡宽夫诗话》，载郭绍虞辑《宋诗话辑佚》，中华书局 1980 年版，第 405 页。

② 钱钟书：《宋诗选注》，人民文学出版社 1989 年版，第 5 页。

③ 查屏球：《从游士到儒士——汉唐士风与文风论稿》，复旦大学出版社 2005 年版，第 460 页。

出人间"①，特别是孙仅的《读杜工部诗集序》，从诗学演进的角度考察杜诗的价值：

> 中古而下，文道繁富，风若周，骚若楚，文若西汉，咸角然天出，万世之衡轴也。后之学者，瞀实聋正，不守其根而好其叶，由是日诞月艳，荡而莫返。曹、刘、应、杨之徒唱，沈、谢、徐、庚之徒和之，争柔斗葩，联组擅绣，万钧之重，烁为锱铢，真粹之气，殆将灭矣。泊夫子之为也，剔陈梁，乱齐宋，扶晋魏，潴其淫波，遏其烦声，与周楚西汉相准的。其复邈高耸，则若凿太虚而噏万籁；其驰骤怪骇，则若仗天策而骑箕尾；其首截峻整，则若俨钩陈而界云汉。枢机日月，开阖雷电，昂昂然神其谋、挺其勇、握其正，以高视天壤，趋入作者之域，所谓真粹气中人也。公之诗，支而为六家：孟郊得其气焰，张籍得其简丽，姚合得其清雅，贾岛得其奇僻，杜牧、薛能得其豪健，陆龟蒙得其赡博，皆出公之奇偏尔，尚轩轩然自号一家，爀世烜俗。后人师拟不暇，矧合之乎！风骚而下，唐而上，一人而已。是知唐之言诗，公之余波及尔。於戏！以公之才，宜器大任，而颠寇虏，汩没蛮夷者，屯于时耶，戾于命耶，将天嗜厌代，未使斯文大振耶？虽道振当世，而泽化后人，斯不朽矣！因览公集，辄洩其愤以书之。②

此序考察唐前诗风演进，肯定杜诗的开创之功，高度评价杜诗的成就与价值。并从诗歌史的角度辨析自中唐以来杜诗的影响，指出孟郊、张籍、姚合、贾岛、杜牧、薛能及陆龟蒙各得其一枝，尚能自成一家，从而赞颂杜诗继往开来之功，誉为"风骚而下，唐而上"的千古一人。

要之，在宋初的琐屑浅俗与风花雪月中，当宋初杜诗学一片沉寂之时，王禹偁先发学杜之音，独树一帜，拉开了两宋尊杜学杜的序幕。此后虽无嗣响，然王氏所谓"子美集开诗世界"，却如一个预言，在两宋

---

① （清）仇兆鳌：《杜诗详注》附编《诸家咏杜》，中华书局 1979 年版，第 2266 页。
② 《分门集注杜工部诗》卷首，《四部丛刊初编》本。

三百年里，杜诗确实开创了一个全新的诗歌世界。

（二）西昆体诗人眼中的"村夫子"

在继承唐代诗学遗产的过程中，宋代诗人形成了宗派观、群体观较强的特点，他们在思想和学术上都有自觉的尚统意识与归属感，开创了众多的"体"和"派"，每一个体派之下都聚合了一群趣味相投的诗人，宋诗的演进实为每一个诗体从发生、发展、演变、消亡的历史。正如《四库全书总目》所云：

> 宋代诗派凡数变，西昆伤于雕琢，一变而为元祐之朴雅。元祐伤于平易，一变而为江西之生新。南渡以后江西宗派盛极而衰，江湖诸人欲变之，而力不胜，于是仄径旁行，相率而为琐屑寒陋，宋诗于是扫地矣。①

诗风的演进过程，也是宋人不断选择诗学经典的过程。此前的唐末五代，诗坛已开始有了宗主之目，但杜诗尚未被人们充分重视。北宋蔡居厚指出"唐末五代，流俗以诗自名者"，"大抵皆宗贾岛辈，谓之贾岛格，而于李、杜特不少假借"。甚至杜诗中"冉冉谷中寺，娟娟林外峰。栏干更上处，结缔坐来重"这样很有特点的句子，也被"目为病格"，"以为言语突兀，声势蹇涩"②，这种不欣赏杜诗的余绪一直波及宋初。

晚唐体诗人以姚贾为宗，格局狭小，气象卑弱，并不能欣赏李杜高朗宏阔的诗境，孤山高隐林和靖即言："李杜风骚少得朋，将坛高筑竟谁登。林萝寂寂湖山好，月下敲门只有僧。"③

宋初三派中，西昆体气势最盛。欧阳修云："自杨、刘唱和，《西昆集》行，后进学者争效之，风雅一变，谓之昆体，由是唐贤诸诗集

---

① 《四库全书总目》卷167《杨仲宏集》提要，中华书局1965年版，第1441页。
② （宋）蔡居厚：《蔡宽夫诗话》"晚唐诗格条"，载郭绍虞辑《宋诗话辑佚》，中华书局1980年版，第410—411页。
③ （宋）林逋：《和皓文二绝》其一，《全宋诗》卷108，第1237页。

几废而不行。"① 方回论诗如四库馆臣所谓"大抵排西昆而主江西",但对于西昆体的盛行也评曰:"组织华丽,盖一变晚唐诗体、香山诗体,而效李义山,自杨文公、刘子仪始。欧梅既作,寻又一变。然欧公亦不非之,而服其工。"② 当时的诗坛,也流行对富雅华贵之美的激赏,如真宗在藩邸时,赏爱王钦若诗句"龙带晚烟离洞府,雁拖秋色入衡阳",以为"此语落落有贵气"③。

在这种诗坛风气影响下,杜诗的寂寞不闻可想而知,杨、刘作为馆阁词臣,其诗"穷妍极态,缀风月,弄花草,淫巧侈丽,浮华篡组"④,对杜诗中个人的困厄、民生的疾苦理解起来自然是隔了一层。刘攽《中山诗话》载:

> 杨大年不喜杜工部诗,谓为村夫子。乡人有强大年者,续杜句曰"江汉思归客",杨亦属对,乡人徐举"乾坤一腐儒",杨默然若少屈。⑤

在两宋诗人中,杨亿可谓第一个诋杜者。对于追求雍容华贵诗风的西昆体而言,所谓"村夫子",盖谓缺乏"富贵气"的乡村陋儒。杜甫一生,流离于草野,身被困厄,满目疮痍,其诗多有老病贫窭之语,如李白所勾勒的小像:"饭颗山头逢杜甫,头戴笠子日卓午。借问因何太瘦生,只为从前作诗苦。"其实,类似的批评后来亦有。杜甫有《解忧》一诗:"减米散同舟,路难思共济。向来云涛盘,众力亦不细。呀

---

① (宋)欧阳修:《六一诗话》,载(清)何文焕辑《历代诗话》,中华书局1981年版,第266页。

② 李庆甲集评校点:《瀛奎律髓汇评》卷3,上海古籍出版社2005年版,第124页。

③ (宋)胡仔纂集:《苕溪渔隐丛话》前集卷25,人民文学出版社1962年版,第171页。

④ (宋)石介:《怪说中》,《全宋文》卷626,上海辞书出版社、安徽教育出版社2006年版,第291页。

⑤ (宋)刘攽:《中山诗话》,载(清)何文焕辑《历代诗话》,中华书局1981年版,第288页。又见佚名《古今诗话》,载郭绍虞辑《宋诗话辑佚》,中华书局1980年版,第124页。

坑瞥眼过，飞橹本无蒂。得失瞬息间，致远宜恐泥。百虑视安危，分明
曩贤计。兹理庶可广，拳拳期勿替。"苏轼在《仇池笔记》卷下评此诗
云："杜甫诗固无敌，然'致远'以下句，真村陋也。世人雷同，不复
讥评，过矣。然亦不能掩其美也"，"村陋"之评，似与杨亿如出一辙。
但杜之写贫与中唐寒士诗人写贫有本质的区别。中唐孟郊《借车》云：
"借车载家具，家具少于车。"可谓言穷至极。杜公毕竟是在盛唐气象
和影响下成长起来的大诗人，即使写穷也要写得很大气，如"江汉思
归客，乾坤一腐儒。"此诗黄生评曰："一腐儒上着乾坤字，自鄙而自
负之辞。身在草野，心忧社稷，乾坤之内，此腐儒能有几人？"看来，
这位"乡人"倒是颇有眼光的，杜诗虽叹老嗟卑，但终受盛唐气象的
熏陶和濡染，此句确非寻常村夫子所能道。

对于杨亿的攻杜，时人颇有不平，如金人王若虚云："旧说杨大年
不爱老杜诗，谓之'村夫子语'。而近见《传献简嘉话》云：晏相常言
大年尤不喜韩、柳文，恐人之学，常横身以蔽之。呜呼，为诗而不取老
杜，为文而不取韩、柳，其识见可知矣。"① 后人亦有讥议，如沈德潜
《戏为绝句》之二云："杜陵岂是村夫子，一任儿曹笑未休。昆仑河源
不挂眼，转道黄河是浊流。"② 颇为杜甫鸣不平，写法亦类于杜甫《戏
为六绝句》。

我们在杨亿的文集中没有找到直接论杜的材料，如果《中山诗话》
这则记载是真实可信的，那么可以看出，当时执诗坛牛耳的杨亿居然连
老杜的名作《江汉》也没有读过。一方面说明杜诗在当时可能流传不
广；另一方面也说明杨对杜的讥评存在着严重的偏见。终宋三百余年，
与尊杜相比，抑杜的声音微乎其微。抑之者多从村陋穷愁着眼，如宋中
叶的徐积（1028—1103），字仲车，以节孝著称而"独行"③ 于时，他

① 《滹南遗老集》卷37《文辨四》，《四部丛刊初编》本。
② 沈德潜：《归愚诗钞》卷19，载《清代诗文集汇编》，上海古籍出版社2010年版，第216页。
③ 东坡评之"古之独行也，于陵仲子不能过"。参见《苏轼文集》卷72《徐仲车二反》，第2294页；张志烈、马德富、周裕锴主编《苏轼全集校注》文集校注卷72《徐仲车二反》，河北人民出版社2010年版，第8212页。

和晁补之、郭祥正"也许是欧阳修、苏轼后仅有的向李白学习的北宋诗人"①，徐氏曾云：

> 人之为文，须无穷愁态为善。如杜甫则多穷愁，贾岛则尤甚，李白又尽于放言，此皆贫贱之所忌。故退之欲人辍一饭之费以活己，又感二鸟而作赋，甚不可也。若孟子，人不知亦嚣嚣，直能受贱贫，而不枉道矣。②

徐氏对唐代几位大诗人都有批评，杜甫亦不能免。在《还崔秀才唱和诗》中，他似乎李杜并尊："子美骨格老，太白文采奇。"③ 但在《李太白杂言》中则说："盖自有诗人以来，我未尝见大泽深山、雪霜冰霰、晨霞夕霏、万化千变，雷轰电掣、花葩玉洁、青天白云、秋江晓月，有如此人，有如此之诗！屈生何悴，宋玉何悲，贾生何戚，相如何疲。人生胡用自缧绁，当须荦荦不可羁。乃知公是真英物，万叠秋山耸清骨。当时杜甫亦能诗，恰如老骥追霜鹘。"④ 以"老骥"喻杜甫，以"霜鹘"喻李白，另一首《和蹇受之》则云："翰林飞去秋鹰健，工部行来老骥迟"⑤，则把李杜比作"秋鹰"和"老骥"，这是宋人中少有的抑杜扬李的声音，虽颇具个性色彩，但很快淹没于宋人尊杜的浪潮中，故很少引起人们的注意。

二 诗文革新时期的杜诗学

文学革新往往因政治变革和思想文化运动而发，北宋诗文革新运动的历程和儒学复兴运动的兴起紧密相连。宋代古文复兴之初，宋人承中唐韩愈道统之说，欲建立文章之正统，且使文道合一，韩愈成为宋人诗

---

① 钱钟书：《宋诗选注》，生活·读书·新知三联书店 2002 年版，第 122 页。
② 徐积：《节孝集》卷 31，影印文渊阁《四库全书》本。
③ 《全宋诗》卷 642，北京大学出版社 1993 年版，第 7621 页。
④ 《全宋诗》卷 633，北京大学出版社 1993 年版，第 7557 页。
⑤ 《全宋诗》卷 648，北京大学出版社 1993 年版，第 7658 页。

文革新运动中首先树立的一面旗帜。自柳开开始，韩愈就在道统与文统两方面备受推尊，此后，李杜亦开始为人所重。新兴士人阶层登上政治舞台中心后，在出处大节上"以天下为己任"，"以名节相激励"，在文艺上则对西昆文风表现出不满，希冀以李杜的豪放矫正西昆的艳丽堆砌。杜甫和李白、韩愈在当时诗论中往往同时出现。杜甫开始为人所重视，但其影响尚未超过李韩。

（一）欧阳修论杜

作为庆历新政的领袖与诗文革新的先驱，范仲淹（989—1052）重视诗文的政治教化作用，认为"国之文章，应于风化，风化厚薄，见乎文章"①。由此，他对当时文风与士风提出严厉批评："今文庠不振，师道久缺，为学者不根乎经籍，从政者罕议乎教化，故文章柔靡，风俗巧伪，选用之际，常患才难。"② 主张为学与为政恢复古道，因而对于风靡一时的西昆体，颇有微词："泊杨大年以应用之才，独步当世。学者刻辞镂意，有希仿佛，未暇及古也。其间甚者专事藻饰，破碎大雅，反谓古道不适于用，废而弗学者久之。"③ 这些观点对后来的诗文革新运动产生深远影响。

因不满宋初诗文现状，以欧阳修（1007—1072）为旗手的诗文革新运动力矫时文之弊。在古代文学思潮中，所谓革新通常是通过复古的形式来完成的。在对古代作家的接受方面，欧阳修是尊韩的重要人物。对此，苏轼有极高的评价：

> 愈之后二百有余年而后得欧阳子，其学推韩愈、孟子以达于孔氏，著礼乐仁义之实，以合于大道，其言简而明，信而通，引物连

---

① 范仲淹：《奏上时务书》，载李勇先、王蓉贵校点《范仲淹全集》，四川大学出版社2008年版，第200页。

② 范仲淹：《上时相议制举书》，载李勇先、王蓉贵校点《范仲淹全集》，四川大学出版社2008年版，第238页。

③ 范仲淹：《尹师鲁河南集序》，载李勇先、王蓉贵校点《范仲淹全集》，四川大学出版社2008年版，第183页。

类，折之于至理，以服人心。故天下翕然师尊之。自欧阳子之存，世之不说者，哗而攻之，能折困其身，而不能屈其言，士无贤不肖，不谋而同曰："欧阳子，今之韩愈也。"①

这段话充分说明了欧阳修在诗文革新运动中的旗手地位。在诗歌方面，欧阳修推崇韩诗，又性喜李白，拉开了宋诗建设的序幕。张戒《岁寒堂诗话》卷上云："欧阳公诗，专以快意为主"，"欧阳公喜太白诗，乃称其清风明月不用一钱买，玉山自倒非人推"，"欧阳公诗学退之，又学李太白"。② 苏轼亦认为欧阳修"论大道似韩愈，论事似陆贽，记事似司马迁，诗赋似李白"③。

对于杜甫，欧阳修似乎不甚喜，据《邵氏闻见后录》载：

> 欧阳公于诗主韩退之，不主杜子美。刘中原父每不然之。公曰："子美'老夫清晨梳白头，玄都道士来相访'之句，有俗气，退之决不道也。"中原父曰："亦退之'昔在四门馆，晨有僧来谒'之句之类耳。"公赏中原父之辩，一笑也。④

此中"俗气"之谓，似与杨亿对杜诗的"村夫子"之贬相通，即所谓"村俗"之气。在《李白杜甫诗优劣说》一文中，欧阳修说："'落日欲没岘山西，倒着接篱花下迷。襄阳小儿齐拍手，大家争唱白铜鞮。'此常言也。至于'清风明月不用一钱买，玉山自倒非人推'，然后见其横放。其所以警动千古者，固不在此也。杜甫于白，得其一节而精强过之，至于天才自放，非甫可到也。"这段文字见诸《文忠集》卷129《笔说》。《四库全书总目》认为欧集唯前五十集（《居士集》）

---

① 张志烈、马德富、周裕锴主编：《苏轼全集校注》文集校注卷10，河北人民出版社2010年版，第978页。

② （宋）张戒：《岁寒堂诗话》卷上，载丁福保辑《历代诗话续编》，中华书局1983年版，第451—452页。

③ （宋）苏轼：《六一居士集叙》，载张志烈、马德富、周裕锴主编《苏轼全集校注》文集校注卷10，河北人民出版社2010年版，第979页。

④ （宋）邵博：《邵氏闻见后录》卷19，中华书局1983年版，第149页。

为欧阳修晚年自编，其余皆出自后人之手。那么题曰《李白杜甫诗优劣说》恐为好事者所加，与元稹所写杜甫墓志被《旧唐书》目为"李杜优劣"稍同。就上引《笔说》的这段文字看，着重点虽然是在赞扬李诗的豪迈奔放，认为杜甫在这方面不能企及，但又说杜甫"得其一节而精强过之"。可见，文意是各有褒扬，互有侧重的，似不能看作对李杜诗的总体褒贬，但在个性上欧阳修更偏爱李白，则是无疑。此后，欧阳修不喜欢杜诗也引起了众多的疑惑和猜测。刘攽在其《中山诗话》里讲到杨亿不喜杜诗后接着说："欧公亦不甚喜杜诗，谓韩吏部绝伦。吏部于唐世文章，未尝屈下，独称道李杜不已，欧贵韩而不悦子美，所不可晓；然于李白甚赏爱，将由李白超趠飞扬为感动也。"① 可见，其同时代人已表示"所不可晓"。

此后陈师道也表示不可理解，《后山诗话》云："欧阳永叔不喜杜诗，苏子瞻不好司马《史记》，余每与黄鲁直怪叹，以为异事。"② 陈岩肖则为之辨正："世谓六一居士欧阳永叔不好杜少陵诗。……六一于杜诗既称其虽一字人不能到，又称其格之豪放，又取以证碑刻之真伪，讵可谓六一不好之乎？后人之言，未可信也。"③ 许学夷则揣测欧阳修不好杜诗的用意在于矫正时弊："或问予：欧阳公不好杜诗，其意何居？曰：至和、嘉祐间，场屋举子为文尚奇涩，读或不成句，欧公力欲革其弊。既知贡举，凡文涉雕刻者，皆黜之。时杨大年、钱希圣、晏同叔、刘子仪为诗皆宗李义山，号'西昆体'。公又矫其弊，专以气格为主。子美之诗，间有诘屈晦僻者，不好杜诗，特借以矫时弊耳。"④

要之，欧阳修在艺术风格和个性上更接近李白、韩愈，但对杜甫也多有褒扬。如他在《堂中画像探得杜子美》中云："风雅久寂寞，吾思见其人。杜君诗之豪，来者孰比伦。生为一身空，死也万世珍。言苟可

① （宋）刘攽：《中山诗话》，载（清）何文焕辑《历代诗话》，中华书局1981年版，第288页。

② （宋）陈师道：《后山诗话》，载（清）何文焕辑《历代诗话》，中华书局1981年版，第303页。

③ （宋）陈岩肖：《庚溪诗话》卷上，载丁福保辑《历代诗话续编》，中华书局1983年版，第168页。

④ （明）许学夷：《诗源辩体》卷19，人民文学出版社1987年版，第221页。

垂古，士无羞贫贱。"① 从杜诗中所体现的人格精神及其深远影响对杜甫进行了高度的赞誉。在《感二子》诗中，他写道："昔时李杜争横行，麒麟凤凰世所惊。"② 把李白和杜甫比为并世的麒麟与凤凰，他还曾经对其子炫耀说："吾《庐山高》，今人莫能为，惟李太白能之。《明妃曲》后篇，太白不能为，惟杜子美能之。"③ 可见，对杜甫崇敬之深。依据这段话，仇兆鳌甚至说"欧公推服杜子美，固在太白之上"④，这虽反映了仇氏对杜甫的偏爱，但也有其一定的合理性，至少说明欧阳修是推崇杜甫的，只是在他心目中，杜甫的地位并未超过李白、韩愈。

欧阳修的文道观是"道胜文至"，他说："圣人之文虽不可及，然大抵道胜者文不难而自至也。故孟子皇皇不暇著书，荀卿盖亦晚而有作。若子云、仲淹，方勉焉以模言语，此道未足而强言者也。后之惑者，徒见前世之文传，以为学者文而已，故愈力愈勤而愈不至。此足下所谓终日不出于轩序，不能纵横高下皆如意者，道未足也。若道之充焉，虽行乎天地，入于渊泉，无之也。"⑤ 认为如果不注重道，只专意于文辞，不仅于学道无益，其文辞也只是轻飘飘的，徒有华丽的词语，达不到"不朽"的目标。所以，作家一定要重视"道"。与韩愈、柳宗元所不同的是，欧阳修所谓的"道"，不仅包括儒家传统的孔孟之道，还包括作家对现实社会的关注。在这种文道观下，他对西昆诗风和晚唐诗风，无论就其风骨还是辞藻，皆有批评，并开当时以豪放论杜之风，以矫正西昆晚唐气格之卑弱。

欧阳修《六一诗话》在粗线条地评价了晚唐的诗后，有云："唐之

① 洪本健：《欧阳修诗文集校笺》外集卷4，上海古籍出版社2009年版，第1356—1357页。
② 洪本健：《欧阳修诗文集校笺》居士集卷9，上海古籍出版社2009年版，第246页。
③ 叶梦得：《石林诗话》卷中，载（清）何文焕辑《历代诗话》，中华书局1981年版，第424页。
④ （清）仇兆鳌：《杜诗详注》附编《诸家咏杜》，中华书局1979年版，第2368页。
⑤ （宋）欧阳修：《答吴充秀才书》居士集卷47，载洪本健《欧阳修诗文集校笺》，上海古籍出版社2009年版，第1177页。

晚年，诗人无复李杜豪放之格，然亦务以精意相高。"① 以李杜同属"豪放"之格，在诗中又说"杜君诗之豪"。杜甫受盛唐文化的濡染，诗风自有海涵地负，雄深博大的一面，其《戏为六绝句》云"或看翡翠兰苕上，未掣鲸鱼碧海中"，明确标举雄壮的审美观。早在中唐时，白居易《与元九书》即云"诗之豪者，世称李杜"，说明称杜甫为"诗豪"已为唐人公认。欧阳修重弹老调，意在革新。诗文革新运动初期通过对李杜豪放诗风的模仿与移植，扩大了诗歌的表现力，使宋诗具有了不同于唐音的新面貌。

此时，诗坛流行豪健清雄之风，如石介《三豪诗送杜默师雄序》云："近世作者，石曼卿之诗，欧阳永叔之文辞，杜师雄之歌篇，豪于一代矣。"从而以"豪"论杜，且李杜并举，成为诗坛风尚，"豪放"谓杜的论调也一再出现。如宋初田锡论文主张以意为主，意明则气盛，气盛则文采从之而生，其《贻宋小著书》云："锡以是观韩吏部之高深，柳外郎之精博，微之长于制诰，乐天善于歌谣，牛僧孺辩论是非，陆宣公条奏利害，李白、杜甫之豪健，张谓、吕温之雅丽。锡既拙陋，皆不能宗尚其一焉。"② 在田锡那里，以"高深"、"精博"论韩柳，而将杜甫与豪放的李白并提，而且认为其诗作最鲜明的特色是"豪健"。这种看法在当时和稍后具有相当的代表性：

曼卿之诗，气雄而奇。大爱杜甫，独能嗣之。（范仲淹《祭石学士文》）

寂寞风骚主，先生第一材。诗魄踱斗室，笔力撼蓬莱。运动天枢朽，奔腾地轴摧。万蛟盘险句，千马夹雄才。势走岷峨尽，辞含混沌来。（张伯玉《读子美集》）

文物皇唐盛，诗家老杜豪。雅音还正始，感兴出《离骚》。（张方平《读杜工部诗》）

---

① （宋）欧阳修：《六一诗话》，载（清）何文焕辑《历代诗话》，中华书局1981年版，第267页。
② （宋）田锡：《咸平集》卷2，影印文渊阁《四库全书》本。

　　杜叟诗篇在，唐人喜力豪。（苏辙《和张安道读杜集》）
　　又闻杜工部诗如爽鹘摩霄，骏马绝地。（王谠《唐语林》卷2）

　　宋初诗坛，白体、西昆体、晚唐体等为一时主宰，诗人重闲适、情韵以及雕章琢句，诗风相对柔弱卑下，缺乏昂扬刚健气象，此所谓"文章柔靡，风俗巧伪"①。梅尧臣、苏舜钦、欧阳修等人崛起诗坛，矫昆体之弊，主张以"气格"挽救诗风的颓靡。论者早已指出，诗分唐宋的原因之一就是唐诗重"情韵"，而宋诗重"气格"。以气格为诗，更便于抒写诗人的豪放纵逸之情。这里既有诗学的原因，亦有历史文化的原因，正如张毅先生所论："诗人们在济世热情的鼓舞下，改变了清静无为、自然适意的生活态度，开始留意社会现实问题，力图振作精神，焕发热情，在诗歌创作中出现了一种追求雄豪的思想倾向。"②

　　在时代变革和诗风演进的双重作用下，平易浅切的白体、雅致华丽的昆体、狭隘琐屑的晚唐体，逐渐失去了存在的根据，诗歌创作开始出现一种新的精神风貌和审美追求，那就是对直抒胸臆、豪迈不拘的"豪放"诗风的好尚。"豪放"之风通过与其他诗风彼此渗透，影响到宋诗的审美取向。宋代的文学精神，经开国后半个多世纪的调整而确立，景祐前后正处于这一整合时期。此时，诗人开始走出唐人窠臼，努力追求各具特色的个性化诗歌风貌，从而导致了豪放与平淡、清丽、怪异、奇峭等诗风的并存。各种诗风往往又彼此交融，如石延年的豪宕而兼怪异，苏舜钦的豪放偶然间以闲丽，梅尧臣的雄奇而转为古淡，欧阳修的气盛力足而入于平淡畅易等。魏泰的《东轩笔录》描绘了当时诗坛的审美趣味："皇祐已后，时人作诗尚豪放，甚者粗俗强恶，遂以成风。"③ 以"豪放"论杜的发生，正是在时代风气推动下，诗人以时代的审美观重新阐释杜诗，借以抒发个人主张、摹写个人胸襟的结果。总

① （宋）范仲淹：《范文正公文集》卷9《四部丛刊》本。
② 张毅：《宋代文学思想史》，中华书局1995年版，第71页。
③ （宋）魏泰：《东轩笔录》卷11，中华书局1983年版，第128页。

之，以豪放、豪健论杜是诗史演进中对宋初柔靡诗风的反拨，是诗风流变中强调"气格"的必然产物。

同时，欧阳修及其同代人对杜甫诗歌的字法赞赏有加，由于其时杜集以抄本的形式流传，所谓人自"编摭"，难免出现脱、讹、衍、倒的情形，引得宋人猜测不已：

> 陈公时偶得杜集旧本，文多脱误，至《送蔡都尉》诗云："身轻一鸟"，其下脱一字。陈公因与数客各用一字补之。或云"疾"，或云"落"，或云"起"，或云"下"，莫能定。其后得一善本，乃是"身轻一鸟过"。陈公叹服，以为虽一字，诸君亦不能到也。①

对杜诗的一字之工佩服得五体投地，可以说开后来黄庭坚以"字法"论杜的先河。

（二）梅苏论杜

叶适说："庆历、嘉祐以来，天下以杜甫为师，始黜唐人之学。"②宋荦也说："仁宗时欧阳修、梅尧臣、苏舜钦，谓之欧梅，亦称苏梅，诸君多学杜韩。"③ 这些都说明，自庆历以后，学杜之风渐渐兴起。梅尧臣、苏舜钦既是欧阳修的诗友，也是当日诗文革新的主将，以其诗为"宋调"的形成开辟了广阔的道路。正如叶燮所云："开宋诗一代之面目者，始于梅尧臣、苏舜钦二人。自汉、魏至晚唐，诗虽递变，皆递留不尽之意，即晚唐犹存余地，读罢掩卷，犹令人属思久之。自梅、苏变尽昆体，独创生新，必辞尽于言，言尽于意，发挥铺写，曲折层累以赴之，竭尽乃止。才人伎俩，腾踔六合之内，纵其所如，无不可者；然含蓄淳泓之意，亦少衰矣。"④ 于唐风渐歇，宋调初起，二人发挥了关键

---

① （宋）欧阳修：《六一诗话》，载（清）何文焕辑《历代诗话》，中华书局1981年版，第266页。

② 《水心集》卷12《徐斯远文集序》，影印文渊阁《四库全书》本。

③ （清）宋荦：《漫堂说诗》，载《清诗话》，中华书局1963年版，第419页。

④ （清）叶燮：《原诗》外篇下，载《清诗话》，上海古籍出版社1978年版，第605页。

作用。

欧阳修尝论苏舜钦、梅圣俞诗云："圣俞、子美齐名于一时，而二家诗体特异。子美笔力豪隽，以超迈横绝为奇；圣俞覃思精微，以深远闲淡为意。各极其长，虽善论者不能优劣也。"① 至于苏舜钦的诗学渊源，方回评论其《中秋松江新桥对月和柳令》时指出："苏子美壮丽顿挫，有老杜遗味。然多哀怨之思。予少时初亦学此翁诗。惜乎子美早卒，使老寿，山谷当并立也。"② 苏舜钦可谓在黄庭坚之前学杜颇有成就的诗人。

苏舜钦（1008—1048）是宋调的创辟者，"崛兴于举世不为之时，挽杨刘之颓波，导欧苏之前驱"③。同时，他也是杜诗的爱好者和整编者。景祐三年（1036），苏舜钦二十九岁时曾编《老杜别集》，其中《题杜子美别集后》云：

> 杜甫本传云：有集六十卷，今所存者才二十卷，又未经学者编辑，古律错乱，前后不伦。盖不为近世所尚，坠逸过半。吁！可痛闵也！天圣末，昌黎韩综官华下，于民间传得号《杜工部别集》者，凡五百篇。予参以旧集，削其同者，余三百篇。景祐初，侨居长安，于王纬主簿处又获一集。三本相从，复择得八十余首，皆豪迈哀顿，非昔之攻诗者所能依倚，以知亦出于斯人之胸中。念其亡去尚多，意必皆在人间，但不落好事家，未布耳！今以所得，杂录成一策，题曰《老杜别集》，俟寻购仅足，当与旧本重编次之④。

苏舜钦景祐元年进士及第，不久父卒，去官至长安奔丧，是编哀集

① （宋）欧阳修：《六一诗话》，载（清）何文焕辑《历代诗话》，中华书局1981年版，第267页。
② 李庆甲集评校点：《瀛奎律髓汇评》卷22，上海古籍出版社2005年版，第923—924页。
③ （清）宋荦：《苏子美文集序》，载傅平骧、胡问陶校注《苏舜钦集编年校注》附录，巴蜀书社1991年版，第801页。
④ 傅平骧、胡问陶校注：《苏舜钦集编年校注》卷6，巴蜀书社1991年版，第397—398页。

于此时。此跋称颂杜诗"豪迈哀顿"，与同时之雄健论杜同声相应。就其本人诗风看，苏舜钦也是继石延年之后追求豪放之风的代表，这也是其诗如其人的表现，刘克庄称："苏子美歌行雄放于圣俞（梅尧臣），轩昂不羁，如其为人。"① 这一点受到文坛领袖欧阳修的高度赞扬："众奇子美貌，堂堂千人英。我独疑其胸，浩浩包沧溟。沧溟产龙星，百怪不可名。是以子美辞，吐出人辄惊。其于诗最豪，奔放何纵横。"② 又谓其诗风"笔力豪隽，以超迈横绝为奇"③。《宋史》本传谓其"时发愤懑于歌诗，其体豪放，往往惊人"④。的确，感情激越奔放，笔力豪健，始终是苏舜钦诗的主要特色。

诗中好议论的倾向，杜诗开其端，此后逐渐兴起，这在苏舜钦诗中表现得较为充分。其诗长于议论，颇具理致，初开宋诗好议论之风气，是宋调形成筚路蓝缕的开创者。他的诗作和当时的政治活动紧密结合，也是杜诗写时事的自觉承继：如《庆州败》写边塞战役的丧权辱国，夹叙夹议，对当政者的庸懦予以鞭挞；又如《城南感怀呈永叔》写道："昔云能驱风，充胜理不疑；今乃有毒疠，肠胃生疮痍。十有八九死，当路横其尸。犬彘咋其骨，乌鸢啄其皮。胡为残良民，令此鸟兽肥。"⑤ 此诗写旱灾之后，百姓苦饥，采卷耳为食，饿莩遍野的惨象，具有强烈的现实意义。当然，作为宋诗的革新者，苏诗以议论写时事尚有不足之处。一是议论过滥，几乎充斥于每篇作品中，无论是国家政局，还是观花赏月、登山临水都免不了一番议论，显得过滥；二是有些诗作议论与叙事、描写不能很好地结合起来，为议论而议论，显得生硬。

另一位诗坛名宿梅尧臣（1002—1060）科场蹭蹬，屡试不中，直

---

① （宋）刘克庄：《后村诗话》前集卷2，中华书局1983年版，第23页。

② （宋）欧阳修：《答苏子美离京见寄》，载洪本健《欧阳修诗文集校笺》外集卷3，上海古籍出版社2009年版，第1339页。

③ （宋）欧阳修：《六一诗话》，载（清）何文焕辑《历代诗话》，中华书局1981年版，第267页。

④ 《宋史》卷442《苏舜钦传》，中华书局1977年版，第13081页。

⑤ 傅平骧、胡问陶校注：《苏舜钦集编年校注》卷2，巴蜀书社1991年版，第146页。

至五十岁才由仁宗赐同进士出身，仕途失意与穷困的境遇，与他以诗名自负的期许形成绝大反差，使诗人具有愤世嫉俗而孤傲耿直的个性。欧阳修《梅圣俞墓志铭并序》提出"诗穷而后工"的观点，即针对梅诗而论。梅尧臣写下了不少批判现实的篇什，如《陶者》"陶尽门前土，屋上无片瓦。十指不沾泥，鳞鳞居大厦"，写贫富悬殊，类于杜甫"朱门酒肉臭，路有冻死骨"，《田家》《田家语》《汝坟贫女》《岸贫》《村豪》《小村》等篇也多反映民生疾苦。梅圣俞还有《书窜诗》一首，凡一百零八句，五百四十字，记述唐介与文彦博争执事，此诗详述了唐介弹劾宰相文彦博的缘起、彦博反驳之词、仁宗龙颜震怒、蔡襄为之缓颊、唐介终遭贬谪的全过程①。诗中诸人言行毕现，有较强的叙事性，诗前半部分云：

> 皇祐辛卯冬，十月十九日。御史唐子方，危言初造膝。曰朝有巨奸，臣介所愤嫉。愿条一二事，臣职非妄率。巨奸丞相博，邪行世莫匹。襄时守成都，委曲媚贵昵。银珰插左貂，穷腊使驰驲。邦媛将侈夸，中金赍十镒。为言寄使君，奇纹织纤密。遂倾西蜀巧，日夜急鞭抶。红经纬金缕，排科斗八七。比比双莲花，篝灯戴心出。几日成几端，持行如鬼疾。明年观上元，被服稳贤质。灿然惊上目，遽尔有薄诘。既闻所从来，佞对似未失。且云虞至尊，于妾岂能必。遂回天子颜，百事容丐乞。臣今得粗陈，狡狯彼非一。偷威与卖利，次第推甲乙。是惟阴猾雄，仁断宜勇黜。必欲致太平，在列无如弼。弼亦昧平生，况臣不阿屈。臣言天下言，臣身宁自恤。②

起句点出年号节令，颇类杜甫《北征》开篇之"皇帝二载秋，闰八月初吉"。其句法、章法乃至叙事、议论、描写皆取法于老杜《北征》，带有明显的以诗存史用意，李吕《某伏蒙丈人金判出示尝与侍郎

---

① 事见（宋）魏泰《东轩笔录》卷7，中华书局1983年版，第79页。
② 朱东润：《梅尧臣集编年校注》卷21，上海古籍出版社1980年版，第580—581页。

郑公浅沙泉唱酬诗轴，率尔次韵》评曰："宛陵风雅手，长编纪咏存。"

关于梅尧臣倾慕的唐代诗人，其《读邵不疑学士诗卷杜挺之忽来因出示之且伏高致辄书一时之语以奉呈》谈学诗之法云："既观坐长叹，复想李杜韩。愿执戈与戟，生死事将坛。"李、杜、韩成为诗文革新初起时的诗坛偶像。梅诗李杜韩并举者甚多，如"诗评杜兼李，字法褚与虞"（《依韵和酬韩仲文昆季联句见谢》），"还招李杜醉，野酿莫称贤"（《次韵和表臣惠符离去岁重酝酒时与杜挺之李宣叔王平甫饮于阻水仍有笋酱之遗》），"刻意咏芳菲，追补李杜失"（《送晋原乔主簿》），"李白死宣城，杜甫死耒阳。二子以酒败，千古留文章"（《酒病自责呈马施二公》），"杜子每思赤脚踏，韩老尝苦如甑炙。惭无二公才与学，享此足与俗辈矜"（《韩子华遗冰》）。

欧阳修论梅诗"穷而后工"，从这个角度说，梅尧臣对穷困潦倒的杜甫可谓情有独钟，有拟杜甫诗《拟杜甫玉华宫》。对杜诗也多有论列，如"杜诗尝说少陵豪，祖德兼夸翰墨高"（《太师杜相公篇章真草过人远甚而特奖后进流于咏言辄依韵和》），"少陵失意诗偏老，子厚因迁笔更雄"（《依韵和王介甫兄弟舟次芜江怀寄吴正仲》），评述杜诗风格的豪健与老成。又如"我意方同杜工部，冷淘唯喜叶新开"（《和范景仁王景彝殿中杂题三十八首并次韵其十宫槐》），化用杜甫《槐叶冷淘》诗意。甚至常常自比杜甫，如"予穷少陵老，公似谪仙人"（《七夕永叔内翰遗郑州新酒言值内直不暇相邀》），"犹胜昔年杜子美，老走耒阳牛炙死"（《次韵和永叔石枕与笛竹簟》），"君乃遗我诗，盛称我为贤。比之少陵豪，望我何太全"（《依韵和表臣见赠》）。

在造语与句法方面，梅尧臣亦有意学杜。据陈师道《后山诗话》记载："闽士有好诗者，不用陈语常谈，写投梅尧臣。答书曰：'子诗诚工，但未能以故为新，以俗为雅尔。'"梅诗"以故为新"、"以俗为雅"乃至"以丑为美"也早在杜诗和韩诗中便初露端倪，杜诗即已出现大量的唐人口语。在句法方面，杨慎谓："梅圣俞诗：'南陇鸟过北陇叫，高田水入低田流。'山谷诗：'野水自添田水满，晴鸠却唤雨鸠来。'李若水诗：'近村得雨远村同，上圳波流下圳通。'其句法，皆自杜子美'桃花细逐杨花落，黄鸟时兼白鸟飞'之句来。"①

同苏舜钦一样，梅尧臣也可谓开创宋诗面目的先驱者。刘克庄《后村诗话》称颂梅氏对宋诗的开创之功："本朝诗，惟宛陵为开山祖师。宛陵出，然后桑濮之淫哇稍息，风雅之气脉复续，其功不在欧、尹下。"② 以梅氏的诗学建树视之，洵非虚誉。

与欧阳修诗词文兼长相比，梅尧臣是诗文革新运动中以诗为主业者，也是儒家之道的坚守者。其《依韵和李君谈予注〈孔子〉》云："我世本儒术，所谈圣人篇。圣篇辟乎道，信谓天地根。"③ 可见，他的诗学观是遵循儒家诗教。《答韩三子华韩五持国韩六玉汝见赠述诗》阐发其诗学主张云：

> 圣人于诗言，曾不专其中。因事有所激，因物兴以通。自下而磨上，是之谓《国风》。《雅》章及《颂》篇，刺美亦道同。不独识鸟兽，而为文字工。屈原作《离骚》，自哀其志穷。愤世嫉邪意，寄在草木虫。迩来道颇丧，有作皆言空。烟云写形象，葩卉咏青红。人事极诙诡，引古称辩雄。经营唯切偶，荣利因被蒙。遂使世上人，只曰一艺充。以巧比戏弈，以声喻鸣桐。嗟嗟一何陋，甘用无言终。④

在他看来，诗是载道之具，非巧匠之工艺。反对无病呻吟的堆砌之作，主张恢复儒家传统美刺教化的诗学观。

在古典诗歌至唐而臻极致的情况下，宋人为了开创诗歌新的疆域，可谓煞费苦心。赵翼《瓯北诗话》谓："韩昌黎生平所心摹力追者惟李杜二公，顾李杜之前，未有李杜，故二公才气横恣，各开生面，遂独有千古。至昌黎时，李杜已在前，纵极力变化，终不能再辟一径，唯少陵

---

① （明）杨慎著、王仲镛笺证：《升庵诗话笺证》卷12，上海古籍出版社1987年版，第441页。
② （宋）刘克庄：《后村诗话》前集卷2，中华书局1983年版，第22页。
③ 朱东润：《梅尧臣集编年校注》卷10，上海古籍出版社1980年版，第160页。
④ 朱东润：《梅尧臣集编年校注》卷16，上海古籍出版社1980年版，第336页。

奇险处尚有可推扩，故一眼觑定，欲从此辟山开道，自成一家，此昌黎注意所在也。"① 宋人由尊韩而上追杜甫，寻觅一条盛极生变的诗学路径，亦是就诗道之变而着眼的。

我们考察北宋中叶诗文革新运动之时，杜诗由宋初的落寞到渐为人所推崇师法，表征着宋诗逐渐形成自身的面目。而杜诗地位的进一步提升则是王安石、苏东坡、黄山谷等大诗人崛起于诗坛之后的事了。

三 宋祁：以正史确认"诗史"

宋祁（998—1061）在诗史上属于西昆后期诗人，对杜甫却有特殊的偏好，曾手抄杜诗一卷②。其《题蜀州修觉寺》云："少陵佳句后，特色付吾侪"③，对杜甫句法颇为赞赏。宋祁亦有意学杜，写有《拟杜工部九成宫》和《拟杜子美峡中意》两首拟杜诗。其中后一首诗被方回评曰："拟老杜亦颇近之。"④《城隅晚意》一诗，则被许印芳评为"骨味格律，真近老杜"⑤。其《和贾相公览杜工部北征篇》写道：

> 唐家六叶太平罢，宫艳醉骨恬无忧。阿荤诟天翠华出，模糊战血腥九州。乾疮坤痍四海破，白日杀气寒飕飗。少陵背贼走行在，采椽拾橡填饥喉。眼前乱离不忍见，作诗感慨陈大猷。北征之篇辞最切，读者心陨如摧辀。莫肯念乱小雅怨，自然流涕袁安愁。才高位下言不入，愤气郁屈蟠长虬。今日奔亡匪天作，向来颠倒皆庙谋。忠骸佞骨相撑挂，一燎同烬悲昆丘。相君览古慨前事，追美子美真诗流。前王不见后王见，愿以此语贻千秋。⑥

---

① （清）赵翼：《瓯北诗话》卷3，人民文学出版社1963年版，第28页。
② （宋）周紫芝《竹坡诗话》云："晁以道家有宋子京手书杜少陵诗一卷。"
③ 《全宋诗》卷207，北京大学出版社1995年版，第2369页。
④ 李庆甲集评校点：《瀛奎律髓汇评》卷6，上海古籍出版社2005年版，第263页。
⑤ 李庆甲集评校点：《瀛奎律髓汇评》卷15，上海古籍出版社2005年版，第546页。
⑥ 《全宋诗》卷206，北京大学出版社1995年版，第2359页。

此诗风格虽带西昆余绪，但对杜甫的崇敬却情真意切，说他以乱离之人作忧民之诗，叹其"才高位下言不入"，赞其"北征之篇辞最切"，而欲"追美子美真诗流"，诗中对肃宗一朝的政治有所批评，对杜甫的政治才华与忠君忧国之志皆有阐发，可与他在《新唐书·杜甫传》中"伤时挠弱，情不忘君，人怜其忠云"之语相印证。

（一）"诗史"的来龙去脉

在杜诗学史上，宋祁的最大贡献是通过官修正史，高度评价杜甫其人其诗，并以正史肯定世论的"诗史"说法。与《旧唐书》相比，宋祁在其所编《新唐书》列传部分不仅收入大量唐代笔记小说作为史料内容，刻意追求"文省事增"，而且在文字、语言方面也极尽讲究之功力，追求古雅。其所撰杜甫本传，与《旧唐书》相较，非但事有所增，文亦有所增。《新唐书》省去了《旧唐书》中大段录用的元稹所撰墓志，而实际评论部分却大幅增加。同时，宋祁作传，颇为好奇，从小说、笔记引用资料很多。在《杜甫传》中，增入杜甫欲杀严武一段，实本范摅之《云溪友议》，与杜甫履历并无吻合之处，其可信程度，颇引起学者怀疑[①]。传后有赞语说："至甫，浑涵汪茫，千汇万状，兼古今而有之。他人不足，甫乃厌余；残膏剩馥，沾丐后人多矣。"这是对元稹所作《墓志》及《旧唐书》的继承与发扬。

我们比较一下两唐书对杜甫的评价，就会发现杜甫的地位在官修史书已发生改变，这种变化反映了不同时代的人们对杜甫接受观念的转变：杜甫正从一个平凡的诗人转向一个伟大的诗人，从唐代诗人的群体中渐渐高标独立，显示出自身独有的价值和意义。为了便于论述，我们抄录两唐书杜甫本传的有关论赞如次：

> （甫）少与李白齐名，时号"李杜"。尝从白及高适过汴州，酒酣登吹台，慷慨怀古，人莫测也。数尝寇乱，挺节无所污，为歌诗，伤时挠弱，情不忘君，人怜其忠云。

---

① 参见傅璇琮、吴在庆《杜甫与严武关系考辨》，《文史哲》2004 年第 1 期。

赞曰：唐兴，诗人承陈、隋风流，浮靡相矜。至宋之问、沈佺期等，研揣声音，浮切不差，而号"律诗"，竞相袭沿。逮开元间，稍裁以雅正，然恃华者质反，好丽者壮违，人得一概，皆自名所长。至甫，浑涵汪茫，千汇万状，兼古今而有之，他人不足，甫乃厌余，残膏剩馥，沾丐后人多矣。故元稹谓："诗人以来，未有如子美者。"甫又善陈时事，律切精深，至千言不少衰，世号"诗史"。昌黎韩愈于文章慎许可，至歌诗，独推曰："李杜文章在，光焰万丈长。"诚可信云。（《新唐书》）①

天宝末诗人，甫与李白齐名，而白自负文格放达，讥甫龌龊，有饭颗山头之嘲诮。元和中，词人元稹论李杜之优劣曰：……自后属文者，以稹论为是。（《旧唐书》）②

从《旧唐书》到《新唐书》，不唯杜甫传的篇幅有所增加，对作为诗人的杜甫评价也发生了显著变化，表现了史官对杜甫重视程度的不同。其中有四点尤为重要：其一，《新唐书》强调了杜甫作为诗人的历史地位，专门评价了其诗歌价值，而《旧唐书》叙述简略，其评价基本上全部照录中唐时元稹之论，并无史家自评，我们从中无法看到五代时杜甫的影响。此外，新唐书在《文艺传》序总评唐代诗人时云："言诗则杜甫、李白、元稹、白居易、刘禹锡，谲怪则李贺、杜牧、李商隐，皆卓然以所长为一世冠，其可尚已。"③ 很明确地把杜甫列在唐代诗人之首，而《旧唐书》并未明确杜甫的历史地位。其二，宋祁的杜诗学观深化了元稹所论，称扬杜甫取人所长，"千汇万状，兼古今而有之"，而又"沾丐后人多矣"，非但"继往"，亦且"开来"。其三，所谓"为诗歌，伤时桡弱，情不忘君，人怜其忠"，把诗人从吟咏风月的骚人词客中挑出来，视作忧国念君的忠臣义士，首次以"忠君"论杜，开后来宋人以"忠君"论杜的先河。其四，亦即最重要的一点，《新唐

---

① 《新唐书》卷 201《杜甫传》，中华书局 1975 年版，第 5738 页。
② 《旧唐书》卷 190《杜甫传》，中华书局 1975 年版，第 5055—5057 页。
③ 《新唐书》卷 201，中华书局 1975 年版，第 5726 页。

书》以史家之笔确认了杜诗的"诗史"地位，而《旧唐书》于此并未提及。从此以后，"诗史"论杜成为宋代杜诗学的重要观点。

"诗史"一词在古代有两种意义：一是指前人的诗作，如《宋书·谢灵运传论》云："至于先士茂制，讽高历赏，子建函京之作，仲宣霸岸之篇，子荆零雨之章，正长朔风之句，并直举胸情，非傍诗史，正以音律调韵，取高前式。"① 一是指能反映一个时代的重要事件、时代精神，有重要历史意义的诗歌。文学史上讨论的"诗史"一般指后者。

明人胡震亨说："以时事入诗，自杜少陵始。"② 这种说法固然是对杜甫诗史精神的肯定，但却不尽合于事实。早在杜甫之前，已出现建安诗人以乐府古题写时事。建安诗人的诗歌创作大都受汉乐府的影响，曹操的《薤露行》叙写汉末朝政昏暗，董卓专权，焚烧洛阳，挟持汉献帝迁都长安，百姓被胁迫，号泣而行的情形。清代诗论家方东树评此诗"用乐府题，叙汉末时事"③。明人钟惺则更肯定为"汉末实录，真诗史也"④，一语显示，诗史的特征在于"实录"。

以"诗史"标目杜诗，晚唐孟棨《本事诗》最早提出，但此说在《本事诗》中并不占重要位置。孟棨出入场屋三十年，屡举进士不第，至乾符二年（875）始登科及第⑤。其所撰《本事诗》一卷，分为情感、事感、高逸、怨愤、征异、征咎、嘲戏 7 类，凡 41 条。《本事诗·高逸第三》本来重点记述李白之飘逸，缘于李杜之交谊，因述李白本事而及于"杜所赠二十韵，备述其事。读其文，尽得其故迹"附带论道："杜逢禄山之难，流离陇蜀，毕陈于诗，推见至隐，殆无遗事，故当时号为诗史。"⑥ 自此"诗史"名出，但此后文献中似鲜有征引，成书于五代后晋开运二年（945）的《旧唐书》亦未采用。在孟棨这部笔记体的著述中，所谓"诗史"的含义与宋人的诗史观有很大的不同。

---

① （梁）沈约：《宋书》卷 67，中华书局 1974 年版，第 1779 页。
② （明）胡震亨：《唐音癸签》卷 26，上海古籍出版社 1981 年版，第 275 页。
③ （清）方东树：《昭昧詹言》卷 2，人民文学出版社 1984 年版，第 67 页。
④ （明）钟惺：《古诗归》卷 7，《续修四库全书》第 1589 册，第 425 页。
⑤ 其事迹见《唐摭言》卷 4，《登科记考》卷 22。
⑥ （唐）孟棨：《本事诗》，载丁福保辑《历代诗话续编》，中华书局 1983 年版，第 15 页。

正如周裕锴先生所论："'诗史'只是《本事诗》若干记载中的一个特殊例子，而不是唐人看待诗歌的普遍原则。进一步说，唐代还未出现以诗为史的普遍思潮。"① 不唯如此，迟至唐末五代乃至宋初，诗史之说仍未普及。

"诗史"之说虽先导于孟棨，至宋祁修《唐书》方笔之于正史，"诗史"之说于此成为定评："甫又善陈时事，律切精深，至千言而不少衰，世号诗史。""诗史"的内涵也由"流离陇蜀"的个人经历转变为"善陈时事"的社会实录，发生了很大的质变。自兹以后，"诗史"成为宋人评价杜诗的口头禅。陈伯海先生说："以事件（包括政治事件）入诗，并不始于杜甫。但盛唐以前的诗歌创作，毕竟是以诗人自我情怀的抒述为主，直陈时事的篇章不为多见。正是杜甫在安史变乱期间所写的那编年史式的感讽时事之作，奠定了我国古代以时事入诗的'诗史'精神，这是对于诗歌功能的一大发展。"② 在这个意义上，"诗史"的传统可以说是杜诗开创的。

宋人于诗史的内涵阐发主要有两点：一是实录客观之时事；二是蕴含主观之褒贬。

善陈时事的实录精神是宋人阐述"诗史"价值的首要观点。王得臣《麈史》云"予以谓世称子美为诗史，盖实录也"③，将班固论司马迁之语移之于杜甫。叶梦得更是直接以杜甫比司马迁："长篇最难，晋魏以前，诗无过十韵者。盖常使人以意逆志，初不以叙事倾尽为工。至老杜《述怀》《北征》诸篇，穷极笔力，如太史公纪传，此固古今绝唱也。"④ 可见，宋人以"诗史"推尚杜诗，更多着眼于杜诗"以诗证史"的实录精神。对杜甫以诗化之笔形象再现严肃的历史，融历史的厚重于高度凝练的诗歌形式中，他们感佩到五体投地的地步。以此诗歌取舍标准，宋人觉得李诗不过是逞才使气之作，而杜诗才是诗教诗艺均

---

① 周裕锴：《中国古代阐释学研究》，上海人民出版社 2003 年版，第 234 页。

② 陈伯海：《唐诗学引论》（增订本），上海古籍出版社 2015 年版，第 115—116 页。

③ （宋）王得臣：《麈史》卷中，商务印书馆 1937 年《丛书集成初编》本，第 33 页。

④ （宋）叶梦得：《石林诗话》卷上，载（清）何文焕辑《历代诗话》，中华书局 1981 年版，第 411 页。

臻化境的最佳典范。北宋末议论边事颇"侃侃建白，深中时弊"①的关中学者李复也说："杜诗谓之诗史，以班班可见当时事。至于诗之叙事，亦若史传矣。"②陈岩肖《庚溪诗话》谓："杜少陵子美诗，多纪当时事，皆有依据，古号'诗史'。"③在实录精神观照下，杜诗被认为是真实的社会记录，甚至出现如下的记载：

> 真宗问近臣："唐酒价几何？"莫能对。丁晋公独谓："斗值三百。"上问何以知之，曰："臣观杜甫诗：'速须相就饮一斗，恰有三百青铜钱。'"亦一时之善对。④

"一斗"和"三百"本是不能确指的诗歌艺术语言，却被丁谓当作了酒水的真实报价，且被誉为"一时之善对"。释文莹《玉壶清话》在转录时还补上了真宗的回应："上大喜曰：'甫之诗自可为一代诗史。'"⑤皇皇殿堂之上，君臣之对答既冠冕堂皇，又带有几分谐谑意味。这则小说气颇浓的记载，说明宋人对杜诗诗史价值的认同几乎到了迷信的程度。

宋人认为"诗史"的核心在于"实录"史事，善用史典。蔡居厚《蔡宽夫诗话》说："子美诗善叙事，故号'诗史'。其律诗多至百韵，本末贯串如一辞，前此盖未有。"⑥强调了杜诗的长篇铺陈史事。姚宽《西溪丛语》则说："或谓诗史者，有年月、地理、本末之类，故名诗史。"⑦从时、地、人、事几个要素是否完备解释"诗史"，更坐实到纪

---

① 《四库全书总目》卷155《潏水集》提要，中华书局1965年版，第1336页。

② 《与侯谟秀才》，《潏水集》卷5，影印文渊阁《四库全书》本。

③ （宋）陈岩肖：《庚溪诗话》卷上，载丁福保辑《历代诗话续编》，中华书局1983年版，第167页。

④ （宋）刘攽：《中山诗话》，载（清）何文焕辑《历代诗话》，中华书局1981年版，第289页。

⑤ （宋）文莹：《玉壶清话》卷1，中华书局1984年版，第1页。

⑥ （宋）蔡居厚：《蔡宽夫诗话》，载郭绍虞辑《宋诗话辑佚》，中华书局1980年版，第393页。

⑦ （宋）姚宽：《西溪丛语》卷上，中华书局1993年版，第61页。

事的准确具体、不可移易，纯从历史纪事的角度来解释"诗史"。而史绳祖《学斋占毕》云："先儒谓韩昌黎文无一字无来处，柳子厚文无两字无来处，余谓杜子美诗史亦然。惟其字字有证据，故以史名。"①此解释方法发展到极致，便出现了以史注杜的现象。刘克庄《再跋陈禹锡杜诗补注》云："盖杜公歌咏不过唐事，他人引群书笺释，多不著题。禹锡专以新旧唐史为按，诗史为断，故自题其书曰：'史注诗史'。"②在他们的论述里，诗史的意义变为可以考据的历史。

秉笔直书，"善陈时事"，固需诗人的识见和胆力，也需要一定的时代背景，需要有产生"诗史"的土壤。南宋洪迈《容斋续笔》"唐诗无讳避"条云："唐人歌诗，其于先世及当时事，直辞咏寄，略无避隐，至宫禁嬖昵，非外间所应知者，皆反复极言。而上之人亦不以为罪，如白乐天《长恨歌》《讽谏》诸章、元微之《连昌宫词》，始末皆为明皇而发。杜子美尤多，如《兵车行》《前后出塞》《新安吏》《潼关吏》《石壕吏》《新婚别》《垂老别》《无家别》《哀王孙》《悲陈陶》《哀江头》《丽人行》《悲青坂》《公孙舞剑器行》，终篇皆是。其它波及者，五言如：'忆昨狼狈初，事与古先别。''不闻夏、殷衰，中自诛褒、妲。''是时妃嫔戮，连为粪土丛。''中宵焚九庙，云汉为之红。''先帝正好武，寰海未凋枯。''拓境功未已，元和辞大炉。''内人红袖泣，王子白衣行。''毁庙天飞雨，焚宫火彻明。''南内开元曲，常时弟子传。''法歌声变转，满座涕潺湲。''御气云楼敞，含风采仗高。''仙人张内乐，王母献宫桃。''须为下殿走，不可好楼居。''固无牵白马，几至著青衣。''夺马悲公主，登车泣贵嫔。''兵气凌行在，妖星下直庐。''落日留王母，微风倚少儿。''能画毛延寿，投壶郭舍人。''斗鸡初赐锦，舞马更登床。''骊山绝望幸，花萼罢登临。''殿瓦鸳鸯坼，宫帘翡翠虚。'七言如：'关中小儿坏纪纲，张后不乐上为忙。''天子不在咸阳宫，得不哀痛尘再蒙。''曾貌先帝照夜白，龙池十日飞霹雳。''要路何日罢长戟，战自青羌连白蛮。''岂谓竟烦回纥马，翻

---

① （宋）史绳祖：《学斋占毕》卷4，《丛书集成初编》本，第65页。

② 辛更儒：《刘克庄集笺校》卷106，中华书局2011年版，第4419页。

然远救朔方兵.'如此之类,不能悉书。……今之诗人不敢尔也。"① 洪迈所举杜诗,多为乐府歌行,确能做到"直辞咏寄,略无避隐",体现出秉笔直书、不为尊者讳的实录精神,这正是"诗史"精神的可贵之处,也是宋人之所以称颂杜诗为诗史的价值所在。

其次,宋人尊杜诗为诗史,更看重其一字寓褒贬的史家笔法。

宋人的诗史观从"善陈时事"说引申,企图探寻文字实录背后的深层意蕴。史的价值,不仅是实录,而且是鉴戒。周辉《清波杂志》引李遹年语曰:"诗史犹国史也。《春秋》之法,褒贬于一字,则少陵一联一语及梅,正《春秋》法也。"② 诗寓讽谏,多褒贬时事,与《春秋》等史以史事记录来经世资鉴,虽方式不同,社会功能却是相同的。如王得臣说:"子美之诗,周情孔圣,千汇万状,茹古涵今,无有端涯;森严昭焕,若在武库,见戈戟布列,荡人耳目。非特意语天出,尤工于用字,故卓然为一代冠,而历世千百,脍炙人口。予每读其文,窃苦其难晓。如《义鹘行》'巨颡拆老拳'之句,刘梦得初亦疑之。后览《石勒传》,方知其所自出。盖其引物连类,搿撼前事,往往而是。韩退之谓"光焰万丈长',而世号诗史,信哉!"③ 在他眼里,杜诗非但为"史",已成为"经",其价值更甚一筹。

关于杜甫史笔与春秋笔法的关系,张高评先生认为"杜甫'诗史'之表现策略,为微婉显晦之《春秋》书法。盖杜诗反映安史之乱,触及现代、当代史,犹孔子作《春秋》,至'定哀之际则微,为其切当世之文而罔褒'因多忌讳之辞,于是杜甫叙写离乱,多出于'推见至隐'之书法。"④ 因而,"春秋笔法"是考察宋人杜诗"诗史"说的合适角度,在宋人言论中也屡见不鲜。黄彻《䂬溪诗话》也说:"诸史列传,首尾一律;唯左氏传《春秋》则不然:千变万状,有一人而称目至数

---

① (宋)洪迈:《容斋随笔》续笔卷 2,中华书局 2005 年版,第 239—240 页。

② (宋)周辉撰、刘永翔校注:《清波杂志校注》卷 10,中华书局 1994 年版,第 455 页。

③ (清)仇兆鳌:《杜诗详注》附编《王彦辅增注杜工部诗序》,中华书局 1979 年版,第 2244 页。

④ 张高评:《春秋书法与左传史笔》,台湾里仁书局 2011 年版,第 371—372 页。

次异者、族氏、名字、爵邑、号谥，皆密布其中，而寓诸褒贬，此史家祖也。观少陵诗，疑隐此旨。若云'杜陵有布衣'，'杜曲幸有桑麻田'，'杜子将北征'，'臣甫愤所切'，'甫也东西南北人'，'有客有客字子美'，盖自见其里居名字也。'不作河西尉'，'白头拾遗徒步归'，'备员窃补衮，凡才污省郎'，补官迁陟，历历可考。至序他人亦然，如云'粲粲元道州'，又云'结也实国桢'，凡例森然，诚《春秋》之法也。"又说："子美世号'诗史'。观《北征》诗云：'皇帝二载秋，闰八月初吉。'《送李校书》云：'乾元元年春，万姓始安宅。'又《戏友》二诗：'元年建巳月，郎有焦校书。''元年建巳月，官有王司直。'史笔森严，未易及也。"① 赞许杜诗叙史事上追《春秋》，历历可考，"史笔森严"，体现出斟酌用语以暗寓褒贬的春秋笔法。

胡宗愈《成都草堂石碑序》言："先生以诗鸣于唐，凡出处、动息、劳佚、悲欢忧乐、忠愤感激、好贤恶恶，一见于诗。读之可以知其世，学士大夫谓之'诗史'。"② 胡氏指出，杜诗对历史的反映并非仅仅照事实录，而是融有主观的情感好恶价值评判在内。这一特征非一般历史可比。此说较侧重于诗人主体的考察，意在称道其诗忠实地记录了自己人生与情感的历程，非客观之史，而是心史。魏泰《临汉隐居诗话》举例论此："李光弼代郭子仪，入其军，号令不更而旌旗改色。及其亡也，杜甫哀之曰：'三军晦光彩，烈士痛稠叠。'前人谓杜甫句为'诗史'，盖为是也。非但叙尘迹摭故实而已。"③ 强调透过诗歌以见历史之精神与内涵。李纲《杜子美》诗云"岂徒号诗史，诚足继风雅。呜呼诗人师，万世谁为亚"④，更侧重杜诗精神内涵的揭示，而与胡宗愈说一脉相承。

从这些评论中，我们可以看出宋人对"诗史"指称和内涵的认识与阐释已有了进一步深化和发展，其阐述的层面和深度大为扩展，并将

---

① （宋）黄彻：《巩溪诗话》卷1，人民文学出版社1986年版，第3页。

② 参见（宋）蔡梦弼《杜工部草堂诗笺》传序碑铭，《古逸丛书》本。

③ （宋）魏泰：《临汉隐居诗话》，载（清）何文焕辑《历代诗话》，中华书局1981年版，第318页。

④ 王瑞明点校：《李纲全集》卷9，岳麓书社2004年版，第97页。

诗史的价值进一步拔高。宋代以后，对"诗史"的解释就更为融通。清人郑日奎《读少陵集》诗说："三百已远王迹息，诗事大成谁为集？天恐风雅遽中微，特生杜陵老布衣。真宰含悲泄太古，元气茫茫恣所取。荡除尘翳斩荆榛，为经为骚复为史。"① 将"诗史"与经、骚合而为一，则既重史的叙事，又重诗的精神。

诗学阐释中的历史主义之所以大行于宋代，诗史观念之所以在宋代强化，是因为宋代史学的发达和宋人史学意识的发展。陈寅恪先生在《重刻西域人华化考序》中说："有清一代经学号称极盛，而史学则远不逮宋人。"② 宋代史学的发达，不但表现在史学的兴盛与史家地位的提高，使有宋一代涌现出了许多有名的历史学家，而且还表现在顺应当时学术的发展，产生了像《资治通鉴》那样的史学名著，作为一部以时序为中心的编年体史书而著称于世。在其影响下，宋代产生了一大批编年体史书，《宋史·艺文志》著录正史类著述 57 部，而编年类则多达 151 部，可见编年史学观的影响。李焘的《续资治通鉴长编》，李心传的《建炎以来系年要录》、朱熹的《资治通鉴纲目》以及袁枢的《通鉴纪事本末》都是其中的佼佼者，欧阳修、曾巩、陆游等著名文人也都有史论存世。在这种"重史"的学术风气影响卜，作为宋人论杜的重要观点，诗史说的产生因而有了文化的土壤。

（二）对诗史说的评价

身处唐代社会盛极而衰历史关头的诗人杜甫，背负着沉重的历史忧患感与社会责任感，辗转于疮痍满目的大地上，举凡个人之困厄，友朋之聚散，生民之涂炭，家国之兴衰，无不形之于歌吟，也以此感动着千百年来的读者。杜诗"诗史"含义的阐发肇端于晚唐，成形于两宋，发展于元、明、清，"诗史"阐释诗是杜诗学史的重要一环。当代研究者站在时代的高度，从不同侧面对"诗史"含义作出更具深度的阐释，如萧涤非先生认为："杜诗现存一千四百多首，正是围绕着诗人所处的

---

① （清）仇兆鳌：《杜诗详注》附编《诸家咏杜》，中华书局 1979 年版，第 2297 页。

② 陈寅恪：《金明馆丛稿二编》，上海古籍出版社 1985 年版，第 238 页。

时代环境及其自身遭遇而写出的。诗人以火热的激情，从各个角度，艺术地再现了这个特定历史时期的社会面貌，其所反映现实生活的深度和广度，不仅他同时代的诗人无法比拟，也是我国文学史上任何一个古代诗人所无法比拟的。杜诗自晚唐以来即被称为'诗史'，这并不是过誉。"① 强调杜诗反映现实与艺术再现的意义。

对于宋人的诗史说，明清两代学者多有省悟和辩驳。他们不拘泥于前代论述，亦多有发明，如明人杨慎对宋代以"诗史"论杜就颇不以为然：

> 宋人以杜子美能以韵语纪时事谓之"诗史"，鄙哉宋人之见，不足以论诗也。夫六经各有体，《易》以道阴阳，《书》以道政事，《诗》以道性情，《春秋》以道名分。后世所谓史者，左记言，右记事，古之《尚书》《春秋》也。若诗者，其体其旨，与《易》《书》《春秋》判然矣。……杜诗之含蓄蕴藉者，盖亦多矣，宋人不能学之。至于直陈时事，类于讪讦，乃其下乘末脚，而宋人拾以为己宝，又撰出"诗史"二字以误后人。如诗可兼史，则《尚书》《春秋》可以并省。又如今俗卦气歌、纳甲歌，兼阴阳而道之，谓之"诗《易》"可乎？②

杨氏从辨体入手，认为诗与史"其体其旨"不同，以阐明"诗不可兼史"。指出"诗史"并非一个恰切的观念，批评宋人对"诗史"的片面拔高。他的这一论述，主要针对宋人过分强调和夸大"诗史"中"史"的作用和意义的观点。批评把"诗"与"史"作简单比照的现象，有一定的道理。不过，以含蓄蕴藉与否来判定诗歌优劣，将杜诗中许多"直陈时事"之作斥为"类于讪讦"的"下乘末脚"，则显得矫枉过正，有失公允。杜甫对现实的关注和讽谕，正是杜诗作为"诗

---

① 萧涤非：《中国历代著名文学家评传·杜甫传》，山东教育出版社 1983 年版，第 247 页。

② （明）杨慎著、王仲镛笺证：《升庵诗话笺证》卷 4，上海古籍出版社 1987 年版，第 125 页。

史”的内核，体现了他忧国伤时之至情。而杨氏说它"类于讪讦"，实为偏见，把这些作品贬为杜诗之"下乘末脚"，否定这类诗歌的价值，更属偏于一隅的极端之论。中唐时白居易倡导"文章合为时而著，歌诗合为事而作"，着眼于诗歌对现实的直接干预，从功利主义诗学观评价杜诗，认为杜诗符合其讽谕诗标准的"风雅比兴"之作"不过十三四"①，则又走上了另一个极端。二者立足点虽截然相反，但都执于一隅，带有较为明显的狭隘与偏见。

清初三大儒之一的王夫之亦有类似的论述：

> 诗有叙事叙语者，较史尤不易。史才固以隐括生色，而从实著笔自易。诗则即事生情、即语绘状，一用史法，则相感不在永言和声之中，诗道废矣。此"上山采蘼芜"一诗所以妙夺天工也。杜子美仿之作《石壕吏》，亦将酷肖，而每于刻画外犹以逼写见真，终觉于史有余，于诗不足。论者乃以"诗史"誉杜，见驼则恨马背之不肿，是则，名为可怜闵者。②

王夫之对宋代的评价一向苛刻，斥为"孤秦陋宋"。他强调诗与史有别，不无道理，但未看到诗与史的共通处，说《石壕吏》"于史有余，于诗不足"，评价太苛，失于偏颇。许学夷的《诗源辩体》对杜诗"诗史"说的论述，则取折中调和的态度："用修之论虽善，而未尽当。夫诗与史，其体、其旨，固不待辩而明矣。即杜之《石壕吏》、《新安吏》、《新婚别》、《垂老别》、《无家别》、《哀王孙》、《哀江头》等，虽若有意纪时事，而抑扬讽刺，悉合诗体，安得以史目之？至于含蓄蕴藉虽子美所长，而感伤乱离、耳目所及，以述情切事为快，是亦变雅之类耳，不足为子美累也。"③

---

① （唐）白居易：《与元九书》，载谢思炜《白居易文集校注》卷8，中华书局2011年版，第323页。

② （清）王夫之：《古诗评选》卷4《古诗·上山采蘼芜》评语，文化艺术出版社1997年版，第145—146页。

③ （明）许学夷：《诗源辩体》卷19，人民文学出版社1987年版，第221页。

宋人认为杜诗弥补了"史"之不足，以为杜诗可以补史，此即"诗史"的本质特征和重要价值。如谢逸谓季复"尤爱杜子美，以谓唐之治乱，备见于此"①。刘克庄云："《新安吏》《潼关吏》《石壕吏》《新婚别》《垂老别》《无家别》诸篇，其述男女怨旷、室家离别、父子夫妇不相保之意，与《东山》《采薇》《出车》《杕杜》数诗，相为表里。唐自中叶，以徭役调发为常，至于亡国。肃、代而后，非复贞观、开元之唐矣。新旧唐史不载者，略见杜诗。"② 的确，诗有补史之功用。这是因为历史事实并不等同于历史文献记载，为"以诗纪史"提供了空间。古代的所谓纪传体"正史"是由官方组织编修的，必然于历史事件有所取舍、偏重，在叙事论赞时必然受朝廷意志的左右，因而极有可能出现对史实的回避、篡改，对历史人物过分地或贬或毁。而在诗人笔下，历史既是诗情的触媒，又是诗情的载体，作者抒写一己之所见所闻，触世伤时，有感而发，并非受命而作，因此处于一种相对自由的精神状态，少有外力的掌控，更多地表现出诗人主体情感意识的投射，从而有可能反映出历史真实的一面。而且，诗人对当前现实的观照，也是后世所云之"历史"之一部分。诗人之史与史家之史有可能发生抵牾，甚至有可能大相径庭，但是，正如马克思所言"真理是通过争论而确立的，历史的事实是从矛盾的陈述中清理出来的"，我们不可能彻底还原历史，却可以通过多维视角和各种陈述的辨析，尽可能接近原貌。从这个角度说，诗中之史确有能补正史之不到处，因而浦起龙在《读杜心解·读杜提纲》中不无感慨地说："代宗朝时，有与国史不相似者：史不言河北多事，子美日日忧之；史不言朝廷轻儒，诗中每每见之。可见史家只载得一时事迹，诗家直显出一时气运。诗之妙，正在史笔不到处。"

并且，诗史之间有着某种共通之处。历史虽然是客观的，但史家在撰写时，总带有一定主观性。正如西方学者海登·怀特所说，史学家在

---

① （宋）谢逸：《故朝奉大夫梁州使君季公行状》，《溪堂集》卷10，影印文渊阁《四库全书》本。

② （宋）刘克庄：《后村诗话》新集卷1，中华书局1983年版，第154页。

编纂史书时，虽然受历史材料所构成的"事实"的限制，但"这些'事实'在其未经过筛选的形式中毫无意义"。因为"没有任何随意记录下来的历史事件本身可以形成一个故事；对于历史学家来说，历史事件只是故事的因素。……通过所有我们一般在小说或戏剧中的情节编织的技巧——才变成了故事"①。史学家和诗人在编同一个故事，在这样的前提下，史书的形成与文学作品的形成过程并无不同，只不过叙事的方式或角度有差异。关于这一点，李长之先生在评《史记》时即精辟指出："司马迁是一个哲人，也是一个诗人，他往往凭他的智慧对史料有所抉择并贯串，又凭他的情感和幻想而有所虚构。"② 的确，司马迁的《史记》直可视为一部荡气回肠的"诗史"。反过来看，"诗"之功能，无论"言志"说，或是"缘情"说，作为承载情志之媒介，诗都必以现实生活为基础，只是经过作者的"筛选"与"编织"，来反映作者的"现实"，用以抒写情志，或者说经过诗人对史料的抉择、贯穿和虚构来直陈时事。因而，"所有的诗歌中都含有历史的因素，每一个世界历史叙事中也都含有诗歌的因素"③，只不过其中"因素"之比重有所不同罢了。

但是，诗和史仍然存在着本质的区别，诗的核心价值并不在于所"纪"之"事"。"陈时事"固然是"诗史"的主要内容，甚至是核心问题，但如何"陈"，却属于诗歌的艺术表现范畴。对于文学而言，更重要的不是写什么，而是怎么写。诗歌是诗人个人情感的凝结与投射，它与客观、理性见长的历史著作之间有不可混淆的区别。黑格尔指出："诗纵然也诉诸感性观照，也进行生动鲜明的描绘，但就连在这方面，诗也还是一种精神活动，它只为提供内心观照而工作。""最完美的历史著作毕竟不属于自由的艺术，甚至用诗的词藻和韵律来写成历史著

---

① ［美］海登·怀特：《作为文学虚构的历史本文》，载张京媛主编《新历史主义与文学批评》，北京大学出版社 1993 年版，第 163 页。

② 李长之：《司马迁之人格与风格》，生活·读书·新知三联书店 1984 年版，第 141 页。

③ ［美］海登·怀特：《作为文学虚构的历史本文》，载张京媛主编《新历史主义与文学批评》，北京大学出版社 1993 年版，第 177 页。

作，也不因此就变成诗。……历史家没有理由抛开他所处理的内容中的散文性的性格特征，或是把它们转变为诗。他须如其本然地描述摆在面前的事实，而不加以歪曲或利用诗的方式去改造。"① 苏珊·朗格亦指出："诗人是以心理方式编织事件，而不是把它当作一段客观的历史。……因此倾向性是诗的世界的主要问题。"② 诗史在本质上是诗而不是史，作为文学艺术尤需注意其反映方式与表达手段，重视诗歌表现社会时事的独特艺术功能。

因之，尊杜诗为诗史，纯粹以史解杜，有可能造成把杜诗当成《资治通鉴·唐纪》的缩编本、新旧唐书的韵文版。史客观而冷静，诗主观而热情，史偏重于记载重大事件和人物，而尤以真实、客观、翔实为本，而诗则多以艺术手段去描写和表现社会生活，即使涉及某些历史事件，也是典型地、概括地展示其本质特征，体现诗人的情感倾向与自我品格，而不可能去如实完整地记叙其始末和全貌。所以，"诗"是不能代"史"的，严格地说，也是不能补"史"的。诗中之史与史家之史的区别在于，诗家往往有史家不到处，史家就事写事，诗家叙事往往触及史事背后的时代命脉。正如亚里士多德所言："诗人的职责不在于描述已经发生的事，而在于描述可能发生的事，即按照可然或必然的原则可能发生的事。历史学家和诗人的区别不在于是否用格律文写作，而在于前者记述已经发生的，后者描述可能发生的事。所以，诗是一种比历史更富于哲学性、更严肃的艺术，因为诗倾向于表现带普遍性的事，而历史却倾向于记载具体事件。"③ 诗史之间，虽息息相关，却各司其职，各有所重。

中国古代典籍文字按其重要性的排序为经、史、子、集，属于集部的诗赋位居末席。自古以来，视诗赋为杂学的观念根深蒂固，所以提升

---

① ［德］黑格尔：《美学》第三卷下册，朱光潜译，商务印书馆1981年版，第19、39—42页。

② ［美］苏珊·朗格：《情感与形式》，刘大基等译，中国社会科学出版社1986年版，第247页。

③ ［古希腊］亚里士多德：《诗学》第九章，陈中梅译注，商务印书馆1996年版，第81页。

诗重要性的捷径就在于使诗升格为史，甚至跃升为经。在这种风气影响下，史尊诗卑的观念深入人心，如钱钟书先生所论，许多论诗者实已"'诗史'成见，塞心梗腹，以为诗道之尊，端仗史势"①。因而，持"诗史"成见至深者，就会悉数将诗人描情状物的篇章"附合时局，牵合朝政"，以为"唱叹之永言，莫不寓美刺之微词"②，这在宋人的杜诗阐释中尤为明显。

文学经典确立的过程中，除了作品本身的因素，文学以外的文化因素也起着非常重要的作用，《诗》化为儒家之经，杜诗化为唐代之史，遂成为经典。汉代学者将《诗》经典化，是通过《诗》的历史化来完成的。汉儒几乎将《诗》中各篇都与历史上某王某公联系起来，视为含有"经夫妇、厚人伦"政治内容的"信史"。在某种意义上，这是对孟子"知人论世"原则的滥用。宋代杜诗学深受此风影响，杜诗阐释类同于此。在杜诗研究史上，"以史证诗"是最为基本的阐释方法。此法类似于红学研究的考证派，总是想方设法将史事移入诗中，而不论二者的相关度如何，究其实，仍是视杜诗为经为史而非诗的观念在作祟，批评者总希望从杜诗中发现"辨是非"、"定善恶"、"拨乱正"的史学价值，从而将杜诗捧上经典的圣坛。

要之，诗史说是宋人论杜的总纲，也是杜诗经典化的第一步，有关杜诗的其他观点皆由此生发而出。我们今天审视这一观点，既要肯定其发掘杜诗现实意义的努力，又要纠正其把杜诗变为纯史，视之为史而非诗的偏差。

四　强至：一个默默无闻的学杜者

北宋前期诗坛由流溯源，由法韩逐渐转向宗杜的过程中，虽然王安石起了关键的作用，但在诗坛大家王安石等人鼓吹之前，存在一个"起于青蘋之末"的渐进过程。前于王安石的，尚有黄庶、谢景初

---

① 钱钟书：《管锥编》，中华书局1979年版，第1390页。

② 同上。

等人。

比王安石年长四岁的黄庶（1019—1058），为黄庭坚之父，庆历二年进士，历佐一府三州，皆为从事。《四库全书总目》云："江西诗派奉庭坚为初祖，而庭坚之学韩愈，实自庶倡之。……集中古体诸诗并戛戛自造，不蹈陈因。虽魄力不及庭坚之雄阔，运用古事，熔铸剪裁亦不及庭坚之工巧，而生新矫拔则取径略同，先河后海，其渊源要有自也。"① 点出黄氏父子之间的诗学渊源。黄庶《怪石》最为人传诵："山鬼水怪著薜荔，天禄辟邪眠莓苔。钩帘坐对心语口，曾见汉唐池馆来。"陈衍《宋诗精华录》云："落想不凡，突过卢仝、李贺。"② 确实很接近韩诗的奇崛。黄庶《吕先生许昌十咏后序》指出，天圣中，"其时文章用声律最盛，哇淫破碎不可读，其于诗尤甚。士出于其间，为辞章能主意思而不流者，固少而最难。"③ 可以见出有意矫正西昆体诗风，具有独立不群的艺术个性。其诗想象不如苏舜钦奇特壮浪，风格则较相近，艺术特色介乎杜甫、韩愈之间。黄庶导路于前，其子庭坚张扬于后，宗杜的面貌就更显明了，所谓"先河后海"也应当包含师法杜甫这层意蕴。

所以江西派宗师之一陈师道说："唐人不学杜诗，惟唐彦谦与今黄亚夫庶、谢师厚景初学之。鲁直，黄之子，谢之婿也。其于二父，犹子美之于审言也。然过于出奇，不如杜之遇物而奇也。三江五湖，平漫千里，因风石而奇尔。"④ 倘只就北宋前期看，指出黄、谢是最早的"初学"杜诗者，他们所处时代先后衔接，又是学杜圈内的，想必可信度要强得多⑤。说黄庶过于求奇，尤其在写景方面，还是很中肯的。正因如此，四库馆臣把他看作韩诗的传人。韩诗本出于杜，实际这两种意见，并无多大的分歧。

---

① 《四库全书总目》卷 152《伐檀集》提要，中华书局 1965 年版，第 1315 页。

② 陈衍：《宋诗精华录》卷 1，巴蜀书社 1992 年版，第 91 页。

③ （宋）黄庶：《吕先生许昌十咏后序》，《全宋文》，第 242 页。

④ （宋）陈师道：《后山诗话》，《历代诗话》上册，中华书局 1981 年版，第 307 页。

⑤ 南宋的刘克庄认为陈与义是学杜第一："元祐后，诗人迭起，一种则波澜富而句律疏，一种则锻炼精而情情远，要之不出苏黄二体而已。及简斋出，始以老杜为师。"（《后村诗话》中集卷 2）

谢景初（1020—1084），比王安石年长一岁，有《宛陵集》，已佚。《全宋诗》收录十四首，多为五言。其《禁烟即事》云："时节一百五，疾风收雨天。鸟催青帝驭，人重子推钱。蹴鞠逢南陌，秋千送晚烟。墦间无限醉，唯我独萧然。"措辞凝重练达，句式多变，风格苍劲，颇近杜诗规模。《后山诗话》还保存两句："谢师厚废居于邓，王左丞存，其妹婿也，奉使荆湖，枉道过之。夜至其家，师厚有诗云：'倒着衣裳迎户外，尽呼儿女拜灯前。'"这两句很具"情圣杜甫"的风神，写出患难中的无限慨然。《王直方诗话》有云："山谷对余言，谢师厚七言绝类老杜，但人少知之耳。如'倒着衣裳迎户外，尽呼儿女拜灯前'编之《杜集》无愧也。师厚为女择对，见庭坚诗，乃云吾得婿如是足矣。庭坚因往求之。然庭坚之诗竟从谢公得句法。故尝有诗曰：'自往见谢公，论诗得濠梁。'"① 可惜谢诗七言除此二句外，仅有一首《和吴中复江浈泛舟》七律："雨飞暑馆变秋堂，息驾林祠意绪长。笋脱万苞风韵玉，莲开百亩水浮香。楸盘力战棋忘味，筼簜清吟扇递凉。心惜吏闲文酒乐，雅欢未既即离觞。"宗杜之迹清晰可见。

真正全力以赴地取法杜诗的，倒是名不见经传，亦不见于宋人众多诗话的强至。我们选取强至做个案分析，意在说明，在诗坛巨匠登高一呼"尊杜"之前，"学杜"已成为蔚然而兴的风尚。强至其人在文学史上名不见经传，一般通行的文学史均不置一语，故此处对其生平略做介绍。

（一）强至生平与文学思想

强至（1022—1076），字几圣，钱塘（今浙江杭州）人。自谓"东南孤生，左右寡援，向从乡里之便仕，罕识朝廷之显人"②（《上北京王尚书书》，《祠部集》卷27）。庆历六年（1046）进士及第，但铨选落名，又因丁忧居家，寂寞了很长时间，因而感慨："我本生穷阎，才

---

① 《王直方诗话》第37条，载郭绍虞辑《宋诗话辑佚》，中华书局1980年版，第16页。

② （宋）强至：《上北京王尚书书》，《祠部集》卷27，《丛书集成初编》本。下引强至诗文，皆据此本。

命两乖塞。再试得一第，失足落铨格。"（《祠部集》卷2《送元恕》）
丧除后一年，方才谒选得泗州司理参军，历浦江、东阳、元城令。又曾
入京曹，为韩琦所重，英宗治平四年（1067）辟入幕府，随韩琦辗转
永兴军、相州、大名府凡六年，所谓"四历州县，三任部属"①，长期
担任风尘小吏和僚属。神宗熙宁五年（1072），召任判官。九年，迁祠
部郎中、三司户部判官，卒于任上。强至的著述有《韩忠献遗事》一
卷，《祠部集》四十卷，曾巩曾为其集作序。《宋史·艺文志》《文献通
考·经籍考》俱著录《祠部集》四十卷。明初杨士奇《文渊阁书目》
尚有著录，至明后期茅坤则云："几圣之文，今不可见"（《唐宋八大家
文钞》卷101），盖湮没不传。清四库馆臣据《永乐大典》辑为三十五
卷，约得其作十之八九。其中诗十二卷，文二十三卷，词一首，附于第
十二卷卷尾。《全宋诗》补得集外佚诗四首，编为十二卷。

　　《宋史》《东都事略》《隆平集》均无强至传，唯有曾巩《强几圣
文集序》略见出一点消息："几圣少贫，能自谋学，为进士，材拔出其
辈类，出辄收其科。其文词大传于时。及为吏，未尝不以其间益读书为
文。尤工于诗，句出惊人。世皆推其能，然最为相国韩魏公所知。魏公
既罢政事，镇京兆，及徙镇相魏，常引几圣自助。魏公喜为诗，每合属
士大夫宾客与游，多赋诗以自见。凡属而和之者，几圣独思致逸发，若
不可追蹑，魏公未尝不叹得之晚也。"② 这是我们看到最早的也是宋人
唯一的对强至诗的评论。据《杭州志》载，强至的公文与散文也有名，
他代韩琦所作奏疏，神宗一阅即说"此必强至之文也"③。曾巩则谓这
类公文："必声比字属，曲当绳墨，然气质浑浑，不见刻画，远近多称
颂之。及为他人文，若志铭序记、策问学士大夫，则简古典则不少贬以
就俗。"④ 强至与曾巩、苏辙皆有交游唱和。曾序作于元丰三年
（1080），此时，强至已去世四年。

　　强至论文强调通经明道。曾说："学患不通经，经苟通，则性诚明

① 《上河北都运元给事待制书》，《祠部集》卷26，《丛书集成》本，第374页。
② （宋）曾巩：《强几圣文集序》，《曾巩集》卷12，中华书局1984年版，第202页。
③ 《四库全书总目》卷152《祠部集》提要，中华书局1965年版，第1313页。
④ （宋）曾巩：《强几圣文集序》，《曾巩集》卷12，中华书局1984年版，第203页。

而文深醇"（卷25《上运判马太傅书》）。又云："君子所贵者，道也"（卷26《上通判屯田书》）。他虽以文才著称当时，却并不以此为荣。卷33《送邵秀才序》谓："予之于赋，岂好为而求其能且工哉？偶作而偶能尔。始用此进取，既得之，方舍而专六经之微，钩圣言之深。发而为文章，行而为事业。所谓赋者，乌复置吾齿牙哉？"这种贵道重经的观点，虽然没有突破北宋文坛学者化的氛围，但诗文不主议论，且很少道学气和书卷气。尤其是师法杜甫，风格沉郁顿挫，独具一格，有别于北宋诸家。

（二）咏物与写人诗的学杜

强至的十一卷诗，计有五古六十一首，七古四十二首，五律一八二首，七律四〇五首，五排二十六首，七排十六，五绝六首，七绝八十四首，凡八二二首。强至诗的题旨，除却酬唱送别之作，多为游宦生涯的记述与感触。如卷8《长安春日感怀》："有期去燕寻归栋，不改新花发旧枝。宦路飘飘无定所，客颜憔悴异当时。"卷2《徙居》开篇即云："人生如寄客，况复真客宦。南舟与北车，来往若征雁。"写景状物中均蕴含身世之感。卷2《幕中抒怀》《幕中偶书》，卷8《经春长在幕府今日偶出见花》等诗可谓游幕心态的展现，其中发抒有志不呈的无可奈何，也有随遇而安的思想流露。

他的咏物写景之作亦多曲折锤炼，借咏物以咏怀。卷6《咏雁》颈联"灯前客鬓愁双白，天外乡书断一行"，语序有意调整，对仗工稳而颇具顿挫之致；尾联"莫倚善飞江汉阔，暗中矰缴绝须防"，名为咏雁而实为宦海风波的怅触。卷4《归鸟》："日落群山静，天寒独鸟归。声悲故巢远，影入片云微。踪迹怜吾滞，青冥羡汝飞。莫为双翼误，须避暗中机。"中间两联有意寻求变化，尾联亦流露出对官场风波的忧虑。

强至喜咏秋怀，这类题材屡见其集，这与他的身世遭遇休戚相关。悲秋之作如卷8《九日二首》其一："去岁重阳踏路尘，异乡今日恨还新。如何佳节长为客，却恐黄花解笑人。强饮破愁为乐酒，自怜多病足情身。龙山旧事知难问，千载相期属此辰。"颈联采用上二下五句式，句内顿挫，句间跌进，着意加大感情力度，而人生如寄的苍凉时刻萦绕心头。卷9《依韵和伯宪九日感怀》："隔雾南山愁漠漠，破烟东日淡晖晖。风欺白发勤吹帽，酒妒黄花故点衣。九日泪兼疏叶落，几时身逐短蓬归。青云欲早身先晚，更惜登高乐事违。"诗写秋风黄花，落叶飞蓬，一一切合自家心事，满怀心绪如愁云漠漠，仕途蹭蹬铸成的凄凉感怀笼罩全诗，这和杜甫一再咏秋无不息息相关。

强至刻画人物的诗亦写得铿锵动人，凛凛而有生气。卷9《读尹师鲁集》："章句横行古道埋，先生笔力障颓津。高文简得春秋法，大体严如剑佩臣。冰铁刚颜低狱吏，云风壮略疏边人。谪官竟死空名在，一读遗编泪满巾。"尹洙字师鲁，经学家，博学有识，好切论边事，为欧阳修倡导古文的健将，一生屡遭贬谪。此诗概括其人多方面才能，用笔疏宕，能传其人风貌精神。卷3有三篇写一人的七言长篇，均磊落大气。其中《赠贾麟》云："贾君貌古文章老，虬髯铺胸犀插脑。戏夸才力惊众人，谈笑千篇笔端扫。酒酣座上披天真，划去崖岸露怀抱。"描绘形貌简笔勾勒，言其个性则浓墨渲染，其人风范如在眼前。接写其人脱略不群："今年礼部更新书，续诏九州登俊造。宿儒晚秀趋术忙，肝愁胃苦搜辞藻。独君所向异尔为，长袖披陀踏幽草。（自注：君近游径出。）行穷两径跻岩巅，指点晴江辨秋岛。"笔势一振，先写时下。用对比手法，衬其迥不犹人，不为时趋。然后接入相逢："却骑匹马归湖山，古寺相逢情愈好。空樽无物醉故人，辄出囊钱具梨枣。更长坐久然青灯，语杂讥谐欲颠倒。"以下进入正事："我方正色起问君，何乃终年事枯槁。齿牙未豁才有余，一赋从容成腹稿。琢磨高论驰古今，足历天衢骋王道。驽群沓沓犹争先，骥骤胡然甘伏皂？君徒俯首不我答，我反惭颜汗如澡。"铺叙"我问"，带过不答，既有详略，又有以宾形主的反衬。结言："丈夫富贵难近窥，一第定非论晚早。岂同祖谊名汉朝，位不公卿身已夭，何时却挂吴淞帆，霜蟹初肥恰新稻。"用贾谊事再一跌宕，则主题便带有较深刻的社会意义。若论此诗题材，原本平凡，不如杜甫《丹青引》《江南逢李龟年》有时代变迁的大背景支撑。虽本为学人平日偶逢，却驰骋奔骤，盘旋有致，结构整饬，次第不紊，铺叙出一篇感慨良多的文字。这很容易使人想起杜甫笔下的郑虔、曹霸、公孙大娘，以及《八哀》诗来。卷11有不少干谒投赠，多五七言长篇排律，如《上知府张少卿》《上运使工部》《寄献王中丞》《韩魏公生日三首》等篇，一气盘旋，极有次第，章法布局，一从杜诗中来，杜甫《奉赠韦左丞丈二十二韵》便是这类诗的范本。

（三）诗风与句法的宗杜

强至一生大多在风尘小吏和为人僚属中看人脸色度日，类似的经历使他对杜甫有了"同情的了解"，因而他对困顿终生的杜甫特别崇敬，对杜诗亦非常爱好。推重杜甫是"唐代诗人杰"，称誉杜诗"气直横秋鹗，文雄绝汉鹏"①，又认为"子美没已久，正风几替陵"，表示要"驽足辄追骏，鷃心聊慕鹏。微之重堂奥，努力愿同登"②。他赞同杜甫崇尚瘦硬的艺术观："点端屹如泰山立，画劲森似长戟陈。宁同枣木浪传刻，少陵尤恶肥失真。"③其诗也往往要提到杜甫，如卷6《依韵和杨公济喜嘉定帅王待制移成都》："少陵漫为知音喜，行到花溪已恐迟"，卷10《依韵和吴七丈咏雪二首》其一："散称少陵吟白发，更逢太白跨鲸腰"，卷12《杨公济以诗索粉纸依韵和答》："欲送草堂还缩手，少陵惯见浣花笺"。

宋人看重唐诗，强至尤为用力。他学习唐诗之作，喜以自注稍加说明。举凡王维、李白、杜甫、元稹、白居易、刘禹锡、杜牧、方干等，都有一二条自注。其中杜甫多至十三条，比其余诸家的总和还要多。如《祠部集》卷3《寒食安厚卿具酒馔邀数君子游压沙寺观梨花独苏子由不至诗来命座客同赋予既次韵和之明日上巳安复置酒招予与苏又明日清明予屈二君为射饮之会而苏君仍用前韵作诗见及予亦复和》："杯盘一饱藉脱粟，那有白饭馂君奴。"自注："事见《杜工部集》。"卷5《依韵奉和经略司徒侍中上巳会兴庆池》："水边佳丽少，春草谩芊绵。"自注："杜工部有'三月三日天气新，长安水边多丽人'之句。"卷7《和知府王给事官舍北轩新竹》："分到渭川青玉种，严公宅里许同吟。"

---

① （宋）强至：《赠杜谘秘校》，《祠部集》卷5，《丛书集成初编》本。
② （宋）强至：《杜以诗和答依韵赠之》，《祠部集》卷5，《丛书集成初编》本。
③ （宋）强至：《和楼志国范君武读胡尉临安所获颜鲁公书断碑》，《祠部集》卷3，《丛书集成初编》本。

自注："杜甫有《严公宅同咏竹》诗。"又《依韵和酬阆州刘侍禁季孙见寄》："传闻蜀道逾天工，见说城南冠阆中。"自注："杜子美有'阆中胜事可肠断，阆中城南天下稀'之句。"又《次韵通判张静之郎中席上对客》："何如席上张公子，白雪辞兼郢客来。"自注："杜子美《赠张翰林》有'天上张公子'之句。"卷8《送刘嗣复都官赴辟秦州幕府》其四："祖琨清发能长啸，老杜冥搜有杂诗。"自注："杜子美有《秦川杂诗》。"又《依韵酬献陈州王密学见寄》其一："触热初来太华西，恐烦后命促佳期。"自注："杜子美《送李秘书赴杜相公幕》有'恐失佳期后命催'之句。"又《和司徒待中上巳会兴庆池韵》："荧煌台座隔魁三，喜对新诗见二南。"自注："杜工部诗有'君家最近魁三象'之句。"又《登塔》："姓名满壁今空在，登此几人忘百忧。"自注："杜子美登塔诗有'自非旷士怀，登兹翻百忧'之句。"卷9《即席依韵奉和司徒待中上巳会许公亭》其一："千载风流追曲水，万人游豫掩长沙。"自注："杜工部有'着处繁华矜是日，长沙千人万人出'之句。"卷10《依韵奉和司徒待中壬子九日》："虚堂飞阁席频移，肯对茱萸忆赐枝。"自注："杜子美有'茱萸赐朝士，难得一枝来'句。"卷11《依韵答公节》"雷陈叨契密，李杜愧名偕。"自注："子美有'李杜齐名真忝窃'之句。"又《送孙公素机宜书记赴太原刘龙图之辟》："谁问何官一书记，十年阃制自当分。"自注："事见杜甫送高适诗。"

　　至于不注明而暗用、化用杜诗者，更屡见不鲜。如卷1《向负春游辞以风雨开霁既久乐事未果因书百言聊以自戏》"红入桃李枝，绿转池塘波"，句法依模杜甫"红入桃花嫩，青归柳叶新"（《奉酬李都督表丈早春作》）。卷3《送关景芬秘书赴山阳尉》"纷纷共笑薄媚徒，对面论心回面否"，学杜《莫相疑行》"晚将末契托年少，当面输心背面笑"。又《泉上人画牡丹》"芳树不合生深堂，坐上似已闻生香"，出自杜之《奉先刘少府新画山水障歌》"堂上不合生枫树，怪底江山起烟雾"。又《谢三门提举辇运宋叔达郎中寄古碑杂言》"长安古名都，汉唐以来帝王宅"，变化杜甫《秋兴八首》其六"回首可怜歌舞地，秦中自古帝王州"而出之。卷4《庚子岁除辇下作》"四十明朝是，愁吟杜子诗"，化用杜甫《杜位宅守岁》"四十明朝过，飞腾暮景斜"。卷6《寄刘道秘书》"夫子文章老更工，六经俱达一身穷"，与杜甫《戏为六绝句》"庾信文章老更成，凌云健笔意纵横"相类。卷8《题钱安道节推环秀亭》的"晴江对酒平如掌，晚树开帘细作围"，杜甫《乐游园歌》有"秦川对酒平如掌"，此仅更换二字。如此之类不胜枚举。强至对杜诗如此钟爱，这在元丰之前，实属罕例。且他的宗杜，与北宋王、苏诸家乃至后来的江西派皆有不同，宋人号称"千家注杜"，尊杜、学杜蔚成一代之诗学风尚。然而多数宋诗名家学杜而实不似杜，真正全力追慕杜甫诗风而毕肖者倒是名不见经传的强至。

方回《瀛奎律髓》卷42说他"精于诗"①。《四库全书总目》说："集中诸体诗，沉郁顿挫，气格颇高，在北宋诸家之中，可自树一帜。"② 强至学杜，可谓神似，其卷2《曾元恕累日不相见以诗垂寄依韵和答》："丈夫收功名，要在少壮时。今予四十强，才短良时遗。俯首入掾曹，所托真一枝。动静系他人，何异马受縻。事业乖圣贤，饥寒愧妻儿。浩歌望青云，致身分已迟。江湖久去眼，终日怀钓丝。""丈夫"四句，"浩歌"二句，感情抑塞，语带顿挫，句意开合张弛分明从杜诗来。所托一枝、动静依人亦与杜甫入川处境相仿，诗中充溢着与杜甫《宿府》"已忍伶俜十年事，强移栖息一枝安"同样的抑郁。

强至近体律诗，尤显"杜家模样"。律诗占到其全部诗作一半以上，亦最能体现沉郁顿挫的风格。五律如卷5《长安春日》："白入双吟鬓，衰侵一病身。年光不贷老，春色似欺人。鸟破日边雾，花飘风外尘。还将感时泪，对酒洒咸秦。""感时泪"即化用杜甫《春望》"感时花溅泪，恨别鸟惊心"，全诗用语凝重，句式多变，风神萧瑟沉郁，极似杜甫秦州诗。

至于七律，沉郁顿挫的风格尤为接近杜甫。如卷6《九日至嘉禾》，为泗州掾时所作，沉郁顿挫的风格可比杜甫七律："登高时节异乡中，回首家山隔乱峰。白酒莫辞今日醉，黄花不似故园逢。苦嗟节物经秋

---

① 李庆甲集评校点：《瀛奎律髓汇评》卷42，上海古籍出版社2005年版，第1516页。
② 《四库全书总目》卷152《祠部集》提要，中华书局1965年版，第1313页。

老，赢得情怀为别浓。却爱紫微诗意好，笑歌开口强为容。"起首苍凉，百感丛集。颔联语呈开合，意更沉郁，颇得杜甫对偶的顿挫之法。尾联用杜牧"尘世难逢开口笑"，风味却近杜诗。又《冬尽日睢阳感怀》："天边愁绪细如毛，眼底诗情付浊醪。张许忠魂空日月，邹枚乐事委蓬蒿。积成乡思心频折，送尽年华首重搔。杜子南宾犹此日，主人恩意觉徒劳。"观其尾联，杜甫总是活在他的心中。作为参照系，不独身世遭遇仿佛，而且立身处世、艺术趣向，亦一一效法。所谓"惊人险句何妨露，向阙丹心未可灰"①，是期盼的赠人语，亦是夫子自道，正是以杜甫的"语不惊人死不休"为极致，以"葵藿倾太阳"为标格。总之，在他的心中总有一个"唐代诗人杰"的杜甫。

　　杜甫曾云"晚节渐于诗律细"，"语不惊人死不休"，强至的诗也注重炼字的工稳。如卷4《晓钟》："缥缈惊春梦，铿轰送晓声。敲烟出野寺，催月下山城。窗映东方白，灯留半壁明。隐然余韵在，群动已营营。"烟出野寺，月下山城，本为静景，着"敲"、"催"二字，以动写静，晨境顿出，使拂晓钟声萦耳。又如卷4《初入汴》："山势随淮断，河流带地浑。严风疏树影，落日露沙痕。客兴双蓬鬓，吟怀一酒尊。舟行那敢缓，霜意满乾坤。"动词"疏"、"露"颇见锤炼之功，此二语绾带"严风"、"树影"、"落日"、"沙痕"，轻重相形，动静互衬，错落有致，诚为句中之眼。卷4《急棹趁吴门》："寒日山尖落，孤烟树杪屯。水流天欲动，舟急岸如奔。缥缈穿云角，苍茫望郭门。片心争宿鸟，去去近黄昏。"峭劲的"尖"、"屯"，见远景之苍凉。水流舟急反衬出"天动"、"岸奔"，全然动静错位。后四句的"穿"、"望"、"争"、"近"一气旋转，烘托出翘首"急趁"的心情。

　　在句法的锻造和上下句的吞吐伸缩变化上，强至特别努力追摹杜诗。如写孤独寂寞的"江花飘去不留春，海燕飞来独语人"（卷7《春尽》），感慨时光的"年光双鸟翼，世事一鸿毛"（卷5《二月过半犹未见花昨日逢之珍云已有小桃因成短句》），有感宦途维艰的"薄宦家千里，长吟酒一杯"（卷5《偶书呈公胜》），或时空偶对，或大小相形，

---

　　① （宋）强至：《送前水监王仲贤郎中赴阙》，《祠部集》卷6，《丛书集成初编》本。

均含慨不尽。跌进一层者如"疏柳不堪霜后折，故人转觉酒边稀。朱颜有改宜看镜，黄卷无穷且杜扉"（卷7《送俞元宰失荐东归》）、"细数旧游如俯仰，俄惊新变又西东"（卷8《依韵和酬留别》），有的则起句飘洒："春风那解系狂游，朝醉桐江暮柳州"（《贾麟自睦来杭复将如苏戏赠短句》），《瀛奎律髓》即选此首。从上可见，他常采用流水对，一气旋折，自然妥帖，不露雕琢之痕，让人不觉偶对；或者两句均用相近比喻，不觉其复，反增感慨。或者语气在开合张弛之间，情感在起伏中见出顿挫。

强至二十二岁，时值庆历新政的兴起，四十八岁又遇王安石变法，卒年适逢王安石罢相。在他进行诗歌创作的三十余年间，正是北宋政争初起，乃至白热化的时期，诗祸与之俱增。盖因此，强至诗很少政治题材，亦少反映敏感的民生疾苦。而且身后遗文，"在魏公幕府者为最多"①，所以仕宦飘转与友朋酬唱便成了主要内容。前人谓其诗"沉郁顿挫"，诚为不虚；虽不主议论，而"气格颇高"亦可概见。谓其"在北宋诸家中，尤可别树一帜"，如果从全力以赴地追法杜诗来看，当为不刊之论，在宋诗史中应有一席之地。

强至年少安石一岁，享年又少十一岁，而《临川集》一半诗都作于强至去世之后，曾巩和他们皆交好。而强至对新法似有微词，于其诗非见一处。由于强至终其一生为小吏僚属，才秀人微，虽然曾巩揄扬他"句出惊人，世皆推其能"，但毕竟取湮身后，不为人重。他的诗并不见论于宋人诗话，只有推重江西派的大书《瀛奎律髓》方入选一首，微不足道。沿至于清人更大部头的《宋诗钞》便没有他的机会，近人陈衍《宋诗精华录》和今人选本就更见不到了，所以他的诗自然未能进入文学史家的视野，宋代文学史也就不会想到强几圣这个名字。

宋人的尊杜与学杜是一个渐进漫长的过程，在宋诗大家尊杜诗为诗学典范之前，学杜已成为由少至多的群体性风潮。至于刘克庄所说："元祐后，诗人迭起，一种则波澜富而句律疏，一种则锻炼精而情性

---

① （宋）曾巩：《强几圣文集序》，《曾巩集》卷12，中华书局1984年版，第203页。

远，要之不出苏黄二体而已。及简斋出，始以老杜为师。"① 无论江西派"三宗"中任何一人，师法杜诗，都是宗杜高潮以后的事了。皇祐元年（1049），强至始入仕为泗州掾，作于此时的诗"沉郁顿挫"的风格业已形成，居杭州守丧三四年间，正值嘉祐初年。当王琪在苏州郡斋大量雕刻杜诗引起"人争购之"的风潮时，想必他就是"争言杜诗"中的一位，这从他做泗州掾时所作诗便可看出。因之，在宋代诗坛大规模尊杜之前，强至可谓为时较早的全面学杜者，虽然他默默无闻，不见称于当时与现在。

① （宋）刘克庄：《后村诗话》前集卷 2，中华书局 1983 年版，第 26 页。

第二章 宋诗的成熟与杜诗典范
地位的确立

　　宋初六十年间，众多诗人在广泛学习前代诗风的基础上，积累了丰富的艺术经验，至欧阳修、梅尧臣等为代表的诗歌复古运动奠定了宋诗的基本风貌，再到王安石、苏轼及苏门弟子为代表的盛宋诗坛，可以说已尽革前代浮华，与"唐音"相媲美的"宋调"逐渐成熟。所以，陈善认为"欧阳公诗，犹有国初唐人风气。公能变国朝文格，而不能变诗格。及荆公、苏、黄辈出，然后诗格极于高古"①。说明宋代"诗格"之变，即宋诗面貌的真正显现，完成于王安石、苏轼、黄庭坚等崛起之后。他们又都是极力扬杜的大诗人，故而宋诗鼎盛时期也是宋人学杜尊杜的高峰时期。诗坛巨匠的登高一呼，唤来了宋代杜诗学的繁荣期，而自北宋中叶开始的杜诗文献的整理则为之奠定了基础。

一　北宋的杜诗整理

（一）雕版印刷的兴盛与宋人对唐集的大规模整理

　　杜集的整理是宋人学杜的基础，绪论中我们已论及，杜甫在生前名不显的一个重要原因就是诗作流传不广。而杜集的整理又是在雕版的普及和宋人大规模整理唐集的氛围中进行的。

　　中国的雕版印刷起于何时，似乎尚无定论。晚唐五代已出现了一些实用性书籍和经书以雕版印行，唐文宗大和九年，东川节度使冯宿上

---

① （宋）陈善：《扪虱新话》下集卷3，《丛书集成初编》本，第77页。

《禁版印时宪书奏》："准敕禁断印历日版。剑南两川及淮南道，皆以版印历日鬻于市。每岁司天台未奏颁下新历，其印历已满天下，有乖敬授之道。"① 可见，当时民间已在雕版刊印日历。追随唐僖宗入蜀的柳玭在其《家训序》中云："中和三年癸卯夏，銮舆在蜀之三年也，余为中书舍人，旬休阅书于重城之东南，其书多阴阳杂说、占梦相宅、九宫五纬之流，又有字书小学，率雕板印纸浸染，不可尽晓。"② 由此可知，唐末中和年间，民间已有多种实用性书籍雕版印行。至五代时，刻书业进一步发展，后唐明宗长兴三年，开始"依石经文字刻九经印板"③。然而，雕版的全面普及，文集的刊行，则是北宋文化昌明以后的事了。此时，典籍的流通才真正由写本文化演进为印本文化。正如有学者指出的："到了宋朝，因政府及民间的提倡，书坊到处设立，几乎无书不刻版，无处不刻版，刻书达到全盛时代。"④

一方面，雕版印刷技术自唐代开始应用以来，到宋代已趋成熟，为刻书业的繁荣做好了技术上的准备。另一方面，文化的普及，受教育人数的增多，加大了对图书的需求，从而为刻书业的繁荣提供了市场。宋代从中央到地方，都十分重视书籍的印刷。宋代皇帝经常到主持刻印、编修、收藏书籍的国子监、崇文院察看，《宋史》载景德二年（1005）真宗视察国子监时的君臣对谈，可见当时刻书之盛：

> 上幸国子监阅库书，问邢昺经版几何，昺曰："国初不及四千，今十余万，经、传、正义皆具。臣少从师业儒时，经具有疏者百无一二，盖力不能传写。今板本大备，士庶家皆有之，斯乃儒者逢辰之幸也。"上喜曰："国家虽尚儒术，非四方无事何以及此！"⑤

---

① （清）董诰等编：《全唐文》卷 624，中华书局 1983 年版，第 6301 页。
② 陈尚君辑纂：《旧五代史新辑校证》卷 43 注引《柳氏家训序》，复旦大学出版社 2005 年版，第 1395 页。
③ （宋）王溥：《五代会要》卷 8《经籍》，上海古籍出版社 1978 年版，第 128 页。
④ 张秀民：《中国印刷术的发明及其对亚洲各国的影响》，载程文焕编《中国图书论集》，商务印书馆 1994 年版，第 167 页。
⑤ 《宋史》卷 431《儒林传》，中华书局 1977 年版，第 12798 页。

此时宋开国仅仅四十余年，书板的数量就增加了十几万，可见宋代刻书业的发展之迅速。《续资治通鉴长编》亦载大中祥符三年（1010）真宗与当时资政殿大学士向敏中的对谈，可见当时书板大备的文化盛况："（真宗）谓敏中曰：'今学者亦得书籍。'敏中曰：'国初惟张昭家有三史。太祖克定四方，太宗崇尚儒学，继以陛下稽古好文，今三史、《三国志》《晋书》皆镂板，士大夫不劳力而家有旧典，此实千龄之盛也。'"①

宋代许多学者积极从事前代文献的整理与研究，尤其唐人别集的整理可以说盛极一时。正如论者所述："今存传世的隋唐五代别集，如陈子昂、李白、杜甫、韦应物、韩愈、柳宗元、刘禹锡、白居易、元稹、李翱、杜牧、许浑、李商隐、温庭筠、薛能、郑谷乃至女诗人鱼玄机、薛涛，僧徒皎然、贯休等的别集，无不经过宋人的整理刊刻。有的别集，或重编，或校勘，或辑佚补遗，或注释编年，一而再、再而三地得到多次整理，出现了一个兴旺繁荣的局面。"② 在这种氛围中，杜集的整理悄然兴起。

真宗时诗坛的领袖人物杨亿诋杜甫为"村夫子"时，竟不知杜甫名作《江汉》，作为当时的大学者，亦未见到杜甫的全集。而苏舜钦在编《老杜别集》时，曾说杜集"不为近世所尚，坠逸过半"③，可见，杜诗在当时流传之少。至仁宗时，读杜者渐多，欧阳修《六一诗话》载：

> 陈舍人从易当时文方盛之际，独以醇儒古学见称，其诗多类白乐天。盖自杨、刘唱和，《西昆集》行，后进学者争效之，风雅一变，谓"西昆体"。由是唐贤诸诗集几废而不行。陈公时偶得杜集旧本，文多脱误，至《送蔡都尉》诗云："身轻一鸟"，其下脱一字。陈公因与数客各用一字补之。或云"疾"，或云"落"，或云

---

① （宋）李焘：《续资治通鉴长编》卷74，中华书局1995年版，第1694页。
② 陶敏、李一飞：《隋唐五代文学史料学》，中华书局2001年版，第28页。
③ 傅平骧、胡问陶校注：《苏舜钦集编年校注》卷6，巴蜀书社1991年版，第397—398页。

"起"，或云"下"，莫能定。其后得一善本，乃是"身轻一鸟过"。陈公叹服，以为虽一字，诸君亦不能到也。①

宋人往往对杜甫驾驭语言的能力佩服得五体投地，但也可以看出即使在当时，学者虽叹服杜诗用语锤炼之工，但其时尚未有完整的印本，以至这些人自编撰的杜集旧抄本多有脱误，形成了当时杜诗流布不广的景况。

（二）王洙与杜诗的第一个定本

唐人大多并不特别在意整理自己的文集，加以唐末五代的战乱兵燹，唐集至宋所遗无多。据宋宣和六年（1124）刘麟刻《元氏长庆集序》载："新、旧唐书《艺文志》载其当时君臣所撰著文集篇目甚多，《太宗集》四十卷至武后《垂拱集》一百卷，今皆弗传，其余名公巨人之文，所传盖十一二尔，如《梁苑文类》《会昌一品》《凤池蒿草》《笠泽丛书》《经纬》《穴余》《遗荣》《雾居》，见于集录所称道者，毋虑数百家，今之所见，仅十数家而已。以是知唐人之文亡佚多矣。"②可见唐人文集传至宋十不一二，其余大部湮没不传。而今人所见弥足珍贵之唐集，多经宋人苦心孤诣的整理，而于杜集，用力尤勤。

杜集在唐代的流传，最早的记载是大历年间樊晃的《杜工部集小序》：

工部员外郎杜甫，字子美，膳部员外郎审言之孙。至德初，拜左拾遗，直谏忤诣，左转，薄游陇蜀，殆十年矣。黄门侍郎严武总戎全蜀，君为幕宾。白首为郎，待之客礼，属契阔湮厄。东归江陵，缘湘沅而不返，痛矣夫！文集六十卷，行于江汉之南。常蓄东游之志，竟不就。属时方用武，斯文将坠，故不为东人所知。江左

① （宋）欧阳修：《六一诗话》，载（清）何文焕辑《历代诗话》，中华书局1981年版，第266页。
② （宋）刘麟：《元氏长庆集原序》，载（唐）元稹《元氏长庆集》卷首，影印文渊阁《四库全书》本。

词人所传诵者，皆公之戏题剧论耳，曾不知君有大雅之作，当今一人而已。今采其遗文凡二百九十篇，各以事类，分为六卷，且行于江左。君有子宗文、宗武，近知所在，漂寓江陵。冀求其正集，续当论次之云。①

这也是今天所见到的杜甫其人其集的最早记载了。樊晃其人，正史不传。据岑仲勉《元和姓纂四校记》考证，樊晃为进士出身，历任碳石主簿，汀州、润州刺史。其任润州刺史的时间，《宋高僧传》卷17《唐金陵钟山元崇传》载在大历五年；柳识《琴会记》②载大历七年正月润州刺史为"樊某"，当即其人。杜甫卒于大历五年，故樊晃《小集》的编成当在杜甫身后二三年左右，樊晃序言"冀求其正集"，疑这一"正集"即所谓行于江汉之南的"文集六十卷"。这个六十卷本的全集，也许经杜甫亲手整理③，有可能对后世的编年本产生过影响，然此正集此后却从未在历史上出现过。

其后，杜诗在中晚唐有很大范围的传播，元稹、白居易、韩愈等人对杜诗多有论列，但他们读到的杜集情况如何，均语焉不详。成于后晋开运二年（945）的《旧唐书·杜甫传》谓"甫有文集六十卷"，盖从他处转录，史臣并未亲阅。

宋初以来整理杜集的先后有孙仅、刘敞、苏舜钦、王洙等人，孙仅编有《杜工部集》一卷，为北宋辑杜第一人，引领了宋人整理杜诗的风尚。大致从苏舜钦始，对杜诗的整理日趋完备。最后集其大成者则为王洙。

王洙（997—1057），字原叔，应天宋城人。举进士，为府学教授，擢史馆检讨，累官翰林学士卒。《宋史》本传谓其"泛览传记，至图纬、方技、阴阳、五行、算数、音律、诂训、篆隶之学，无所不通"。曾"预修《集韵》《祖宗故事》《三朝经武圣略》《乡兵制度》，著《易

---

① 《钱注杜诗》附录，上海古籍出版社1979年版，第709页。
② 《文苑英华》卷832，中华书局1966年版，第4388页。
③ 参见陈尚君《杜诗早期流传考》，载《唐代文学丛考》，中国社会科学出版社1997年版，第327页。

传》十卷、杂文千有余篇"①。著述甚丰，乃是当世著名学者。宋仁宗时，王洙参编《崇文总目》期间，利用了"秘府旧藏"和"通人家所有"的各种杜集共九种，去其重复，汇编成一部杜甫全集。此书编成于仁宗宝元二年（1039），其《杜工部集记》前半三分之二的篇幅叙杜甫生平行迹，考证较详，实可补两唐书之阙，亦多为后世注家所援引。最后略云：

> 甫集初六十卷，今秘府旧藏，通人家所有称大小集者，皆亡逸之余，人自编摭，非当时第次矣。搜裒中外书凡九十九卷：古本二卷，蜀本二十卷，《集略》十五卷，樊晃序《小集》六卷，孙光宪序二十卷，郑文宝序《少陵集》二十卷，别题小集二卷，孙仅一卷，杂编三卷。除其重复，定取千四百有五篇，凡古诗三百九十有九，近体千有六。起太平时，终湖南所作。视居行之次与岁时为先后，分十八卷。又别录赋笔杂著二十九篇为二卷，合二十卷。意兹本未可谓尽，他日有得，尚副益诸。宝元二年十月，王原叔记。

此集凡录诗一四〇五首，与今存杜诗一四五五首②已相差无几。但此集编成后，是否刊行已不得而知，宋代公私目录未著录，故论者一般认为是未经付梓的家藏本。二十年后，亦即王洙去世后两年，姑苏郡守王琪于嘉祐四年（1059），据王洙家藏本及古今诸本，于郡斋与同好校理王洙本镂板刻行《杜工部集》二十卷。移王洙"记"于卷首，自撰"后记"云：

> 近世学者，争言杜诗，爱之深者，至剽掠句语，迨所用险字而模画之，沛然自以为绝洪流而穷深源矣。又人人购其亡逸，多或百余篇，少数十句，藏弆矜大，复自以为有得。翰林王君原叔尤嗜其

---

① 《宋史》卷 294《王洙传》，中华书局 1977 年版，第 9816 页。
② 杜诗的篇数，自裴煜后，历代学者做了不少辑佚与订伪工作，萧涤非《杜甫全集校注》与谢思炜《杜甫集校注》均定为一四五五首。

诗，家素蓄先唐旧集，及采秘府名公之室，天下士人所有得者，悉编次之，事具于记，于是杜诗无遗矣。……原叔虽自编次，余病其卷帙之多而未甚布。暇日与苏州进士何君琭、丁君修得原叔家藏及古今诸集，聚于郡斋而参考之，三月而后已。义有兼通者，亦存而不敢削，阅之者固有浅深也。而又吴江邑宰河东裴君煜取以覆视，乃益精密。遂镂于板，庶广其传。或俾余序于篇者，曰：如原叔之能文称于世，止作记于后，余窃慕之，且余安知子美哉？但本末不可缺书，故概举以附于卷终。原叔之文，今迁于卷首。嘉祐四年四月望日，姑苏郡守太原王琪后记。[①]

关于王琪刊印杜集始末，据《吴郡志》载："嘉祐中，王琪以知制诰守郡，始大修设厅，规模宏壮，假省库钱数千缗。厅既成，漕司不肯除破。时方贵《杜集》，人间苦无全书。琪家藏本，雠校素精，即俾公使库镂板印万本，每部直千钱。士人争买之。富室或买十许部。既偿省库，羡余以给公厨。"[②] 王琪此举真是一举两得。一次刻板是否可印万本，尚且不论，而"人间苦无善本"、"士人争买之"，则与王琪"后记"所云"争言"、"争购"相互印证。富有意味的是，杜集刚一问世，就成为畅销书，带来了可观的经济效益。这不但与杜甫生前的困顿流离成天壤之别，亦与今天学术著作的少人问津不可同日而语。

此后治平年间（1064—1068），裴煜知苏州，取王琪之郡库原版，补刻佚诗五首，佚文四篇，作为《补遗》，附于集外。此后虽不断有人整理辑佚杜集，但由王洙编定、王琪等人整理刊行的《杜工部集》成为杜诗的第一个定本，世称"二王本"，这一刊本的出现距离宋代开国已有百年之久。

苏舜钦景祐年间编《杜工部集》时，杜诗尚"不为近世所尚"，二十年后至嘉祐时杜诗却已成为"显学"，晁公武云："皇朝自王原叔以

---

① 《宋本杜工部集》末附王琪《杜工部集后记》，商务印书馆1957年版。
② （宋）范成大：《吴郡志》卷6《官宇》，江苏古籍出版社1999年版，第51—52页。

后，学者喜观甫诗。"① 王洙对此杜集的流传功莫大焉，为后来的杜诗整理打下了基础，影响甚巨，据《蔡宽夫诗话》载：

> 今世所传子美集本，王翰林原叔所校定，辞有两出者，多并存于注，不敢彻去。至王荆公为《百家诗选》始参考择其善者定归一辞，如"先生有才过屈宋"，注："一云先生所谈或屈宋"，则舍正而从注。"且如今年冬，未休关西卒"，注："一云如今纵得归，休为关西卒"，则刊注而从正。若此之类，不可概举。其采择之当，亦固可见矣。惟"天阙象纬逼，云卧衣裳冷"，阙字与下句语不类。"隔目青荧夹镜悬，肉骏碾碡连钱动"，肉骏，于理若不通，乃直改阙作阆，改骏作骏，以为本误耳。②

二王的刊本最大限度地保存了杜诗异文，为以后的杜集校勘提供依据。经过二王收集校刻，杜诗的整编基本大成，成为有宋及后世杜集的祖本。因而洪业《杜诗引得序》说："自是以后，学者之于杜集，或补遗焉，或增校焉，或注释焉，或批点焉，或更转而为诗话焉，为年谱焉，为分类焉，为编韵焉，或如今之为引得焉，溯其源，无不受二王所辑刻《杜工部集》之赐者。"遗憾的是，二王本世不复存，今所易见者为 1957 年商务印书馆影宋本，系根据上海图书馆所藏南宋初年翻刻本影印，缺叶根据北京图书馆藏钱曾述古堂影宋本补入，收入《续古逸丛书》第四十七种，题曰《宋本杜工部集》。书后有张元济先生长篇跋语，叙其版本源流。

二王本以后，杜诗虽代有整理补佚，但都源于这个定本。这个本子的出现，促进了杜集的流传，促成了北宋中叶后的尊杜学杜高潮。

---

① （宋）晁公武撰、孙猛校证：《郡斋读书志校证》卷 17，上海古籍出版社 1990 年版，第 857 页。

② （宋）蔡居厚：《蔡宽夫诗话》，载郭绍虞辑《宋诗话辑佚》，中华书局 1980 年版，第 384 页。

二　王安石论杜

《蔡宽夫诗话》云："景祐、庆历后，天下知尚古文，于是李太白、韦苏州诸人，始杂见于世。杜子美最为晚出，三十年来学诗者非子美不道，虽武夫、女子皆知尊异之，李太白而下殆莫与抗。文章显隐，固自有时哉！……老杜诗既为世所重，宿学旧儒，犹不肯深与之。"① 这段文字的最后几句说明，虽然杜诗已受到推崇，但诗坛的阻力还是不小。到王安石、苏轼、黄庭坚等大诗人登上文坛，这种局面才得以彻底改变。

王安石对杜诗特别喜好，他不但编辑整理杜诗，在诗文中多处论杜，更积极提倡学杜，可谓宋代第一个极力扬杜的大诗人。王安石从推扬杜甫人格入手，通过抑韩扬杜和抑李扬杜，开启了宋人独尊杜甫的风气，也拉开了"圣化"杜甫的序幕。

（一）对杜甫人格的推崇

宋代研究唐诗蔚成风气，唐诗陪伴两宋始末，王安石亦不例外。他于唐集用功甚深，编过《唐百家诗选》《四家诗选》，尤喜杜诗，曾手编《老杜诗后集》，此集编成于宋仁宗皇祐四年（1052）。其《老杜诗后集序》云：

> 予考古之诗，尤爱杜甫氏作者。其词所从出，一莫知穷极，而病未能学也。世所传已多，计尚有遗落，思得其完而观之。然每一篇出，自然人知非人所能为，而为之者惟其甫也，辄能辨之。予之令鄞，客有授予古之诗世所不传者二百余篇。观之，予知非人之所能为，而为之实甫者，其文与意之著也。然甫之诗其完见于今者，自余得之。世之学者，至乎甫而后为诗，不能至，要之不知诗焉

---

① （宋）蔡居厚：《蔡宽夫诗话》，载郭绍虞辑《宋诗话辑佚》，中华书局 1980 年版，第 398—399 页。

耳。呜呼！诗其难惟有甫哉！自《洗兵马》下，序而次之，以示知甫者，且用自发焉。皇祐壬辰五月日，临川王某序。①

王氏之意，首先肯定了当时学者学杜成为风气的事实，"至乎甫而后为诗"，差不多到了"不学杜，无以言"的地步，确实蔚为大观。其次是对学杜的成绩深表不满。为什么学杜热情如此之高却总"不能至"呢？王安石认为根本原因在于学之者"不知诗"，也就是说，学者并未懂得诗歌的真正生命，以及杜诗的精髓所在。王安石说包括他自己在内，对杜诗都有一种莫名其妙之感，以无从下手为憾。王氏此言当然包含着自谦的意味，但显然他对当时学杜表面繁荣而未得杜之真谛的现状很不满意。而且，由序可知，王安石对杜诗相当熟悉，到了望文知人的地步。

《老杜诗后集》已佚，今所知者，所编溢出《洗兵马》以下二百篇而已。宋神宗元丰五年（1082），温陵宋宜序陈应行（浩然）所编杜诗曾提到此集。序曰："顷者处士孙正之得所未传者二百篇，而荆公继得之，又增多焉。及观内相王公（洙）所校全集，比于二公互有详略。"可见此集虽后于王洙本十三年，王安石编此集却并未见到王洙本。惜乎陈书亦佚，无从知其端倪。而《四家诗选》虽佚，尚有注杜之文散落在后之各书中。影宋本《杜工部集》、蔡梦弼《杜工部草堂诗笺》、郭知达《九家集注杜诗》等皆引有王注，《蔡宽夫诗话》亦有记载，可见王安石对杜诗的喜爱。

王安石还精心结撰了诗传式的《杜甫画像》：

吾观少陵诗，谓与元气侔：力能排天斡九地，壮颜毅色不可求。浩荡八极中，生物岂不稠？丑妍巨细千万殊，竟莫见以何雕镂。惜哉命之穷，颠倒不见收。青衫老更斥，饿走半九州。瘦妻僵前子仆后，攘攘盗贼森戈矛。吟哦当此时，不废朝廷忧。常愿天子圣，大臣各伊周。宁令吾庐独破受冻死，不忍四海赤子寒飕飗。伤

① （宋）王安石：《临川先生文集》卷84，中华书局1959年版，第880—881页。

屯悼屈止一身，嗟时之人我所羞。所以见公像，再拜涕泗流；推公
之心古亦少，愿起公死从之游。①

　　此诗作年不详，从其对杜甫认识的深化来看，当作于《老杜诗后
集序》之后。此诗表达对杜甫其人的评价之意，与中唐以来的杜诗评
论所不同者，侧重点由杜诗的艺术造诣转到了杜甫的人格价值。刘后村
以为："余谓善评杜诗，无出半山'吾观少陵诗，谓与元气侔'之篇，
万世不易之论。"② 胡仔言："李、杜画像，古今诗人题咏多矣。若杜子
美，其诗高妙，固不待言，要当知其平生用心处，则半山老人之诗得之
矣。"③ 所指正是王氏《杜甫画像》诗。确如胡仔所论，宋人有题画像
的习惯，题李杜画像者颇多，如南宋初年陈棣《题李杜画像》起首言：
"吟诗莫学李太白，千首万言皆酒色。吟诗莫学杜拾遗，一生抱恨长嗟
咨。二豪胸中有佳趣，诗酒聊以发其悟。"④ 再如陆游《题少陵画像》
云："长安落叶纷可扫，九陌北风吹马倒。杜公四十不成名，袖里空余
三赋草。车声马声喧客枕，三百青铜市楼饮。杯残胸冷正悲辛，仗内斗
鸡催赐锦！"董逌《杜子美骑驴图》写道："杜子美，放于酒者也。顺
性所安，不束礼法，睥睨天地间，盱衡而傲王侯。彼既逃于天绊矣，岂
人得而羁络之者邪！"⑤ 金末诗人李俊民亦有《老杜醉归图二首》⑥，其
一云："寻常行处酒债，每日江头醉归。薄暮斜风细雨，长安一片花
飞。"其二云："百钱街头酒价，蹇驴醉里风光。莫傍郑公门去，恐犹
恨在登床。"诸诗皆着眼于杜甫诗酒流连的文人形象，或刻画其蔑视礼
法的狂者形象，独有王氏之作得杜甫之精神品格。
　　仇兆鳌评此诗云："荆公深知杜，酷爱杜，而又善言杜，此篇于少

---

① （宋）李壁笺注、高克勤点校：《王荆文公诗笺注》卷13，上海古籍出版社2010年
版，第315—316页。
② （宋）刘克庄：《后村诗话》新集卷1，中华书局1983年版，第152页。
③ 《苕溪渔隐丛话》前集卷11，人民文学出版社1962年版，第72页。
④ 《全宋诗》卷1966，第22018页。
⑤ （宋）董逌：《广川画跋》卷4，影印文渊阁《四库全书》本。
⑥ （清）顾嗣立编：《元诗选》初集，中华书局1987年版，第119页。

陵人品心术，学问才情，独能中其会，后世颂杜者，无以复加矣。"①
这虽不乏夸张之语，但也说明了对王诗的欣赏和深入理解，宋人正是顺
着王安石的思路一步步将杜甫人格"圣化"的。

　　王安石是北宋的大政治家和改革家，青年时代就有高度的政治热
情，以太平宰相自许，后又以坚决的态度投入政治斗争，其理想绝不是
仅仅做一个"文人"。三十多岁拜见文坛前辈欧阳修时，欧阳修赠诗
曰："翰林风月三千首，吏部文章二百年。老去自怜心尚在，后来谁与
子争先。"盛赞其才华，比之为李白、韩愈这样的文学家，可谓期许之
至。王氏在酬答诗中却说："欲传道义心犹在，强学文章力已穷。他日
若能窥孟子，终身何敢望韩公！"② 在他看来，韩愈还是文人气太重。
王氏对文学的看法，也是特别强调其实用功能："所谓文者，务为有补
于世而已矣；所谓辞者，犹器之有刻镂绘画也。诚使巧且华，不必适
用；诚使适用，亦不必巧且华。要之，以适用为本，以刻镂绘画为之容
而已。"③ 这种观点同当时文学思想的主潮相一致。不过，王安石说的
"适用"偏重于具体实际的社会功用方面，而不像道学家偏重于道德说
教，这是政治家的本色。

　　唐诗选本对后世影响最大者，首推王安石《唐百家诗选》，此选序
云："余与宋次道为三司判官时，次道出其家藏唐诗百余编，诿余择其
精者，次道因名曰《百家诗选》。"可见，此书是王安石就当时大藏书
家宋敏求所藏唐诗中"择其精者"编成。但关于此书之评论，见仁见
智，各有不同。《邵氏闻见后录》谓王安石为抄工所误，四库馆臣又为
之辩驳："当由安石之党以此书不惬于公论，造为是说以解之，托其言
于说之，博不考而载之耳。"④ 但此书不选杜诗，后人对其选诗标准的
评价也褒贬不一。王安石是尊杜之人，并曾手编杜集。他在《老杜诗
后集序》中说："予考古之诗，尤爱杜甫氏作者。"陈振孙《直斋书录

---

①　（清）仇兆鳌：《杜诗详注》附编《诸家咏杜》，中华书局 1979 年版，第 2268 页。
②　（宋）王安石：《奉酬永叔见赠》，《王荆文公诗笺注》卷 33，上海古籍出版社 2010
年版，第 827 页。
③　（宋）王安石：《上人书》，《临川先生文集》卷 77，中华书局 1959 年版，第 811 页。
④　《四库全书总目》卷 186《唐百家诗选》提要，中华书局 1965 年版，第 1694 页。

解题》卷十五说："王安石以宋次道家所有唐人诗集，选为此编。世言李、杜、韩诗不与，为有深意，其实不然。按此集非特不及此三家，而唐名人如王右丞、韦苏州、元白、刘柳、孟东野、张文昌之伦，皆不在选。意荆公所选，特世所罕见；其显然共知者，固不待选耶？抑宋次道家独有此一百五集，据而择之，他不复及耶？未可以臆断也。"陈氏所言，或得其实。

（二）抑韩扬杜与抑李扬杜

钱钟书先生曾说："韩昌黎之在北宋，可谓千秋万岁，名不寂寞者矣。欧阳永叔尊之为文宗，石徂徕列之于道统。……要或就学论，或就艺论，或就人品论，未尝概夺而不与也。有之，则继王荆公始矣。"[1]

"宋初三先生"之一的石介认为韩愈可追配孟子，"所谓尧、舜、禹、汤、文、武、周公、孔子、孟轲、扬雄、韩愈氏者，未尝一日不诵于口"[2]。在他的文集中，有多篇称颂韩愈，他说"孔子为圣人之至，噫！孟轲氏、荀况氏、扬雄氏、王通氏、韩愈氏五贤人，吏部为贤人之卓"，感叹道："不知更几千万亿年复有孔子？不知更几千数百年复有吏部？"[3]简直把韩愈当成仅次于孟子的孔子继承人，其地位与价值足以上追孔子。

宋祁《新唐书》对韩愈其人其文的尊崇更为全面，是宋初以来崇韩风尚的总结。认为其文章也"卓然树立，成一家言"[4]，正因此，"昔孟轲拒杨、墨，去孔子才二百年。愈排二家，乃去千余岁，拨衰反正，功与齐而力倍之，所以过况、雄为不少矣。自愈没，其言大行，学者仰之如泰山、北斗"[5]。在诗文方面，宋初，在"刘杨风采，耸动天下"之时，韩愈的诗文并未引起人们的重视。随着西昆体的影响逐渐衰弱，

① 钱钟书：《谈艺录》，中华书局 1984 年版，第 62 页。
② （宋）欧阳修：《徂徕石先生墓志铭》，载洪本健《欧阳修诗文集笺注》居士集卷 34，上海古籍出版社 2009 年版，第 897 页。
③ （宋）石介：《尊韩》，《徂徕集》卷 7，影印文渊阁《四库全书》本。
④ 《新唐书》卷 176，中华书局 1975 年版，第 5265 页。
⑤ 同上书，第 5269 页。

到了欧阳修主盟文坛的时代，"天下学者亦渐趋于古，而韩文遂行于世，至于今盖三十余年矣，学者非韩不学也，可谓盛矣。"①

自诗文革新运动兴起，学者即以韩愈相号召，宋诗大家欧阳修即极力推崇韩愈。与欧阳修相反的是，王安石不甚喜韩愈。自宋初以来，对韩愈的褒扬之流到王安石这里被截止了。吴曾谓：

> 荆公不以退之为是，故其诗云："力去陈言夸末俗，可怜无补费精神。"《送吕使君潮州》诗云："不必移鳄鱼，诡怪以疑民。有若大颠者，高材能动人，亦勿与为礼，听之汩彝伦。"故其答文忠公诗云："直欲此生窥孟子，终身何敢望韩公？"②

吴曾引诗以证王安石"不以退之为是"。钱钟书先生也说："荆公早岁作《送孙正之序》，虽尝以退之之不惑释老，与孟子之不惑杨墨，并称孟韩之心，以勉正之者。其他则多责备求全之说。"③ 的确，王安石对韩愈的诗品与人品都有不满。就诗艺而言，王安石认为韩愈"徒语人以其词"，而"失文之本意"④，提出"文者，务为有补于世"的观点。其《韩子》诗云："纷纷易尽百年身，举世何人识道真。力去陈言夸末俗，可怜无补费精神。"⑤ 对韩愈多有微词。就人品而言，王安石认为他的"驱鳄"之举是"诡怪以疑民"，对他与僧大颠交往的行为也有微词。

王安石对韩愈其人其诗的贬抑，其实在《旧唐书》中已经大体涉及了。在王安石之前，并非无人有相类似的指责。只不过"或就学论，或就艺论，或就人品论，未尝概夺而不与也"。正因为如此，王安石对韩愈的评议，就格外引人注意。钱钟书先生认为："荆公于退之学术文

---

① 《记旧本韩文后》，载洪本健《欧阳修诗文集校笺》外集卷23，上海古籍出版社2009年版，第1927页。
② 《能改斋漫录》卷10，影印文渊阁《四库全书》本。
③ 钱钟书：《谈艺录》，中华书局1984年版，第62页。
④ （宋）王安石：《上人书》，《临川先生文集》卷77，中华书局1959年版，第811页。
⑤ （宋）李壁笺注、高克勤点校：《王荆文公诗笺注》卷48，上海古籍出版社2010年版，第1313页。

章以及立身行事，皆有贬词，殆激于欧公、程子辈之尊崇，而故作别调，'拗相公'之本色然欤。"①

王安石是"中国十一世纪的改革家"，也是开创新学的大学者，他敢于对传统持怀疑态度，对前人结论亦不轻易肯定。在严峻的政治斗争中，他秉持"天变不足畏"、"祖宗不足法"、"人言不足恤"的信念，在神宗的支持下，坚决推行新法。在文化和文学的世界里，王安石亦以这种精神来观照诸多现象，从而提出一些不同时流的独特见解。如对向来被尊崇为儒家经典的《春秋》，他认为是"断烂朝报"，对其中那些旨在说明"天人感应"的记载，表示了否定的态度。他的抑韩，与其说是个性的倔拗使然，不如说是由于思想与学术的分歧造成的。

与前述他的论杜之言相对照，我们可以看出，王安石尊杜抑韩还是比较明显的，在他的文学观里，杜甫已渐取代韩愈，成为万世师法的诗学典范。

王安石的另一诗学倾向则为尊杜抑李，其《四家诗选》，以杜甫为第一，李白为第四，以杜、欧、韩、李的先后为序。在文学选本中，体类和作品的排序常常代表了选家的批评眼光，如《文选》首列赋，概因在萧统心目中，赋为最重要者。至于《四家诗选》为何首列杜诗，陈正敏《遁斋闲览》引王安石语，在发挥元稹旧说的基础上，对杜甫海涵地负的多样性风格有如是评价：

> 白之歌诗，豪放飘逸，人固莫及；然其格止于此而已，不知变也。至于甫，则悲欢穷泰，发敛抑扬，疾徐纵横，无施不可，故其诗有平淡简易者，有绮丽精确者，有严重威武若三军之帅者，有奋声迅驰骤若泛驾之马者，有淡泊闲静若山谷之隐士者，有风流蕴藉若贵介公子者。盖其诗绪密而思深，观者苟不能臻其阃奥，未易识其妙处，夫岂浅近者所能窥哉？此甫之所以光掩前人，而后来无继也。元稹以为兼人人所独专，斯言信矣。②

---

① 钱钟书：《谈艺录》，中华书局1984年版，第64页。
② 《苕溪渔隐丛话》前集卷6，人民文学出版社1962年版，第37页。

　　这段言论，原是回答别人《四家诗选》为何以杜为第一、李白为第四的原因的。王安石见解独特，但也有"专好与人立异"（赵翼语）之一面。杜、欧、韩、李的先后之序，确实特异，在当时引起不少的疑问和议论，颇有猜测之语。《王直方诗话》说："荆公编集四家诗，其先后次序或谓存有深意，或谓原本无意。盖以子美诗为第一，此无可议者；至永叔次之，退之又次之，以太白为下，何邪？或者云：太白之诗，固不及退之，而永叔本学退之，而所谓青出蓝者，故其先后如此。或者又以荆公既品评了此四人次第，自处便与子美为敌耳。"① 王得臣《麈史》曰："王铚性之尝为予言：'王荆公尝集四家诗，蔡天启尝问何为下太白，'安石曰：'才高而识卑，其中言酒色盖十八九。'"② 而《钟山语录》又载王安石语为："白诗近俗，人易悦故也。白识见污下，十首九说妇人与酒，然其才豪俊，亦可取也。"③《环溪诗话》亦云："仲兄云：'近时荆公作《四家诗选》，如何添永叔？'环溪云：'荆公置杜甫于第一，韩愈第二，永叔第三，太白第四，盖谓永叔能兼韩、李之体，而近于正，故选焉耳。又谓李白无篇不说酒色，故置格于永叔之下，则此公用意，亦已深矣。'"④ 释惠洪《冷斋夜话》卷5"舒王编四家诗"条亦有近似的记载。这些说法都指向了王安石从人伦识鉴的角度出发抑李扬杜的诗学倾向。

　　由于王安石诗文中并无直接抑李扬杜的第一手资料，因而这一观点引起后人之猜测，从而也有相反的说法。如王定国《闻见录》说："黄鲁直尝问王荆公：'世谓《四选诗》，丞相以欧、韩高于李白邪？'荆公曰：'不然。陈和叔尝问四家之诗，乘间签示和叔，时书史适先持杜诗来，而和叔遂以其所送先后编集，初无高下也。李、杜自昔齐名者也，何可下之！'鲁直归问和叔，和叔与荆公之说同。今乃以太白下欧、韩

---

① 郭绍虞辑：《宋诗话辑佚》，中华书局1980年版，第86页。
② （宋）王得臣：《麈史》卷中，上海古籍出版社1986年版，第46页。
③ 《苕溪渔隐丛话》前集卷6，人民文学出版社1962年版，第37页。
④ （宋）吴沆：《环溪诗话》卷中，中华书局1988年版，第131页。

而不可破也。"① 这个"初无高下"之说，因辗转多人之口，亦不能说就是王安石的"原版"论断。看来此说尚有分歧，但综合考察王安石对杜甫的揄扬和他的诗学观点，可以说，王之抑李扬杜，应是其杜诗学观的反映。他人所载，当非空穴来风，向壁虚构。

（三）王安石之学杜

王安石一生勤于作诗，存诗一千六百余首。与王氏同时而略晚的杨蟠说他"于诗尤极其工，虽婴以万务，而未尝忘之"②。他对前人诗歌广泛涉猎，转益多师，亦曾编选《唐百家诗选》。清人吴之振述其诗学源流时说："安石少以意气自许，故诗语惟其所向，不复更为涵蓄。后从宋次道尽假唐人诗集，博观而约取，晚年始悟深婉不迫之趣。然其精严深刻，皆步骤老杜。"③ 关于王安石学杜，元人刘将孙为《王荆公诗笺注》作序，将其誉为"东京之子美"，王安石确实当之无愧。正如许印芳所说："荆公诗炼字、炼句、炼意、炼格，皆以杜为宗，集中古今体诗，多有近杜者。然非形貌近杜，乃骨味神韵暗与之合也。诗不学杜，必不能高，而善学杜者，百无一二。唐之义山、宋之半山、山谷、后山、简斋，此五家者真善学杜者也。"④ 在王安石诗歌中从其"有补于世"出发，继承了杜诗的现实主义精神。其一部分作品是直接反映现实社会问题的，如《感事》《兼并》《省兵》《收盐》《河北民》等，大多作于他长期任地方官之时，表现了对广大人民的同情、对社会前途的忧虑以及对传统思想的反抗，在表达对时政的批评和政治理想的同时，抒发了沉郁悲愤之情。其《河北民》写道：

河北民，生近二边长苦辛。家家养子学耕织，输与官家事夷

① 《苕溪渔隐丛话》前集卷6，人民文学出版社1962年版，第37页。
② （宋）杨蟠：《王荆公唐百家诗选序》，载（宋）王安石辑《王荆公唐百家诗选》，中华再造善本影宋本，北京图书馆出版社2004年版。
③ （清）吴之振、吕留良、吴自牧选：《宋诗钞·临川诗钞》小序，中华书局1986年版，第564页。
④ 李庆甲集评校点：《瀛奎律髓汇评》卷10，上海古籍出版社2005年版，第348页。

狄。今年大旱千里赤，州县仍催给河役。老小相携来就南，南人丰年自无食。悲愁白日天地昏，路旁过者无颜色。汝生不及贞观中，斗粟数钱无兵戎。①

此诗采取转折累叠、渐次深入、对比寄慨等表现手法而形成笔势的跌宕之美，又可说具有杜诗的"顿挫"之妙。结尾两句"汝生不及贞观中，斗粟数钱无兵戎"，借古鉴今，以贞观"故事"对比当今时势，这也是杜诗常用的手法，如《北征》结尾的"煌煌太宗业，树立甚宏达"，又如《夏日叹》结尾之"眇然贞观初，难与数子偕"。正是由于王安石对杜甫的极度推崇、潜研杜诗并引入自己的诗学实践，才成就了其诗歌这种感激悲愤风格。王安石另一部分作品，则借古喻今，或借题发挥，表明自己的政治观念或人生观念，如《商鞅》，以"今人未可非商鞅，商鞅能令政必行"，强调了建立有效的国家机器的重要；《孟子》"何妨举世嫌迂阔，故有斯人慰寂寥"，表现了他在政治上固执己见的态度，其对政治理想的执着态度也有似杜甫。

王安石非常赞赏杜诗语言的锤炼之功，荆公尝云："世间俗言语，已被乐天道尽；世间好言语，已被老杜道尽。"② 杜甫自谓"语不惊人死不休"，这种字斟句酌的作诗态度，也为王安石所效法。王安石的诗对语言的锤炼十分讲究，他善于不留痕迹地点化前人的词汇和意象。据说《泊船瓜洲》中"春风又绿江南岸"一句中的"绿"字，改了十几次才确定下来：

  王荆公绝句云："京口瓜洲一水间，钟山只隔数重山。春风又绿江南岸，明月何时照我还。"吴中士人家藏其草，初云"又到江南岸"，圈去"到"字，注曰"不好"，改为"过"。复圈去而改

---

  ① （宋）李壁笺注、高克勤点校：《王荆文公诗笺注》卷21，上海古籍出版社2010年版，第508页。
  ② （宋）陈辅：《陈辅之诗话》，载郭绍虞辑《宋诗话辑佚》，中华书局1980年版，第291页。

为"入"。旋改为"满"。凡如是十许字，始定为"绿"。①

其实，正如钱钟书先生所指，"绿"用作动词刻画春天的写法，此前已屡见，丘为有"东风何时至？已绿湖上山"（《题农父庐舍》），李白也已有"东风已绿瀛洲草"之句（《侍从宜春苑赋柳色听新莺啭歌》）等等。宋前诗人用此字多次，王安石应熟知这些诗句，但却欲别开生面，超越前人，最后不得已才"自觉不能出奇制胜，终于向唐人认输"②。但我们读来，王安石此句最为贴切自然而形象鲜明突出，点染出江南风光的喜人之处，所以更为脍炙人口。

王安石熟读杜诗，亦在诗中多学杜甫，唐庚云："王荆公五字诗，得子美句法。"③ 王氏学杜句法，可谓比比皆是，这一点在李壁笺注中多有指出，仅就卷1所见，较为明显者即有：《纯甫出僧惠崇画要予作诗》之"画史纷纷何足数，惠崇晚出吾最许"④，化用杜甫《贫交行》"翻手作云覆手雨，纷纷轻薄何须数"；《弯崎》之"永怀少陵诗，菱叶净如拭"⑤，化用杜甫《渼陂行》"沈竿续蔓深莫测，菱叶荷花静如拭"；《涳亭》之"逝水泣幽咽，复如语丁宁"⑥，化用杜甫《石壕吏》"夜久语声绝，如闻泣幽咽"；《送吴显道五首》则直用杜甫成句"百年多病独登台，知有归日眉放开。功名富贵何名道，且赋渊明归去来"；《后元丰行》之"百钱可得酒斗许，虽非社日长闻鼓"⑦，化用杜甫《逼仄行赠毕曜》之"速宜相就饮一斗，恰有三百青铜钱"。

杜诗带有很强的自传性质，不但被目为诗史，而且被看作诗人的自撰年谱，因而杜诗常有自我形象的刻画。杜甫后期诗，常把孤零零的自我形象置于肃杀辽阔的秋色霜气之中，如著名的《登高》，以此表现心

---

① （宋）洪迈：《容斋续笔》卷8《容斋随笔》，中华书局2005年版，第320页。

② 钱钟书：《宋诗选注》，人民文学出版社1989年版，第48页。

③ 《唐子西文录》，载（清）何文焕辑《历代诗话》，中华书局1981年版，第445页。

④ （宋）李壁笺注、高克勤点校：《王荆文公诗笺注》卷1，上海古籍出版社2010年版，第6页。

⑤ 同上书，第37页。

⑥ 同上书，第41页。

⑦ 同上书，第3页。

境的悲凉。王安石晚年诗亦有类似的写法。如《寄蔡天启》："杖藜缘堑复穿桥，谁与高秋共寂寥？仁立东岗一搔首，冷云衰草暮迢迢。"此诗与《登高》意境相仿，声律的顿挫也较相似，虽然感情强度不如《登高》浓烈。王安石在写法上对情感作了些淡化处理，譬如诗中用"谁"来暗指自己，避免以广阔的背景造成情绪的扩张，同时也有意回避情绪的具体内涵，因而留给人们的是一种既萧索又苍凉、不可实指的惆怅情怀。造成这种诗境的原因为：一方面由于王安石个性倔强，一生宦海浮沉，历尽风波，仕途受挫时，内心的不平不免要流露出来；而另一方面，作为一位集官员、学者、诗人三重身份于一体的士人，受到宋代重智明理的文化氛围的影响，兼以曾经位至宰相的经历，诗中个人情感得到了限制和弱化，故而出之以含蓄蕴藉的方式，这是晚年王安石诗风转变的一种表现。故叶梦得评王安石诗曰："王荆公少以意气自许，故诗语惟其所向，不复更为涵蓄。……后为群牧判官，从宋次道尽假唐人诗集，博观而约取，晚年始尽深婉不迫之趣。"①

要之，王安石在诗学理论上大力称扬杜甫及其诗作，在诗学实践上也颇能得杜诗之精华，尤其是晚年退居江宁以后，步杜甫"晚节渐于诗律细"之后尘，尤注重诗律的追求，脱去流俗，雅丽精绝，造语用字，间不容发，可谓得杜之精髓。

受知于王安石的王令（1032—1059），享年不永，命途多舛。存诗四百八十余首，诗风"大率以韩愈为宗，而出入于卢仝、李贺、孟郊之间"②，近体律绝开阔矫健，有老杜之风。其《读老杜诗集》云：

> 气吞风雅妙无伦，碌碌当年不见珍。自是古贤因发愤，非关诗道可穷人。镂鑴物象三千首，照耀乾坤四百春。寂寞有名身后事，惟余孤冢来江滨。

---

① （宋）叶梦得：《石林诗话》卷中，载（清）何文焕辑《历代诗话》，中华书局 1981 年版，第 419 页。

② 《四库全书总目》卷 153《广陵集》提要，中华书局 1965 年版，第 1325 页。

谓杜诗气吞风雅而时不见珍，对杜甫生前不遇深表叹惋，实亦借古人手中的酒杯浇自己胸中的块垒。

三　苏轼论杜

苏轼可谓宋代最著名的文人和诗坛大家，在杜诗学史上也是最值得注意的人物之一，他提出的一些观点影响深远。苏轼有诗云："天下几人学杜甫，谁得其皮与其骨？划如太华当我前，跛牂欲上惊崷崒。名章俊语纷交衡，无人巧会当时情。前生子美只君是，信手拈得俱天成。"①此诗称赞孔毅父为杜甫再世是否妥当姑且不论，值得注意的是，针对当时天下纷纷争学杜甫的情形，苏轼提出学杜得失的问题，已敏感地意识到不能仅从文字之表学杜，而应深及骨髓。如果诗人以模仿章句为指归，必然导致学杜不得其精髓而仅得其皮毛。在苏轼看来，杜诗虽不乏"名章俊语"，但它只是诗人"信手拈得"，而非刻意追求，是不期而至的自然天成境界。那么，这一切的基础是什么？就是所谓的"当时情"。由此，苏轼提出了宋代影响极大的"一饭不忘君"说和"集大成"说。

（一）忠君说的提出

可以清楚地看到宋代杜诗学的发展轨迹，在宋型文化和宋代理学思潮的影响下，由宋祁、王安石开始，对杜甫其人的评价带动了杜诗学的发展，人伦识鉴成为论杜的重要角度。从宋祁的"情不忘君"到王安石的"吟哦当此时，不废朝廷忧。常愿天子圣，大臣各伊周"，对杜甫人格的推崇占据了宋人论杜的制高点。

苏轼进一步发挥了这一论杜倾向，其《评子美诗》云："子美自比稷与契，人未必许也。然其诗云：'舜举十六相，身尊道亦高。秦时用商鞅，法令如牛毛。'此自是契、稷辈人口中语也。又云：'知名未足

---

① （宋）苏轼：《次韵孔毅父集古人句见赠》五首其三，载张志烈、马德富、周裕锴主编《苏轼全集校注》诗集校注卷22，河北人民出版社2010年版，第2419页。

称，局促商山芝。'又云：'王侯与蝼蚁，同尽随丘墟。愿闻第一义，回向心地初。'乃知子美诗外尚有事在也。"① 所谓"诗外有事"，意指杜甫并非仅仅是一个诗人，其稷契之志的政治理想乃是比"诗"更重要的"事"，杜甫本人也说过"文章一小技，于道未为尊"（《贻华阳柳少府》），因而对杜诗的伦理意义的阐释成为苏轼论杜的切入点。对于杜甫的《北征》诗，苏轼认为："《北征》诗识君臣大体，忠义之气，与秋色争高，可贵也。"② 已由诗史而及忠义。

在杜诗学史上，苏轼提出了著名的"一饭未尝忘君"的观点。迁谪黄州之后，他于元丰六年（1083）在《王定国诗集叙》中提出了这一著名的观点：

> 太史公论《诗》，以为"《国风》好色而不淫，《小雅》怨诽而不乱"。以余观之，是特识变风、变雅耳，乌睹《诗》之正乎？昔先王之泽衰，然后变风发乎情，虽衰而未竭，是以犹止于礼义，以为贤于无所止者而已。若夫发于性止于忠孝者，其诗岂可同日而语哉？古今诗人众矣，而杜子美为首，岂非以其流落饥寒，终身不用，而一饭未尝忘君也欤？③

在这里，苏轼颇不满于司马迁的观点，提出"《诗》之正"在于"发于性止于忠孝"。在元丰三年（1080）给王定国的信中他又再一次强调说："杜子美在困穷之中，一饮一食，未尝忘君，诗人以来，一人而已。今见定国，每有书皆有感恩念咎之语，甚得诗人之本意。仆虽不肖，亦尝庶几仿佛于此也。"④

这个观点是苏轼谪黄之后仕途受挫之时的文字，无疑带有自剖心迹

---

① 张志烈、马德富、周裕锴主编：《苏轼全集校注》文集校注卷67，河北人民出版社2010年版，第7534页。

② 《彦周诗话》，载（清）何文焕辑《历代诗话》，中华书局1981年版，第386页。

③ 张志烈、马德富、周裕锴主编：《苏轼全集校注》文集校注卷10，河北人民出版社2010年版，第988页。

④ 张志烈、马德富、周裕锴主编：《苏轼全集校注》文集校注卷52，河北人民出版社2010年版，第5685页。

的意图。王定国名巩,字定国,尝从苏轼问学。苏轼守徐州时,王巩往访,交游甚深。在乌台诗案中,受牵连而坐贬宾州。苏轼在此叙中接着说:"今定国以余故得罪,贬海上三年,一子死贬所,一子死于家,定国亦病几死。余意其怨我甚,不敢以书闻。而定国归至江西,以其岭外所作诗数百首寄余,皆清平丰融,蔼然有治世之音,其言与志得道行者无异。"贬黄州之后给王定国的书信与唱和诗中,苏轼一再申明歉疚之意:"罪大责轻,得此甚幸,未尝戚戚。但知识数十人缘我得罪,而定国为某累尤深,流落荒服,亲爱隔阔。每念至此,觉心肺间便有汤火芒刺"①,"君本无罪,为仆所累尔"②,"兹行我累君,乃反得安宅"③。因之,苏轼此语,就带有勉人而兼自励的用意,以"不怨天,不尤人"的磊落襟怀自期,表达了虽身历困厄而不改其志的执着信念。因之,苏轼在这里特别同情杜甫流落饥寒,终身不用的不幸遭际,叹赏诗人即使在这种际遇之下,也初心不改,首先想到的并非自己的困顿艰辛,而是忧天下、忧苍生的社会责任感和时代使命感。

其实,"一饭未尝忘君"虽语涉夸饰,但在杜诗中亦有多次言及。如《夏日叹》云"至今大河北,化作虎与豺。浩荡想幽蓟,王师安在哉。对食不能餐,我心殊未谐",因忧念王师,以至"对食不能餐"。又如《送长孙九侍御赴武威判官》云:"天子忧凉州,严程到须早。去秋群胡反,不得无电扫。此行收遗甿,风俗方再造。族父领元戎,名声国中老。夺我同官良,飘摇按城堡。使我不能餐,令我恶怀抱。"由"天子忧"而由劝勉朋友"到程早",由边城危急而"不能餐",这些都是"一饭未尝忘君"的具体表现。最典型的是以下两诗:

　　　西蜀樱桃也自红,野人相赠满筠笼。数回细写愁仍破,万颗匀

---

① 《与王定国四十一首》之二,载张志烈、马德富、周裕锴主编《苏轼全集校注》文集校注卷52,河北人民出版社2010年版,第5674—5675页。
② 《与王定国四十一首》之五,载张志烈、马德富、周裕锴主编《苏轼全集校注》文集校注卷52,河北人民出版社2010年版,第5680页。
③ 《次韵和王巩六首》其一,载张志烈、马德富、周裕锴主编《苏轼全集校注》诗集校注卷21,河北人民出版社2010年版,第2384页。

圆讶许同。忆昨赐沾门下省，退朝擎出大明宫。金盘玉箸无消息，此日尝新任转蓬。(《野人送朱樱》)

青青高槐叶，采掇付中厨。新面来近市，汁滓宛相俱。入鼎资过熟，加餐愁欲无。碧鲜俱照箸，香饭兼苞芦。经齿冷于雪，劝人投此珠。愿随金腰褭，走置锦屠苏。路远思恐泥，兴深终不渝。献芹则小小，荐藻明区区。万里露寒殿，开冰清玉壶。君王纳凉晚，此味亦时须。(《槐叶冷淘》)

两诗先后作于成都与夔州，分别写食樱桃与槐叶汁面，皆由日常饮食而思及君王。后诗朱彝尊评曰："结亦说到奉君，此公习气。"杨伦则辩驳说："此所谓一饭不忘者也，在公出于至性，不得以习气少之。"① 所谓"至性"，即是"天性"。的确，对于杜甫而言，忠君已不仅是外在的政治责任感，而早已化为内在的道德自觉意识。

苏轼在评论杜诗的艺术成就时，特别强调了动乱的社会状况，困顿的个人遭遇对诗人玉成的作用。"诗人例穷苦，天意遣奔逃"，正是动荡漂泊的生活经历与"微官似马曹"的政治地位造就了杜甫的"巨笔屠龙手"，使他"名与谪仙高"②。但是，他这个在特定语境下的观点一旦进入宋代文化系统，进入主流公共话语后，却成为宋人津津乐道、影响极大的杜诗"忠君"说。

由于苏轼在北宋文坛的盟主地位，其"一饭未尝忘君"的观点，几乎影响了宋人论杜的方向。从北宋延续至南宋，成为论杜的主调。孝宗乾道四年（1168），陈俊卿为黄彻《巩溪诗话》所作序即云：

夫诗之作，岂徒以青白相媲，骈俪相靡而已哉！要中存风雅，外严律度，有补于时，有辅于名教，然后为得。杜子美诗人冠冕，

① 萧涤非主编：《杜甫全集校注》卷16，人民文学出版社2014年版，第4576页。
② （宋）苏轼：《次韵张安道读杜诗》，载王文浩辑注、孔凡礼点校《苏轼诗集》卷6，中华书局1982年版，第266—267页。

后世莫及，以其句法森严，而流落困踬之中，未尝一日忘朝廷也。①

张戒也说："诗文字画，大抵从胸臆中出，子美笃于忠义，深于经术，故其诗雄而正。"② 姚勉有《贤八咏·杜甫吟诗》云："平生忠义心，一饭不少忘。臣甫宁饿死，愿君尧舜唐。"徐均《杜甫》亦云："万里飘零独此身，诗魂终恋浣花村。宁贫宁冻宁饥死，一饭何曾忘至尊。"诸人的评价，很明显是受到苏轼的影响。直至宋末，刘克庄还在重复他的话："然杜公所以光焰万丈、照耀古今，在于流离颠沛，不忘君父。"③ 宋元之交的方回亦云："老杜平生虽流离多在郊野，而目击兵戈盗贼之变，与朝廷郡国不平之事，心常不忘君父，故哀愤之辞不一，不独为一身发也。"④ 对杜甫生平和思想更是总结道：

> 天宝十四年乙未冬，安禄山反，老杜年四十四。自是流移转徙，一为拾遗，一为华州功曹，一为剑南参谋。至大历五年庚戌卒，年五十九。凡十六年间，无非盗贼干戈之日，忠臣故宜痛愤，而老杜一饭不忘君，多见于诗，……皆哀痛恻怆，令人有无穷之悲，彼生世常逢太平者，乌足以语此？⑤

诗人杜甫最终被尊为"诗圣"，也与苏轼此论大有关系。宋以后对此论也多有阐发。明代陆时雍《诗镜总论》说："宋人抑太白而尊少

---

① （宋）黄彻:《䂬溪诗话》序,载丁福保辑《历代诗话续编》,中华书局 1983 年版,第 344 页。

② （宋）张戒:《岁寒堂诗话》卷上,载丁福保辑《历代诗话续编》,中华书局 1983 年版,第 458—459 页。

③ （宋）刘克庄:《再跋陈禹锡〈杜诗补注〉》,载辛更儒《刘克庄集笺校》卷 106,中华书局 2011 年版,第 4419 页。

④ 李庆甲集评校点:《瀛奎律髓汇评》卷 23 杜甫《正月三日归溪上有作简院内诸公》评语,上海古籍出版社 2005 年版,第 936 页。

⑤ 李庆甲集评校点:《瀛奎律髓汇评》卷 32 杜甫《避贤》评语,上海古籍出版社 2005 年版,第 1349 页。

陵，谓是道学作用，如此，将置风人于何地？放浪诗酒，乃太白本行；忠君忧国之心，子美乃感辄发。其性既殊，所遭复异，奈何以此定优劣也。"则以李杜性之分殊论李杜之异，实谓杜甫忠君出于本心。清人焦袁熙《论诗绝句五十二首》之四十七说："一饭思君老病身，剑南真与浣花邻。诗家莫论兴王数，五百年间一圣人。"这则是宋人的老调。

在宋代文化背景下，苏轼的这个结论经无数论者的推波助澜，成为宋人论杜的首要观点。作为一个封建时代的士大夫，"忠君"是自我身份认同的表征，是臣下"角色"意识的体现。但作为一个诗人，忠君并非成为大诗人的先决条件。宋人以"六经注我"的心态读杜，努力发掘杜诗中蕴含的儒家经义。于是，充溢着仁者情怀关注民间疾苦的寒士杜甫被宋人树立为忠君楷模。对于杜甫而言，他固然秉承儒家思想，但是诗人与"君"的关系是一个颇为复杂的问题。他的思想轨迹中有忠君，有刺君，在其人生各个阶段的表现侧重点不尽相同，不可一概而论。即如他的忠君，谓之一饭不忘，亦有放大拔高之嫌。客观来讲，宋人谓杜甫忠君，念念不忘君，而杜甫实际上是要"致君"，"致君"标志他最高的政治理想。他在诗中一再表白："致君尧舜上，再使风俗淳。"（《奉赠韦左丞丈二十二韵》）"致君唐虞际，淳朴忆大庭。"（《同元使君〈春陵行〉》）"致君时已晚，怀古意空存"，"致君尧舜付公等，早据要路思捐躯"（《暮秋枉裴道州手札，率尔遣兴，寄近呈苏涣侍御》）。作为封建社会的儒家士人，他的思想里充满着社会忧患感和历史责任感。向上辅佐君王，向下教化百姓本是儒家士人的基本责任，其宗旨是襄赞皇帝，臻于尧舜之治，并不是一味顺从。因之，犯颜直谏，由"致君"乃至刺君、讽君在杜诗中也一再出现，如"朱门酒肉臭，路有冻死骨"（《自京赴奉先县咏怀五百字》），"天子多恩泽，苍生转寂寥"（《奉赠卢五丈参谋琚》），"圣主他年贵，边心此日劳"（《千秋节有感二首》），"关中小儿坏纪纲，张后不乐上为忙"（《忆昔二首》其一）。在这些诗中，我们看不到一味愚忠的迂儒形象，而是一个有着批判现实精神的头脑清醒的士人形象。洪迈《容斋随笔》在论"唐诗无忌讳"时，谈到老杜身仕玄、肃、代三朝，对君上均有明显讥讽和批评，并深有感触地说"今之诗人不敢尔也"，乃是宋人心迹的自我剖露。

　　再者，在人生不同阶段，随着时局的变化，杜甫的思想和心迹也有变化，他对君臣关系的认识也经历了一个发展过程。安史之乱前，唐王朝尚处于所谓盛世，杜甫和大多数意气风发的盛唐文人一样，其人生目标和最高理想是"致君尧舜上，再使风俗淳"，表白自己要"葵藿倾太阳，物性固莫夺"。当然，这种理想是建立在"君君，臣臣"的观念之下，以及对玄宗这个"尧舜之君"的期许之上。安史之乱中，杜甫往奔凤翔行在，被授左拾遗，品级不高，但却是可以一睹天颜、朝夕论对的天子近臣。在"涕泪授拾遗，流离主恩厚"的诗句中，"忠君"之色、"爱君"之情溢于言表。此后杜甫正色立朝，半生坎坷的诗人似乎迎来了他政治上的"蜜月"期。然而，这个"蜜月"为时尚不足一月，房琯事件就在他心中投下了浓重的阴影，对他的君臣观产生了重大影响。此后的弃华州司功参军西行，都是他对现实失望，对君王失望的一种表现。我们很难想象，一个"一饭不忘君"的人会仅仅因为"关辅饥"而轻易放弃朝廷命官的职位。所以，对杜甫的忠君说我们需要辩证地看待。一方面，杜甫摆脱不了他的时代，作为一个儒家士人，忠君是他所接受的首要思想。正如胡适在做小说考证时所指出的"保持历史演化的眼光，认清时代思潮的绝大势力；无论多么伟大的人物，总不能完全跳出他时代的思想信仰的影响"①。我们不能回避杜甫的忠君思想，但问题的另一方面，杜甫的忠君被宋人"放大"为"一饭不忘君"，实际并未达到这个地步。他的君臣观，与其说是"忠臣观"，毋宁说是"良臣观"。杜甫有人格独立的坚定信念，并非一切唯命是从的愚忠之臣，入蜀前弃官西行和入蜀后离开严幕，都说明了这一点。

　　同时，杜甫的思想里既有忠君的一面，又有民胞物与、己饥己溺、悲悯体物的深沉博大的仁者情怀，谓之忧国也好，谓之忧民也好，总之，不能偏废。但在宋儒那里，这一点被淡化，而忠君则被放大，被凸显。苏轼在个人特殊语境下的一偏之词不胫而走，个性飞扬的诗人一变

---

　　① 胡适：《〈醒世姻缘传〉考证》，载《胡适论学近著》，山东人民出版社 1998 年版，第 258 页。

而为循规蹈矩的忠臣典型。南宋费士羲一语道出了宋人以"忠君"重塑杜甫的玄机："少陵忠义之气，根于素守。虽困踬流落，而一饭未尝忘君。后之来者，觊观遗像而念其行藏，瞻斋颜而企其节义，则爱君爱国之念，油然而生，其补于政治岂浅浅哉！"① 相传宋真宗独赏杜甫《江上》"勋业频看镜，行藏独倚楼"，以为其他诗作"皆不迨此"②，所谓"上有所好，下必甚焉"，臣下竞相响应，亦可看出杜诗"补于政治"的具体运作。

因之，对此"忠君"之说，宋以后多有人反驳，明初宋濂谓"骋新奇者，称其一饭不忘君，发为言辞，无非忠君家国之意"（《杜诗举隅序》）。明末公安三袁之袁宏道更是指出"自从老杜得诗名，忧君爱国成儿戏"③。这固然是袁宏道有感于万历时势的愤激之语，但也说明杜甫之"忧君爱国"出于其切身感受，杜诗中之忠君意识出于对自己理想的执着，而此后之士大夫往往会流于一种政治应酬。但后世多数人仍发扬此说，以此为注杜的基调。如仇兆鳌云："伏惟少陵诗集，实堪论世知人。可以见杜甫一生爱国忠君之志，可以见唐朝一代育才造士之功，可以见天宝、开元盛而忽衰之故，可以见乾元、大历乱而复治之机。"④

在儒学复兴的文化氛围里，宋人论杜往往用来比附儒家经典，儒家之"道"成了阐释杜诗的一把万能钥匙。孙仅谓杜甫"道遗当世，而泽化后人"，苏辙论杜云"我公才不世，晚岁道尤高"⑤，但对"道"为何物未加以说明。苏轼的"一饭未尝忘君"观点提出后，"忠君"说

---

① （宋）费士羲：《漕司高斋堂记》，《全宋文》卷6359，上海辞书出版社、安徽教育出版社2006年版，第346—347页。

② （宋）陈师道《后山诗话》载："裕陵常谓杜子美诗云：'勋业频看镜，行藏独倚楼。'谓甫之诗，皆不迨此。"参见（清）何文焕辑《历代诗话》，中华书局1981年版，第313页。

③ 袁宏道：《显灵宫集诸公以城市山林为韵》其二，载钱伯城《袁宏道集笺校》卷16，上海古籍出版社1981年版，第651页。

④ （清）仇兆鳌：《杜诗详注》附《进书表》，中华书局1979年版，第2352页。

⑤ （宋）苏辙：《和张安道读杜集》，《栾城集》卷3，上海古籍出版社1987年版，第68页。

成为宋人论杜之纲，由此纲举目张，先前比较模糊的杜诗之道在宋儒眼中变得清晰显豁。清江三孔的孔武仲也云："而后子美杰然自振于开元、天宝之间。既而中原用兵，更涉患难，身愈困苦而其诗益工，大抵哀元元之穷，愤盗贼之横，褒善贬恶，尊君卑臣，不琢不磨，暗与经会，盖亦骚人之伦而风雅之亚也。"① 又突出强调了杜诗思想"暗与经会"，合于儒家经典。其余各家类似言论尤多，如"子美深于经术，其言多止于礼义"（李复《与侯谟秀才书》），又如"儒家仰之，几不减六经"（邹浩《送裴仲孺赴官江西序》）。

这样，我们考察宋代杜诗学的演进历程，由"诗史"而"忠君"，杜诗的人格伦理意义进一步强化。在宋人眼中，杜甫的形象逐步发生变化，杜甫由一个痛饮狂歌的诗人一变而为秉笔直书的史臣，再变而为"一饭不忘君"的忠臣义士。在宋人的改造和重塑之下，生前寂寞的杜甫一步一步走向圣贤。

（二）"集大成"说

苏轼关于杜诗"集大成"的说法与杜甫"一饭未尝忘君"一样，影响深远。关于苏轼论杜诗集大成的文字，苏集不载，但陈师道《后山诗话》有两处，大同而小异：

> 苏子瞻云：子美之诗，退之之文，鲁公之书，皆集大成者也。子瞻谓杜诗、韩文、颜书、左史，皆集大成者也。②

将杜诗"集大成"的"发明权"归于苏轼。约作于元祐二年（1087）的《荔枝似江瑶柱说》云：

> 仆尝问："荔枝何所似？"或曰："似龙眼。"坐客皆笑其陋。

---

① （宋）孔武仲：《书杜子美哀江头后》，《清江三孔集》卷17，影印文渊阁《四库全书》本。

② （宋）陈师道：《后山诗话》，载（清）何文焕辑《历代诗话》，中华书局1981年版，第304、309页。

荔枝实无所似也。仆曰："荔枝似江瑶柱。"应者皆怃然。仆亦不辨。昨日见毕仲游。仆问："杜甫似何人?"仲游曰："似司马迁。"仆喜而不答,盖与曩言会也。①

宋人有以味论诗的习惯。这是宋人后来以司马迁《史记》论说杜诗的滥觞。以杜甫比之司马迁,固然是出于"诗中有子美,犹史中有子长"的目的,但亦强调杜诗是集诗之大成的典范。苏轼亦多次自云:

颜鲁公书雄秀独出,一变古法,如杜子美诗,格力天纵,奄有汉、魏、晋、宋以来风流,后之作者,殆难复措手。②

智者创物,能者述焉,非一人而成也。君子之于学,百工之于技,自三代历汉至唐而备矣。故诗至于杜子美,文至于韩退之,书至于颜鲁公,画至于吴道子,而古今之变,天下之能事毕矣。③

尝评鲁公书与杜子美诗相似,一出之后,前人尽废。④

此处虽未标出杜诗"集大成"之名,但已有杜诗"集大成"之实。苏轼关于杜诗集大成之说,自是渊源有自,并非空穴来风。中唐元稹、北宋初期宋祁皆已有类似的阐发。元稹《唐故工部员外郎杜君墓系铭并序》中云:"至于子美,盖所谓上薄风、骚,下该沈、宋,古傍苏、李,气夺曹、刘,掩颜、谢之孤高,杂徐、庾之流丽,尽得古今之体势,而兼人人之所独专矣。"⑤ 文中已暗含"集大成"之意,苏轼对此

---

① 张志烈、马德富、周裕锴主编:《苏轼全集校注》文集校注卷73,河北人民出版社2010年版,第8423页。

② (宋)苏轼:《书唐氏六家书后》,载张志烈、马德富、周裕锴主编《苏轼全集校注》文集校注卷69,河北人民出版社2010年版,第7892—7893页。

③ (宋)苏轼:《书吴道子画后》,载张志烈、马德富、周裕锴主编《苏轼全集校注》文集校注卷70,河北人民出版社2010年版,第7908—7909页。

④ (宋)苏轼:《记潘延之评予书》,载张志烈、马德富、周裕锴主编《苏轼全集校注》文集校注卷69,河北人民出版社2010年版,第7835页。

⑤ (唐)元稹:《唐故工部员外郎杜君墓系铭并序》,载周相录《元稹集校注》卷56,上海古籍出版社2011年版,第1361页。

论予以发展，使之更为明晰。首先，苏轼不仅从诗歌史论杜，更把杜甫放到中国文化史的进程中来考量，是在总体把握唐文化精神及唐诗地位的基础上做出的论断，而元稹仅从诗歌发展史的角度来看。究其原因，元稹为中唐诗人，作为局中人，无法跳出"庐山"之外对唐文化及唐诗作总体把握。苏轼站在历史制高点上，在北宋中期宋学已基本形成的格局下返观唐诗，更能把握全局，作出高屋建瓴、切中肯綮之论。而就个人的文化素养和胸襟来讲，苏轼是文艺全才，元亦不及苏。其次，元氏之论杜重在继往承前，苏轼在宋代论杜，则重在开来启后。自此以后，苏轼此说影响颇大，"集大成"一词成为后人论杜的口头禅。如胡铨《僧祖信诗序》谓："少陵杜甫耽作诗，不事他业。讽刺、讥议、诋诃、箴规、姗骂、比兴、赋颂、感慨、忿懥、恐惧、好乐、忧患、怨怼、凌遽、悲歌、喜怒、哀乐、怡愉、闲适，凡感于中，一以诗发之。仰观天宇之大，俯察品汇之盛，见日月、霜露、丰隆、列缺、屏翳、沆瀣，烟云之变灭，云岩、邃谷、悲泉、哀壑、深山、大泽，龙蛇之所宫，茂林、修竹、翠筱、碧梧，鸾鹄之所家，天地之间，诙诡谲怪，苟可以动物悟人者举萃于诗。故甫之诗，短章大篇，迂余妍而卓荦杰，笔端若有鬼神，不可致诘。后之议者至谓：书至于颜（真卿）、画至于吴（道子）、诗至于甫极矣。"① 即指出杜诗的包罗万象。

　　亦因继往开来、承前启后之意义，"集大成"的提出，实又包含着盛极而变的思想。李杜之诗在唐代已抵达诗学之巅峰，但又与魏晋诗歌"萧散简远"之风，以及"天成"、"超然"之韵大异其趣，这已蕴含着某种危机。宋代文学既获得了后来居上的机遇，又面临着盛极难断的挑战，处于再造辉煌与艺术危机并存的境地。从"盛而变"甚至"变而衰"的历史观来看，宋代诗歌出现"以学问为诗"、"以文字为诗"、"以议论为诗"等现象并非偶然，而是诗学发展链条上必经之一环。宋诗的成就与不足，其艺术追求与偏颇，如果联系这一历史阶段来观察，则可获得合理的解释和全面的评估。因之，作为古典诗学新变的契机，"集大成"的文学批评观在宋代被诗坛领袖适时地提出，并且引申到文

---

① （宋）胡铨：《僧祖信诗序》，《全宋文》卷 4213，第 268—269 页。

艺领域。在宋人看来，"集大成"有赖于学问和功力，宋代是古典文化的成熟期，宋人崇尚典范的创作心理和强调学问的诗学倾向，实际上反映了作家自觉的文化传承意识和历史使命感。

王水照先生在分析苏轼集大成论时指出：

> 宋人之所以适时地提出"集大成"的文学思想，从深层意义上讲，也是时代风云际会所酝酿而成的。它一方面折射出宋代文明的高度发展和定型化，才促使像苏轼这样的本人就是"百科全书"式的集大成人物，得以概括出这一文艺概念；另一方面也预示着宋代文学已处于中国文学发展的一个转型时期，传统的诗和文（包括宋代开始兴盛的词）已经高度成熟、定型、完美，达到了再造辉煌和艺术危机并存的境地，文学的重心已在准备转向到别一个方面——小说、戏曲就是今后作家们展示才华的新的领域。对宋代文学的走向作宏观考察时，这应是一基本的把握。[①]

如果联系苏轼所处的时代，宋代文学的传统样式诗、词、文尚处于高度发展时期，则以此论来观照文学的衍生、发展和嬗变，甚为确切。因此，苏轼的集大成说也预示着宋代诗歌学杜而变杜的发展方向。诗至于杜，体格毕具，建立了作诗的各种规矩。但是，诗之"有规矩"绝非循规蹈矩，亦步亦趋，而应理解为诗艺开拓的多种可能，其本质上是一种创新之法。杜诗的"集大成"可视作既融会了历代诗法智慧，又包孕着诸多变化因素的诗学宝库。杜诗成为经典范例的同时，也深蕴着种种求变之机。正如明代晚期的胡震亨所说："唐法律甚严惟杜，变化莫测亦惟杜。"[②] 所以，唐诗登峰造极的同时，也预示了一个新变的开始。如同春秋时代因"百家争鸣"而使"道术为天下裂"，中国古典诗歌从古诗之自然浑成和盛唐诗的兴象圆融变化而出，开始了多样化的尝试。关于集大成中所蕴含之"变"，胡应麟进一步指出："盛唐一味秀

---

① 王水照主编：《宋代文学通论·绪论》，河南大学出版社1997年版，第32—33页。
② （明）胡震亨：《唐音癸签》卷3，上海古籍出版社1981年版，第20页。

丽雄浑。杜则精粗、巨细、巧拙、新陈、险易、浅深、浓淡、肥瘦，靡不毕具，参其格调，实与盛唐大别。其能荟萃前人在此，滥觞后世亦在此。且言理近经，叙事兼史，尤诗家绝睹。其集不可不读，亦殊不易读。"① 清人叶燮亦云："杜甫诗，包源流，综正变。自甫以前，如汉魏之浑朴古雅，六朝之藻丽秾纤、淡远韶秀，甫诗无一不备。然出于甫，皆甫之诗，无一字句为前人之诗也。自甫以后，在唐如韩愈、李贺之奇舁，刘禹锡、杜牧之雄杰，刘长卿之流利，温庭筠、李商隐之轻艳，以至宋、金、元、明之诗家，称巨擘者，无虑数十百人，各自炫奇翻异；而甫无一不为之开先。"② 两家所论点出杜诗"集大成"论的深刻之处。

苏轼门人秦观（1049—1100），在论及韩愈时，兼及杜甫诗歌，并进一步明确地阐释和申述了"集大成"之说。他在《韩愈论》中称韩愈之于文"犹杜子美之于诗，实积众家之长，适其时而已"，接着转入了对杜诗的评述："昔苏武、李陵之诗，长于高妙；曹植、刘公干之诗，长于豪逸；陶潜、阮籍之诗，长于冲淡；谢灵运、鲍照之诗，长于峻洁；徐陵、庾信之诗，长于藻丽。于是杜子美者，穷高妙之格，极豪逸之气，包冲淡之趣，兼峻洁之姿，备藻丽之态，而诸家之作所不及焉。然不集诸家之长，杜氏亦不能独至于斯也。岂非适当其时故耶？"秦观详论了杜诗所集各家之长，阐明了其源流的深远和丰富，因而感叹道："呜呼！杜氏、韩氏，亦集诗文之大成者欤！"③ 这种理性的精密剖析，可视为东坡集大成说的完善。自东坡、少游标目之后，"集大成"成为宋代杜诗学又一重要论点。

除提出"忠君"、"集大成"两说之外，苏集中关于杜诗炼字的讨论亦不在少数，著名的例子如：

> 陶潜诗："采菊东篱下，悠然见南山"，采菊之次，偶然见山，初不用意，而境与意会，故可喜也。今皆作"望南山"。杜子美

---

① （明）胡应麟：《诗薮》内编卷4，上海古籍出版社1979年版，第70页。
② （清）叶燮：《原诗》内篇上，《清诗话》，上海古籍出版社1999年版，第569页。
③ （宋）秦观：《韩愈论》，《淮海集》卷22，《四部丛刊初编》本。

云："白鸥没浩荡，万里谁能驯。"盖灭没于烟波间耳，而宋敏求谓余云："鸥不解'没'，改作'波'。"二诗改此两字，使觉一篇神气索然矣。①

针对陶、杜的这两篇经典之作，点出一字之差而"神气索然"，显示出东坡一代艺术巨匠的锐利目光。

（三）苏轼之学杜

苏轼之诗，随着人生阶段的不同，风格亦有变化。苏轼早年继承韩愈"以文为诗"的道路，所谓"以文为诗，自昌黎始；至东坡益大放厥词，别开生面，成一代之大观"②，至晚年"自南迁以后诗，全类子美夔州以后诗"③。东坡《与二郎侄尺牍》自道其文风变化及创作经验曰："凡文字，少小时须令气象峥嵘，采色绚烂，渐老渐熟乃造平淡；其实不是平淡，绚烂之极也。汝只见爷伯而今平淡，一向只学此样，何不取旧日应举时文字看，高下抑扬，如龙蛇捉不住，当且学此。"④杜甫晚期诗多老健浑成之作，因而得到苏轼的喜爱。这一点又与苏轼学陶相通，而陶与杜正是苏轼的学诗楷模，正如清人宋湘所论："一生心醉陶彭泽，暗地师资杜少陵。"⑤

杜诗的艺术表现技法可谓包罗万象，对苏轼多有影响，如以赋陈铺排为主、间用比兴之法，鸿篇巨制抑扬顿挫之法，夹叙夹议之法，讲究句式变化和精于炼字之法，都对苏轼之作有所沾溉。如其七古名篇

---

①　（宋）苏轼：《书诸集改字》，载张志烈、马德富、周裕锴主编《苏轼全集校注》，河北人民出版社2010年版，第7517页。

②　（清）赵翼：《瓯北诗话》卷5，载郭绍虞编选《清诗话续编》，上海古籍出版社1983年版。

③　（宋）胡仔纂集：《苕溪渔隐丛话》后集卷30，人民文学出版社1962年版，第226页。

④　张志烈、马德富、周裕锴主编：《苏轼全集校注》佚文汇编卷4，河北人民出版社2010年版，第8664页。

⑤　（清）宋湘：《与人论东坡诗》，载郭绍虞、钱仲联、王蘧常编《万首论诗绝句》，人民文学出版社1991年版，第703页。

《荔支叹》：

> 十里一置飞尘灰，五里一堠兵火催。颠坑仆谷相枕藉，知是荔支龙眼来。飞车跨山鹘横海，风枝露叶如新采。宫中美人一破颜，惊尘溅血流千载。永元荔支来交州，天宝岁贡取之涪。至今欲食林甫肉，无人举筋酹伯游。我愿天公怜赤子，莫生尤物为疮痏。雨顺风调百谷登，民不饥寒为上瑞。君不见武夷溪边粟粒芽，前丁后蔡相宠加。争新买宠各出意，今年斗品充官茶。吾君所乏岂此物，致养口体何陋耶？洛阳相君忠孝家，可怜亦进姚黄花。①

此诗从思想精神到艺术构思皆毕肖杜甫，借用苏轼评时人学杜之成语，可谓非但得其皮貌，亦且得其骨髓。此诗开头八句咏叹汉唐时期进贡荔枝的本事；接着的六句叙议结合，抒发感慨，表明自己希望苍天佑护百姓、莫生尤物的心愿；以下六句由感叹汉唐进贡荔枝的弊政，转到宋代进贡茶叶的时政，并怒斥出此祸国殃民之策以邀宠的丁谓、蔡襄；结句"洛阳相君忠孝家，可怜亦进姚黄花"，笔锋再转，进一步翻出宋仁宗朝钱惟演进贡牡丹之事，贬责之意尽寓其中。全诗由"荔支叹"发端，中转为"茶叶叹"，而以"牡丹叹"作出人意想的收束，结构跌宕起伏，层层转斩，为精心结撰之作。全诗贯穿始终的忧国忧民情怀，固与杜诗一脉相承，而由古及今的构思，波澜起伏的布局，叙议结合的笔法，亦都深得老杜神髓，且并有所发展。纪昀评曰："貌不袭杜，而神似之，出没开阖，纯是杜法。"② 所论甚是。

苏诗化用杜诗而能翻新者亦甚多。《又次前韵赠贾耘老》之"诗人空腹待黄精，生事只看长柄械"，出于杜甫《乾元中寓居同谷县，作歌七首》"长镵长镵白木柄，我生托子以为命。黄精无苗山雪盛，短衣数挽不掩胫"；《章质夫寄惠〈崔徽真〉》之"水边何处无丽人，近前试

---

① 张志烈、马德富、周裕锴主编：《苏轼全集校注》诗集校注卷 39，河北人民出版社 2010 年版，第 4585—4586 页。

② 同上书，第 4592 页。

看丞相嗔"，出于杜甫《丽人行》"三月三日天气新，长安水边多丽人"、"炙手可热势绝伦，慎莫近前丞相嗔"；《江城子》词之"小溪鸥鹭静联拳"，出于杜甫《漫成一首》"沙头宿鹭联拳静"；《和子由四首·送春》之"凭君借取法界观，一洗人间万事非"，出于杜甫《送韩十四江东觐省》之"兵戈不见老莱衣，叹息人间万事非"；《寓居定惠院之东，杂花满山，有海棠一株，土人不知贵也》之"也知造物有深意，故遣佳人在空谷"，与《跋王进叔所藏画赵昌芍药》之"倚竹佳人翠袖长，天寒犹著薄罗裳"，均出于杜甫《佳人》之"绝代有佳人，幽居在空谷。……天寒翠袖薄，日暮依修竹"；"急雨岂无意，催诗走群龙"（《行琼儋间……》），出于杜甫《陪诸贵公子丈八沟携妓纳凉晚步遇雨》之"片云头上黑，应是雨催诗"；《次韵秦太虚见戏耳聋》"留得一钱何足赖"，出于杜甫《空囊》之"囊空恐羞涩，留得一钱看"；《过于海舶，得迈寄书、酒。作诗，远和之，皆粲然可观。子由有书相庆也，因用其韵赋一篇，并寄诸子侄》"汝如黄犊走却来，海阔山高百程送"，"健如黄犊不可恃，隙过白驹那暇惜"（《送表弟程六知楚州》），两诗均出自杜甫《百忧集行》之"忆年十五心尚孩，健如黄犊走复来"。从这些诗例可以看出，苏诗善于化用杜诗成句，显得非常灵巧自然，毫无呆板滞涩之感，这充分显示出其才高一代的艺术造诣。

苏轼早年"奋厉有当世志"，儒家入世精神占据主导位置，有强烈的政治进取心，故对杜诗中所表现的忧国忧民精神和担荷人间苦难的情怀非常欣赏，对杜甫一生执着于儒家理想的人格高度推崇。熙宁四年（1071），苏轼赴任杭州通判，过陈州谒张方平，作《次韵张安道读杜诗》，诗曰：

大雅初微缺，流风困暴豪。张为词客赋，变作楚臣骚。展转更崩坏，纷纶阅俊髦。地偏蕃怪产，源失乱狂涛。粉黛迷真色，鱼虾易豢牢。谁知杜陵杰，名与谪仙高。扫地收千轨，争标看两艘。诗人例穷苦，天意遣奔逃。尘暗人亡鹿，溟翻帝斩鳌。艰危思李牧，述作谢王褒。失意各千里，哀鸣闻九皋。骑鲸遁沧海，捋虎得绨袍。巨笔屠龙手，微官似马曹。迁疏无事业，醉饱死游遨。简牍仪型在，儿童篆刻劳。今谁主文字，公合抱旌旄。开卷遥相忆，知音两不遭。般斤思郢质，鲲化陋鲦濠。恨我无佳句，时蒙致白醪。殷勤理黄菊，未遣没蓬蒿。①

此诗全面评价杜甫其人其诗，风格上亦刻意学杜，以至于纪昀谓此诗"句句似杜"②，而汪师韩则认为，此诗论杜甫，"只用'杰'字一言之褒，而其起衰式靡、立极千古者已意无不尽，（'诗人例穷苦'）此下只是慨其遭际，更不论诗"③。王文诰则评价说："面目是杜，气骨是苏，非杜不能步步为营，非苏不能句句直下，其驱遣难韵，若无其事焉者，不知何以凑泊至是。"④ 表明此时的苏轼，不仅有意效法杜诗，而且倾心推崇杜甫其人。

迁谪惠、儋是苏轼创作的丰收期⑤。南迁时所写的近体诗，无论题材内容、格调情韵和表现形式诸方面，都与杜甫的后期诗歌相接近。如《南康望湖亭》是绍圣元年苏轼贬往惠州途经南康时所作，此诗与杜甫《江汉》亦神肖。苏诗云："八月渡长湖，萧条万象疏。秋风片帆急，暮霭一山孤。许国心犹在，康时术已虚。岷峨家万里，投老得归无。"全诗视野辽阔而景象萧索，极具张力，抒写了诗人有心报国而无术"康时"⑥、万里为客而欲归不得的复杂心情。杜诗云："江汉思归客，乾坤一腐儒。片云天共远，永夜月同孤。落日心犹壮，秋风病欲苏。古来存老马，不必取长途。"风格上两诗都属苍凉悲壮一类，在意境和情感上都具有境界阔远、情景浑融之特色，也同样写出了诗人身老心壮、报国思用、渴盼归乡、落寞孤寂的复杂感受。

苏轼在其《书子美屏迹诗》曰：

---

① （宋）苏轼：《次韵张安道读杜诗》，载王文诰辑注、孔凡礼点校《苏轼诗集》卷6，中华书局1982年版，第266—267页。

② 四川大学中文系唐宋文学研究室编：《苏轼资料汇编》，中华书局1994年版，第1871页。

③ 同上书，第1816页。

④ （清）王文诰辑注：《苏轼诗集》卷6，中华书局1987年版，第269页。

⑤ 王水照：《苏轼选集》前言，上海古籍出版社1992年版。

⑥ 即"匡时"，避宋太祖赵匡胤名讳而改。

"用拙存吾道,幽居近物情。桑麻深雨露,燕雀半生成。村鼓时时急,渔舟个个轻。杖藜从白首,心迹喜双清。""晚起家何事,无营地转幽。竹光团野色,山影漾江流。废学从儿懒,长贫任妇愁。百年浑得醉,一月不梳头。"子瞻云:"此东坡居士之诗也。"或者曰:"此杜子美《屏迹》诗也,居士安得窃之?"居士曰:"夫禾麻谷麦,起于神农、后稷,今家有仓廪。不予而取辄为盗,被盗者为失主。若必从其初,则农、稷之物也。今考其诗,字字皆居士实录,是则居士诗也,子美安得禁吾有哉!"①

这里硬把老杜诗说成是"东坡居士之诗",此虽为谐谑之言,却从另一个角度反映出东坡对杜诗的热爱之至,从而同声相应,同气相求,产生心心相印的效果。这也预示着,杜诗所开创的艺术世界成为杜甫和后世读者的公共空间,宋人多以"六经注我"的态度视之。又如南宋范成大亦云:"久矣心空客路埃,兹行端为主恩来。杜陵诗是吾诗句:'卧病岂登江上台!'"②(《钓台》)"杜陵诗是吾诗句",恐怕是很多宋代士人的共同感受。苏轼甚至于借梦说杜,据《苕溪渔隐丛话》载:

东坡云:"仆尝梦见人,云是杜子美,谓仆曰:'世人多误会予《八阵》诗,江流石不转,遗恨失吞吴,世人皆以谓先主、武侯皆欲与关羽复仇,故恨不能灭吴,非也。我意本谓吴、蜀唇齿之国,不当相图,晋之所以能取蜀有吞吴之意,此为恨耳。'此理甚长。然子美死已四百年,而犹不忘诗,区区自别其意者,真书生之习气也邪。"③

---

① 张志烈、马德富、周裕锴主编:《苏轼全集校注》文集校注卷67,河北人民出版社2010年版,第7530页。
② (宋)范成大:《钓台》,载富寿荪标校《范石湖集》卷29,上海古籍出版社1981年版,第400页。
③ (宋)胡仔纂集:《苕溪渔隐丛话》卷6,人民文学出版社1962年版,第51页。

杜诗风格多样，除却沉郁顿挫，入蜀之后尚有萧散自然、清丽流转之一面，这种风格亦颇受苏轼青睐。其《书子美黄四娘诗》说："子美诗云：'黄四娘家花满蹊，千朵万朵压枝低。留连戏蝶时时舞，自在娇莺恰恰啼。'东坡云：此诗虽不甚佳，可以见子美清狂野逸之态，故仆喜书之。"① 这表明东坡不仅赞许杜甫的一饭不忘君，实亦私心向往其"清狂野逸之态"。且苏轼对此诗诗意多次化用，如"西郊欲就诗人饮，黄四娘东子美家"（《次韵杨公济奉议梅花十首》），"主人白发青裙袂，子美诗中黄四娘"（《正月二十六日，偶与数客野步嘉祐僧舍东南野人家，杂花盛开，扣门求观。主人林氏媪出应，白发青裾，少寡，独居三十年矣。感叹之余，作诗记之》）。

尤值得指出的是苏轼虽极力崇杜，但亦指出杜诗有"陋句"之病。其《记子美陋句》一文说："'减米散同舟，路难思共济。向来云涛盘，众力亦不细。呀帆忽遇眠，飞橹本无蒂。得失瞬息间，致远疑恐泥。百虑视安危，分明囊贤计。兹理庶可广，拳拳期勿替。'杜甫诗固无敌，然自'致远'以下句，真村陋也。此取其瑕疵，世人雷同，不复讥评，过矣！然亦不能掩其善也。"② 此处评的是杜甫《解忧》一诗。"村陋"云云，会使我们想起西昆评杜之语。暂且不论苏轼对此诗的具体评价，仅就苏轼所显示的批评准则，其"不以一眚掩大德"的态度，在充分肯定杜诗的前提下指出杜诗的不足，也是难能可贵的，对后代的读杜者当亦有所启迪。

（四）元祐年间的宗杜高潮

陈衍谓："诗莫盛于三元：上元开元，中元元和，下元元祐也。"③ 宋诗至元祐（1086—1094）而达高潮，论杜学杜亦至繁荣阶段。自宋开国以来，诗学的发展经历了曲折的探索，对经典的选择也一再转移。庆历以后，王安石、苏轼等诗坛巨匠大力推崇杜诗。宋代杜诗学史上的

---

① 张志烈、马德富、周裕锴主编：《苏轼全集校注》文集校注卷 67，河北人民出版社 2010 年版，第 7529 页。

② 《苏轼文集》卷 67，中华书局 1986 年版，第 2104 页。

③ 陈衍：《石遗室诗话》卷 1，人民文学出版社 2004 年版，第 7 页。

重要论点诸如"诗史"说、"忠君"说、"集大成"、"每饭不忘君"、"无一字无来处"等相继提出并得到肯定。至元祐前后，杜诗的"独尊"地位已完全确立，其价值也已被全社会充分认识。诚如莫砺锋先生所论："北宋中叶开始的尊杜倾向并不是少数诗坛巨子的个人选择，而是整个诗坛的共识。"① 苏轼以文坛领袖而推崇杜诗，可谓一呼百应，宋人从杜甫人格与风格等方面全方位宗杜，如元丰五年（1082），宋谊作《杜工部诗序》："唐之时以诗鸣者最多，而杜子美迥然特异。"② 与黄庭坚同时的李之仪（1048—1117）云："作诗字字要有来处，但将老杜诗细考之，方见其工。"③ 苏辙（1039—1112）亦云："唐人诗当推韩、杜。韩诗豪，杜诗雄，然杜之雄亦可以兼韩之豪也。"④ 其《和张安道读杜集》对杜诗评价甚高：

> 我公才不世，晚岁道尤高。与物都无著，看书未觉劳。微言精老易，奇韵喜庄骚。杜叟诗篇在，唐人气力豪。近时无沈宋，前辈蔑刘曹。天骥精神稳，层台结构牢。龙腾非有迹，鲸转自生涛。浩荡来何极，雍容去若遨。坛高真命将，氄乱始知髦。白也空无敌，微之岂少褒？论文开锦绣，赋命委蓬蒿。初试中书日，旋闻郎时逃。妻孥隔豺虎，关辅暗旌旄。入蜀营三径，浮江寄一艘。投人惭下舍，爱酒类东皋。漂泊终浮梗，迂疎独钓鳌。误身空有赋，掩胫惜无袍。卷轴今何益，零丁昔未遭。相如元并世，惠子谩临濠。得失将谁怨，凭公付浊醪。⑤

此诗不仅高度赞赏杜诗的崇高地位，也对杜甫流落不偶的经历寄予了深切同情。又如张耒（1054—1114）《读杜集》接着韩愈尊杜的调继

① 莫砺锋：《杜甫评传》，南京大学出版社1993年版，第385页。
② 参见蔡梦弼《杜工部草堂诗笺》传序碑铭，《古逸丛书》本。
③ （宋）李之仪：《杂题跋》，《姑溪居士前集》卷15，影印文渊阁《四库全书》本。
④ （宋）张戒：《岁寒堂诗话》引，载丁福保辑《历代诗话续编》，中华书局1983年版，第458页。
⑤ 《栾城集》卷3，上海古籍出版社1987年版，第68页。

续高唱：

> 风雅不复兴，后来谁可数。陵迟数百岁，天地实生甫。假之虹
> 与霓，照耀蟠肺腑。夺其富贵乐，激使事言语。遂令困饥寒，食粝
> 衣挂缕。幽忧勇愤怒，字字倒牛虎。嘲词破万家，摧拉谁得御。又
> 如滔天水，决泄得神禹。他人守一巧，为豆不能簠。君独备飞奔，
> 捷蹄兼骏羽。飘萍竟终老，到死尚为旅。高才遭委弃，谁不怨且
> 怒。君乎独此忘，所惜唐遗绪。悲嗟痛祸乱，欲取彝伦叙。天资自
> 忠义，岂媚后人睹。艰难得一职，言事竟龃龉。此心耿可见，谁肯
> 浪自苦。鄙哉浅丈夫，夸己讪其主。文章不知道，安得擅今古。光
> 焰万丈长，犹能伏韩愈。①

此诗叹惜杜甫终生飘零、流落不用的身世，高度推崇杜甫的"忠义"之气，并将杜甫推向"光焰万丈长，犹能伏韩愈"的至高境界。

值得注意者，如北宋末年唐庚（1070—1120）说："六经以后，便有司马迁；三百五篇之后，便有杜子美。六经不可学，亦不须学，故作文当学司马迁，作诗当学杜子美。二书亦须常读，所谓'何可一日无此君也'。"② 他提出"作诗当学杜子美"，推尊杜甫至元祐时已达高峰，主要表现在北宋儒学复兴的背景下对杜甫人格力量的挖掘。但是，如何师法杜甫，则有待于黄庭坚和他的追随者们对杜甫诗法的进一步探索与"发明"。

① 《张耒集》卷11，中华书局1990年版，第179页。
② 《唐子西文录》，载（清）何文焕辑《历代诗话》，中华书局1981年版，第443页。

第三章　工部百世祖,涪翁一灯传

——江西诗派与杜甫

　　南宋张戒在论及宋代文学渊源传承关系时有云:"韩退之之文,得欧公而后发明。陆宣公之议论,陶渊明柳子厚之诗,得东坡而后发明。子美之诗,得山谷而后发明。"① 钱钟书先生亦认为:"自唐以来,钦佩杜甫的人很多,而大吹大擂地向他学习的恐怕以黄庭坚为最早。"② 黄庭坚在教导弟子学诗时,反复告诫他们要熟读杜诗。陈师道以降,江西诗派诸人正式把杜甫奉为师祖,作为楷式,全力摹仿与效法,影响所及,非止一代。黄庭坚在宋代杜诗学史上的地位毋庸置疑,他与追随者们一起刻意学杜,衍生了宋代影响最大的江西诗派,所谓"工部百世祖,涪翁一灯传"③,宋人喜欢借禅喻诗,这个比喻形象地说明了从杜甫至江西派一脉相承的诗学道路。然而,新中国成立后的权威文学史则认为:"江西派号召学杜是对的,问题在他们没有很好地继承杜甫热爱祖国、热爱人民的精神,而片面地强调他在句法、用事等方面的艺术技巧,这就愈来愈走向形式主义的道路。"④ 显然,以诗学演进的眼光视之,"形式主义"云云的标签不无可商榷之处,学杜而远离现实,或许缘于朋党攻讦与文字狱激增。但从另一个侧面而言,这个论断恰恰说明,黄庭坚和江西诗派的出现,使宋人的学杜由登高一呼的泛泛号召,变为具体入微的作诗实践,由人格思想的推崇转为诗艺的探讨。黄庭坚

① (宋) 张戒:《岁寒堂诗话》卷上,《历代诗话续编》,第463页。
② 钱钟书:《宋诗选注》,人民文学出版社1989年版,第97页。
③ (宋) 曾几:《茶山集》卷4《东轩小室即事五首》,影印文渊阁《四库全书》本。
④ 游国恩等:《中国文学史》,人民文学出版社1964年版,第78页。

以诗坛宗主的身份，通过他的理论主张和创作实绩，为后学指引了一条颇具操作性的诗学门径。

一 从人格楷模到诗学范式——黄庭坚的杜诗学

（一）黄庭坚学杜的诗路历程

黄庭坚（1045—1105）早年即始学杜，受时论影响，重视杜诗的伦理价值，视杜为人格楷模。晚岁则转向杜诗的诗法探讨和艺术感悟。宋代杜诗学至黄庭坚发生了很大的变化，杜甫不再仅仅作为儒家理想人格的化身为人崇拜，而是作为一个超凡入圣、牢笼百代的艺术范型受到普遍师法。

黄庭坚的杜诗学成就甚为全面，注杜、论杜、学杜，皆有涉猎。其时注杜尚不甚流行，他为杜诗作笺，开南宋风气。其《杜诗笺》虽没有完整流传下来，但从保留在文集中的片段笺语来看，一字不苟，注引广博，下语谨慎，可见黄庭坚对杜诗的潜心钻研与揣摩。在笺语中，他对杜甫诗歌中用典出处及其名物制度等都有自己的独到见解。如对《乾元中寓居同谷县作歌七首》的考订："老杜云：'长镵长镵白木柄，我生托子以为命。黄独无苗山雪盛，短衣数挽不掩胫。'往时儒者不解'黄独'义，改为'黄精'，学者承之。以予考之，盖'黄独'是也。《本草》赭魁注：'黄独肉白皮黄，巴汉人蒸食之，江汉人谓之土芋。'余求之江西，江西谓之土卵，蒸煮食之，类芋魁。"[①] 此诗王洙本即存录有异文，黄氏以自身经历结合文献予以考订，精审确当，为后世注家所沿袭。

经过王安石、苏轼的揄扬之后，杜甫诗学典范的地位已经确立，尊杜论杜成为一代风气。受时代影响，黄庭坚虽也对其他唐代诗人转益多师，但对杜甫则始终推崇之至。他每劝后学读杜甫、李白、韩愈诗，司马迁、韩愈文，而尤以杜诗为尚。他崇尚杜甫的忧国之心、忠义之气，

---

① （宋）黄庭坚：《杂书》，《黄庭坚全集》，四川大学出版社 2001 年版，第 1429 页。

称颂杜甫"一生穷饿，作诗数千篇，与日月争光"①。在诗歌创作上力追杜甫，教人学诗以杜诗为指归，他在《跋老杜诗》云："欲学诗，观老杜足矣。"② 黄庭坚之师承杜甫可以说是时人及后世的共识。宋末江西诗派护法者方回一再强调："山谷诗本老杜骨法"③，"山谷诗宋三百年第一人，本出于老杜"④。在受时代影响的同时，山谷学杜亦受其家学渊源的影响。其父黄庶、岳父谢师厚皆以杜为师，可谓山谷的启蒙老师。陈师道在《后山诗话》中记云："唐人不学杜诗，唯唐彦谦与今黄庶、谢景初学之。鲁直，黄之子，谢之婿，其于二父，犹子美之于审言也。"⑤ 山谷初入诗坛即从其父黄庶学杜之句法，这些背景不能不影响山谷的好尚。山谷学杜的另一源头则是孙觉，据范温《潜溪诗眼》载：

> 山谷常言少时曾诵薛能诗云："青春背我堂堂去，白发欺人故故生。"孙莘老问云："此何人诗？"对曰："老杜。"莘老云："杜诗不如此。"后山谷语传师云："庭坚因莘老之言，遂晓老杜高雅大体。"传师云："若薛能诗，正俗所谓叹世耳。"⑥

对少时学杜的经历，黄庭坚至老不忘，因而对人"常言"。黄氏正是通过孙觉（莘老）的指引，探究"杜诗不如此"的原因，最终经过长期艰苦的努力，揭示了杜诗"高雅大体"的价值所在。

黄庭坚从诗歌史的角度推尊杜甫："文章骫骳而得韩退之，诗道弊而得杜子美，篆籀如画而得李阳冰，皆千载人也"⑦，称杜甫为诗歌史

---

① （宋）黄庭坚：《题韩忠献诗杜正献草书》，《黄庭坚全集》，四川大学出版社 2001 年版，第 662 页。

② 《跋老杜诗》，《黄庭坚全集》，四川大学出版社 2001 年版，第 2298 页。

③ （元）方回：《跋许万松诗》，《桐江集》卷 4，影印文渊阁《四库全书》本。

④ （元）方回：《刘元辉诗评》，《桐江集》卷 4，影印文渊阁《四库全书》本。

⑤ （宋）陈师道：《后山诗话》，载（清）何文焕辑《历代诗话》，中华书局 1981 年版，第 307 页。

⑥ 郭绍虞辑：《宋诗话辑佚》，中华书局 1980 年版，第 327 页。

⑦ （宋）黄庭坚：《跋翟公巽所藏石刻》，豫章黄集卷 28。

上的千载一人。对杜甫的至崇至敬，乃是他对杜诗了然于心的结果。

黄庭坚早岁受王安石、苏东坡等人影响，学杜主要从社会功用和伦理价值角度着眼，更多关注杜甫忠君爱国的情操和以史纪事的精神。如范温说："孙莘老尝谓老杜《北征》诗胜退之《南山》诗，王平甫以为《南山》胜《北征》。时山谷尚年少，乃曰：'若论工巧，则《北征》不及《南山》；若书一代之事，以与《国风》《雅》《颂》相为表里，则《北征》不可无，而《南山》虽不作，未害也。'"① 黄庭坚作于元丰二年（1079）的《次韵伯氏寄赠盖郎中喜学老杜诗》云："老杜文章擅一家，国风纯正不欹斜。帝阍悠邈开关键，虎穴深沉探爪牙。千古是非存史笔，百年忠义寄江花。潜知有意升堂室，独抱遗编校舛差。"② "史笔"与"忠义"可视为早期杜诗学观点的体现。晚年亦力追杜甫，徽宗建中靖国元年，黄庭坚遇赦东归，过巫山县，有感于杜甫病滞夔州赋遣闷诗，作词云："巫山古县，老杜淹留情始见。拨闷题诗，千古神交世不知"③，抒发了追怀老杜之情。

随着人生阅历的增加，黄庭坚对杜甫的理解更为深入，元祐三年四十四岁时所作《老杜〈浣花溪图〉引》更是直接刻画了杜甫忧国忧民的形象，从中可以看出黄庭坚对杜甫的认识：

> 拾遗流落锦官城，故人作尹眼为青。碧鸡坊西结茅屋，百花潭水濯冠缨。故衣未补新衣绽，空蟠胸中书万卷。探道欲度羲皇前，论诗未觉国风远。干戈峥嵘暗宇县，杜陵韦曲无鸡犬。老妻稚子且眼前，弟妹飘零不相见。此公乐易真可人，园翁溪友肯卜邻。邻家有酒邀皆去，得意鱼鸟来相亲。浣花酒船散车骑，野墙无主看桃李。宗文守家宗武扶，落日塞驴驮醉起。愿闻解鞍脱兜鍪，老儒不

---

① （宋）范温：《潜溪诗眼》引，载郭绍虞《宋诗话辑佚》，中华书局 1980 年版，第327 页。

② 《山谷诗外集补》卷 4，载刘尚荣校点《黄庭坚诗集注》，中华书局 2003 年版，第1706 页。

③ （宋）黄庭坚：《减字木兰花》，载马兴荣、祝振玉《山谷词校注》，上海古籍出版社2011 年版，第 198 页。

用千户侯。中原未得平安报，醉里眉攒万国愁。生绡铺墙粉墨落，平生忠义今寂寞。儿呼不苏驴失脚，犹恐醒来有新作。常使诗人拜画图，煎胶续弦千古无。

这首题画诗叙写杜甫成都生活，赞颂杜甫的忧患人格，刻画了杜甫忧国忧民的感人形象。"醉里眉攒万国愁"一句惟妙惟肖，可谓千载以下的读者心目中杜甫形象的一个定格。谓黄庭坚最为子美知音，实不为过。黄庭坚在诗中还用"平生忠义今寂寞"来评价杜甫，"忠义"一语在黄庭坚论杜之言中反复出现，成为黄庭坚论杜的口头禅。他认为，杜甫"句律精深"来自"忠义之气"："老杜虽在流落颠沛，未尝一日不在本朝，故善陈时事，句律精深，超古作者，忠义之气，感发而然。"[①]在黄庭坚看来，杜诗之所以能做到"句律精深"，句法非凡，不是单纯的艺术修养深厚的问题，而是他内心"未尝一日不在本朝"、"忠义之气"作用的结果。

除了对杜甫"忠义"人格的崇拜，黄庭坚早年对杜甫的尊崇还在于杜诗崇尚的"善陈时事"。在他看来，诗歌的价值并不在于文字工巧，而在于"书一代之事"。他创作了一些有诗史精神的诗篇，如初入仕途在汝州叶县尉任上所作的长诗《流民叹》，叙写汝洲水灾，百姓背井离乡，流离失所。诗叙议结合，体现了深沉的忧国忧民情怀，是对杜甫思想的自觉继承。在吉州太和令任上所写的《上大蒙笼》发出了"但愿官清不爱钱，长驱儿孙供驱使"[②]的呼吁，体现了清正爱民的为官思想，也是现实性很强的诗作。

黄庭坚晚岁受到新党的排挤、文祸的迫害，杜诗学观也由"忠义"情怀、"诗史"精神，转向对诗法句法的探讨。谪居黔州时，他大力提倡杜甫夔州后的作品，其关注点由杜甫人品转向诗法。他具体而微地总结杜甫的艺术手法，推广为作诗的不二法门，并把韩愈及晚唐诗人李商

---

① （宋）潘淳：《潘子真诗话》引，载郭绍虞辑《宋诗话辑佚》，中华书局1980年版，第310页。
② 《山谷外集诗注》卷10，载刘尚荣校点《黄庭坚诗集注》，中华书局2003年版，第1125页。

隐、唐彦谦作为学杜的桥梁。这时的他，政治受挫，仕途灰暗，更是以曾经流落西南的杜甫为旷代知音，并对杜甫两川诗歌情有独钟，将杜甫入蜀后的诗作刻石为铭，其《刻杜子美巴蜀诗序》云：

> 自予谪居黔州，欲属一奇士而有力者，尽刻杜子美东西川及夔州诗，使大雅之音久湮没而复盈三巴之耳。而目前所见，录录不能办事，以故未尝发于口。丹稜杨素翁擎拏扁舟、蹴犍为、略陵云、下郁鄢，访余于戎州，闻之欣然，请攻坚石，摹善工，约以丹稜之麦三食新而毕，作堂以宇之，予因名其堂曰大雅，而悉书遗之。此西州之盛事，亦使来世知素翁真磊落人也。①

黄庭坚之所以选择杜甫东西川及夔州诗，乃是因为这时的杜甫身如转蓬，漂泊流离，却在诗艺精益求精，律诗的法度也更为精密，风格也渐趋多样，从而达到了炉火纯青的至境。数百年后，黄庭坚在黔州贬所读到杜甫这些诗作，更有"同是天涯沦落人"的艺术共鸣。黄庭坚看重的是杜甫这些诗乃"大雅之音"，对于杜诗，他不但刻石为铭，亦且筑堂作记，他在《大雅堂记》中称赞道："由杜子美以来，四百余年，斯文委地，文章之士随世所能，杰出时辈，未有升子美之堂者，况室家之好邪！予尝欲随欣然意会处，笺以数语，终日汨没世俗，初不暇给。虽然，子美诗妙处，乃在无意于文。夫无意而意已至，非广之以《国风》《雅》《颂》，深之以《离骚》《九歌》，安能咀嚼其意味，闯然入其门邪！故使后生辈自求之，则得之深矣。使后之登大雅堂者，能以余说而求之，则思过半矣。彼喜穿凿者，弃其大旨，取其发兴，于所过林泉人物、草木鱼虫，以为物物皆有所托，如世间商度隐语者，则子美之诗委地矣。"② 实际上，他把杜甫当作诗史上的一座至高的丰碑，以此作为诗人的标的，同时也以追继老杜诗统自期。黄庭坚曾告诫向他寄诗

---

① 刘琳、李勇先、王蓉贵校点：《黄庭坚全集》，四川大学出版社 2001 年版，第 2290 页。

② （宋）黄庭坚：《大雅堂记》，《黄庭坚全集》，四川大学出版社 2001 年版，第 437—438 页。

请教的王观复:

> 所寄诗多佳句,犹恨雕琢功多耳。但熟观杜子美到夔州后古律诗,便得句法简易,而大巧出焉。平淡而山高水深,似欲不可企及。文章成就,更无斧凿痕,乃为佳耳。①

在黄庭坚看来,杜甫晚年"平淡而山高水深"的诗作达到了"大巧若拙"的艺术至境。杜甫晚年远离政治中心,一腔忧国之忧寄于歌诗。此期诗歌更是字斟句酌,锤炼至精,所谓"语不惊人死不休","晚节渐于诗律细",对法度的讲究本是诗人的自觉追求,然晚年则出神入化,由工巧达于自由,铅华剥落,始见真淳,思力更为深沉,风格更为洗练。黄庭坚的推崇晚期杜诗,始于对诗法的强调,但在他看来,诗法是手段,由"有法"而至于"无法"是其目的。强调诗歌创作既要精雕细琢,又要不露斧凿痕迹。黄庭坚的艺术追求,正是要像杜甫诗歌那样,达到那种看似漫不经心、自然天成,实则是历经千锤百炼才达至的炉火纯青之境。晚岁的黄庭坚虽也曾称许杜甫"一生穷饿,作诗数千首,与日月争光"②,但更多的是就诗论诗,所着重标举的是杜诗的诗法,如云"子美诗妙处,乃在无意于文"③,"老杜作诗……无一字无来处"④ 等。

黄庭坚尊杜亦源于取法乎上和取法乎"正"的诗学观。他明确指出:"学老杜诗,所谓刻鹄不成尚类鹜也;学晚唐人诗,所谓作法于凉,其弊尤贪;作法于贪,弊将若何?"⑤ 这两句话中用了两个典故。"刻鹄不成尚类鹜"语出《后汉书》卷 54《马援传》所引马援《诫兄

---

① (宋)黄庭坚:《与王观复书》之二,《黄庭坚全集》,四川大学出版社 2001 年版,第 471 页。

② 《题韩忠献诗杜正献草书》,《黄庭坚全集》,四川大学出版社 2001 年版,第 662 页。

③ (宋)黄庭坚:《大雅堂记》,《黄庭坚全集》,四川大学出版社 2001 年版,第 437 页。

④ (宋)黄庭坚:《答洪驹父书》,《黄庭坚全集》,四川大学出版社 2001 年版,第 474 页。

⑤ (宋)黄庭坚:《与赵伯充书》,《黄庭坚全集》,四川大学出版社 2001 年版,第 1371 页。

子严敦书》，此语在原文中与"画虎不成反类狗"相对比。黄庭坚在此借以为喻，以为学杜诗不成尚不失诗人正格本意，而学晚唐人诗不成则会落入"画虎不成反类狗"的旁门左道。"作法于凉，其弊尤贪；作法于贪，弊将若何"语出《左传》"昭公四年"，意谓即使君子以凉薄为法，赋税从轻，尚且可能产生贪得无厌之弊；若务以贪得为怀，其弊端则将不堪设想。

苏黄同为宋诗两大家，却代表了不同的诗风倾向和文化范型。与苏轼自小"奋厉有当世志"不同，黄庭坚对经邦济世的宏伟理想似乎热情并不很高。黄庭坚一生仕途坎坷，在目睹东坡的因诗致祸后，更在人生信仰上迷恋禅宗，在艺术追求上沉醉于诗法。加之固有的理性思致、书卷气质，造成他的诗学理论偏向于情感中和，自得自适：

> 诗者，人之情性也，非强谏争于廷，怨忿诟于道，怒邻骂座之为也。其人忠信笃敬，抱道而居，与时乖逢，遇物悲喜，同床而不察，并世而不闻，情之所不能堪，因发于呻吟调笑之声，胸次释然，而闻者亦有所劝勉。比律吕而可歌，列干羽而可舞，是诗之美也。其发于讪谤侵陵，引颈而承戈，被襟而受矢，以快一时之忿者，人皆以为诗之过，乃失诗之旨，非诗之过也。①

黄庭坚所谓的"性情"，与其说是激情，毋宁说是理趣，"情"之中已然加入了冷静的理性因素。职是之故，他告诫外甥说："东坡文章妙天下，其短处在好骂，慎勿袭其轨也。"② 外甥洪炎深得舅氏真传，亦有类似观点："若察察言如老杜《新安》《石壕》《潼关》《花门》之什，白公《秦中吟》《乐游园》《紫阁村》诗，则几于骂矣，失诗之本旨也。"③ 富有意味的是，与黄庭坚同列苏门的陈师道论东坡早期诗曰：

---

① （宋）黄庭坚：《书王知载朐山杂咏后》，《黄庭坚全集》，四川大学出版社 2001 年版，第 666 页。

② （宋）黄庭坚：《答洪驹父书》其一，《黄庭坚全集》，四川大学出版社 2001 年版，第 474 页。

③ （宋）洪炎：《题山谷退听堂录序》，《全宋文》卷 2879，第 290 页。

"苏诗始学刘禹锡，故多怨刺，学不可不慎也。"①

黄庭坚的这种诗道观的形成，其原因固然在于因新旧党争导致文字狱时有发生，从而形成诗人远身避祸、明哲保身的处世态度，但更多地当与他思想中接受的儒家温柔敦厚的诗教和自身个性有关。因而，在元祐党禁的政治高压之下，加以自身安顺处世的个性，黄庭坚后期的人生道路体现了从现实向书斋的退却，倾向于著书立说，汲引后学，其杜诗学也由对杜甫人格的推崇转向对诗法诗艺的探求。

（二）山谷诗法与杜甫句法

对句法的称赏是中国古典诗学悠久的传统，摘句嗟赏亦古已有之。至《文心雕龙·明诗》则谓："宋初文咏，体有因革。庄老告退，而山水方滋，俪采百字之偶，争价一句之奇。情必极貌以写物，辞必穷力而追新，此近世之所竞也。"所谓"争价一句之奇"，可见对句法的称尚是南朝以来的文学传统。至唐时，《古今诗人秀句》《文场秀句》《古文章巧言语》等流行于时，成为唐代举子书箱必备之物。

经过王安石、苏东坡的揄扬之后，推尊杜诗已成为北宋后期诗坛风气所向，但是，如何学杜，却不明了。黄庭坚通过对诗法的论述和自己的诗学实践为后学指引了一条学杜门径，这是黄庭坚对杜诗学的最重要贡献。

唐代诗歌虽臻极致，但却少于对诗学的探讨，可谓有"诗"而无"学"。宋人论诗之风大兴，探讨诗法成为一时之好尚。究其原因，一方面，这固然是唐以来诗歌创作的繁富遗产需要理论概括和总结，具有承前的功绩；另一方面，也使后之学诗者有法可循，具有启后的作用。在宋代，论诗重法，尤重句法的观念可说是诗坛的风尚，黄庭坚即其代表。他认为，欲出新必先规摹古人，先法而后成，"作文字须摹古人，百工之技亦无有不法而成者也"②。吕本中在论述江西宗派的纲领时云：

---

① （宋）陈师道：《后山诗话》，载（清）何文焕辑《历代诗话》，中华书局 1981 年版，第 306 页。

② （宋）黄庭坚：《论作诗文》，《黄庭坚全集》，四川大学出版社 2001 年版，第 1684 页。

"国朝文物大备,穆伯长、尹师鲁始为古文,成于欧阳氏,歌诗至于豫章始大出而力振之,后学者同作并和,尽发千古之秘,亡余蕴矣。"① 吕氏以重振诗统自任,所谓"千古之秘"云云,出言玄远,似在故弄玄虚,但也说明黄庭坚有意为法,从杜诗中寻求作诗的规矩要义,并示其追随者以门径,直可视之为"山谷家法"。借用江西派陈师道之语即为:"学诗当以子美为师,有规矩故可学。退之于诗,本无解处,以才高而好尔。渊明不为诗,写其胸中之妙尔。学杜不成,不失为工。无韩之才与陶之妙而学其诗,终为乐天尔。"② 由此可以看出江西诗法的旨趣所在,"有规矩可学"对黄庭坚的学杜用意可谓一语道破。这个规矩可谓"杜甫诗法",尤其是他的句法、章法与字法。黄氏门生范温曾记其指导后学作诗之法:

> 山谷言文章必谨布置;每见后学,多告以《原道》命意曲折,后予以此概考古人法度。如杜子美赠韦见素诗云"纨袴不饿死,儒冠多误身",此一篇立意也,故使人静听而具陈之耳;自"甫昔少年日"至"再使风俗淳",皆儒冠事业也;自"此意竟萧条"至"蹭蹬无纵鳞",言误身如此也,则意举而文备,故已有是诗矣。然必言其所以见韦者,于是有厚愧真知之句,所以真知者,谓传诵其诗也。③

此处谈到"命意"与"诗法"的先后关系,认为必须先有立意以传道,才可文备而法至,"法"需服务于"意"。要而言之,在山谷的诗法论中,才学修养是基础的前提,由句法入手是作诗要领,最终经由"有法"达到"破法",乃至于"无法"是其目的。以下分论之。

"以才学为诗"是全面高涨的宋代文化思潮在诗歌创作上的一种时

---

① (宋)赵彦卫:《云麓漫钞》卷14引,中华书局1996年版,第244页。

② (宋)陈师道:《后山诗话》,载(清)何文焕辑《历代诗话》,中华书局1981年版,第304页。

③ (宋)范温:《潜溪诗眼》,载郭绍虞辑《宋诗话辑佚》,中华书局1980年版,第323—324页。

代个性的表现。宋代士人兼有诗人、学者、官僚三位一体的身份，重视才学修养本是宋人的共识，黄庭坚作为一位书卷气极浓的诗人尤重于此。在他看来，创作者的艺术表现功力与其学问修养是连在一起的，创作中功力的显示主要表现在语言技巧上的用典、句法和炼字等方面。诗人才学的一个重要表现就在用典使事方面。黄庭坚在《论作诗文》中说："作诗句要须详略用事精切，更无虚字也。如老杜诗，字字有出处，熟读三五十遍，寻其用意处，则所得多矣。"① 关于学养与作诗的关系，杜甫亦夫子自道："读书破万卷，下笔如有神。"因之，黄庭坚提出了著名的"无一字无来历"与"点铁成金"之说：

> 自作语最难，老杜作诗，退之作文，无一字无来处。盖后人读书少，故谓韩、杜自作此语耳。古之能为文章者，真能陶冶万物，虽取古人陈言入于翰墨，如灵丹一粒，点铁成金也。②

黄庭坚指出诗歌"来处"与"读书"的关系，认为才学修养是作诗的"根本"，读书为作诗第一要义。"所作文字，甚有笔力，他日可为诸父雪耻，但须勤读书，令精博，养心使纯静。根本若深，不患枝叶不茂也"。（《与济川侄》）"子仓之诗，今不易得。要是读书数千卷，以忠义孝友为根本，更取六经之义灌溉之。"（《与韩纯翁宣义书二首》其二）"更读千卷书，乃能毕兹能事。"（《书旧诗与洪龟父跋其后》）"颇得暇治经否？此乃文章之根，治心养性之鉴，又当及少壮耐辛苦时，加钻仰之勤耳。"③ 读书的精与博成为他赏鉴作品与指示作诗门径的不二法门："读书欲精不欲博，用心欲纯不欲杂。读书务博，常不尽意；用心不纯，讫无全功。"④ 他赞赏苏轼黄州所作《卜算子》词：

---

① （宋）黄庭坚：《论作诗文》，《黄庭坚全集》，四川大学出版社 2001 年版，第 1684 页。

② （宋）黄庭坚：《答洪驹父书》其三，《黄庭坚全集》，四川大学出版社 2001 年版，第 475 页。

③ （宋）黄庭坚：《与洪甥驹父》，《黄庭坚全集》，四川大学出版社 2001 年版，第 1934 页。

④ （宋）黄庭坚：《书赠韩琼秀才》，《黄庭坚全集》，四川大学出版社 2001 年版，第 655 页。

"语意高妙，似非吃烟火食人语。非胸中有万卷书，笔下无一点尘俗气，孰能到此。"① 提醒王观复："所送新诗皆兴寄高远，但语生硬，不谐律吕，或词气不逮初造意时，此病亦只是读书未精博耳。长袖善舞，多钱善贾，不虚语也。"

在对后学的劝诫中，黄庭坚多次强调才学修养的重要性，他曾说："词意高胜，要从学问中来尔。后来学诗者时有妙句，譬如合眼摸象，随所触体得一处，非不即似，要且不是。若开眼，则全体见之，合古人处不待取证也。"② 意谓学问高深，则眼界大开，避免因无才学而造成盲人摸象之弊，从而达到"合古人"的目的。黄庭坚认为学识更多表现为儒家的修养，认为这是形成"诗心"的基础。他告诫外甥洪刍："学问文章，如甥才器笔力，当求配于古人，勿以贤于流俗遂自足也。然孝友忠信，是此物之根本，极当加意养以敦厚醇粹，使根深蒂固，然后枝叶茂尔。"③ 因之，其所谓读书当以读儒家经典和前人诗集为主，尤强调读杜。在《与徐师川书》中指出："诗正欲如此作。其未至者，探经术未至深，读老杜、李白、韩退之诗不熟耳。"④ 他不止一次表明，诗文乃儒者末事，希望后学不要沉迷于辞藻之学，而先要固其心性之"根本"⑤。因之，在他的书信中，不厌其烦地谆谆告诫后学要注重心性修养：

> 但须勤读书令精博，极养心使纯静，根本若深，不患枝叶不茂也。（《与济川侄》）
> 通知古今在勤读书，文章宏丽在笔墨追古。至于夜行之行，不

---

① （宋）黄庭坚：《跋东坡乐府》，《黄庭坚全集》，四川大学出版社 2001 年版，第 660 页。

② （宋）黄庭坚：《论作诗文》，《黄庭坚全集》，四川大学出版社 2001 年版，第 1684 页。

③ （宋）黄庭坚：《与洪甥驹父》，《黄庭坚全集》，四川大学出版社 2001 年版，第 1365 页。

④ 《黄庭坚全集》，四川大学出版社 2001 年版，第 479 页。

⑤ 黄庭坚谓："文章乃其粉泽，要须探其根本，本固则世故之风雨不能漂摇。"参见《与徐甥师川》，《黄庭坚全集》，四川大学出版社 2001 年版，第 486 页。

见之美，极须留意。(《与洪氏四甥书》)

更愿加求己之功，沉潜于经术，自印所得。根源深远，则波澜枝叶无复遗恨矣。(《答王观复》)

文章虽末学，要须茂其根本，深其渊源，以身为度，以声为律，不加开凿之功，而自闳深矣。(《答秦少章帖》)

颇得暇治经否？此乃文章之根，治心养性之鉴，又当及少壮耐辛苦时，加钻仰之勤耳。(《与洪甥驹父》)

杜子美云："读书破万卷，下笔如有神。"此作诗之器也。然则虽利器不能善其事者，何也？所谓妙手者，殆非世智下聪所及，要须得之心地。老夫学道三十余年，三四年来方解古人语，平直无疑，读《周易》《论语》《老子》，皆亲见其人也。(《答徐甥师川》)

那么，在具备才学修养的基础上，领会杜甫诗学真谛的路径又何在呢？于此，黄庭坚进一步由诗法入手，通过对杜甫诗法尤其是"句法"的探讨寻绎出诗法门径，而"句法"可谓黄庭坚论杜的津梁。

"句"是诗歌构成的基本单元，也是内涵意义可以自足的诗学质素。锤炼句法为历代诗人所津津乐道，所谓"两句三年得，一吟双泪流"。注重句法是中国古典诗学批评的一个特色，正如陆机所谓"立片言以居要，乃一篇之警策"。唐五代数量宏大的诗格类著述，都是对句法的探讨。《蔡宽夫诗话》"晚唐诗格"条云："唐末五代，流俗以诗自名者，多好妄立格法，取前人诗句为例，议论蜂出，甚有狮子跳掷、毒龙顾尾等势，览之每使人抚掌不已。"那些名目众多的"势"所指涉的实际上是诗歌创作中的句法问题。所谓的"势"基本上都是针对一联中的两句而言的①，在那些诗格著述中，每一个"势"的名目之下，也都以一联或两联诗句为例作以说明。

宋人在唐诗的巅峰之后，需要另辟蹊径，寻找的出路则是对唐诗中已有技巧做进一步的深化与细究。尽管杜甫曾说"老来渐于诗律细"，

---

① 参见张伯伟《略论佛学对晚唐五代诗格的影响》，载《中华文史论丛》第48辑，上海古籍出版社1991年版。

韩愈《荐士》诗称孟郊诗"横空盘硬语,妥帖力排奡",但从总体而言,唐人讲句法者不多,以黄山谷和江西诗派为代表的宋代诗人对句法的重视,是诗歌发展进程中的必然现象。缪钺先生指出:"唐人为诗,固亦重句法,而宋人尤精研入微。……盖唐人佳句,多浑然天成,而其流弊为凡熟、卑近、陈腐,所谓'十首以上,语意稍同'。故宋人力矫之。'"① 为世人褒贬不一的"点铁成金"之法,恐怕就是黄庭坚对中国诗歌史上这一创作实践的理论总结。

句法是宋代诗学的中心概念,许顗《彦周诗话》以为:"诗话者,辨句法,备古今,纪盛德,录异事,正讹误也。"讨论句法是宋人诗话的重要内容,宋代诗话大盛,在诗话里仍然保留了有关句法的论述,亦有大量摘句论诗的现象。如《潜溪诗眼·句法》云:

> 句法之学,自是一家工夫。昔尝问山谷:"耕田欲雨刈欲晴,去得顺风来者怨。"山谷云:"不如'千岩无人万壑静,十步回头五步坐'。"此专论句法,不论义理。盖七言诗四字三字作两节也。此句法出自《黄庭经》,自"上有黄庭下关无"以下多此体。张平子《四愁诗》句句如此,雄健稳惬。至五言诗亦有三字二字作两节者,老杜云:"不知西阁意,肯别定留人。"肯别邪?定留人邪?山谷尤爱其深远闲雅,盖与上七言同。②

这里所谓的"句法"既指句式结构和语言节奏,也蕴含风格之意。"千岩"一联出自杜甫《忆昔行》,范温与山谷关系密切,所言山谷喜爱杜诗深远娴雅的句法,当属可信。宋人诗话中更典型的做法是以名家的成句"现身说法"。如南宋人胡仔云:

> 《禁脔》云:"鲁直换字对句法,如'只今满坐且尊酒,后夜

---

① 《论宋诗》,《宋诗鉴赏辞典》序,上海辞书出版社1987年版。
② (宋)范温:《潜溪诗眼》,载郭绍虞辑《宋诗话辑佚》,中华书局1980年版,第330—331页。

此堂空月明’,‘清谈落笔一万字,白眼举觞三百杯’,‘田中谁问不纳履,坐上适来何处蝇’,‘秋千门巷火新改,桑柘田园春可分’,‘忽乘舟去值花雨,寄得书来应麦秋’,其法于当下平字处以仄字易之,欲其气挺然不群,前此未有人作此体,独鲁直变之。”苕溪渔隐曰:“此体本出于老杜,如‘宠光蕙叶与多碧,点注桃花舒小红’,‘一双白鱼不受钓,三寸黄柑犹自青’,‘外江三峡且相接,斗酒新诗终日疏’,‘负盐出井此溪女,打鼓发舡何郡郎’,‘沙上草阁柳新暗,城边野池莲欲红’,似此体甚多,聊举此数联,非独鲁直变之也。余尝效此体作一联云:‘天连风色共高远,秋兴物华俱老成’,今俗谓之拗句者是也。”[1]

　　杜诗在句式方面的独创性无疑为宋人学杜提供了借鉴。杜甫极为重视对字句的锤炼,曾多次谈到句法问题。其《寄高适》诗云“佳句法如何”,《赠李白》诗云“李侯有佳句,往往似阴铿”,《江上值水如海势聊短述》更是自称“为人性僻耽佳句,语不惊人死不休”,将诗歌语句锤炼的重要性等同于艺术的生命价值,其锻炼经营、惨淡炼句之刻苦,真可谓呕心沥血。而正是源于这种孜孜不倦、坚持不懈的精神,杜甫平生对诗艺的追求和创新从未间断,特别是入蜀之后,更把全副精力用于作诗,创作出无数“惊风雨”、“泣鬼神”的佳句名篇。其晚年诗歌可谓变态百出,极尽句法变化之能事,如一些拗体,在清丽流传中融入深折和瘦硬,避免平滑肤廓。打破诗歌长期发展过程中业已形成的某些规则限制,力求在严整的格律、约定俗成的结构限制中最大地表达自己的情感和思想。特别是对近体诗诗艺的摸索创造,在诗律的大框架下,戴着镣铐跳舞,使律诗的文学功能发挥到淋漓尽致的地步。这标志着唐诗的审美风格出现了显著的变化,也为中唐以后诗歌,以至于宋诗的发展提供了启示意义。黄庭坚对杜诗句法的学习、效仿和发展正是基于杜诗的这种独创性,并在杜诗的基础上发扬光大,句法实为山谷诗法和山谷学杜的核心论点。

---

[1]　（宋）胡仔纂集:《苕溪渔隐丛话》前集卷47,人民文学出版社1962年版,第319页。

黄庭坚句法论的最初来源，源自与其岳父谢师厚的诗缘，其晚年所作《黄氏二室墓志铭》云："及庭坚失兰溪数年，谢公方为介休择对，见庭坚诗曰：'吾得婿如是足矣。'庭坚因往求之，然庭坚之诗卒从谢公得句法。"① 从其诗学渊源看，句法来自其岳父谢师厚。其《奉答谢公静与荣子邕论狄元规孙少述诗长韵》云："谢公遂如此，宰木已三霜。无人知句法，秋月自澄江。二子学迈俗，窥杜见牖窗。试斫郢人鼻，未免伤手创。蟹胥与竹萌，乃不美羊腔。自往见谢公，论诗得濠梁。世方尊两耳，未敢筑受降。丹穴凤凰羽，风林虎豹章。小谢有家法，闻此不听冰。相思北风恶，归雁落斜行。"② 赞谢师厚句法高妙，言昔日因与谢公论诗而悟诗法。黄诗谈到句法之处甚多，如"诗来清吹拂衣巾，句法词锋觉有神"（《次韵奉答文少激推官纪赠二首》其一），"无人知句法，秋月自澄江"（《奉答谢公静与荣子邕论狄元规孙少述诗长韵》），"倾怀谢僚友，句法何壮丽"（《和答刘中叟殿院》），"寄我五字诗，句法窥鲍谢"（《寄陈适用》），"一洗万古凡马空，句法如此今谁工"（《题韦偃马》），"比来工五字，句法妙何逊"（《元翁坐中见次元寄到和孔四饮王夔玉家长韵因次韵率元翁同作寄溢城》），"句法俊逸清新，词源广大精神"（《再用前韵赠子勉四首》其三），"句法提一律，坚城受我降"（《子瞻诗句妙一世乃云效庭坚体盖退之戏效孟郊樊宗师之比以文滑稽耳恐后生不解故次韵道之》）。

黄庭坚终身学杜，对杜诗句法精研深思，学杜重在句法，他在《答王子飞书》中称赞陈师道"作诗涵浑，得老杜句法"，又在《跋雷太简梅圣俞诗》中赞赏梅尧臣的诗歌"用字稳实，句法刻厉而有和气"，肯定陈、梅之诗句法高深，是优秀之作。不仅如此，黄氏还在《与洪甥驹父九首》之九中要求洪驹父"作省题诗，尤当用老杜句法"，于《与孙秀才》中教导后学"请读老杜诗，精其句法。每作一篇，必使有意为一篇之主，乃能成一家，不徒老笔研玩岁月矣"③。

---

① 《黄庭坚全集》，四川大学出版社 2001 年版，第 1387 页。
② 同上书，第 12 页。
③ 同上书，第 1925 页。

其《与王观复书》云："但熟观杜子美到夔州后古律，便得句法，简易而大巧出焉。"① 山谷集里，得杜公之神肖者固多。至于黄诗沿用杜诗句法，甚或以杜公之句入诗，加以"点化者"比比皆是，不胜枚举，学界于此关注颇多，已有较多成果②。兹分类略举数例，以证黄庭坚学杜之深。

1. 化用杜诗五言句变一二字者

　　杜诗："人事多错迕"（《新婚别》），"寒花隐乱草"（《薄暮》），"灯花何太喜"（《独酌成诗》），"脱略小时辈"（《壮游》）。杜诗："四更山吐月"（《月》），"下笔如有神"（《奉赠韦左丞丈二十二韵》），"水花晚色静"（《夏日李公见访》）。

　　黄诗："人事多乖迕"（《观秘阁苏子美题壁及中人张侯家墨迹十九纸率同舍钱才翁学士赋之》），"寒花委乱草"（《发舒州……》），"灯花何故喜"（《过家》），"脱略看时辈"（《王彦祖惠其祖黄州制草书其后》）。黄诗："雨余山吐月"（《次韵喜游春原将归》），"接花如有神"（《和师厚接花》），"心与晚色静"（《次韵答斌老病起独游东园二首》其一）。

2. 化用杜诗七言句变数字者

　　杜诗："翻手作云覆手雨"（《贫交行》），"吾与汝曹俱眼明"（《春水生二首》其一），"一饮未尝留俗客"（《解闷》），"未有涓埃答圣朝"（《野望》），"舍南舍北皆春水"（《客至》）。

　　黄诗："作云作雨手翻覆"（《梦中和觞字韵》，"吾与北人俱眼明"（《谢杨履道送银茄四首》其二），"未尝一饭能留客"（《戏赠彦深》），"未有涓埃可报君"（《次韵张昌言给事喜雨》），"舍南

---

① （宋）黄庭坚：《与王观复书》之一，《黄庭坚全集》，四川大学出版社 2001 年版，第 470 页。

② 关于山谷诗句化用杜诗，金启华先生《杜甫诗句对黄山谷之影响》（载《江西师院学报》1979 年第 3 期）论之甚详。

舍北勃姑啼"(《从人求花》)。

3. 化用杜诗七言句变为五言者

杜诗:"似君须向古人求"(《相从歌》),"人生有情泪沾臆"(《哀江头》),"下笔——开生面"(《丹青引》)。

黄诗:"当于古人求"(《都下喜见八叔父》),"志士泪沾臆"(《次韵章禹直开元寺观画壁兼简李德素》),"人人开生面"(《次韵章禹直开元寺观画壁兼简李德素》)。

4. 化用杜诗五言句变为七言者

杜诗:"一气转洪钧"(《上韦左相二十韵》),"忽在天一方"(《成都府》)。

黄诗:"但使一气转洪钧"(《戏赠家安国》),"明日各在天一方"(《奉送周元翁锁吉州司法厅赴礼部试》)。

黄诗之化用杜甫诗句,灵活多变,不拘一格,尚有一首诗点化数首杜诗者,有类于集杜之作,如《戏赠张叔甫》:

团扇复团扇,因风托方便。衔泥巢君屋,双燕令人羡。张公子,时相见。张公一生江海客,文章献纳麒麟殿。文采风流今尚存,看君不合长贫贱。醉中往往爱逃禅,解道澄江静如练。淮南百宗经行处,携手落日回高宴。城上乌,尾毕逋。尘沙立暝途,惟有摩尼珠。云梦泽南州,更有赤须胡。与君歌一曲,长铗归来乎。出无车,食无鱼。不须闻此意惨怆,幸是元无免破除。脱吾帽,向君笑。有似山开万里云,论心何必先同调。河之水,去悠悠。将家就鱼米,四海一扁舟。头陀云外多僧气,直到湖南天尽头。潭府邑中甚淳古,还如何逊在扬州。但得长年饱吃饭,苦无官况莫来休。

此诗题为"戏赠"，实为集句。其中有直接袭用杜诗成句者，"张公一生江海客"来自杜甫《洗兵马》，"醉中往往爱逃禅"来自杜甫《饮中八仙歌》，"不须闻此意惨怆"来自杜甫《醉时歌》，"潭府邑中甚淳古"来自杜甫《岳麓山道林二寺行》。有化用杜诗句意稍加改动者，如"衔泥巢君屋"，化用杜甫《燕子来舟中作》"湖南为客动经春，燕子衔泥两度新"与"可怜处处巢君室，何异飘飘托此身"；"文采风流今尚存"，来自杜甫《丹青引赠曹将军霸》"英雄割据虽已矣，文彩风流犹尚存"；"论心何必先同调"，来自杜甫《徒步归行》"人生交契无老少，论交何必先同调。"；"但得长年饱吃饭"，来自杜甫《病后遇王倚饮赠歌》"但使残年饱吃饭，只愿无事常相见"；"四海一扁舟"，化用杜甫《逃难》"已衰病方入，四海一涂炭"。凡化用杜诗达六处。

另外，"文章献纳麒麟殿"，来自李白《流夜郎赠辛判官》；"脱吾帽，向君笑"，来自李白《扶风豪士歌》；"解道澄江净如练"，来自李白《金陵城西楼月下吟》；"有似山开万里云"与"头陀云外多僧气"，来自李白《江夏赠韦南陵冰》之"有似山开万里云，四望青天解人闷"，以及"头陀云月多僧气，山水何曾称人意"；"与君歌一曲，长铗归来乎"，来自李白《将进酒》之"与君歌一曲，请君为我倾耳听"与《于五松山赠南陵常赞府》之"长铗归来乎，秋风思归客"。凡用李白诗达七处。

黄庭坚对杜甫某些诗句情有独钟，有多处反复化用杜甫诗句的例子。如杜甫有句："别来头并白，相对眼终青"（《秦州见勑目，薛三璩授司议郎，毕四曜除监察，与二子有故，远喜迁官，兼述索居，凡三十韵》）。黄庭坚点化为："读书头愈白，见士眼终青"（《寄忠玉提刑》）；"江山千里俱头白，骨肉十年终眼青"（《送王郎》）；"身更万事已头白，相对百年终眼青"（《次韵和台源诸篇九首之南屏山》）；"今日相看青眼旧，他年肯作白头新"（《次韵奉答文少激纪赠二首》之一）；"看镜白头知我老，平生青眼为君明"（《和答庸见寄别时绝句》）；"青眼向来同醉醒，白头相望不缁磷"（《再次韵杜仲观二绝》）；"眼中故旧青常在，鬓上光阴绿不回"（《次韵清虚》）。如此等等，不一而足。关于"眼青头白"句式亦多为宋人所用，可见学习杜甫句法的风尚。

略举数例如次：

> 眼青怜造士，头白愧郎官。（王禹偁《和朱严留别》）
> 头白羞论天下事，眼青欣举故人杯。（宋祁《省判李度支硕相过叙别兼述感怀》）
> 故人相见尚青眼，新贵如今多白头。江山万里将头白，骨肉十年终眼青。（苏轼《失题一首》，见《苏轼诗集》增补）
> 飞花不作吾鬓白，韵语政如公眼青。（吴则礼《寄翟密州》）
> 发白相看无可奈，眼青如旧未应收。（孙应时《遂安同官蒋主簿满秩归宜兴相见杭都以诗别之》）
> 阅世已头白，看山犹眼青。（吴潜《和刘右司见寄六绝一律》）
> 一笑眼青余老桧，相看头白只高山。（虞俦《汉老弟寄示雪诗倡和已成轴矣因次韵》）
> 眼青好我今无几，头白逢君喜若何。（陈藻《赠余子畏》）
> 乌迎客子各头白，柳学故人俱眼青。（陈造《赠仲国美》）
> 愁见僧头白，喜逢君眼青。（戴复古《解后乐清主簿姜昌龄一见如平生欢同宿能仁》）

可见，宋人对于杜甫句法的情有独钟。宋人论及杜、黄句法传承和渊源者甚多，提供了山谷学杜有力佐证。如陈长方《步里客谈》卷下云："古人作诗断句，辄旁入他意，最为警策。如老杜云'鸡虫得失无了时，注目寒江倚山阁'是也。黄鲁直作《水仙花》诗，亦用此体，云：'坐对真成被花恼，出门一笑大江横。'"① 洪迈也指出黄庭坚在诗篇章法上学杜："杜子美有《存殁绝句》二首云：'席谦不见近弹棋，毕曜仍传旧小诗。玉局他年无限笑，白杨今日几人悲。''郑公粉绘随长夜，曹霸丹青已白头。天下何曾有山水，人间不解重骅骝。'每篇一存一殁。盖席谦、曹霸存，毕、郑殁也。黄鲁直《荆江亭即事》十首其八云：'闭门觅句陈无己，对客挥毫秦少游。正字不知温饱未？西风

---

① （宋）陈长方：《步里客谈》，影印文渊阁《四库全书》本。

吹泪古藤州。'乃用此体。时少游殁而无己存也。"① 这又是对杜诗章法
结构的化用。

最后，关于山谷诗法，我们要指出的是，黄庭坚学杜论法，其目的
是经由法度，达到艺术自由的境地。黄庭坚推崇杜甫句法之用意并非仅
仅止于句法的学习，而在于由"有法"而达于无法，黄庭坚推崇杜甫
晚期诗歌，认为杜甫夔州以后诗，达到了"不烦绳削而自合"的最高
境界：

> 好作奇语自是文章病，但当以理为主。理得而辞顺，文章自然
> 出群拔萃。观杜子美到夔州后诗，韩退之自潮州还朝后文，皆不烦
> 绳削而自合矣。②

> 所寄诗多佳句，犹恨雕琢功多耳。但熟观杜子美到夔州后古律
> 诗，便得句法简易，而大巧出焉。平淡而山高水深，似欲不可企
> 及。文章成就，更无斧凿痕，乃为佳耳。③

他强调诗歌创作既要精美，又要不见斧凿痕迹。在黄庭坚看来，杜
甫晚年"平淡而山高水深"的诗作正符合诗学至境。杜甫晚年诗作艺
术风格愈变愈进，艺术功力愈积愈厚，许多看似"平易"之作，却并
非率意而为，而是经由绚丽精工达至铅华剥落、痕迹俱泯之境，思力更
为深沉，风格更为洗练。黄庭坚的诗学追求，正是要像杜诗那样，达到
那种看似漫不经心、自然天成，实则是历经千锤百炼才达到的炉火纯青
之境。他在元符三年（1100）所作《大雅堂记》，代表了晚年的杜诗学
观："子美诗妙处乃在无意于文。夫无意而意已至，非广之以《国风》、
《雅》、《颂》，深之以《离骚》、《九歌》，安能咀嚼其意味，闯然入其

---

① （宋）洪迈：《容斋续笔》卷2《存殁绝句》，《容斋随笔》，上海古籍出版社1978年
版，第230—231页。
② （宋）黄庭坚：《与王观复书》之一，《黄庭坚全集》，四川大学出版社2001年版，
第470页。
③ （宋）黄庭坚：《与王观复书》之二，《黄庭坚全集》，四川大学出版社2001年版，
第471页。

门耶！故使后生辈自求之，则得之深矣。"① 所谓"无意于文"，正是杜诗貌似平易，实则艰深的恰切概括。黄氏认为，应当"广之以《国风》、《雅》、《颂》，深之以《离骚》、《九歌》"，即通过艰苦的学习，才能领略杜诗的意味，进入杜诗门庭。同时，无斧凿痕并不意味着不需斧凿，提倡"由艰苦入杜"与崇尚"平淡而山高水深"的风格正是辩证的统一，由艰苦入手是步入老成之境的必要阶梯。在黄庭坚看来，通过字法、句法的研炼，以此为诗学路径，最后完全可以达到浑然无迹的"大巧"艺境。

对于黄山谷此论，时人颇表认同，且已传至金朝，金人元好问亦云："子美夔州以后，乐天香山以后，东坡海南以后，皆不烦绳削而自合，非技进于道者能之乎？诗家所以异于方外者，渠辈谈道，不在文字，不离文字；诗家圣处，不离文字、不在文字。唐贤所谓'情性之外，不知有文字'云耳。"②

杜甫虽于诗法多有锤炼，却并非典型的苦吟诗人，其海涵地负之诗才和读书破万卷的学养，使他能够既讲究"晚节渐于诗律细"，又能做到"老去诗篇浑漫与"，达到"诗律细"与"浑漫与"的辩证统一。正如其《敬赠郑谏一议十韵》所言："破的由来事，先锋孰敢争。思飘云物外，律中鬼神惊。毫发无遗憾，波澜独老成。"虽为赠人之作，适堪视为夫子自道。将才气与锻炼有机结合起来，其宗旨并非不要锤炼、雕琢，而是通过刻意经营而抹去雕琢之迹，看似简易而实含大巧，貌似平淡却从绚丽而来，从而达到对诗法"运用之妙，存乎一心"的至境。

关于杜甫诗法，明代陆时雍在其《诗境总论》中精到地论述道："少陵五言律，其法最多，颠倒纵横，出人意表。余谓万法总归一法，一法不如无法。水流自行，云生自起，更有何法可设？"③ 陆氏所云"一法不如无法"，正是山谷诗法的特色。在黄庭坚的诗学体系里，有法和无法达到了和谐统一。经由法度而超越法度，最终达到从心所欲不

① （宋）黄庭坚：《大雅堂记》，《黄庭坚全集》，四川大学出版社 2001 年版，第 437 页。
② （金）元好问：《陶然集诗序》，《元好问文编年校注》卷 6，中华书局 2012 年版，第 1150—1151 页。
③ （明）陆时雍：《诗境总论》，《历代诗话续编》，第 1415 页。

逾矩的境地，乃诗歌极致，也是黄氏诗学的最终追求。诗法本就是尊体和破体的统一，固定与演变的统一，有着多层意蕴。黄庭坚《赠高子勉四首》之四云："拾遗句中有眼，彭泽意在无弦。"① 这两句对杜甫和陶渊明诗的论评，实已包含了山谷诗法的两个方面，或曰两个阶段。"有眼"表征"有规矩可学"的作诗途径，"无弦"表示自然超妙、了无痕迹的境界。即由法则入手，刻苦锻炼，最终进入艺术自由状态，由"拾遗句中有眼"，而最终合于"彭泽意在无弦"。这样，诗法技巧就不再是遮蔽诗意的屏障，而正是消除屏障、消除"斧凿痕"的有效手段，所谓"大巧若拙"，"绚烂之极归于平淡"。而无弦的"平淡"、"从容"之境，正是他所追求的，在《跋书柳子厚诗》中有更明晰的阐述："予友生王观复作诗，有古人态度，虽气格已超俗，但未能从容中玉珮之音，左绳墨、右规矩尔。意者读书未破万卷，观古人文章，未能尽得其规摹及所总览笼络，但知玩其山龙黼黻成章耶？"② 在他看来，王观复囿于"绳墨规矩"的诗法，是因为读书未遍，火候未到，因而未能达到"无弦"的境界。

正因为黄庭坚对杜诗中的法则有如此精准的理解和把握，因而对于带有"破法"、"破体"性质的拗体律诗显得特别偏爱。《王直方诗话》"山谷佳句"条记载说："山谷谓洪龟父云：'甥最爱老舅诗中何等篇？'龟父举'蜂房各自开户牖，蚁穴或梦封侯王'及'黄流不解涴明月，碧树为我生凉秋'，以为绝类工部。山谷云：'得之矣。'"③ 洪龟父所举两联都是七律中的拗体句，黄以为"得之"，可见他对反常拗折的钟爱，亦显出他自己对拗体律颇为得意。拗体律源自杜诗的"拗救"，所以洪氏以为此体"绝类工部"。其中蜂房一联出自《题落星寺》二首其一，方回评之曰："此学老杜所谓拗字'吴体'格，而编山谷诗者置外集古诗中，非是。'各开户牖'真佳句，恐以此两用之。"④ 对于山谷的

---

① 《黄庭坚全集》，四川大学出版社 2001 年版，第 201 页。

② （宋）黄庭坚：《跋书柳子厚诗》，《黄庭坚全集》，四川大学出版社 2001 年版，第 656 页。

③ 郭绍虞辑：《宋诗话辑佚》，中华书局 1980 年版，第 53 页。

④ 李庆甲集译校点：《瀛奎律髓汇评》卷 25，上海古籍出版社 2005 年版，第 1119 页。

"破法"，张文潜有很高的评价：

> 以声律作诗，其末流也。而唐至今诗人谨守之。独鲁直一扫古
> 今，出胸臆，破弃声律，作五七言，如金石未作，钟磬声和，浑然
> 有律吕外意。近来作诗者，颇有此体，然自吾鲁直始也。[①]

由"遵法"到"破法"，再到"无法"实为山谷诗法的发展方向。黄庭坚晚年在贬谪黔州之时收有一得意门生杨皓（明叔），绍圣四年在《再次韵（杨明叔）》诗序中说："庭坚老懒衰惰，多年不作诗，已忘其体律。因明叔有意于斯文，试举一纲而张万目。盖以俗为雅，以故为新，百战百胜，如孙吴之兵，棘端可以破镞，如甘蝇飞卫之射。此诗人之奇也，明叔当自得之。"[②] 所云"忘其体律"，貌似自谦，实际正是"至法无法"之体现，表明了"不烦绳削而自合"之诗学追求。这一时期及以后的诗作如《和答元明黔南赠别》《梦李白竹枝词三首》《武昌松风阁》《王充道送水仙花五十枝欣然会心为之作咏》《和高仲本喜相见》《新喻道中寄元明用觞字韵》《雨中登岳阳楼望君山》《追和东坡题李亮功归来图》《十二月十九日夜中发鄂渚》《书摩崖碑后》等大都直陈其事，不用僻典，铅华落尽，独见真淳，确能做到"不烦绳削而自合"，近似于杜甫晚年自然浑成之作。

（三）学杜而不为

黄庭坚以诗法论杜，其目的在于通过学杜达于变杜，最终自成一家。正如陈师道所论："豫章之学博矣，而得法于杜少陵，其学少陵而不为者也。"[③] 在这里，他首次提出黄庭坚"学杜而不为"的观点。其意在指出黄庭坚能通过学杜而变杜，学杜而创新，最终自成一家。一般的学杜者，难免出现拟杜而似杜的情况，黄诗学杜而绝不似杜，其

---

① （宋）胡仔纂集：《苕溪渔隐丛话》前集卷 47，人民文学出版社 1981 年版，第 319 页。
② 《黄庭坚全集》，四川大学出版社 2001 年版，第 126 页。
③ （宋）陈师道：《答秦觏书》，《全宋文》卷 2664，第 286 页。

"生新瘦硬"的诗风也与杜甫的"沉郁顿挫"相去甚远,清人金武祥《粟香随笔》引翁方纲语云:"李义山极不似杜,而善学者无过义山;黄山谷极不似杜,而善学者无过山谷。"① 正因"不似",所以学杜才取得了成功,可谓一语道破。

清代康熙诗坛,王士禛主盟一时,对黄庭坚颇为推崇,其《戏仿元遗山论诗绝句三十二首》有云:"涪翁掉臂自清新,未许传衣蹑后尘。却笑儿孙媚初祖,强将配飨杜陵人。"② 又云"一代高名孰主宾,中天坡谷两嶙峋。瓣香只下涪翁拜,宗派江西第几人?"③ 翁方纲附和王渔洋诗论云:"山谷虽脱胎于杜,顾其天姿之高,笔力之雄,自辟门庭,宋人作《江西宗派图》极尊之,以配飨杜子美,要亦非山谷意也。"④ 有出息的文学家都以创新为指归,黄庭坚虽然力倡师法杜甫,但又反对亦步亦趋的因袭,其诗屡次提到"文章最忌随人后"(《寄晁元忠》),"着鞭莫落人后"(《再用前韵赠子勉》),"我不为牛后人"(《赠高子勉》),"随人作计终后人,自成一家始逼真"(《以右军书数种赠丘十四》,《山谷集外诗补》卷2)。

作为古典诗歌之集大成者,杜诗在为后来者提供了无尽宝藏的同时,也提出了严峻的挑战。如何学杜而变杜,成为宋人思考的首要问题。《陈辅之诗话》载:

> 楚老言:"世间好言语,已被老杜道尽;世间俗言语,已被乐天道尽。"然李赞皇云:"譬之如清风明月,四时常有,而光景常新。"又能似不乏也。⑤

所引李德裕之言见《文章论》:"世有非文章者曰:'辞不出于

① (清)金武祥:《粟香随笔》卷5,《续修四库全书》,第306页。
② (清)王士禛:《戏仿元遗山论诗绝句三十二首》其十二,《渔洋精华录集释》卷2,上海古籍出版社1999年版,第336页。
③ 《冬日读唐宋金元诸家诗偶有所感各题一绝于卷后凡七首》其四,《渔洋精华录集释》卷4,第644页。
④ (清)陈衍:《石遗室诗话》卷11,人民文学出版社2004年版,第170页。
⑤ 《陈辅之诗话》,载郭绍虞辑《宋诗话辑佚》,中华书局1980年版,第291页。

《风》、《雅》，思不越于《离骚》，模写古人，何足贵也？'余曰：'譬诸日月，虽终古常见，而光景常新，此所以为灵物也。'"① 如何做到"光景常新"，梅尧臣曾提出"以故为新"②。后来苏轼也说用事须"以故为新"③，至黄山谷则将此法作为其诗学的重要纲领："试举一纲而张万目，盖以俗为雅，以故为新，百战百胜，如孙吴之兵；棘端可以破镞，如甘蝇飞卫之射"（《再次韵（杨明叔）》诗序），并通过自身"学杜而不为"为后学指出一条诗学道路。

实际上，随着时代的发展，诗歌艺术本身也并非一成不变，杜诗实际上处于"唐音"转变的关键。明王世懋在其《世圃撷余》中云："少陵故多变态，其诗有深句，有雄句，有老句，有秀句，有丽句，有险句，有拙句，有累句。后世别为大家，特高于盛唐者，以其有深句，雄句，老句也；而终不失为盛唐者，以其有秀句，丽句也。轻浅子弟，往往有薄之者，则以其有险句、拙句、累句也，不知其愈险愈老，正是此老独得处，故不足难之。"晚明胡应麟亦敏锐地指出："盛唐一味秀丽雄浑。杜则精粗、巨细、巧拙、新陈、险易、浅深、浓淡、肥瘦，靡不毕具，参其格调，实与盛唐大别。其能会萃前人在此，滥觞后世亦在此。且言理近经，叙事兼史，尤诗家绝睹。其集不可不读，亦殊不易读。"④ 杜诗为唐诗一大变，变的因子在杜诗中早已存在，江西诗派正由此生发，成一代之诗。黄庭坚更可谓在变中求变，推动诗学的演进。吕本中《童蒙诗训》云：

> 老杜诗云："诗清立意新"，最是作诗用力处，盖不可循习陈言，只规摹旧作也。鲁直云："随人作诗终后人。"又云："文章切忌随人后"，此自鲁直见处也；近世人学老杜多矣，左规右矩，不

---

① 《李文饶文集》外集卷3，《四部丛刊》本。

② （宋）陈师道《后山诗话》载："闽士有好诗者，不用陈语常谈。写投梅圣俞，答书曰：'子诗诚工，但未能以故为新，以俗为雅尔。'"参见（清）何文焕辑《历代诗话》，中华书局1981年版，第314页。

③ 《题柳子厚诗二首》其二："诗须有为而作，用事当以故为新，以俗为雅尔。"

④ （明）胡应麟：《诗薮》内编卷4，上海古籍出版社1979年版，第70页。

能稍出新意，终成屋下架屋，无所取长。独鲁直下语，未尝似前人而卒与之合，此为善学。如陈无己力尽规摹，而极少变化。①

说黄庭坚"未尝似前人而卒与之合"似乎言过其实，但这正表明江西诗派推陈出新的倾向。黄庭坚的创作虽常有摹拟之嫌，但这种规摹却常从前人生新之处入手，故为"善学"。不唯黄庭坚，宋人之学杜，除却宋初，其目的皆为了变杜，以自成面目。可以说，在中国诗歌发展史上，学杜者莫过于宋，变杜者亦莫过于宋。宋人晦斋《简斋诗集引》早已透露其中消息：

> 诗至老杜极矣。东坡苏公、山谷黄公奋乎数世之下，复出力振之，而诗之正统不坠。然东坡赋才也大，故解纵绳墨之外，而用之不穷；山谷措意也深，故游泳口味之余，而索之益远。大抵同出老杜，而自成一家。②

所谓"解纵绳墨之外"指苏之学杜，不守规矩，从心所欲；而黄之学杜，是在"绳墨"之内变化，通过"脱胎换骨"，使诗的意蕴涵咏深远。宋诗的两大家取径虽不同，渊源却一致，皆自成一家，这正是宋人学杜想要达到的理想和效果。宋人的学杜变杜，给今天文学艺术的创作实践和理论总结提供了可资取法的经验。

黄庭坚的这种诗法，既是有意识的诗学追求，也是其傲岸不群的人格不自觉的流露。黄庭坚追求一种高雅超俗的精神境界，认为"士生于世，可以百为，唯不可俗，俗便不可医也"③。清人方东树言："涪翁以惊创为奇，意、格、境、句、选字、隶事，音节，著意与人远，此即恪守韩公'去陈言'、'词必己出'之教也。故不惟凡近浅俗、气骨轻浮不涉毫句下，凡前人胜境，世所程式效慕者，尤不许一毫近似之，所

---

① 郭绍虞辑：《宋诗话辑佚》，中华书局 1980 年版，第 596 页。
② 白敦仁：《陈与义集校笺》，上海古籍出版社 1990 年版，第 1017 页。
③ 《书嵇叔夜诗与侄榎》，《黄庭坚全集》，四川大学出版社 2001 年版，第 1562 页。

以避陈言、羞雷同也。而于音节，尤别创一种兀傲奇崛之响，其神气即随此以见。"所谓神气，大抵已涉及不同流俗的人格境界。黄多次告诫别人要免俗，这也是他的自我期许。

（四）后人对黄庭坚学杜的评价

黄庭坚为最具"宋调"风貌的大家，是不争的事实。但同时，他也是历来最受争议的诗人，关于他的学杜历来有不同的评价。宋人学杜作为一代之风尚，也带出了不少问题。苏轼《次韵孔毅甫集古人句见赠》即曾发出"天下几人学杜甫，谁得其皮与其骨"① 的感叹。清人袁枚则说："古之学杜者，无虑数千百家，其传者皆不似杜者也。唐之昌黎、义山、牧之、微之，宋之半山、山谷、后村、放翁，谁非学杜者？今观其诗，皆不类杜。"② 可以看出，在黄庭坚学杜的评价中，对"类"和"不类"的价值评判成了分歧的焦点。

对黄庭坚学杜持肯定意见者认为，黄之学杜最为成功，山谷是杜甫衣钵的正派嫡传。一方面，肯定论者从诗学传承的观念出发，认为山谷足以上继杜甫，杜、黄、江西一脉相传。如曾几云："工部百世祖，涪翁一灯传。"③ 又云："老杜诗家初祖，涪翁句法曹溪。尚论渊源师友，他时派列江西。"④ 赵蕃云："诗家初祖杜少陵，涪翁再续江西灯。陈潘徐洪不可作，阃奥晚许东莱登。"⑤ 又云："少陵在大历，涪翁在元祐。相去几百载，合若出一手。流传到徐洪，继起鸣江右。遂令风雅作，千载亡遗究。"⑥ 都为此类意见的代表。

另一方面，肯定论者认为黄庭坚"学杜而不为"，能自成一家。如

---

① （宋）苏轼：《次韵孔毅甫集古人句见赠》五首其三，载张志烈、马德富、周裕锴主编《苏轼全集校注》诗集校注卷22，河北人民出版社2010年版，第2419页。

② （清）袁枚：《与稚存论诗书》，《小仓山房诗文集》卷30，上海古籍出版社1988年版，第1848页。

③ （宋）曾几：《茶山集》卷4《东轩小室即事五首》，影印文渊阁《四库全书》本。

④ （宋）曾几：《茶山集》卷7《李商叟秀才求斋名王元渤，以"养源"名之，求诗》之二，影印文渊阁《四库全书》本。

⑤ （宋）赵蕃：《章泉稿》卷1《书紫微集后》，影印文渊阁《四库全书》本。

⑥ （宋）赵蕃：《淳熙稿》卷1《挽宋柳州绶》，影印文渊阁《四库全书》本。

晦斋《简斋诗集引》转述陈与义观点："诗至老杜极矣。东坡苏公、山谷黄公奋乎数世之下，复出力振之，而诗之正统不坠。……大抵同出老杜，而自成一家。"陈善云："右军书本学卫夫人，其后遂妙天下，所谓风斯在下也。东坡字本出颜鲁公，其后遂自名家，所谓青出于蓝也。黄鲁直诗本是规模老杜，至今遂别立宗派，所谓当仁不让者也。"① 清人方东树在《昭昧詹言》中云："山谷之学杜，绝去形摹，尽洗面目，全在作用，意匠经营，善学得体，古今一人而已。"又说："欲知黄诗，须先知杜；真能知杜，则知黄矣。杜七律所以横绝诸家，只是沉著顿挫，恣肆变化，阳开阴合，不可方物。山谷之学，专在此等处，所谓作用。"② 王士禛所云"涪翁掉臂出清新，未许传衣蹑后尘。却笑儿孙媚初祖，强将配飨杜陵人。"③ 认为山谷虽然从学杜起家，但最终青出于蓝，自立门户，与杜甫犹如双峰并峙、二水分流，后人以其配飨杜甫，并非山谷本意。

与此相反，从宋代以来，更多论者对黄庭坚之学杜持否定和批评态度，认为黄庭坚学杜得其变而不得其正，仅得杜之皮相，而未能学到杜诗神髓。论诗向来反对江西派的张戒云："黄鲁直自言学杜子美，子瞻自言学陶渊明，二人好恶，已自不同。鲁直学子美，但得其格律耳。"④ 又说："往在桐庐见吕舍人居仁，余问：'鲁直得子美之髓乎？'居仁曰：'然。''其佳处焉在？'居仁曰：'禅家所谓死蛇弄得活。'余曰：'活则活矣……一至于子美"客从南溟来"，"朝行青泥上"，《壮游》《北征》，鲁直能之乎？ 如"莫自使眼枯，收汝泪纵横。眼枯即见骨，天地终无情"，此等句，鲁直能到乎？'居仁沉吟久之，曰：'子美诗有可学者，有不可学者。'余曰：'然则未可谓之得髓矣。'"⑤ 明胡应麟云：

---

① 《扪虱新话》下集卷4，《丛书集成初编》本，第81页。

② （清）方东树：《昭昧詹言》卷20，人民文学出版社1961年版，第450页。

③ （清）王士禛：《戏仿元遗山论诗绝句三十二首》其十二，《渔洋精华录集释》卷2。此首诗下惠栋注云："先生《选古诗凡例》：'山谷虽脱胎于杜，顾其天姿之高，笔力之雄，自开庭户。宋人作《江西宗派图》，极尊之，配食子美，要非山谷意也。'"上海古籍出版社1999年版，第336页。

④ （宋）张戒：《岁寒堂诗话》卷上，《历代诗话续编》，第451页。

⑤ 同上书，第463页。

"黄、陈、曾、吕，名师老杜，实越前规。"① 指出宋代诸大家学杜而不拘泥于杜，在学古中有创变。但又批评说："苏、黄矫晚唐而为杜，得其变而不得其正，故生涩峻嶒而乖大雅。"② "宋黄、陈首倡杜学，然黄律诗徒得杜声调之偏者，其语未尝有杜也。至古选歌行，绝与杜不类，晦涩枯槁，刻意为奇而不能奇，真小乘禅耳，而一代尊之无上。"③ 指出黄、陈学杜剑走偏锋，未得其正。至清吴乔则更进一步批评说："永叔诗学未深，辄欲变古。鲁直视永叔稍进，亦但得杜之一鳞只爪，便欲自成一家，开浅直之门，贻误于人；迨江西派立，胥沦以亡矣。"④

否定论者自南宋以来代不乏人，影响深远。以今天的眼光来看，这种观点的产生固然因个人喜好和审美眼光的差异，但其更深层的原因则是对文学发展观理解的差异所致。否定论者多站在唐诗的立场上，以唐诗的标准衡量包括黄庭坚诗歌在内的宋诗，而对苏、黄等人变革诗风、追求宋诗独特面目的做法表示不满。比如张戒"自汉、魏以来，诗妙于子建，成于李、杜，而坏于苏、黄"⑤ 的著名言论，常为论者所引用。

在对黄庭坚学杜的评价里，我们可以看到，有关山谷、江西派、宋诗的争论是三位一体、密不可分的问题，这个问题的背景则是唐宋诗之争。争论的实质并非唐宋诗一较高下，而是为宋诗争一席之地，争论的双方实际都以唐诗为诗学的极致和准则。因之，宋诗一直处于"弱势"的地位，得不到应有的重视。平心而论，宋诗为中国古代诗歌提供了相异于唐诗的另一模本，丰富了中国诗学的内涵。对于建构完整的中国诗学，宋诗提供了成熟的经验。在某种意义上可以说，唐宋两代的诗歌构成了古典诗学的两极，宋以后的诗学发展，可谓"不入于唐，即入于宋"。对于黄庭坚学杜及由此而起的宋诗评价，我们需要以全面发展的

---

① （明）胡应麟：《诗薮》内编卷2，上海古籍出版社1979年版，第38—39页。

② （明）胡应麟：《诗薮》外编卷5，上海古籍出版社1979年版，第214页。

③ （明）胡应麟：《诗薮》外编卷5引，上海古籍出版社1979年版，第56页。

④ 《围炉诗话》卷5，郭绍虞编选《清诗话续编》，上海古籍出版社1987年版，第617页。

⑤ （宋）张戒：《岁寒堂诗话》卷上，《历代诗话续编》，第455页。

眼光视之。

二　江西派诗人之学杜

江西诗派是宋代影响最大的流派，也是轮廓和内涵皆较为清晰的诗派。关于文学流派问题，刘扬忠先生在论述流派与风格的关系时指出，所谓流派"就是一个个在思想倾向、审美追求和风格趋向上相近的作家群"，一个文学流派的诞生必须具备这样几个条件和因素："一、必须有一位创作成就卓特、足为他人典范且个人具有较大凝聚力与号召力的领袖人物作为宗主；二、在这位领袖人物周围或在他身后曾经聚集过一个或若干创作实践十分活跃并各自有一定社会影响的追随者组成的作家群；三、这个作家群的成员们尽管各有自己的创作个性和艺术风采，但从群体形态上看却有着较为一致的审美倾向和相近的艺术风格。"① 如果按照这个标准衡量，北宋末年出现的江西诗派可谓一个"中规中矩"的文学流派。

江西诗派向来是宋诗研究的热点，文学史论之已详。朱东润先生的说法简洁明晰："江西诗派始于北宋之黄庭坚、陈师道，大张于吕居仁，蔓延于南渡而后百五十年间，而定论于宋亡以后七年，方回《瀛奎律髓》书成之日。"② 江西诗派之标目，源自吕本中所作的《江西宗派图》。其图序标举宗主黄庭坚的诗学观，勾勒出当时一个以黄庭坚为"宗"，其余二十五名诗人为"派"的诗人群体。认为他们的诗学传承源出江西黄庭坚，并且"同作并和，尽发千古之秘，无余蕴也"③，形成影响甚大的文学集团。《江西宗派图》之作，如四库馆臣所评："宋诗之分门别户，实自是始。"④ 其后淳熙年间程叔达刊刻《宗派图》诸家诗，编为《江西诗派》总集，晚宋刘克庄又编刻《江西诗派》小集。

① 刘扬忠：《唐宋词流派史》，福建人民出版社1999年版，第32页。
② 朱东润：《中国文学批评史大纲》，上海古籍出版社1983年版，第117页。
③ （宋）吕本中：《江西诗社宗派图序》，载（宋）赵彦卫《云麓漫钞》卷14，中华书局1996年版，第244页。
④ 《四库全书总目》卷195《紫微诗话》提要，中华书局1965年版，第1783页。

随着此二集的刊布传播，"江西诗派"便成为这一文学流派通行的称谓。

江西诗派的出现绝非一种偶然现象。在复古明道思想的支配下，宋代知识分子在重视"道统"的同时，在文学领域也十分重视"文统"的传承。文学结盟和传承意识都非常强烈和自觉，成为宋人一种普遍的价值取向和社会文化心理。据李廌《师友谈纪》载，苏轼曾对门人说："方今太平之盛，文士辈出，要使一时之文有所宗主。昔欧阳文忠常以是任付与某，故不敢不勉；异时文章盟主，责在诸君，亦如文忠之付授也。"薪火相传的意识非常明显，所以他对于门下有黄庭坚、秦观、张耒、晁补之等当时文坛俊杰感到自豪。代表北宋诗歌最高成就的元祐诗坛虽以苏轼、黄庭坚为两大宗，但与苏东坡天纵逸才有所不同，黄庭坚从理论到创作都是建立在法度的基础之上。其诗学的本质是通过渐近的学问修炼，在掌握诗法的基础上，最终摆脱法度的束缚，达到自然浑成的境界，从而为学诗者找到了一条切实可行的途径。因此，北宋末至南宋以后，天下遂翕然以江西为法，谓黄庭坚为宋朝诗家之祖。如宋末谢枋得《与刘秀岩论诗书》有云"次选黄山谷、陈后山两家诗各编类成一集，此二家乃本朝诗祖"[1]，视黄、陈为宋诗之祖。清人方东树云："杜公如佛，韩、苏是祖，欧、黄诸家五宗也，此一灯相传。"[2] 指出了从杜到黄诗学传承的脉络。

从吕本中到宋元之际的方回，是这一流派概念内涵和外延不断明确丰富延伸的过程，南宋诗家对江西诗论有过不同程度的阐释和发展。为此派开"宗"明"义"者固为吕本中，而总其大成者却是方回。正如论者所谓"真正为江西诗派作出总结、定出宗旨、立出规法、编出俎豆、列出座次的是方回"，"江西诗派实际上是诗歌领域历时近二百年号为独盛的学杜风气或者说学杜的潮流"[3]，江西诗派之说并未凝固在吕本中时代，而呈现为对这一流派认识的历史进程。江西诗派学杜是当

---

① （宋）谢枋得：《叠山集》卷5，影印文渊阁《四库全书》本。
② （清）方东树：《昭昧詹言》卷11，人民文学出版社1961年版，第237页。
③ 胡明：《江西诗派泛论》，《江西社会科学》1983年第1期。

时诗坛的主潮，是我们需要关注的现象。陈与义无疑是这个潮流中继山谷、后山以后师法杜甫最成功的诗人。因之，在这里我们取方回的说法，把陈与义归在江西派里，一并置于此节讨论。

（一）陈师道之学杜

陈师道（1053—1101），为江西一大家。年辈略晚于黄庭坚，而对黄崇敬有加。陈自述学诗历程曰："仆于诗，初无师法，然少好之，老而不厌，数以千计。及一见黄豫章，尽焚其稿而学焉。"① 关于他的学杜，论者颇多，且多以黄陈对举。方回云："黄、陈皆宗老杜，然未尝依本画葫芦依老杜诗。……学前贤诗不可但模形状，意会神合可也。"② 胡应麟说："宋之学杜者，无出二陈：师道得杜骨，与义得杜肉；无己瘦而劲，去非瞻而雄；后山多用杜虚字，简斋多用杜实字。"③ 许尹云："宋兴二百年，文章之盛追还三代，而以诗名世者，豫章黄庭坚鲁直，其后学黄而不至者后山陈师道无己。二公之诗，皆本于老杜而不为者也。"④ 陈氏自己亦有夫子自道语："学诗初学杜少陵，学书不学王右军。"⑤

在作诗态度上，陈师道亦颇似杜甫，杜甫晚年作诗千锤百炼，"语不惊人死不休"，陈师道则"闭门觅句"，苦吟成癖，他亦夫子自道曰："此生精力尽于诗。"关于师法杜甫的原因，按他自己的说法是："学诗当以子美为师，有规矩故可学。退之于诗本无解处，以才高而好耳。渊明不为诗，写其胸中之妙耳。学杜不成，不失为工；无韩之才与陶之妙而学其诗，终为乐天尔。"⑥ 陈师道"闭门觅句"，才气不高，循规蹈矩在他看来是一条颇为务实的学诗路径。又说："王介甫以工，苏子瞻以新，黄鲁直以奇。而子美之诗，奇常、工易、新陈、莫不好也。"⑦ 关

---

① （宋）陈师道：《答秦觏书》，《全宋文》卷2664，第286页。

② （元）方回：《桐江集》卷5，江苏古籍出版社1988年影印《宛委别藏》本。

③ 《诗薮》外编卷5，上海古籍出版社1979年版，第214页。

④ 黄宝华点校：《山谷诗集注》卷首序，上海古籍出版社2003年版，第4页。

⑤ （宋）陈师道：《赠知命》，《后山诗注补笺》逸诗笺卷上，中华书局1995年版，第491页。

⑥ （宋）陈师道：《后山诗话》，载（清）何文焕辑《历代诗话》，中华书局1981年版，第304页。

⑦ 同上书，第306页。

于杜诗的这些特点，陈师道列举杜诗作以说明，据张表臣记载：

> 陈无己先生语余曰："今人爱杜诗，一句之内，至窃取数字以仿像之，非善学者。学诗之要，在乎立格、命意、用字而已。"余曰："如何等是？"曰："《冬日谒玄元皇帝庙》诗，叙述功德，反复外意，事核而理长，《阆中歌》，辞致峭丽，语脉新奇，句清而体好，兹非立格之妙乎？《江汉》诗，言乾坤之大，腐儒无所寄其身，《缚鸡行》，言鸡虫得失，不如两忘而寓于道，兹非命意之深乎？《赠蔡希鲁》诗云'身轻一鸟过'，力在一'过'字，《徐步》诗云'蕊粉上蜂须'，功在一'上'字，兹非用字之精乎？学者体其格，高其意，炼其字，则自然有合矣，何必规规然仿像之乎？"①

在这里，他提出学习杜诗应主要在立格、命意、用字等方面体会杜诗的精神，而非左规右矩、亦步亦趋地模拟杜诗，所谓"立格"指语词清丽峭拔、体格完备的艺术特色；"命意"意谓题旨深刻、寓道于诗的谋篇构思；"用字"指句中字眼的选择与锤炼。三者涉及创作的各个环节，涵盖了诗歌艺术的各个方面，有机统一，不可偏废。

陈师道认为，善学杜者，当主要学习杜诗的内在精神，而不是表面上的相似。据《后山诗话》云："孟嘉落帽，前世以为胜绝。杜子美《九日诗》云：'羞将短发还吹帽，笑倩旁人为正冠。'其文雅旷达，不减昔人。故谓诗非力学可致，正须胸肚中泄尔。"②认为杜诗之高妙，并非有意力学而至，而在于随心所欲，自然工妙。黄庭坚学杜之目的在于通过学习而自出新意，自成一家；陈师道深得黄庭坚的赏识，则其学杜，盖与黄庭坚如出一辙，而又更进一层，学杜理论有所发展。黄陈师友相从，关系其密，二人互相推重，黄庭坚对陈师道诗赞赏有加，谓其弟子说："陈履常正字，天下士也。读书如禹之治水，知天下之络脉，

---

① （宋）张表臣：《珊瑚钩诗话》卷2引陈师道语，载（清）何文焕辑《历代诗话》，中华书局1981年版，第464页。

② （宋）陈师道：《后山诗话》，载（清）何文焕辑《历代诗话》，中华书局1981年版，第302页。

有开有塞,而至于九川涤源、四海会同者也。其作诗渊源,得老杜句法,今之诗人不能当也。至于作文,深知古人之关键。其论事救首救尾,如常山之蛇,时辈未见其比。公有意于学者,不可不往扫斯人之门。"①

宋人普遍学杜,而以黄庭坚倡导学杜最为响亮,用功最勤,因而对于陈师道之学杜颇有惺惺相惜之感。在黄庭坚心目中,陈师道无论读书作诗,都是天下之士、人中之杰。而山谷之所以称道后山之诗,最关键的因素是后山之诗"作诗深得老杜之句法",陈师道的句法确有酷肖杜甫之处,最明显者有两种表现,一是直接借用杜诗成句,或稍加点化,行"点铁成金"之法,又可分为以下三类情形。

1. 直接袭用杜诗者

杜诗:"穷秋正摇落,回首望松筠"(《寄张十二山人彪三十韵》),"白鸥没浩荡,万里谁能驯"(《奉赠韦左丞丈二十二韵》),"百年双白鬓,一别五秋萤"(《戏题寄上汉中王》)。

陈诗:"望乡仍受岁,回首望松筠"(《元日》),"白鸥没浩荡,爱惜鬓毛斑"(《从苏公登后楼》),"百年双白鬓,万里一秋风"(《送吴先生谒惠州苏副使》)。

2. 化用杜诗改动一二字者

杜诗:"林昏罢幽磬"(《昔游》),"乾坤一腐儒"(《江汉》),"发少何劳白,颜衰肯更红"(《寄司马山人十二韵》),"孤城隐雾深"(《野望》),"寒花只暂香"(《薄游》),"陇月向人圆"(《秦州杂诗》)。

陈诗:"林昏出幽磬"(《寄参廖》),"乾坤著腐儒"(《独坐》),"发短愁催白,颜衰酒借红"(《除夜对酒赠少章》),"寒城著雾深"(《智宝院后楼怀胡元茂》),"寒花只自香"(《西湖》),

---

① 《答王子飞书》,《黄庭坚全集》,四川大学出版社 2001 年版,第 467 页。

"江月向人明"（《春夜》）。

3. 化杜诗两句为一句者

杜诗："日暮归几翼，北林空自昏"（《客居》），"无边落木萧萧下，不尽长江滚滚来"（《登高》），"渭北春天树，江东日暮云"（《春日忆李白》）。

陈诗："林昏一鸟归"（《秋怀示黄预》），"落木无边江不尽"（《次韵李节推九日登南山》），"固有江东兼渭北"（《送张氏兄弟兼寄金山宁禅师》）。

二是在句意结构上学杜，予以"夺胎换骨"。如杜诗"娇儿不离膝，畏我复却去"（《羌村三首》之二），陈诗作"枕我不肯起，畏我从此辞"（《别三子》）；杜诗"松浮欲尽不尽云，江动将崩未崩石"（《阆山诗》），陈诗作"欲落未落雪迫人，将尽不尽冬压春"（《谢赵使君送乌薪》）；杜诗"万里悲秋常作客，百年多病独登台"（《登高》），陈诗作"衰年此日常为客，旧国当时只废台"（《次韵春怀》）；杜诗"身轻一鸟过，枪急万人呼"（《送蔡希曾都尉还陇西，回寄高三十五书记》），陈诗化用为"清秋一鹗上，拭目万人看"（《送张支使》）。陈师道本人学杜用功很深，以至于他的诗总给人以点化杜甫的印象，葛立方亦列举多例，并为他辩护云：

鲁直谓陈后山学诗如学道，此岂寻常雕章绘句者之可拟哉。客有为余言后山诗，其要在于点化杜甫语尔。杜云"昨夜月同行"，后山则云"勤勤有月与同归"。杜云"林昏罢幽磬"，后山则云"林昏出幽磬"。杜云"古人去已远"，后山则云"斯人日已远"。杜云"中原鼓角悲"，后山则云"风连鼓角悲"。杜云"暗飞萤自照"，后山则云"飞萤元失照"。杜云"秋觉追随尽"，后山则云"林湖更觉追随尽"。杜云"文章千古事"，后山则曰"文章平日事"。杜云"乾坤一腐儒"，后山则曰"乾坤著腐儒"。杜云"孤城隐雾深"，后山则曰"寒城著雾深"。杜云"寒花只暂香"，后山则云"寒花只自香"。如此类甚多，岂非点化老杜之语而成者？余谓不然。后山诗格律高古，真所谓"碌碌盆盎中，见此古罍洗"者。用语相同，乃是读少陵诗熟，不觉在其笔下，又何足以病公。[①]

此论颇为客观。陈师道诗中有很多句子，从字面上看，在杜诗中并无所本，但风格的凝练沉郁却很像杜诗，如"月到千家静，林昏一鸟归"、"登临须向夕，风雨更宜秋"、"地平宜落日，野旷自多风"、"日出江山远，风连草木悲"、"夕阳初隐地，暮霭已依山"等，气格老健，曲折劲峭，置诸杜集，几可乱真。《后山诗话》有云：

> 余登多景楼，南望丹徒，有大白鸟飞近青林，而得句云："白鸟过林分外明。"谢朓亦云："黄鸟度青枝。"语巧而弱。老杜云："白鸟去边明。"语少而意广。余每还里，而每觉老，复得句云"坐下渐人多"，而杜云"坐深乡里敬"，而语益工。乃知杜诗无不有也。

陈诗点化杜诗而自愧弗如，可见对杜甫句法的激赏。陈师道学杜非但学杜句法，亦学杜字法，尤喜在诗中杂入俗语。用俚语俗字入诗，本是杜诗语言的一大特色，陈师道受此影响很深，宋人庄季裕已注意到这一点。他说："杜少陵《新婚别》云：'鸡狗亦得将。'世谓谚云'嫁得鸡，逐鸡飞；嫁得狗，逐狗走'之语也。而陈无己诗，亦多用一时俚语。"[②] 并指出了陈师道诗中二十余处具体例句，其中如"拆东补西裳作带"、"巧手莫为无面饼"、"不应远水救近渴"等，都用得比较成功，这使得陈师道的诗既有瘦硬生新的一面，又有浅切活泼的一面。

---

① （宋）葛立方：《韵语阳秋》卷2，载（清）何文焕辑《历代诗话》，中华书局1981年版，第495页。

② （宋）庄绰：《鸡肋编》卷下，中华书局1983年版，第117页。

南宋赵蕃更认为陈师道不但在字句上规摹杜诗，而且章法神韵亦毕肖老杜：

> 学诗者莫不以杜为师，然能如师者鲜矣。句或有似之，而篇之全似者绝难得。陈后山寄外舅郭大夫："巴蜀通归使，妻孥且定居。深知报消息，不忍问何如。身健何妨远，情亲未肯疏。功名欺老病，泪尽数行书。"此陈之全篇似杜者也。戴式之亦有思家用陈韵云："湖海三年客，妻孥四壁居。饥寒应不免，疾病又何如。日夜思归切，平生作计疏。愁来仍酒醒，不忍读家书。"此式之全篇似陈者也。①

在赵蕃看来，陈师道学杜有得，是少数学杜而且取得成功的诗人，不仅得杜之句法，亦且得杜之神韵，因而影响甚大，以至于像戴复古这样的诗坛名家都模仿陈诗。陈师道诗作中，有相当部分作品确能得杜诗风神，如《示三子》《送内》《九日寄秦觏》《后湖晚坐》《次韵李节推九日登南山》等诗苍劲雅健，似淡而实腴。《送外舅郭大夫檠西川提刑》中如"功名何用多，莫作分外虑。万里早归来，九折慎驰骛"②等句，酷肖杜诗，以至方回以为"后山学老杜，此其逼真者，枯淡瘦劲，情味深幽"③。所以，陈必复《读后山诗》盛赞他道："百世人参杜陵句，一灯晚得后山传。天寒霜重隼孤击，木落江空花自妍。绝代文章惊此老，半生心力尽他年。后来不作嗟谁继，古意凄凉付断编。"

陈师道称赞山谷"学杜而不为"，此亦可视为他的夫子自道。他的五言律诗，纪昀评云："苍坚瘦劲，实逼少陵。其间意僻语涩者亦往往自露本质，然胎息古人，得其神髓，而不自掩其性情，此后山所以善学

---

① （宋）魏庆之：《诗人玉屑》卷19引《玉林诗话》，中华书局2007年版，第618页。
② 《后山诗注补笺》卷1，中华书局1995年版，第8—11页。
③ 李庆甲集评校点：《瀛奎律髓汇评》卷42，上海古籍出版社2005年版，第1149页。

杜也。"① 所谓"得其神髓，而不自掩其性情"，陈诗的"性情"表现为幽冷，与杜诗已大异其趣。

（二）陈与义之学杜

当驰骋于元祐诗坛的苏轼、黄庭坚、陈师道等巨擘在徽宗朝初期相继凋零之后，诗坛冷清，陈与义（1090—1138）成为南宋初影响最大的诗人。葛胜仲《陈去非诗集序》语及陈诗影响云："搢绅士庶争传诵，而旗亭传舍，摘句题写殆遍，号称新体。"② 虽语涉夸饰，但当与实情相去不远。陈与义与吕本中同时，但却并未被吕本中列入《江西宗派图》，吕氏《师友杂志》《童蒙诗训》中也未提及陈与义。严羽在分析宋代诗体说他"亦江西之派而小异"③，但严羽亦未将其归派，而特标"陈简斋体"，以示自成一家。刘辰翁又有意识地把陈与义与黄庭坚、陈师道相提并论④，只有到了宋元之际的方回那里，陈与义不仅正式被追认为江西派之一员，而且高居三宗之一："古今诗人当以老杜、山谷、后山、简斋四家为一祖三宗，余可预配飨者有数焉。"⑤

陈与义很推重苏轼、黄庭坚、陈师道的诗，也和江西诗派中人一样推崇杜甫。但他并不以追效苏、黄为满足，而是要通过苏、黄上追杜甫。

晦斋《简斋诗集引》转述陈与义的学杜观点说："诗至老杜极矣，东坡苏公、山谷黄公奋乎数世之下，复出力振之。而诗之正统不坠。东坡赋才也大，故解纵绳墨之外，而用之不穷；山谷措意也深，故游泳玩味之余，而索之益远。大抵同出老杜，而自成一家。如李

---

① （清）纪昀：《后山集钞序》，《后山诗注补笺》附录，中华书局1995年版，第622页。

② （宋）葛胜仲：《丹阳集》卷8，影印文渊阁《四库全书》本。

③ 郭绍虞：《沧浪诗话校释·诗体》，人民文学出版社1983年版，第59页。

④ 《陈与义集校笺》附刘辰翁序云："古称陶公用兵得法外意，以简斋视陈、黄节制，亮无不及，则后山比简斋，刻削尚似，矜持未尽去也。"上海古籍出版社1990年版，第1016页。

⑤ （宋）陈与义《清明》诗评语，《瀛奎律髓汇评》卷26，上海古籍出版社2005年版，第1149页。

广、程不识之治军，龙伯高、杜季良之行已，不可一概诘也。近世诗家知尊杜矣，至学苏者乃指黄为强，而附黄者亦谓苏为肆。要必识苏黄之所不为，然后可以涉老杜之涯涘。"① 意思就是要看到苏、黄不及于杜甫的地方，才能学到杜甫的真谛。换言之，如果想学杜甫，不可盲从苏、黄的学法，必须认识杜诗中未被他们发掘的部分，加以发扬光大，才能真正掌握杜诗的精神。陈与义显然意识到随着时代的发展，诗坛对学杜提出了新的要求。以是观之，刘克庄所谓"及简斋出，始以老杜为师"②，虽然不尽符合宋诗发展之实际，但若论宋诗发展至陈与义在学杜方面开创了新的局面，还是有其道理的。按照刘克庄的阐述，陈与义学杜所以取得成功，品格所以高于诸家，源于"建炎以后，避地湖峤，行路万里"，亦即陈与义在避难途中，四处奔波，历尽艰辛，丰富了自己的人生阅历，产生类似杜甫在安史之乱期间所经受的那种感受，所以发之于诗，与杜甫颇有相通之处，因而"造次不忘忧爱，以简洁扫繁缛，以雄浑代尖巧，第其品格，故当在诸家之上"③。的确，与苏、黄相比，陈与义诗更多地得到了杜甫忧患精神和沉郁风格的真传。正如罗大经《鹤林玉露》所云："自黄、陈之后，诗人无逾陈简斋。其诗繇简古而发秾纤，值靖康之乱，崎岖流落，感时恨别，颇有一饭不忘君之意。"④

四库馆臣在纂修《四库全书总目》时有精当的评论，以为"至于湖南流落之余，汴京板荡以后，感时抚事，慷慨激越，寄托遥深，乃往往突过古人"，"与义之生，视元祐诸人稍晚，故吕本中《江西宗派图》中不列其名。然靖康以后，北宋诗人凋零殆尽，惟与义为文章宿老，岿然独存。其诗虽源出豫章，而天分绝高，工于变化，风格遒上，思力沉挚，能卓然自辟蹊径。《瀛奎律髓》以杜甫为一祖，以黄庭坚、陈师道及与义为三宗，是固一家门户之论。然就江西派中言之，则庭坚之下、

---

① 《陈与义集校笺》附晦斋《简斋诗集引》，上海古籍出版社 1990 年版，第 1017 页。
② （宋）刘克庄：《后村诗话》前集卷 2，中华书局 1983 年版，第 26 页。
③ （宋）刘克庄：《后村诗话》前集卷 2，中华书局 1983 年版，第 27 页。
④ （宋）罗大经：《鹤林玉露》甲编卷 6，中华书局 1983 年版，第 105—106 页。

师道之上，实高置一席无愧也"①，在屏除门户之见的同时，对陈与义在江西诗派的地位评价极高。

陈与义生当南北宋之交，亲身经历了异族入侵造成的兵革之祸，避乱期间的生活铸就了其奇伟壮丽、雄浑沉郁的诗风，骨道韵美，高标独秀，与传统江西诗风拗涩僻硬的特点判然有别。在诗歌内容上多吟咏战乱带来的民生疾苦，以一己所历之苦痛折射整个时代的悲哀，在精神上与杜诗一脉相承。因之，清人邵堂在《论诗六十首》中谓："南渡诗人陈与义，抚时感事少陵同。"② 胡穉《简斋诗笺叙》亦云："其忧国爱民之意，又与少陵无间。"③

在生命历程和心理轨迹方面，陈与义与杜甫都有相近之处。陈与义南渡后的沉郁诗风与其患难经历息息相关，在饱尝人间甘苦，历尽世道沧桑之后，情感变得凝重深沉。在《正月十二日自房州城遇虏至》中，他痛感"但恨平生意，轻了少陵诗"，认为自己过去对杜诗的理解实是浅薄。所以，他南渡以后所写的诗中，表现出类于杜甫的忧患意识和深沉感慨的风格，如《登岳阳楼》"四年风露侵游子，十月江湖吐乱洲"④，《除夜》"多事鬓毛随节换，尽情灯火向人明。比量旧岁聊堪喜，流转殊方又可惊"，写得慷慨悲凉，都是把个人际遇与国家命运错综交织在一起的佳作。特别是七绝《牡丹》："一自胡尘入汉关，十年伊洛路漫漫。青墩溪畔龙钟客，独立东风看牡丹。"以十分鲜明的形象写出深深的家国之念。牡丹是陈与义故乡洛阳的名花，离乡十年，人已老去，故乡犹收复无期，所以当他凝视着异乡的牡丹时，百感交集，心中的苦痛难以言说，此与老杜"感时花溅泪"可谓"心理攸同"。

陈与义避难南方，忧虑百姓苦难，痛恨朝廷妥协政策，忧愤之情尽

---

① 《四库全书总目》卷156《简斋集》提要，中华书局1965年版，第1349页。

② （清）邵堂：《论诗六十首》其三十一，《万首论诗绝句》，人民文学出版社1991年版，第825页。

③ 《陈与义集校笺》卷19，上海古籍出版社1990年版，第1015页。

④ （宋）陈与义：《巴丘书事》，《陈与义集校笺》卷19，上海古籍出版社1990年版，第552页。

化为一种沉著郁勃的诗句。如《巴丘书事》一首："三分书里识巴丘，临老避胡初一游。晚木声酣洞庭野，晴天影抱岳阳楼。四年风霜侵游子，十月江湖吐乱洲。未必上流须鲁肃，腐儒空白九分头。"满腹诽怨压抑，自有一股强烈深沉的感人力量，风格亦近老杜之沉郁顿挫。在战乱期间陈与义被金兵追赶，性命几度濒危，加以辗转流离南方的种种不适，人间凄苦，倾吐为诗句，则悲慨苍凉。其《发商水道中》云："草草檀公策，茫茫杜老诗。"其后期诗作，确也濡染了杜诗的"恢张悲壮"气象，如《居夷行》：

> 遭乱始知承平乐，居夷更觉中原好。巴陵十月江不平，万里北风吹客倒。洞庭叶稀秋声歇，黄帝乐罢川杲杲。君山偃蹇横岁暮，天映湖南白如扫。人世多违壮士悲，干戈未定书生老。扬州云气郁不动，白首频回费私祷。后胜误齐已莫追，范蠡图越当若为？皇天岂无悔祸意，君子慎惜经纶时。愿闻群公张王室，臣也安眠送余日。

此诗起句即隐含国家兴亡与个人命运休戚相关之意，结句更激励南渡君臣卧薪尝胆，力图兴复。诗中"人世多违壮士悲，干戈未定书生老"写个人悲愤，正是其时万方多难的高度浓缩，多少甘苦辛酸、世事沧桑凝结为深广厚重的悲凉。

陈与义的学杜除在心路历程和思想精神上与杜甫相通外，在艺术形式上也相近。杜甫向来被认为是七律圣手，据统计，杜集中七律一百五十一首，占到百分之十强，数量超过他之前诗人所作七律总和的一半[1]。陈与义也有类似的情况。在其战乱时期的二百八十多首诗中，七律就有五十六首，占近百分之三十。其内容较前期大为开阔，非但句律精工，亦且情感凝重深沉。其七言律诗多与老杜有神似之处，正如钱钟书先生所说："至南渡偏安，陈简斋流离兵间，身世与杜相类，惟其有

---

① 程千帆、张宏生、莫砺锋：《被开拓的诗世界》，上海古籍出版社 1990 年版，第 48—49 页。

之，是以似之。七律如：'天翻地覆伤春色，齿豁头童祝圣时'；'乾坤万事集双鬓，臣子一谪今五年'；'登临吴蜀横分地，徙倚湖山欲暮时'；'五年天地无穷事，万里江湖见在身'；'孤臣白发三千丈，每岁烟花一万重'；雄伟苍楚，兼而有之。"① 其中最为典型的当属《登岳阳楼二首》其一：

> 洞庭之东江水西，帘旌不动夕阳迟。登临吴蜀横分地，徙倚湖山欲暮时。万里来游还望远，三年多难更凭危。白头吊古风霜里，老木沧波无限悲。②

全诗由湖山暮色领起，笼罩着悲凉的氛围。颈联"万里"与"三年"时空对写，句法化用杜甫《登高》之"万里悲秋常作客，百年多病独登台"，将个人的身世飘零和社稷的风雨飘摇两相对照，一并汇入苍茫无边的洞庭秋色中，境界雄浑壮阔，与杜诗神似。纪昀评曰："意境宏深，直逼老杜。"③ 又如《伤春》：

> 庙堂无策可平戎，坐使甘泉照夕烽。初怪上都闻战马，岂知穷海看飞龙。孤臣霜发三千丈，每岁烟花一万重。稍喜长沙向延阁，疲兵敢犯犬羊锋。

此诗写建炎三年临安失守、宋高宗逃亡海上，在感念国事的同时，融入自身的忧愤，把沉郁的情感熔铸于精密的格律之中，可谓得杜诗之神。在句法上，颈联"每岁烟花一万重"借用了杜诗《伤春五首》其一之"关塞三千里，烟花一万重"，尾联也化用杜诗《诸将五首》之三的尾联"稍喜临边王相国，肯销金甲事春农"。

胡应麟指出："宋之为律者，吾得二人：梅尧臣之五言，淡而浓，

---

① 钱钟书：《谈艺录》，中华书局 1984 年版，第 173 页。
② （宋）陈与义：《巴丘书事》，《陈与义集校笺》卷 19，上海古籍出版社 1990 年版，第 548 页。
③ 参见李庆甲集评校点《瀛奎律髓汇评》卷 1，上海古籍出版社 2005 年版，第 42 页。

平而远。陈去非之七言，浑而丽，壮而和。梅多得右丞意，陈多得工部句。"并举例说："去非句，如'湖平天尽落，峡断海横通'、'摇楫天平渡，迎人树欲来'、'风断黄龙府，云移白鹭洲'、'乱云交翠壁，细雨湿青林'、'一时花带泪，万里客凭栏'，皆宏丽沉雄得杜体，且多得杜字法。"① 有些诗句如"兵甲无归日，江湖送老身。悠悠只倚杖，悄悄自伤神。天意苍茫里，村醪亦醉人"（《晚晴野望》），置之老杜集中几可乱真。

总之，陈与义诗无论在精神意脉还是句律诗法，皆能自觉继承杜甫的真精神，为学杜一大家。

（三）江西派其他诗人之学杜

正如赵蕃《读东湖集》所云："世竞江西派，人吟老杜诗。"江西派诗人在黄山谷影响下普遍尊杜、学杜，今存《分门集注杜工部诗》，自黄庭坚以下，收江西宗派注家共 19 人②，在继承杜甫诗法的同时，南渡的时代变故使此派诗人诗风也发生变化，家国之变成了他们诗集中相当重要的主题。南渡以后的江西诗人多能自觉地继承杜甫的爱国精神和忧患意识，正如《瀛奎律髓汇评》所引评语："'江西派'原以工部为名，而适遭靖康、建炎之世，与天宝、至德相似，则忠义激发，形诸篇什者，非工部而谁师？"③

吕本中以《江西宗派图》而得名，还曾分门类编次杜诗④，在当时流行的编年注之外，为杜诗提供了一种新的分类法。他的诗学观点大致有二，一方面重申儒家诗教，论诗讲究儒学修养，如《夏均父集序》说："子曰'兴于诗'，又曰：'诗可以兴，可以观，可以群，可以怨。

---

① 《诗薮》外编卷5，上海古籍出版社 1979 年版，第 214、216 页。

② 这 19 人为：洪朋、洪刍、洪炎、徐俯、李彭、何（觊）（顗）、谢逸、饶节、汪革、夏倪、杨符、李錞、王直方、吕本中、晁冲之、林敏功、高荷、韩驹。

③ 无名氏（甲）评吕本中《还韩城》诗，《瀛奎律髓汇评》卷 32，上海古籍出版社 1986 年版，第 1352 页。

④ （宋）佚名集注《分门集注杜工部诗》（《四部丛刊初编》本）卷首"姓氏"云："东莱徐（当为吕）氏，字居仁，编次门类诗。"卷4《望岳》注中，提到"吕居仁本"，可见吕本中曾编次杜诗。

迩之事父，远之事君，多识于鸟兽草木之名。'今之为诗者，读之果可使人兴起其为善之心乎？果可使人兴观群怨乎？果可使人知事父事君而能识草木之名之理乎？为之而不能使人如是，则如勿作。"① 另一方面，吕氏提倡所谓"活法"：

> 学诗当识活法。所谓活法者，规矩俱备，而能出于规矩之外，变化不测，而亦不背于规矩也。是道也，盖有定法而无定法，无定法而有定法。知是者则可以与语活法矣。谢玄晖有言："好诗转圆，美如弹丸。"此真活法也。近世惟豫章黄公，首变前作之弊，而后学者知所趣向，毕精尽知，左规右矩，庶几至于变化不测。②

强调不拘一格、不拘程式的自心体验，以避免诗歌中出现板滞僵硬的现象，把黄庭坚的诗法理论推进一层，且以黄氏诗作阐释玄妙的"活法"，此论成为南宋以后诗风转变的先兆之一。

吕本中本人的诗，前期大多比较轻松自然。靖康之难，家国巨变，使其诗风大变。靖康年间，吕本中亲历围城之役，目睹烽烟兵革，更加体会到杜甫在安史之乱中那些诗篇的可贵。此时，他自觉继承杜甫精神，写了一系列纪事感怀之作。如《兵乱后杂诗五首》感慨流离之苦，斥责权奸误国。《连州阳山归路》的"儿女不知来避地，强言风物胜江南"，以儿女的无知反衬自己心中的凄楚，写得很悲凉深挚。另一些作品则继承杜甫以诗写时事的精神，如《城中纪事》："昨者城破日，贼烧东郭门。中夜半天赤，所忧惊至尊。是时雪正作，疾风飘大云。十室九经盗，巨家多见焚。至今驰道中，但行胡马群。翠华久不返，魏阙连妖氛。"又如《兵乱寓小巷中作》："城北杀人声彻天，城南放火夜烧船。江湖梦断不得往，问君此住何因缘。窜身穷巷米如玉，翁寻湿薪煴爨粥。明日开门雪到檐，隔墙更听邻家哭。"这些纪事之作，直可补正

---

① （宋）刘克庄：《江西诗派总序·吕紫微》引，载辛更儒《刘克庄集校笺》卷95，中华书局2011年版，第4031页。

② 同上书，第4030—4031页。

史之阙。

其《兵乱后自嬉杂诗》二十九首，作于汴京城围之时。以大型组诗的方式，叙议结合，以时论兼史评，抒写国破家亡的沉痛感受。如"国命方屯厄，吾曹何所依。白驹将老至，黄鸟恨春归。柳巷清阴合，花蹊红蕊稀。主忧闻未解，涕泗望天机"（其十二），"岁间值狂寇，曾此驻戈鋋。台沼余春草，图书散野烟。懒寻爱酒伴，愁起落花边。不忍登江阁，心随北斗悬"（其二十九），皆能得杜之风貌，曾季狸谓为："吕东莱围城诗皆似老杜。"① 其离京后之作，如"亲见去年城破时，至今铁马黄河上。小臣位下才则拙，有谋未献空惆怅。汉家宗庙有神灵，但语胡儿莫狂荡"（《怀京师》）。又如"时经丧乱后，世不闻坚贞。烈士久丧节，丈夫多败盟"（《贞女峡》），则是杜甫忠君忧国精神的再现。

黄山谷外甥"四洪"之一的洪炎（1067—1133），晚期诗歌亦多纪事感怀之作。如《庚戌岁六月四日，至洪城旧庐，无复尺椽，怅然伤怀，用丙午岁迁居诗韵》云："南州一炬火，我归无所归。六月下惊湍，一叶正复敧。空城何所有，城阙双阖扉。遗氓四五辈，睗眙虫鸟栖。潭潭大都府，灰灭余空基。委重者谁子，汝实凡且卑。蝼蚁轻民命，泥沙捐国赀。犬狼肆噬啮，驱逐乃其宜。胡为使群吠，如恶草蔓滋。哀哉三万室，钟此百六期。故居不可识，将是复疑非。阶前手种花，自怜托根微。露草相对泣，吟风作悲诗。人言城门火，鱼祸自靡遗。我亦无泪哭，且复一解颐。"② 写南昌城兵燹之后的凄凉景象，抒发山河变色的黍离之悲。在写法上叙议结合，感情忧愤沉郁，风格接近杜诗的纪事五古。其《西渡集》所收晚期之作，多为此类。

江西派里另一位诗人高荷，也得到黄庭坚的奖掖，当山谷于建中靖国元年（1101）遇赦东归，待王命于江陵之时，高荷以三十韵排律《上黄太史》晋谒，获山谷激赏，赞其诗"以杜子美为标准，用一事如

---

① 《艇斋诗话》，《历代诗话续编》上册，第300页。

② 《全宋诗》，北京大学出版社1995年版，第14739页。

军中之令，置一事如关门之键，而充之以博学，行之以温恭，天下士也"①，并以"顾我今六十老，付公以二百年"② 相托，见其器重之至。据《石林诗话》载：

> 高荷，荆南人，学杜子美作五言，颇得句法。黄鲁直自戎州归，荷以五十韵见，鲁直极爱赏之，尝和其言，有云："张侯海内长句，晁子庙中雅歌，高郎少加笔力，我知三杰同科。"张谓文潜，晁谓无咎也。无咎闻之，颇不平。荷晚为童贯客，得兰州通判以死。既不为时论所与，其诗亦不复传云。③

因高氏晚年依附童贯，有亏大节，世间因人废言，其诗不传，今《全宋诗》辑其诗七首。从其《上黄太史》看，皇皇三十韵，法度谨严，颇得杜甫排律大篇之神韵。其中"蜀天何处尽，巴月几回弯"④，堪称警句。

————————

① （宋）黄庭坚：《跋高子勉诗》，《黄庭坚全集》，四川大学出版社 2001 年版，第 699页。

② （宋）黄庭坚：《赠高子勉四首》其四，《黄庭坚全集》，四川大学出版社 2001 年版，第 201 页。

③ （宋）叶梦得：《石林诗话》卷中，载（清）何文焕辑《历代诗话》，中华书局 1981年版，第 419 页。

④ （宋）高荷：《上黄太史》，《全宋诗》，北京大学出版社 1995 年版，第 14242 页。

第四章　千家注杜：南宋杜诗学的繁荣

在相对稳定的发展过程中，北宋王朝积累了巨大的物质财富，由著名的《清明上河图》即可见一斑。然而，在经济繁荣的同时，党争愈演愈烈，世风渐趋颓丧，士人逐利弃义，自上而下文恬武嬉，弥漫着闲适游乐之风。徽宗即位，礼部侍郎陆佃上疏云："近时学士大夫相倾竞进，以善求事为精神，以能讦人为风采，以忠厚为重迟，以静退为卑弱。相师成风，莫之或止。"① 连徽宗召见臣下时亦认为"今士大夫方寡廉鲜耻"②，似乎对社会的危机已有所觉察。而北宋末徽宗时期的诗坛，随着苏轼、黄庭坚与陈师道等大家相继离世，"与政治史的衰微一样，这时期的诗歌史也走入了明显的低谷"③。杜诗学在这一时期也稍显冷清，等待着下一个高潮的到来。

历史的步伐总是在缓急交替与动静结合的节奏中前行，平静的历史表象之下是暗潮涌动，雍容和缓之后往往会迎来一个沧桑巨变，好让历史的能量在平缓的积攒之后有一个总爆发。东京梦华，好景不长，靖康之变，中原陆沉，宋室仓皇南渡，铁马金戈打碎了昔日的承平旧梦。此后，宋金长期对峙，王师北定、收复中原成为爱国志士终其一生为之奋斗的目标，也化为乾淳之际中兴诗歌的主题。家国巨变带来的深创巨痛，使宋人对杜诗有了切身的感受，杜诗的忧国精神得到了传承与弘扬，涌现了一批继承杜诗忧患精神的爱国诗人。经过北宋诗家持续不断

---

① （元）脱脱等：《宋史》卷 343《陆佃传》，中华书局 1977 年版，第 10919 页。
② （元）脱脱等：《宋史》卷 348《毛注传》，中华书局 1977 年版，第 11033 页。
③ 许总：《宋诗史》，重庆出版社 1992 年版，第 535 页。

的"接力"推扬，杜诗已被树为至高无上的诗学经典。至南宋，则出现了对这部经典的众多阐释。注家蜂起，形成了所谓"千家注杜"的繁盛局面。同时，杜诗的伦理价值得到进一步提升，"诗中六经"成为推尊杜诗的又一评语。

一 家国之变与杜诗现实意义的再现

宋室南渡之后，家国之变所引起的诗人心灵的震动，较之杜甫所处的安史之乱有过之而无不及。正如钱钟书先生所论："靖康之难发生，宋室仓皇南渡，身经乱离的宋人对杜甫发生了一种心心相印的新关系，因为宋代诗人遭遇到天崩地裂的大变动，在流离颠沛之中，才深切体会出杜甫诗里所写安史之乱的境界，起了国破家亡、天涯沦落的同感。先前只以为杜甫'风雅可师'，这时候更认识他是个患难中的知心伴侣。"① 在南渡诗人眼中，杜甫及其诗歌不仅仅是诗艺典范，更是心心相印的患难知己和动荡年代的人伦楷模。

（一）李纲等南渡诗人

南渡诗人由北入南，身经家国巨变、乱离漂泊，对杜诗有了切身的体会。曾数次出使金国的曹勋（1098—1174）感触甚深，视杜甫为患难的伴侣："忧患心知振古稀，北征尽读少陵诗。"② 除了前一章所论江西诗人后期之作学杜之外，南渡初年学杜者中，以励志抗金的名臣诗人为主。

名臣诗人位处当日政治斗争的风口浪尖，屹立在拒敌抗金的最前线，亲身参与当时的抗金斗争，见证了当时社稷动荡的历史。他们不以诗人自居，也不以诗名家，而以余事为诗，发为歌咏，诗风慷慨劲健，语言质朴，情真感人，使杜诗的思想意义在一个动荡岁月得以再现，其

---

① 《宋诗选注》，人民文学出版社 1989 年版，第 132 页。
② 《和人惠诗二首》其一，载（宋）曹勋《松隐集》卷 15，影印文渊阁《四库全书》本。

中最有代表性的当数李纲。

李纲（1083—1140），字伯纪，世称梁溪先生。当北宋末年金人南侵之际，李纲直接参与了朝廷关于天子车驾去留的争论，屡引唐代安史之乱玄肃二宗之事，力倡车驾可留不可去、汴京可守不可弃之理。因其志可嘉，当国家危难之际，他被钦宗任命为尚书左丞，亲自指挥京城保卫战，亲身感受了击退异族入侵者的胜利喜悦，但旋因耿南仲的谗毁而遭贬责。此后，靖康之难不幸发生，二帝北狩，社稷荡然，此前的抗金胜绩也化为乌有。面对天翻地覆的沧桑巨变，作为处于政治旋涡中心的当事者，他的忧愤沉痛可想而知。及高宗即位，李纲起用为相，再次受命于危难之际。他以强国御敌、志在恢复为己任，却遇到了朝内黄潜善、汪伯彦、秦桧等主和派势力的掣肘，且高宗只有偏安一隅之意，并无北迎二帝之心。故李纲为相仅七十日，遂遭罢逐。其后处江湖之远，亦不废为朝事建言，却不为朝廷所纳。对他的这种执着忧国的赤子之心，《宋史·李纲传论》云："纲虽屡斥，忠诚不少贬，不以用舍为语默，若赤子之慕其母，怒呵犹嗷嗷焉挽其裳据而从之。呜呼，中兴功业之不振，君子固归之天，若纲之心，其可谓非诸葛孔明之用心欤？"①李纲的这些人生经历和进退荣辱，使他对前贤杜甫有着异代相知的投契之感。从他的执着信念中，不难看出与杜甫"一饭未尝忘君"有共同之处。因之，他对杜甫其人其诗有切肤的体会：

> 杜陵老布衣，饥走半天下。作诗千万篇，一一干教化。是时唐室卑，四海事戎马。爱君忧国心，愤发几悲咤。孤忠无与施，但以佳句写。风骚到屈宋，丽则凌鲍谢。笔端笼万物，天地入陶冶。岂徒号诗史，诚足继风雅。使居孔氏门，宁复称赐也。残膏与剩馥，沾足沾丐者。呜呼诗人师，万世谁为亚？②

结合李纲所处的时势，他称杜甫爱君忧国，愤发悲咤，孤忠无施，

---

① （元）脱脱等：《宋史》卷 359《李纲传论》，中华书局 1977 年版，第 11274 页。
② 王瑞明点校：《李纲全集》卷 9，岳麓书社 2004 年版，第 97 页。

确是有感而发，抚今而悼古。其《建炎行（并序）》①以鸿篇巨制的规模，继承杜甫的诗史精神，记录北宋覆亡、宋室南渡的史实，表露自己的忧国之心，整首诗气势恢宏，感情激越，风格劲健，堪称以心血浇灌的诗史与实录。相似的时代际遇，使他深觉"吟哦杜陵诗，妙语皆中的。丧乱古今同，临风意如织"②。而杜诗之所以"万世谁为亚"的缘由，李纲亦给出了回答：

> 王者迹熄而《诗》亡，《诗》亡而《离骚》作。《九歌》《九章》之属，引类比义，虽近乎俳，然爱君之诚笃，而疾恶之志严，君子许其忠焉。汉、唐间以诗鸣者多矣，独杜子美得诗人比兴之旨，虽困踬流离而心不忘君，故其词章慨然有志士仁人之大节，非止摹写物象，风容色泽而已也。③

在《读〈四家诗选〉序》中，他写道"予谓子美诗宏深典丽，集诸家之大成"，又说"诵其诗者，可以想见其为人，乃知心声之发，言志咏情，得于自然，不可以勉强到也"④。强调杜甫的忧国情怀发于自然，并非外在的政治责任，而是内在的道德自觉。

在他一些吊古伤今的诗里，渗透着深沉的黍离之感。如《李纲全集》卷17《玉华宫用杜子美韵》前半部分写道："阿房但遗基，铜爵亦飘瓦。兹宫制何朝？栋宇妙天下。溪山最清绝，画手不可写。于今黍离离，客过泪如洒。乃知营宫殿，徒以业力假。起灭犹浮沤，聚散齐一马。如何世间士，天运欲持把？此理贯古今，宜有知之者。"⑤此诗全用杜甫《玉华宫》诗韵，借古吊今，借前朝历史遗物，洒本朝黍离之泪。

李纲对杜诗烂熟于胸，其诗化用杜甫诗句者亦时有所见。如《苦

---

① 王瑞明点校：《李纲全集》卷19，岳麓书社2004年版，第253页。
② 王瑞明点校：《李纲全集》卷28，岳麓书社2004年版，第370页。
③ 王瑞明点校：《李纲全集》卷17，岳麓书社2004年版，第213页。
④ 王瑞明点校：《李纲全集》卷9，岳麓书社2004年版，第97页。
⑤ 王瑞明点校：《李纲全集》卷17，岳麓书社2004年版，第216页。

热行》之"赤脚踏冰邈难求，返视绨绤犹狐裘"①，化用杜甫《早秋苦热，堆案相仍》之"南望青松架短壑，安得赤脚蹋层冰"。《次韵上元宰唱和古风》之"只今行年四十余，已觉衰颓多坐卧"②，化用杜甫《百忧集行》之"即今倏忽已五十，坐卧只多少行立"。《次韵子美寄汪彦章同游惠山之作》之"人生聚散如露电，访旧叹息无多存"③，与《次韵申伯见赠》之"访旧半为鬼，问津多阻兵"④，化用杜甫《赠卫八处士》之"访旧半为鬼，惊呼热中肠"。《次韵叶少蕴内翰丈雪川上买得弁山石林二首》之"平泉草木何须记？杜曲桑麻幸可图"⑤，化用杜甫《曲江三章章五句》其三之"自断此生休问天，杜曲幸有桑麻田"。《煨芋》之"锦里先生亦不贫，家园收拾重千斤"⑥，化用杜甫《南邻》之"锦里先生乌角巾，园收芋粟不全贫"。《小饮即事呈申伯》之"衔杯乐圣真吾事，泛宅浮家漫尔为"⑦，化用杜甫《饮中八仙歌》之"饮如长鲸吸百川，衔杯乐圣称世贤"。《九月八日渡淮》之"松菊荒芜欲自锄，盗贼颠翻非所惧"⑧，化用杜甫《秋野五首》其一之"枣熟从人打，葵荒欲自锄"。《次韵季弟善权阴雪古风》之"中兴之运期我皇，江汉更洒累臣血"⑨，化用杜甫《忆昔二首》其二之"周宣中兴望我皇，洒血江汉身衰疾"。《西林寺》之"余碑虽峥嵘，一扫凡马空"⑩，化用杜甫《丹青引》之"斯须九重真龙出，一洗万古凡马空"。《张子公以圆鉴见寄作诗报之》之"苍海齿发衰，已觉成老丑"⑪，化用杜甫《将适吴楚，留别章使君留后，兼幕府诸公，得柳字》之"岂惟长儿童，自觉成老丑"。《秋风二首次子美韵》之"秋风淅淅吹南山，

① 王瑞明点校：《李纲全集》卷10，岳麓书社2004年版，第106页。
② 王瑞明点校：《李纲全集》卷12，岳麓书社2004年版，第193页。
③ 王瑞明点校：《李纲全集》卷16，岳麓书社2004年版，第204页。
④ 王瑞明点校：《李纲全集》卷27，岳麓书社2004年版，第359页。
⑤ 王瑞明点校：《李纲全集》卷16，岳麓书社2004年版，第205页。
⑥ 王瑞明点校：《李纲全集》卷17，岳麓书社2004年版，第215页。
⑦ 同上书，第216页。
⑧ 同上书，第217页。
⑨ 同上书，第218页。
⑩ 王瑞明点校：《李纲全集》卷18，岳麓书社2004年版，第233页。
⑪ 同上书，第239页。

胡骑凭陵窥汉关"①，化用杜甫《诸将五首》之"汉朝陵墓对南山，胡虏千秋尚入关"。《中秋望月有感》之"出师未捷身已死，继补宸章如还阙"②，化用杜甫《蜀相》之"出师未捷身先死，长使英雄泪满襟"。《宿岩头寺》之"夜深云散千峰月，注目寒空独倚楼"③，化用杜甫《缚鸡行》之"鸡虫得失无了时，注目寒江倚山阁"。《九日怀梁溪诸季二首》其二之"吾生老矣谋身拙，叹息乾坤一腐儒"④，直接移用杜甫《江汉》之"江汉思归客，乾坤一腐儒"。《江上晚景二首》其二之"平生江海志，对此却茫然"⑤，化用杜甫《南池》之"平生江海兴，遭乱身局促"。《八月十一日次茶陵县入湖南界有感》之"杀人不异犬与羊，至今涧谷犹流血"⑥，化用杜甫《兵车行》之"况复秦兵耐苦战，被驱不异犬与鸡"。《宿岳麓寺》之"诛求到骨髓，荆棘生荒田"⑦，化用杜甫《又呈吴郎》之"已诉征求贫到骨，正思戎马泪沾巾"，与《兵车行》之"君不闻汉家山东二百州，千村万落生荆杞"。

李纲对某些杜诗情有独钟，诗中尚有数首多句化用同一句杜诗者。如《泛碧斋》之"好是清霄山吐月，水光天影共沉沉"⑧，与《会凝翠阁游泛碧斋》之"山吐三更月，人游半夜船"，《志宏复示秋意五篇次韵和之》之"起看山吐月，残夜楼明水"⑨，化用杜甫《月》之"四更山吐月，残夜水明楼"。《对菊小饮简申伯叔易》之"杜陵烂醉作生涯，青蕊空嗟未堪摘"⑩，与《冬至》之"赖有清心为活计，不须烂醉作生涯"⑪，化用杜甫《杜位宅守岁》之"谁能更拘束，烂醉是生涯"。《闻

---

① 王瑞明点校：《李纲全集》卷19，岳麓书社2004年版，第250页。
② 王瑞明点校：《李纲全集》卷20，岳麓书社2004年版，第258页。
③ 同上书，第260页。
④ 王瑞明点校：《李纲全集》卷24，岳麓书社2004年版，第316页。
⑤ 王瑞明点校：《李纲全集》卷25，岳麓书社2004年版，第339页。
⑥ 王瑞明点校：《李纲全集》卷29，岳麓书社2004年版，第388页。
⑦ 同上书，390页。
⑧ 王瑞明点校：《李纲全集》卷9，岳麓书社2004年版，第95页。
⑨ 王瑞明点校：《李纲全集》卷11，岳麓书社2004年版，第124页。
⑩ 王瑞明点校：《李纲全集》卷17，岳麓书社2004年版，第216页。
⑪ 王瑞明点校：《李纲全集》卷24，岳麓书社2004年版，第317页。

翁士特携家居胶山》之"何时共樽酒？世路正多艰"①，与《梁溪八
咏·文会堂》之"何日宽恩返三径？一樽重与细论文"②，化用杜甫
《春日忆李白》之"何时一樽酒，重与细论文"。《闻山东盗破黄州》
之"时危贵权谋，盗贼本王臣"③，与《降步谅以万众口号四首》之
"驾驭抚绥要有术，从来盗贼本王臣"④，化用杜甫《有感五首》其三
之"不过行俭德，盗贼本王臣"。《冬日闲居遣兴十首》其二之"且尽
杯中物，何须身后名"⑤，与《和陶渊明〈采菊东篱下〉二首》其一之
"且尽杯中物，此处无足言"⑥，化用杜甫《绝句漫兴九首》其四之
"莫思身外无穷事，且尽生前有限杯"。《绝句》之"一饷清凉驱热恼，
可怜襟抱向谁开"⑦，与《自水口泛舟如长乐》之"万事纠纷何日了，
一生襟抱有谁知"⑧，化用杜甫《奉待严大夫》之"身老时危思会面，
一生襟抱向谁开"。《江行十首》其八之"晚泊铜陵口，烟村八九
家"⑨，与《江上晚景二首》其一之"江村八九家，茅舍修竹里"⑩，化
用杜甫《为农》之"锦里烟尘外，江村八九家"。

　　亦有一首诗化用多首杜诗者，《自海外归成长句兼简邹德久昆仲》
之"生还已荷皇天慈，见汝更使清愁洗"⑪，化用杜甫《乐游园歌》之
"圣朝亦知贱士丑，一物自荷皇天慈"。同诗"衣冠南渡多流离，骨肉
无虞能有几"，化用杜甫《追酬故高蜀州人日见寄》之"边塞西蕃最充
斥，衣冠南渡多崩奔"。同诗"夜阑秉烛疑梦中，破悲为笑且欢喜"，
化用杜甫《羌村三首》其一之"夜阑更秉烛，相对如梦寐"。《吴元中

①　王瑞明点校：《李纲全集》卷20，岳麓书社2004年版，第259页。
②　王瑞明点校：《李纲全集》卷21，岳麓书社2004年版，第275页。
③　王瑞明点校：《李纲全集》卷20，岳麓书社2004年版，第262页。
④　王瑞明点校：《李纲全集》卷29，岳麓书社2004年版，第390页。
⑤　王瑞明点校：《李纲全集》卷22，岳麓书社2004年版，第291页。
⑥　王瑞明点校：《李纲全集》卷12，岳麓书社2004年版，第141页。
⑦　王瑞明点校：《李纲全集》卷10，岳麓书社2004年版，第104页。
⑧　王瑞明点校：《李纲全集》卷29，岳麓书社2004年版，第394页。
⑨　王瑞明点校：《李纲全集》卷146，岳麓书社2004年版，第167页。
⑩　王瑞明点校：《李纲全集》卷25，岳麓书社2004年版，第339页。
⑪　王瑞明点校：《李纲全集》卷27，岳麓书社2004年版，第364页。

著〈诗义〉见示因成三篇赠之》之"凌云健笔含毫日，照眼花枝得句时"①，化用杜甫《戏为六绝句》之一之"庾信文章老更成，凌云健笔意纵横"与《酬郭十五受判官》之"药里关心诗总废，花枝照眼句还成"。

李纲还有集杜之作《重阳日醉中戏集子美句遣兴二首》：

> 青山落日江潮白，飘零已是沧浪客。老去悲秋强自宽，青蕊重阳不堪摘。东流江水西飞燕，传语风光共流转。急觞为缓忧心捣，休语艰难尚酣战。圣朝尚飞战斗尘，何用浮名绊此身？时复看云泪横臆，晚来幽独恐伤神。
>
> 篱连老却陶潜菊，开花无数黄金钱。且看欲尽花经眼，饮如长鲸吸百川。只今漂泊干戈际，方外酒徒稀醉眠。腐儒衰晚谬通籍，杜曲幸有桑麻田。故畦遗穗已荡尽，中原君臣豺虎边。安得务农息战斗，武陵欲问桃花源。②

集用杜句而出以己意，且切合南宋的时代特点，可谓天衣无缝。荆湘之贬，李纲写下了悲愤满怀的《五哀诗》，命题立意，显然深受杜甫《八哀诗》的影响。短短数语序言，即昭揭此旨："湖湘间古多骚人、逐客、才士之所居，故其景物凄凉，气俗感慨，有古之遗风。余来武昌，慨然怀古，作五诗以哀之。"其中哀杜甫一篇，长达三十二韵，算得上一篇对杜甫一生的评传，历述其行迹与心迹出处，而感慨之情溢满全篇。先对杜诗的崇高价值与地位作了一番评价，次叙杜甫生平事迹：

> 子美以诗鸣，今古无对手。当时谪仙人，长句颇先后。精深律切处，故自非其偶。而况郊岛徒，何敢窥户牖。有如登岱宗，众山皆培塿。又如观武库，剑戟靡不有。高辞媲丘坟，古意篆蝌蚪。苍苍雪中松，濯濯风前柳。云烟纷卷舒，雷电划奔走。澹然众态俱，

---

① 王瑞明点校：《李纲全集》卷12，岳麓书社2004年版，第197页
② 王瑞明点校：《李纲全集》卷21，岳麓书社2004年版，第273页。

沾丐随所取。平生忠义心，多向诗中剖。忧国与爱君，诵说不离口。饥寒窘衣食，容貌野村叟。自以稷契期，此理人信否？中兴作谏臣，戎马方践蹂。上疏救房琯，亦足知素守。一跌不复振，造物意岂苟？欲使穷吟哦，专志如瞍瞍。辛苦盗贼中，妻子或颠仆。布衾冷如铁，晨囊乏升斗。冒雪剧黄精，呼儿理渔筍。萧条秦陇间，不废诗千首。依严遂入蜀，幕府备僚友。草堂浣花溪，颇得事南亩。乱离又飘泊，累若丧家狗。云安麹米春，巫峡风土陋。扁舟下瞿唐，留滞湖湘久。家事竟何成，丹诀空系肘。凄凉耒阳县，醉死竟坐酒。虽烦微之铭，不返鄂杜枢。谁将樽中渌，一醉泉下朽。诗篇垂琳琅，长作蛟龙吼。①

诗的起结高度评价杜诗的不朽价值，中间大篇幅叙述杜甫坎坷的命运，赞其穷饿流离终身而执着于理想信念的精神，既是写人，也是自况。

李纲于家国之变时读杜，自会有更多认同感，自谓杜诗："其忠义气节，羁旅行役，悲愤无聊，一见于诗，句法理致，老而益精，平时读之，未见其工，迨亲更兵火丧乱之后，诵其诗如出乎其时，犁然有当于人心，然后知其语之妙也。"② 可以说，他是南渡之初尊杜学杜的代表诗人。其余如胡寅、胡铨、王十朋、楼钥等人，皆有学杜之佳作。

（二）陆游之学杜

陆游（1125—1210）为宋诗巨擘，也是南宋诗人中学杜的大家。陆诗源宗江西，兼取李杜。其《示子遹》自述学诗历程曰："我初学诗日，但欲工藻绘；中年始少悟，渐若窥宏大。怪奇亦间出，如石漱湍濑。数仞李杜墙，常恨欠领会。元白才倚门，温李真自郐。正令笔扛鼎，亦未造三昧。诗为六艺一，岂用资狡狯？汝果欲学诗，工夫在诗

---

① 《五哀诗·唐工部员外郎杜甫》，载王瑞明点校《李纲全集》卷19，岳麓书社2004年版，第247—248页。

② 《重校正杜子美集序》，载王瑞明点校《李纲全集》卷138，岳麓书社2004年版，第1320页。

外。"表达了对李杜的敬仰之情，清晰地展现了从早年"工藻绘"到悟出"工夫在诗外"的诗家"三昧"的过程。关于他的学杜，清人赵翼说："放翁诗凡三变，宗派本出于杜。"① 姚鼐亦云："放翁激发忠愤，横极才力，上法子美，下揽子瞻，裁制既富，变境亦多。"② 杨大鹤曰："世间纸上之李杜，时时有之者，放翁胸中之李杜也。"③ 廖景煜曰："历代诗人多学杜，惟公心细得其神。"④ 陆游《宋都曹屡寄诗且督和答作此示之》从诗史的角度尊崇杜甫上承风雅正音，又隐然以杜甫承继者自许。诗云：

> 古诗三千篇，删取才十一。每读先再拜，若听清庙瑟。诗降为楚骚，犹足中六律。天未丧斯文，杜老乃独出。陵迟至元白，固已可愤疾；及观晚唐作，令人欲焚笔。此风近复炽，隙穴始难窒。淫哇解移人，往往丧妙质。苦言告学者，切勿为所怵；杭川必至海，为道当择术。⑤

此篇历数诗三百以来的诗歌流变和重要作家，不啻是一部宋代之前的诗歌简史。诗言"杜老"独步诗坛，以继斯文，可见在陆游心目中杜甫承前启后的重要作用。他熟读杜诗，对杜诗也作过一番研究：

> 杜少陵在成都有两草堂，一在万里桥之西，一在浣花，皆见于诗中，万里桥故迹湮没不可见，或去房季可园是也。⑥
> 杜子美梅雨诗云："南京西浦道，四月熟黄梅。湛湛长江去，

---

① （清）赵翼：《瓯北诗话》卷6，人民文学出版社1963年版，第78页。

② （清）姚鼐：《今体诗钞序目》，载孔凡礼、齐治平编《古典文学研究资料汇编·陆游卷》，中华书局1962年版，第305页。

③ （清）杨大鹤：《剑南诗钞序》，载孔凡礼、齐治平编《古典文学研究资料汇编·陆游卷》，中华书局1962年版，第191页。

④ 《万首论诗绝句》，人民文学出版社1991年版，第1322页。

⑤ （宋）陆游：《宋都曹屡寄诗且督和答作此示之》，载钱仲联《剑南诗稿校注》卷79，上海古籍出版社2005年版，第4276页。

⑥ （宋）陆游：《老学庵笔记》卷1，中华书局1979年版，第12页。

冥冥细雨来。茅茨疏易湿，云雾密难开。竟日蛟龙喜，盘涡与岸回。"盖成都所赋也。今成都乃未尝有梅雨，惟秋半积阴气令蒸溽，与吴中梅雨时相类耳。岂古今地气有不同耶？①

老杜《哀江头》云："黄昏胡骑尘满城，欲往城南忘城北"，言方皇惑避死之际，欲望城南，乃不能记孰为南北矣，然荆公集句，两篇皆作"欲往城南望城北"，或以为舛误，或以为改定，皆非也。盖所传本偶不同，而意则一也。北人谓向为望，谓欲往城南，乃向城北，亦皇惑避死，不能记南北之意。②

东蒙盖终南山峰名。杜诗云："故人昔隐东蒙峰，已佩含景苍精龙。故人今居子午谷，独在阴崖结茅屋。"③

杜诗"夜阑更秉烛"，意谓夜已深矣，宜睡，而复秉烛，以见久客喜归之意。僧德洪妄云："更当平声读。"乌有是哉！④

举凡杜诗涉及的时、地、人、事及异文，皆有所涉及，可见对杜诗用功之深。陆游早年学诗于曾几，其十八岁所作《别曾学士》云："忽闻高轩过，欢喜忘食眠，袖书拜辕下，此意私自怜。"⑤ 他中年追忆说："忆在茶山听说诗，亲从夜半得玄机。"⑥ 戴复古《读放翁先生剑南诗草》云："茶山衣钵放翁诗，南渡百年无此奇。"都说陆游诗歌源自曾几。关于曾几与陆游的诗歌渊源，《四库全书总目》在《茶山集》提要中有详论：

魏庆之《诗人玉屑》则云"茶山之学出于韩子苍"，其说小异。然韩驹虽苏氏之徒，而名列江西诗派中，其格法实近于黄，殊涂同归，实亦一而已矣。后几之学传于陆游，加以研练，面目略

---

① （宋）陆游：《老学庵笔记》卷6，中华书局1979年版，第84页。
② （宋）陆游：《老学庵笔记》卷7，中华书局1979年版，第94页。
③ （宋）陆游：《老学庵笔记》卷9，中华书局1979年版，第118页。
④ （宋）陆游：《老学庵笔记》卷6，中华书局1979年版，第77页。
⑤ 《别曾学士》，载钱仲联《剑南诗稿校注》卷1，上海古籍出版社2005年版，第1页。
⑥ （宋）陆游：《追怀曾文清公呈赵教授赵近尝示诗》，载钱仲联《剑南诗稿校注》卷2，上海古籍出版社2005年版，第202页。

殊，遂为南渡之大宗。《诗人玉屑》载赵庚夫题《茶山集》曰：
"清于月白初三夜，淡似汤烹第一泉。咄咄逼人门弟之，剑南已见
一灯传。"其句律渊源，固灼然可考也。又游跋几奏议橐曰："绍
兴末，先生居会稽禹迹精舍，某自敕局归，无三日不进见，见必闻
忧国之言，先生年过七十，聚族百口，未尝以为忧，忧国而已。"
据此则几之一饭不忘君，殆与杜甫之忠爱等。故发之文章，具有根
柢，不当仅以诗人目之，求诸字句间矣。①

这段文字梳理了杜甫—黄庭坚—韩驹—曾几—陆游的诗学源流，陆
游源曾几而上追杜甫。《剑南诗稿》提要中进一步论之曰："游诗法传
自曾几，而所作《吕居仁集序》又称源出居仁。二人皆江西派也。然
游诗清新刻露，而出以圆润。实能自辟一宗，不袭黄、陈之旧格。"②
此确为允当之论，陆游诗虽源出江西，终能别出机杼，自成大家。对于
江西诗人以学问为诗、字摹句仿式地学杜，他颇不以为然：

今人解杜诗，但寻出处，不知少陵之意，初不如是。且如
《岳阳楼》诗："昔闻洞庭水，今上岳阳楼。吴楚东南坼，乾坤日
夜浮。亲朋无一字，老病有孤舟。戎马关山北，凭轩涕泗流。"此
岂可以出处求哉？纵使字字寻得出处，去少陵之意益远矣。盖后人
元不知杜诗所以妙绝古今者在何处，但以一字亦有出处为工。如
《西昆酬唱集》中诗，何曾有一字无出处者，便以为追配少陵，可
乎？且今人作诗，亦未尝无出处，渠自不知，若为之笺注，亦字字
有出处，但不妨其为恶诗耳。③

此处对黄庭坚影响甚大的"无一字无来处"学杜名言针锋相对地
予以批评，进而提出学杜贵得"少陵之意"，即杜甫的人格精神。

① 《四库全书总目》卷158《茶山集》提要，中华书局1965年版，第1359页。
② 《四库全书总目》卷160《剑南诗稿》提要，中华书局1965年版，第1380页。
③ （宋）陆游：《老学庵笔记》卷7，中华书局1979年版，第95页。

　　因此，陆游的学杜，首先表现在思想人格上。

　　一方面，陆游继承了杜甫爱国忧民的人格精神，他一生所作大量爱国诗篇无不是杜甫精神的弘扬。陆游生长于战乱之中，在襁褓中即随父流亡。这些忧患经历成为他难忘的记忆，在诗中屡屡呈现如"儿时万死避胡兵，敢料时清毕此生"①，"惟有衰翁最知达，避胡犹记建炎年"②，"我生学步逢丧乱，家在中原厌奔窜"③。也正因此，陆游接受的人生第一课便是爱国教育："一时贤公卿与先君游者，每言及高庙盗环之寇，乾陵斧柏之忧，未尝不相与流涕哀恸，虽设食，率不咽引去，先君归，亦不复食也。"④ 这使他从小就在心中播下了爱国的种子，诗人二十岁时便立下了"上马击狂胡，下马草军书"⑤ 的英雄志愿。陆游与杜甫所处时代虽相去四百年，然而同样壮志难酬的人生际遇与困厄心境则约略相同，从而使陆游诗歌染上与杜甫相似的悲壮沉雄之风。如赵翼指出："时当南渡之后，和议已成，庙堂之上，方苟幸无事，讳言用兵；而士大夫新亭之泣，固未已也。于是以一筹莫展之身，存一饭不忘之意，举凡边关风景、敌国传闻，悉入于诗。虽神州陆沉之感已非时事所急，而人终莫敢议其非。因得肆其才力，或大声疾呼，或长言永叹。命意既有关系，出语自觉沉雄。"⑥ 初心则"一饭不忘"，遭际则"一筹莫展"，风格自会"沉雄"。《唐宋诗醇》亦指出陆游与杜甫经历与心迹的相类："观游之生平，有与杜甫类者，少历兵间，晚栖农亩，中间浮沉中外，在蜀之日颇多，其感激悲愤，忠君爱国之诚，一寓于诗，酒酣耳热，跌荡淋漓，至于渔舟樵径，茶碗炉熏，或雨或晴，一草一木，

---

①　（宋）陆游：《戏遣老怀》其三，载钱仲联《剑南诗稿校注》卷65，上海古籍出版社2005年版，第3680页。

②　（宋）陆游：《书喜》，载钱仲联《剑南诗稿校注》卷37，上海古籍出版社2005年版，第2417页。

③　（宋）陆游：《三山杜门作歌》，载钱仲联《剑南诗稿校注》卷38，上海古籍出版社2005年版，第2455页。

④　《跋周侍郎奏稿》，《渭南文集》卷30，《四部丛刊初编》本。

⑤　（宋）陆游：《观大散关图有感》，载钱仲联《剑南诗稿校注》卷4，上海古籍出版社2005年版，第357页。

⑥　（清）赵翼：《瓯北诗话》卷6，人民文学出版社1963年版，第79页。

莫不著为咏歌，以寄其意，此与甫之诗何以异哉？"①

与陆游同时的刘应时有诗云：

> 少陵先生赴奉天，乌帽麻鞋见天子。乾坤疮痍塞目惨，人烟萧瑟胡尘起。八月之吉风凄然，北征徒步走三川。夜经战场霜月冷，累累白骨生苍烟。五载栖栖客蜀郡，骑驴日候平安信。喜闻诸将收山东，拭泪一望长安近。瞿唐想风放船时，回首夔府多愁思。蜀人至今亦好事，翠珉盛刻草堂诗。放翁前身少陵老，胸中如宽天地小。平生一饭不忘君，危言曾把奸雄扫。周流斯世辙已环，一笑又入剑南山。酒杯吸尽锦屏秀，孤剑声铿峡水寒。万丈蜡霓蟠肺腑，射虎剑鲸时一吐。我虽老眼向昏花，夜窗吟哦杂风雨。少陵间关兵乱中，放翁遭时乐且丰。饱参要具正法眼，切忌错下将无同。茶山夜半传机要，断非口耳得其妙。君不见塔主不识古云门，异时衣钵还渠绍。②

此诗将少陵与放翁对写，以"放翁前身少陵老"写出两人的精神联系，更将东坡评少陵"一饭未尝忘君"语移至放翁身上。宋末遗民诗人林景熙亦云："前辈评宋渡南后诗，以陆务观拟杜，意在寤寐不忘中原，与拜鹃心事，悲惋实同。夫同其所以诗之心，则亦同其诗，谁谓务观之后无务观也。"③

陆游中年入蜀，曾遍访杜甫遗迹，拜谒少陵遗像，多有凭吊咏怀之作。正如杨万里所云："重寻子美行程旧，尽拾灵均怨句新。"④ 据统计，陆游诗文论及杜甫者，各有三十余篇，多作于入蜀期间⑤。相似的人生经历，使陆游在精神上对杜甫有了更深的了解。正如邱鸣皋先生所

---

① 《唐宋诗醇》卷42，中国三峡出版社1997年版，第896页。
② （宋）刘应时：《读放翁剑南集》，《全宋诗》卷2155，中华书局1995年版，第24225页。
③ （宋）林景熙：《霁山集》，中华书局上海编辑所1960年版，第76页。
④ （宋）杨万里：《跋陆务观剑南诗稿二首》其一，载辛更儒《杨万里集笺校》卷20，中华书局2007年版，第1021页。
⑤ 参见邱鸣皋《陆游评传》，南京大学出版社2002年版，第112—113页。

论:"历史确有惊人的相似之处。杜甫在安史之乱中流亡陇右,由秦州而同谷,再转徙入川至成都。杜甫到成都所走的这条路,有多处路段陆游也走过不止一次,而且都有诗记载。尤其是入剑门之后,陆游与杜甫走的竟是同一条路,且到达成都的时间都是在年底,而两人的年龄恰恰都是四十八岁,只是前后相隔四百一十三年而已。"①

乾道八年(1172)秋陆游途经阆中,于八九月间拜谒少陵祠堂,有作云:

> 城中飞阁连危亭,处处轩窗临锦屏。涉江亲到锦屏上,却望城郭如丹青。虚堂奉祠子杜子,眉宇高寒照江水。古来磨灭知几人,此老至今元不死。山川寂寞客子迷,草木摇落壮士悲。文章垂世自一事,忠义凛凛令人思。夜归沙头雨如注,北风吹船横半渡。亦知此老愤未平,万窍争号泄悲怒。②

此诗不仅盛赞杜子的"文章垂世",更激赏其"忠义凛凛",进而借杜子手中的酒杯浇自己心中的块垒,写杜子的不平之愤恰似风雨如注、"万窍争号",实为渲泄自己壮志难酬的悲愤。

淳熙五年(1178)四月,陆游东归过忠州,写有《龙兴寺吊少陵先生寓居》:"中原草草失承平,戍火胡尘到两京。扈跸老臣身万里,天寒来此听江声。"③ 此诗自注云"以少陵诗考之,盖以秋冬间寓此州也。寺门闻江声甚壮",浩荡的江声穿越时光隧道,激起了放翁与少陵两位异代诗人的心灵共鸣。杜甫晚年穷困流离,漂泊万里,永泰元年离成都东下,入秋至忠州,在龙兴寺大约住了两个月的时间,时年五十三岁。陆游则于淳熙五年被孝宗召以东归,此诗是四月间路过忠州所写,时年陆游也正巧五十三岁。共同的人生际遇,使陆游凭吊杜甫寓居时,

① 邱鸣皋:《陆游评传》,南京大学出版社 2002 年版,第 141 页。
② (宋)陆游:《游锦屏山谒少陵祠堂》,载钱仲联《剑南诗稿校注》卷 3,上海古籍出版社 2005 年版,第 249 页。
③ (宋)陆游:《龙兴寺吊少陵先生寓居》,载钱仲联《剑南诗稿校注》卷 10,上海古籍出版社 2005 年版,第 784 页。

对杜甫的爱国精神和漂泊遭遇有异代同心之感，此诗实兼吊杜与自咏两重情怀。

陆游对杜甫流落蜀地的处境寄予了极大的同情，他曾登上白帝城楼，回想四百年前杜甫亦曾登此楼，有感而发，挥笔写下《夜登白帝城楼怀少陵先生》：

> 拾遗白发有谁怜，零落歌诗遍两川。人立飞楼今已矣，浪翻孤月尚依然。升沉自古无穷事，愚智同归有限年。此意凄凉谁共语，夜阑鸥鹭起沙边。①

诗中吊古伤今，也折射出陆游自己的苦闷心情，"此意凄凉谁共语"，俨然引杜甫为"萧条异代不同时"的患难知己。恰如明代黄漳说："翁为南渡诗人，遭时之艰，其忠君爱国之心，愤郁不平之气，恢复宇宙之志，往往发之于声诗。昔人称老杜为诗之史，老杜遭天宝之乱，居蜀数载，凡其所作，无非发泄忠义而已。翁亦居蜀数载，然后归杭，其出处大致，存心积虑，旷世相符。"② 正因陆游和杜甫二人行迹和心迹相似，才会使陆游的咏杜诗篇中时常蕴含"萧条异代不同时"之感。

陆游学杜，非仅取杜貌，实则得杜之神。"宋诗大半从少陵分支，故山谷云：'天下几人学杜甫，谁得其皮与其骨？'若放翁者，不宁皮骨，盖得其心矣。"③ 清人翁方纲亦云：

> 自后山、简斋抗怀师杜，所以未造其域者，气力不均耳。降至范石湖、杨诚斋，而平熟之径，同辈一律。操牛耳者，则放翁也。

---

① （宋）陆游：《夜登白帝城怀少陵先生》，载钱仲联《剑南诗稿校注》卷2，上海古籍出版社 2005 年版，第 195 页。

② （明）黄漳：《书陆放翁先生诗卷后》，载孔凡礼、齐治平编《古典文学研究资料汇编·陆游卷》，中华书局 1962 年版，第 128 页。

③ （清）吴之振、吕留良、吴自牧：《宋诗钞·剑南诗钞》小序，中华书局 1986 年版，第 1819 页。

平熟则气力易均，故万篇酣肆，迥非后山、简斋可望。而又平生心力，全注国是，不觉暗以杜公之心为心，于是乎言中有物，又迥出诚斋、石湖上矣。然在放翁，则自作放翁之诗，初非希杜作前身者。此岂后之空同、沧溟辈，但取杜貌者，所可同日而语！①

　　这段文字梳理了北宋以来宋人宗杜的诗学历程，对陆游评价极高。"暗以杜公之心为心"，即谓陆游写诗，不求刻意学杜，而与杜甫精神暗合。其后陆游在《思夔州》其二写道："武侯八阵孙吴法，工部十诗韶濩音。遗碛故祠春草合，略无人解两公心。"两公者，武侯、工部之谓也。诗人欲解"两公心"，显然以杜甫的异代知音自命。

　　另一方面，陆游是典型的以英雄豪杰自许的文人，并非单纯雕琢辞章的文士，正如梁启超所云："辜负胸中十万兵，百无聊赖以诗鸣。"②他曾写诗自嘲："此身合是诗人未？细雨骑驴入剑门。"（《剑门道中遇微雨》）所以，他很欣赏杜甫个性中的狂狷气象。其《读杜诗》云：

　　　　城南杜五少不羁，意轻造物呼作儿。一门酣法到孙子，熟视严武名挺之。看渠胸次隘宇宙，惜哉千万不一施！空回英概入笔墨，生民清庙非唐诗。向令天开太宗业，马周遇合非公谁？后世但作诗人看，使我抚几空嗟咨！③

　　诗中把杜甫描绘成一位拔剑四顾的失路英雄，而并不仅仅是一个吟诗作赋的诗人，"后世但作诗人看，使我抚几空嗟咨"，这一点的确有别于一般宋人宗杜的眼光。陆游本人也不愿以诗人之名自限，而以建功立业自许，曾自谓"少鄙章句学，所慕在经世。诸公荐文章，颇恨非

---

① （清）翁方纲：《石洲诗话》卷4，人民文学出版社1981年版，第142页。
② 梁启超：《读陆放翁集》其二，载孔凡礼、齐治平编《古典文学研究资料汇编·陆游卷》，中华书局1962年版，第389页。
③ （宋）陆游：《读杜诗》，载钱仲联《剑南诗稿校注》卷33，上海古籍出版社2005年版，第2191页。

素志"①。在某种意义上，陆游的爱国情怀与其说是忠君忧民，毋宁说是成就自己，是"了却君王天下事，赢得生前身后名"，功名心和爱国情确实一体并存于陆游的思想中。钱钟书先生评曰："盖生于韩侂胄、朱元晦之世，立言而外，遂并欲立功立德亦一时风气也，放翁爱国诗中的功名之念，胜于君国之思，铺张排场，危事而易言之。"② 可谓剀切之论。因之，陆游对于杜甫的理解，更有英雄无用武之地的感慨：

> 少陵，天下士也。早遇明皇、肃宗，官爵虽不尊显，而见知实深，盖尝慨然以稷禹自许。及落魄巴蜀，感汉昭烈、诸葛丞相之事，屡见于诗，顿挫悲壮，反复动人，其规模志意岂小哉！然去国浸久，诸公故人熟视其穷，无肯出力。比至夔，客于柏中丞、严明府之间，如九尺丈夫俯首小屋下，思一吐气而不可得。予读其诗，至"小臣议论绝，老病客殊方"之句，未尝不流涕也。嗟夫！辞之悲乃至是乎？荆卿之歌、阮嗣宗之哭不加于此矣。少陵非区区于仕进者，不胜爱君忧国之心，思少出所学，佐天子兴贞观、开元之治，而身愈老，命愈大谬，坎壈且死，则其悲至此，亦无足怪也。③

此处对杜甫志向宏大却时运不济抱有深切的同情，而重点落在少陵的"规模志意"上，可谓杜甫的患难知己与异代知音。朱东润先生曾言："杜甫受知明皇、肃宗，陆游又何尝不是受知高宗、孝宗呢？封建社会的知识分子会有同样感想的。杜甫经过乱离，从秦州入川，由成都、阆中等地，终于来到夔州，现在的陆游也是一样，从镇江而南昌，再由南昌而夔州，还不是走的同一条道路吗？"因此，"这几句是说的杜甫，但是何尝不是说的自己？"④

---

① （宋）陆游：《喜谭德称归》，载钱仲联《剑南诗稿校注》卷6，上海古籍出版社2005年版，第536页。

② 钱钟书：《谈艺录》，中华书局1984年版，第132页。

③ （宋）陆游：《东屯高斋记》，《渭南文集》卷17，《四部丛刊初编》本。

④ 朱东润：《陆游传》，百花文艺出版社2004年版，第119页。

其次，陆游在诗艺上学习杜甫。

陆游在敬重杜甫伟大人格的同时，也很推崇杜甫的诗歌艺术。他熟记杜诗，诗中化用杜诗者比比皆是，也如："如今更欲沧溟去，鲸浪浮天信所之"①，化用杜甫《短歌行赠王郎司直》"豫章翻风白日动，鲸鱼跋浪沧溟开"；"逢春日日合醉归，莫笑典衣穷杜甫"②，化用杜甫《曲江二首》其二之"朝回日日典春衣，每日江头尽醉归"；"多病所须唯药物，差科未动是闲人"③，与"疾病时时须药物，衰迟处处少交朋"④，"虽云须药物，幸未迫霜露"，三诗化用杜甫《江村》之"多病所须唯药物，微躯此外更何求"。

陆游对杜诗一些句法语典尤为钟爱，多首诗化用杜甫一个诗句的情况时有出现。如"老客天涯心尚孩，惜春直欲挽春回"（《春晚书怀》），"八十可怜心尚孩，看山看水不知回"（《初归杂咏》），"浮云万事不到眼，千岁人间心尚孩"（《道室试笔》），"苍然老气压桃杏，笑我白发心尚孩"（《故蜀别苑在成都西南十五六里梅至多有两大树夭矫若龙相传之梅龙予初至蜀为作诗自此岁常访之今复赋一首丁酉十一月也》），"白发短欲尽，人嗤心尚孩"（《老境》），"垂老身余几，逢春心尚孩"（《小雨》），"病余已觉身如寄，醉里却怜心尚孩"（《新凉书事》），"九十衰翁心尚孩，幅巾随处一悠哉"（《游山》），以及"正当闲似白鸥处，不减健如黄犊时"（《暇日行城上同行追不能及》），"闲似白鸥虽自许，健如黄犊已无缘"（《曾原伯屡劝居城中而仆方欲自梅山入云门今日病酒偶得长句奉寄》），"忆君去时儿在腹，走如黄犊爷未识"（《古别离》），"衰颓已作老骥卧，来往尚如黄犊驰"（《秋晴每至

① （宋）陆游：《纵笔》四首其一，载钱仲联《剑南诗稿校注》，上海古籍出版社2005年版，第2889页。
② （宋）陆游：《贫甚卖常用酒杯作诗自戏》，载钱仲联《剑南诗稿校注》卷42，上海古籍出版社2005年版，第2660页。
③ （宋）陆游：《十二月八日步至西村》，载钱仲联《剑南诗稿校注》卷26，上海古籍出版社2005年版，第1847页。
④ （宋）陆游：《衢州道中作》，载钱仲联《剑南诗稿校注》卷10，上海古籍出版社2005年版，第842页。

园中辄抵暮戏示儿子》)①，以上十二首诗均化用杜甫《百忧集行》之"忆年十五心尚孩，健如黄犊走复来"。

再如，"灞桥风雪吟虽苦，杜曲桑麻兴本浓"(《耕罢偶书》)，"杜曲桑麻虽苦薄，灞桥风雪却相关"(《夏初湖村杂题》)，"告归不过残春事，杜曲桑麻亦未荒"(《春日访客于逆旅及郊寺感而有赋》)，"结茅杜曲桑麻地，觅句灞桥风雪天"(《作梦》)，"桃源鸡犬尘凡隔，杜曲桑麻梦想归"(《晦日西窗怀故山》)，"长安光景还如昨，谁醉城南杜曲旁"(《九日小疾不出》)，"杜曲桑麻犹郁郁，桃源鸡犬亦欣欣"(《鲁墟础》)，"身似头陀不出家，杜陵归老有桑麻"(《病中杂咏》)②，以上八首诗都化用杜甫《曲江三章章五句》之"自断此生休问天，杜曲幸有桑麻田，故将移住南山边"。

又如，"倚楼看镜俱痴绝，赢取烟蓑伴钓翁"(《书怀》)，"衰颜安用频看镜，日日元知有不如"(《题庵壁》)，"挂冠易事尔，看镜叹勋业"(《秋郊有怀》)，"看镜不堪衰病后，系船最好夕阳时"(《晚泊松滋渡口》)，"长城万里知谁许，看镜空悲两鬓霜"(《休日留园中至暮乃归》)，"倚楼看镜待功名，半世儿痴晚方觉"(《玉局歌》)，"著书不直一杯水，看镜空添千缕丝"(《自解》)，"功名莫看镜，吾意已蹉跎"(《遣兴》)，"看镜功名空自许，上楼怀抱若为宽"(《晚登望云》)③，以上九首诗化用杜甫《江上》之"勋业频看镜，行藏独倚楼"。

又如，"敲门寻野人，一笑万事非"(《访野人》)，"老觉人间万事非，幽栖幸已脱尘轨"(《开书箧见韩无咎书有感》)，"五十年间万事非，放翁依旧掩柴扉"(《梅花》)，"放翁正倚蒲团稳，辽海从渠万事非"(《南堂脊记乃已三十年偶读之怅然有感》)，"从今父子茅檐下，回首人间万事非"(《三月十六日至柯桥迎子布东还》)，"大耋还家万

---

①　以上十二首诗见钱仲联《剑南诗稿校注》(上海古籍出版社 2005 年版)，第 302、3164、3465、728、2458、3502、1053、4532、672、63、1942、2052 页。

②　以上八首诗见钱仲联《剑南诗稿校注》(上海古籍出版社 2005 年版)，第 2451、3032、3130、2287、321、462、3247、4534 页。

③　以上九首诗见钱仲联《剑南诗稿校注》(上海古籍出版社 2005 年版)，第 557、655、1463、159、1525、1133、1843、704、302 页。

事非，垂竿好在绿苔矶"（《舍北溪上垂钓》），"石帆山下古苔矶，回首人间万事非"（《石帆山下作》），"老农虽瘠喜牛肥，回首红尘万事非"（《谢君寄一犁春雨图求诗为作绝句》），"蜻蜓浦上一渔扉，回首人间万事非"（《渔扉》），"天高鬼神恶，回首万事非"（《斋中杂兴十首以丈夫贵壮健惨戚非朱颜为韵》），"老民一日脱朝衣，回首平生万事非"（《致仕后即事》），"岁月惟迁万事非，放翁可笑白头痴"（《自嘲》），以上十二首诗化用杜甫《送韩十四江东觐省》之"兵戈不见老莱衣，叹息人间万事非"。

《剑南诗稿》中尚有一首诗化用多首杜诗者，如《夙兴弄笔偶书》：

> 忧患熏心少睡眠，鸡号窗白一欣然。道旁岁晚貂裘弊，灯下书成铁砚穿。杜老惯听儿索饭，郑公何啻客无毡。春风不解嫌贫病，尚拟花前醉放颠。[①]

诗中"忧患熏心少睡眠"来自杜甫《茅屋为秋风所破歌》之"自经丧乱少睡眠，长夜沾湿何由彻"，"道旁岁晚貂裘弊"来自杜甫《暮秋将归秦，留别湖南幕府亲友》之"北归冲雨雪，谁悯敝貂裘"，"杜老惯听儿索饭"来自杜甫《百忧集行》之"痴儿未知父子礼，叫怒索饭啼门东"，"郑公何啻客无毡"来自杜甫《戏简郑广文虔，兼呈苏司业源明》之"才名四十年，坐客寒无毡"，"春风不解嫌贫病，尚拟花前醉放颠"来自杜甫《绝句九首》之"谩道春来好，狂风大放颠"。一首之中，凡五用杜诗。

至于其名作《关山月》，更是一曲时世的悲歌和忧国的绝唱：

> 和戎诏下十五年，将军不战空临边。朱门沉沉按歌舞，厩马肥死弓断弦。戍楼刁斗催落月，三十从军今白发。笛里谁知壮士心，沙头空照征人骨。中原干戈古亦闻，岂有逆胡传子孙。遗民忍死望

---

① （宋）陆游：《夙兴弄笔偶书》，载钱仲联《剑南诗稿校注》卷26，上海古籍出版社2005年版，第1845页。

恢复，几处今宵垂泪痕！

全诗塑造了"朱门歌舞"、"征人白骨"与"遗民泪痕"三幅对比鲜明的画面，将壮志难酬的悲愤融入忧国伤时的感伤之中。既有对北方遗民和戍边战士的同情，也有对统治者贪图安逸、文恬武嬉的愤懑，可谓隆兴和议以来社会现实的真实写照，继承了杜甫的诗史精神。其中"朱门沉沉按歌舞"和"沙头空照征人骨"的对比描写，很容易使人联想起杜甫《自京赴奉先县咏怀五百字》的名句"朱门酒肉臭，路有冻死骨"，相比杜诗而言，陆诗的对比与反差更加强烈。

陆游一生"六十年间万首诗"，五七言律诗近五千首，占全部诗作之半，七律有三千余首，占到三分之一。七律在诞生之初，是具有很强装饰性和仪式感的诗体。"从体裁上看，陆游学习杜甫，主要是学习他的律诗"[1]，陆游诗中，七言律诗最工，七律一体尤与杜诗有密不可分的渊源关系。舒位把杜甫、李商隐和陆游并论曰："尝论七律至杜少陵而始盛且备，为一变；李义山瓣香于杜而易其面目，为一变；至宋陆放翁专工此体而集其成，为一变。凡三变，而他家之为是体者，不能出其范围矣。"[2] 陆游的七律，讲求整齐，对仗、使事、格律等，形式限制较为严格，学杜甫而自成一家。杜甫说"新诗改罢自长吟"（《解闷》），陆游则说"锻诗未就且长吟"[3]。陆游的七律诗之所以结构严整，显然是经诗人的反复推敲而玉成的结果，这一点又类于杜甫的"晚节渐于诗律细"。

陆游七律中有一些作品与杜诗不仅题材相近，而且精神贯通，如淳熙四年三月作于成都的《登剑南西川门感怀》：

---

① 袁行霈：《陆游诗歌艺术探源》，《中国诗歌艺术研究》（增订本），北京大学出版社1996年版，第353页。

② （清）舒位：《瓶水斋诗话》，《瓶水斋诗集》附录，上海古籍出版社1991年版，第829—830页。

③ （宋）陆游：《昼卧初起书事》，载钱仲联《剑南诗稿校注》卷46，上海古籍出版社2005年版，第2828页。

自古高楼伤客情，更堪万里望吴京。故人不见暮云合，客子欲归春水生。瘴疠连年须药石，退藏无地著柴荆。诸公勉书平戎策，投老深思看太平。①

首联从时空着笔，由远方的故人回想到身处异地的自己，又由壮志难酬的自己寄希望于被重用的诸公故旧。将时空的悬隔与友朋的聚散，个人的际遇与家国的命运融入严整的格律之中，结构上环环相扣，感情上一气回荡。试与杜甫入川时所写的《登楼》比较：

花近高楼伤客心，万方多难此登临。锦江春色来天地，玉垒浮云变古今。北极朝廷终不改，西山寇盗莫相侵。可怜后主还祠庙，日暮聊为梁甫吟。

两诗起首神似，皆从"客心"入手。总体而言，放翁流宕，少陵雄浑，虽放翁气象与格局稍逊于少陵，然沉郁顿挫之致则庶几近之。

（三）杨冠卿之学杜

在与陆游交往的南宋诗人中，有一位小诗人杨冠卿，虽名不甚显，学杜却颇有特点，值得关注。杨冠卿（1138—？），字梦锡，江陵（今湖北荆州）人。尝举进士，出知广州，后以事罢职，侨居临安。杨冠卿名位不显，《宋史》无传，与陆游、范成大、姜夔等唱和，著有《客亭类稿》。《四库全书》据旧刊巾箱小字本收入，并补缀《永乐大典》所收诗文，厘为《客亭类稿》十四卷，其中文十卷，诗三卷，书启一卷附后。四库馆臣评曰："冠卿才华清隽，四六尤流丽浑雅。"②《全宋诗》据《四库全书》本编其诗三卷，补辑集外诗五首。

杨冠卿诗多近体律绝，风格清丽，颇具杜甫两川诗风神。其《读

---

① （宋）陆游：《登剑南西川门感怀》，载钱仲联《剑南诗稿校注》卷3，上海古籍出版社2005年版，第644页。

② 《四库全书总目》卷160《客亭类稿》提要，中华书局1965年版，第1384页。

杜工部集》写道："平生忠义不忘君，末路升沉付九原。千古神交真未泯，一时人事可重论。摩挲醉眼朝廷在，消息他乡弟妹存。独阅遗编堪堕泪，秋窗灯火雨昏昏。"①　其中"摩挲醉眼朝廷在"，来自杜甫《九日登梓州城》"弟妹悲歌里，朝廷醉眼中"，亦毕肖黄庭坚《老杜〈浣花溪图〉引》"醉里眉攒万国愁"。其《九日》其三云：

凄凉少陵老，梓州九日诗。朝廷入梦想，弟妹天一涯。我亦困羁旅，千古同其悲。不忍嗅新菊，惟思咏江蓠。②

与杜甫《九日登梓州城》比较：

伊昔黄花酒，如今白发翁。追欢筋力异，望远岁时同。弟妹悲歌里，朝廷醉眼中。兵戈与关塞，此日意无穷。

两诗不仅题旨一脉相承，句法亦约略相似。杨冠卿熟读杜诗，诗中化用杜诗之处甚多。其《三辅黄图载赵飞燕太液池结裾游宋公鸡跕载飞燕太液池归风送远曲俱谓飞燕欲御风仙去杂用古语戏题于后》之"黄鹄一去无消息，人间有情泪沾臆"③，化用杜诗《哀江头》之"清渭东流剑阁深，去住彼此无消息。人生有情泪沾臆，江水江花岂终极"。其《美人在空谷》化用杜甫《佳人》诗意，其中"珠袖轻绡卷翠云，日暮天寒倚修竹"④，化用杜诗"天寒翠袖薄，日暮倚修竹"。其《秋日自武林病归渔社李使君惠以长篇诵之再四沈疴脱然》之"李侯金闺彦，气与嵩华敌"，化用杜甫《赠李白》"李侯金闺彦，脱身事幽讨"，同诗之"高吟动鬼神，落笔风雨疾"⑤，化用杜诗《寄李十二白二十韵》之"笔落惊风雨，诗成泣鬼神"。其《秦侯不调累年识者叹息

①　《全宋诗》第47册，北京大学出版社1995年版，第29637页。
②　同上书，第29619页。
③　同上书，第29621页。
④　同上书，第29622页。
⑤　同上书，第29624页。

兹以规恢秘略亲简上知有诏复其官亨衢自此发轫闻之喜甚为作古篇》"天骄饱肉气勇决，忆昨弯弧射汉月"①，化用杜诗《留花门》之"北门天骄子，饱肉气勇决。高秋马肥健，挟矢射汉月"。其《倚梧叹》"富贵不可期，惆怅难再述"②，化用杜甫《自京赴奉先县咏怀五百字》"荣枯咫尺异，惆怅难再述"。其《壬寅仲冬晦日同吴监丞游延祥宫延祥盖和靖所居也》"饮酣视八极，神驰白玉京"③，化用杜甫《壮游》"饮酣视八极，俗物都茫茫"。其《冬十月百卉尽劳》"冰霜不变沍寒色，溪壑次第回春姿"④，化用杜甫《乾元中寓居同谷县，作歌七首》其六"呜呼六歌兮歌思迟，溪壑为我回春姿"。

杨冠卿本有《集句杜诗》，可惜已佚。陆游在嘉泰三年（1203）作有《杨梦熊〈集句杜诗〉序》云："楚人杨梦锡，才高而深于诗，尤积勤杜诗，平日涵养不离胸中，故其句法森然可喜。因以暇戏集杜句。梦锡之意，非为集句设也，本以成其诗耳。不然，火龙黼黻手，岂补缀百家衣者邪！予故为表出之，以告未深知梦锡者。"⑤ 对杨氏的学杜与集杜颇为称赏。杨冠卿《美人隔秋水》诗题即来自杜甫《寄韩谏议》，内容亦为集杜诗：

> 美人娟娟隔秋水，寂寞江天云雾里。中间消息两茫然，咫尺应须论万里。多病马卿无日起，青眼高歌望吾子。安得送我置汝傍，揽环结佩相终始。⑥

分别集杜甫《寄韩谏议》《严中丞枉驾见过》《送路六侍御入朝》《戏题画山水图歌》《即事》《短歌行，赠王郎司直》《乾元中寓居同谷县，作歌七首》《荆南兵马使太常卿赵公大食刀歌》等八首诗，见出杨

---

① 《全宋诗》，北京大学出版社1995年版，第29624页。
② 同上书，第29627页。
③ 同上书，第29629页。
④ 同上书，第29628页。
⑤ 涂小马校注：《陆游全集校注·渭南文集校注》卷15，浙江教育出版社2011年版，第381页。
⑥ 同上书，第29651页。

冠卿这位名不见经传的小诗人对杜甫的熟悉。《全宋词》收其词作 36 首，其中一首为集杜之作：

> 苍生喘未苏，贾笔论孤愤。文采风流今尚存，毫发无遗恨。凄恻近长沙，地僻秋将尽。长使英雄泪满襟，天意高难问。①

此词分别集杜甫《行次昭陵》《寄岳州贾司马六丈、巴州严八使君两阁老五十韵》《丹青引赠曹将军霸》《敬赠郑谏议十韵》《凄恻近长沙》《入乔口》《蜀相》《暮春江陵送马大卿公，恩命追赴阙下》，凡八首，切合吊古伤今之意。

现存杨冠卿诗多类题材皆有集杜之作，且不在题目中标明。如咏物诗《古梅》题下有注云"雪后古梅正芳，月夜常不轻来访，相遇一笑梅下"，诗曰："幽栖地僻经过少，花径不曾缘客扫。积雪飞霜此夜寒，不知明月为谁好。公来肯访浣花老，但话宿昔伤怀抱。忽忆两京梅发时，巡檐索共梅花笑。"②此诗亦为一首集杜诗，分别集杜甫《宾至》《客至》《夜闻觱篥》《秋风二首》《入奏行，赠西山检察使窦侍御》《乾元中寓居同谷县，作歌七首》《立春》《舍弟观赴蓝田取妻子到江陵，喜寄三首》。杨氏赠别诗亦有集杜之作，如《同张帅出郊客有欲别去者作诗留之》："元戎小队出郊坰，落絮游丝亦有情。纵酒欲谋良夜醉，系帆何惜片时程。"③分别集杜甫《严中丞枉驾见过》《白丝行》《腊日》《酬郭十五受判官》四首。写景之作亦有集杜诗者，如《春江极目》："荆扬春冬异风土，江北江南春冬花。跨马出郊时极目，应须美酒送生涯。"④分别集杜甫《寄柏学士林居》《夔州歌十绝句》《野望》《江畔独步寻花七绝句》四首。集杜之作巧夺天工，如同己出，友

---

① （宋）杨冠卿：《卜算子·秋晚集杜句吊贾傅》，载唐圭璋编《全宋词》，中华书局 1965 年版，第 1861 页。

② 《全宋诗》，第 29651 页。

③ 同上书，第 29652 页。

④ 同上。

人"极称其集杜之工"①,洵非虚誉。

杨冠卿学杜诗句法处亦比比皆是,杜诗中颜色词往往并置对举,如"红入桃花嫩,青归柳叶新",以颜色作名词,杨冠卿《适安旅次》之"槛蒲行碧瘦,林叶得红深"②,得杜句法。又如杨氏《壬午杂诗》"有愁供白发,无力买青山"③,得杜甫"青白对举"之法。又如《游交广用帐干赵德纵韵》"鼎鼎百年半流落,悠悠万里益凄凉"④,则源自杜甫"时空对举"之法。

二　杜诗阐释的兴盛

自杜诗定本"二王本"问世后,为后人的辑佚、校勘和笺注提供了基础,在杜诗被北宋诸家推为人伦典范和诗学楷模后,杜诗笺注和年谱之学至北宋已兴起,至南宋而大行,号为"千家注",呈现出南宋杜诗学的繁荣局面。

(一) 年谱与集注

1. 年谱与传记

知人论世是中国诗学悠久的传统。《孟子》曰:"颂其诗,读其书,不知其人,可乎?是以论其世也,是尚友也。"⑤ 自此之后,"知人论世"理论,在中国批评史上影响极大,大量的批评者均以此为准则。宋人亦多次阐述了这一诗学主张,并在批评风气上由作品本身的风格品评转向作家的人格批评。欧阳修在评价其好友梅尧臣和苏舜钦之诗作时即从人出发:"圣俞、子美齐名于一时,而二家诗体特异。子美笔力豪隽,以超迈横绝为奇;圣俞覃思精微,以深远闲淡为意,各极其长,虽

---

① 《四库全书总目》卷160《客亭类稿》提要,中华书局1965年版,第1384页。
② 《全宋诗》,第29641页。
③ 同上书,第29636页。
④ 同上书,第29644页。
⑤ 《孟子·万章下》,载(清)焦循《孟子正义》卷21,中华书局1987年版,第726页。

善论者不能优劣也。"① 并进而提出了著名的"诗穷而后工"② 的观点。苏舜钦则指出："诗之作，与人生偕者也。函愉乐悲郁之气，必舒于言。"③ 黄山谷在论及读陶诗体会时云："观渊明之诗，想见其人，岂弟慈祥戏谑可观也。"④ 这些观点的出现，说明宋人已自觉地将知人论世的理念用于批评实践。而在杜诗学史上则出现了企图"知子美"的要求。仁宗嘉祐四年（1059），王琪即感叹："余安知子美哉？但本末不可缺书，故概举以附于卷终。"⑤ 另一位杜诗的整理者宋谊亦云："近世取士，壹于经术，而风骚之事，有所不暇。虽幽居闲放之人，时或讽咏，而皆鄙俚陈近之词，求其知子美者盖寡矣！"⑥ "知其人"成为"论其诗"的必要条件。

再者，以诗史论杜的历史主义阐释之风盛于北宋，在这种"知子美"的阅读需求和以史论诗阐释方法的双重合力作用下，至北宋后期，有关杜甫的年谱之作应运而生，蔚然兴起。章学诚云："文人之有年谱，前此所无。宋人为之，颇觉有补于知人论世之学，不仅区区考一人文集已也。"⑦ 宋人对前人文集往往反复整理，并编纂年谱附集刊行。其编谱之目的，一是为了在阅读或校刊前人文集时，便于了解作品写作时间与背景，二是为了订正史书或前人所编年谱之误。宋人所作杜甫年谱，存于今者有吕大防《杜工部年谱》、赵子栎《杜工部草堂诗年谱》、蔡兴宗《重编杜工部年谱》、鲁訔《杜工部诗年谱》、黄氏父子的《杜工部年谱辨疑》五家。从其刊布流传方式看，此五谱皆为随集刊行本，无单行本；从其表现方式上看，全部为文谱，无一表谱；从其内容看，

---

① （宋）欧阳修：《六一诗话》，载（清）何文焕辑《历代诗话》，中华书局1981年版，第267页。

② "非诗之能穷人，殆穷而后工也。"参见欧阳修《梅圣俞诗集序》，载洪本健《欧阳修诗文集笺校》，第1092页。

③ （宋）苏舜钦：《石曼卿诗集序》，沈文绰点校《苏舜钦集》卷13，上海古籍出版社1981年版，第165页。

④ 《黄庭坚全集》，四川大学出版社2001年版，第655页。

⑤ （宋）王琪：《杜工部集后记》，《宋本杜工部集》，商务印书馆1957年影印版。

⑥ （宋）宋谊：《杜工部诗序》，《分门集注杜工部诗》卷首，《四部丛刊初编》本。

⑦ 《韩柳二先生年谱书后》，《章学诚遗书》卷8，文物出版社1985年版，第70页。

以杜诗编年为主。现分述如下：

吕大防（1027—1097），字微仲，皇祐初举进士第，元祐初封汲郡公，世称吕汲公。吕大防编著《杜工部年谱》，成于神宗元丰七年（1084），是现存最早的杜甫年谱，在宋代杜诗学史上有重要价值和地位。吕氏所编《杜工部年谱》不仅是现存的杜甫年谱的开创之作，也是我国年谱史上的发轫之作。但吕谱极为粗略，凡六百多字，仅为一雏形，极为简单地勾勒出杜甫诗作的大致年月。主要特点是据诗以系年，详于诗而略于事。吕氏述其编谱缘起云："予苦韩文、杜诗之多误，既雠正之，又各为《年谱》，以次第其出处之岁月，而略见其为文之时。则其歌时伤世、幽忧窃叹之意，粲然可观。又得以考其辞力，少而锐，壮而肆，老而严，非妙于文章，不足以至此。"① 年谱编制是知人论世历史主义原则的贯彻，所谓"少而锐，壮而肆，老而严"风格评说，正是知人论世意旨的体现，这也是宋人首次对杜诗的分期论列。一向对宋人颇为苛刻的钱谦益亦云："汲公之意善矣。"（《注杜诗略例》）

吕谱发凡起例，导夫先路，错失在所难免。其后不久，赵子栎又编《杜工部草堂诗年谱》一卷，载于蔡梦弼《杜工部草堂诗笺》卷首，据宋史本传，赵氏卒于高宗绍兴七年（1137），此谱当完成于两宋之交。其目的是订正吕谱的讹误，故其自序谓："吕汲公大防为《杜诗年谱》，其说以谓：'次第其出处之岁月，略见其为文之时，得以考其辞力少而锐，壮而肆，老而严者如此。'窃尝深考其谱，以谓甫生于睿宗先天元年壬子，而甫实生于开元元年癸丑；以谓甫殁于大历五年庚辰，而甫实殁于大历六年辛亥。其推甫生殁所值纪年，与夫纪年所值甲子，皆有一年之差，且多疏略。今辄为订正，而稍补其阙，俾观者得以考焉。"赵谱虽意在订正，用心本善，其考杜甫科举等事亦有贡献，然舛误之处较之吕谱更多。如吕谱考杜甫生卒年仅干支之差，而赵谱则前后皆误。宋人庄绰在《鸡肋编》中说："宗室子栎字梦授，宣和中以进韩文、杜诗二谱，为本朝除从官之始。然必欲次叙作文岁月先后，颇多穿凿。"②

---

① （宋）吕大防：《杜工部韩文公年谱后记》，《全宋文》卷1573，第209页。
② （宋）庄绰：《鸡肋编》卷中，中华书局1983年版，第82页。

《四库全书总目》也辩驳说："考宋人所作甫《年谱》，又有蔡兴宗、黄鹤二家，皆以甫五十九岁为大历庚戌。独子栎持异议，以为卒于辛亥之冬。不知辛亥甫年六十矣。且子栎以五年庚戌《晚秋长河送李十二》为甫绝笔。甫生平著述不辍，若以六年冬暴疾卒，何至一年之内竟无一诗？此又其不确之证也。其所援引亦简略，不及鲁谱之详。"①

蔡兴宗，字伯世，约为北宋徽宗时人。其《重编杜工部诗年谱》，约作于北宋末，附载于《分门集注杜工部诗》，较吕谱为详，对吕谱多有纠正，考证尤为缜密，近人闻一多《少陵诗谱会笺》即取法蔡谱者颇多。

鲁訔（1099—1175），字季钦，一字季卿，自号冷斋。曾著有《编注杜少陵诗》十八卷，已佚。其《杜工部诗年谱》一卷，附蔡梦弼《杜工部草堂诗笺》与《王状元集百家注编年杜陵诗史》以行。鲁谱作于高宗绍兴二十三年（1153），本于吕、蔡二谱，而体例内容皆较详赡完备，有集成之功，已接近现代年谱之体，在宋编杜甫年谱中影响较大。鲁訔《编次杜工部诗序》云："骚人雅士，同知祖尚少陵，同欲模楷声韵，同苦其意律深严难读也。余谓……离而序之，次其先后，时危平、俗媺恶、山川夷险、风物明晦、公之所寓舒局，皆有概见，如陪公杖履而游四方，数百年间，犹有面语，何患于难读耶！"② 鲁氏认为把杜甫诗作和其平生行迹结合起来，即可了解、把握杜诗深刻的内涵和蕴意。概言之，对杜诗编年的重视表明了北宋人对杜甫的研究不仅仅满足于空泛的论世，知其人更成为研究的焦点，同时把知人和论世结合起来。此后，历代编纂杜集者无不重视编年，编年体成为整理注释杜集的最主要形式。

在上述基础上，南宋黄鹤杜诗系年后出转精，程功甚巨。黄氏父子注杜而又为杜诗系年，其《黄氏补千家集注杜工部诗史序》："吕汲公年谱既失之略，而蔡鲁二谱亦多疏卤。"黄氏较为详尽地勾勒出杜甫生平轮廓，大量征引两唐书和其余史籍方志等。杜甫一生大事都涉及到，

① 《四库全书总目》卷57《杜工部年谱》提要，中华书局1965年版，第515页。
② （宋）鲁訔：《编次杜工部诗序》，《杜工部草堂诗笺·传序碑铭》，《古逸丛书》本。

为后世杜诗更准确系年提供了基础。考订之处时见此谱，如献《三大礼赋》时间《旧唐书》止载于天宝末，《新唐书》定于天宝十三载，鲁谱系于九载，黄氏细致考订后定于十载，此说为后世学者所接受。其《黄氏补千家集注杜工部诗史》笺注系年合一，虽名补注，而功在编年。于正文前冠以黄鹤所订《杜甫年谱辨疑》，按年编诗，题下注明月份，其序说："或因人以核其时，或搜地以校其迹，或摘句以辨其事，或即物以求其意。"

年谱之外，宋代又有数种杜甫的传记之作。宋人撰杜甫传者较早者有孙洙（1032—1080），字巨源，真州人，《宋史》有传。宋张礼《游城南记》"杜固"下注："甫为晋征南将军预之后。预玄孙某随宋武帝南迁，遂为襄阳人。甫曾祖某为韦令，又徙河南。宋孙洙为《甫传》，以牧之为甫族孙，盖同出于预也。"仅见此处引录，全文佚而不传。宋人黄震也撰有《杜甫传》，载于《古今纪要》卷12，文字多剪裁史传，几无发明。

2. 集注之盛

《蔡宽夫诗话》载：

> 老杜诗既为世所重，宿学旧儒，犹不肯深与之。尝有士大夫称杜诗用事广，傍有一经生忽愤然曰："诸公安得为公论乎？且其诗云：'浊醪谁造汝，一酌散千忧。'彼尚不知酒是杜康作，何得言用事广？"闻者无不绝倒。予为进士时，尝舍于汴中逆旅，数同行亦论杜诗。旁有一押粮运使臣，或顾之曰："尝亦观乎？"曰："平生好观，然多不解。"因举"白也诗无敌，飘逸思不群"相问曰："既言无敌，安得却似鲍照、庾信？"时坐中虽然之，然亦不能遽对，则似亦不可忽也。

从这条记载可看出北宋时期的士大夫已经认识到要读懂杜诗是有一定难度的，杜诗用典多，与时事、现实生活联系密切，这些又与杜甫个人的流离播迁息息相关，王直方概括地说："不行一万里，不读万卷书，不可看老杜诗也。"① 因此，只整理、编纂杜甫诗集已经不能满足人们的需求，还要有注释本，于是代替读者"读万卷书"、"行万里路"的注本便大量出现了。

杜诗之注，起于北宋，于南宋而注家蜂起，号"千家注"，虽不无夸张，但从历代著录和文献征引来看，亦有二百余家。宋代对杜集的整理、校勘、辑佚、笺注可谓盛况空前。宋代杜集在编排体例上分为编年、分体、分类三种，又互有交叉。北宋"二王本"采用先分古近体再大致编年的方式。受这个祖本的影响，其后编年体成为最主要的体例，出现了打乱诗体完全按年代编排者。吴兴祚为吴见思《杜诗论文》作序云："读诗之法，先看其年代，大而朝廷政治，小而出处远近，可资考论。"浦起龙《读杜心解·发凡》亦认为"编杜者，编年为上，古近分体次之，分门为类者乃最劣"。王国维《宋刊〈分类集注杜工部诗〉跋》亦云："杜诗须读编年本，分类本最可恨。"② 然分门纂类是南宋以来的著述风气，此体形同类书，"操觚者易于检寻，注书者利于剽窃"③，注杜者囿于世间所需，亦不能免俗。

宋人注杜虽号千家，然而绝大部分已散佚，流传至今者只有九种，包括《宋本杜工部集》和《草堂先生杜工部集》两种白文无注本和七种集注本，其中又分成三种体例：属于分类本的有《门类增广集注杜诗》（残本），《门类增广十注杜诗》（残本），《分门集注杜工部诗》二十五卷；属于分体本的有郭知达《新刊校定集注杜诗》三十六卷，《黄氏补千家集注杜工部诗史》三十六卷；属于编年本的有《王状元集百家注编年杜陵诗史》三十二卷，《杜工部草堂诗笺》五十卷。现将五种现存完帙者略述如次：

（1）《王状元集百家注编年杜陵诗史》三十二卷，王状元指南宋初的王十朋。王十朋（1112—1171），字龟龄，号梅溪。绍兴二十七年中进士第，博究经史，旁通百家，因受排挤知夔州，览杜甫故迹，凭吊工

---

① 《王直方诗话》，载郭绍虞辑《宋诗话辑佚》，中华书局1980年版，第23页。
② 王国维：《观堂集林·观堂别集》卷3，河北教育出版社2003年版，第679页。
③ 《四库全书总目》卷135子部类书类小序，中华书局1965年版，第1141页。

部祠中画像、东屯、瀼西草堂等遗迹,写了不少吟咏杜甫之作,对杜甫之为人作高度评价。如《夔路十赞·少陵先生》云"子美被禹志,空抱竟无用";又如《连日至瞿唐渴白帝祠登越公三峡堂徘徊览古共成十二绝·东屯》云"少陵别业古东屯,一饭遗忠畎亩存。我辈月叨官九斗,须知粒粒是君恩"①,阐发杜甫"一饭未尝忘君"的忠义精神。又有《谒杜工部祠文》云:"风雅颂息,嗣之者谁?后代风骚,先生主之。读书万卷,盖欲有为。明光三赋,烜赫一时。致君尧舜,卒不克施。此志萧条,乃昌其诗。天欲其鸣,穷之使悲。复生太白,如埙应篪。流落剑南,厥声益驰。"②赞赏杜甫有兴亡继绝的使命感。

是书题名"王状元",其实是书商利用人们崇拜状元的心理,以王十朋为招牌,书中出于王十朋的注释不过二三十条。其余则用伪王洙注、伪苏东坡注、赵次公、薛梦符、师古、杜田、杜修可、鲍彪、王彦辅诸家注。此书既托王十朋之名,则此书之编辑当在王中状元之后。书中避宋讳"慎"字,而不避"敦"与"廓",则书当刻于宋孝宗时。这是现存宋本杜诗中最早之集注本,其中保留了许多宋人古注,虽杂伪注,大部分典故注释尚为可靠。

(2)《杜工部草堂诗笺》五十卷,南宋蔡梦弼集注。蔡梦弼,字傅卿,生平不详,约为宁宗嘉泰间人。此书为编年会注本,其编年次序,一依鲁訔年谱。其序云:"我国家祖宗肇造以来,设科取士,词赋之余,继之以诗,诗之命题,主司多取是诗。惜乎世本讹舛,训释纰缪,有识恨焉。梦弼因博求唐宋诸本杜诗十门,聚而阅之,三复参校,仍用嘉兴鲁氏编次先生用舍之行藏、作诗岁月之先后,以为定本。每于逐句本文之下,先正其字之异同,次审其音之反切,方作诗之义以释之,复引经子史传记以证其用事之所从出。离为五十卷目,曰《草堂诗笺》。"看来把杜诗视为科举考试的范文,此书的读者对象也可能是初学者。蔡氏可能为书贾,其会笺所采录的注家,在跋语中有所交代,但在注文中却隐去原注者之名,甚至冒别人注文为己

---

① 以上并见王十朋《梅溪先生后集》卷8,影印文渊阁《四库全书》本。
② 《梅溪先生后集》卷28,影印文渊阁《四库全书》本。

有。有些注文与编年有矛盾，蔡氏亦不察。如《望岳》中"岱宗夫如何"一首，鲁訔编在开元年间，而蔡氏所引注文中却言及安史之乱，可谓荒唐。但是他缀辑旧注，也花了不少工夫。对前人错误有所校正，对繁冗注释有所删简，既诠释字句，又阐明篇意，便于初学。所引用王洙、师古、杜田、杜修可诸家注文，也与王状元本、九家注本、黄氏补注本所引有详略之异。总之，作为一种比较完整地保存至今的宋人集注本，仍有较高价值。此书今有五十卷本（蔡笺原本）和四十卷本（黎庶昌刻古逸丛书本）两种版本系统。

（3）《黄氏补千家集注杜工部诗史》三十六卷，号"千家注"，实收注家一百五十一人。此书由黄希、黄鹤父子两代接力完成。黄希（？—1057），字梦得，临川人，孝宗乾道二年（1166）进士，官终永新令，尝作春风堂于县治，杨万里为之作记。黄鹤，字叔似，号牧隐，著有《北窗寓言集》，今已久佚。黄氏父子以当时流行的分体集注千家注本作底本，在旧注上增添其父子的新注，故曰"补注"。黄希所补，多为名物训诂，黄鹤所补多为诗作编年与史实背景。全书冠以《年谱辨疑》，以为纲领，指出吕大防、蔡兴宗、鲁訔等人年谱之疏误。所注杜诗逐篇均注明创作之年月。例如《投简咸华两县诸子》一诗，前人把"咸华"看作"成华"，编在成都时期。黄鹤根据诗中所用的赤县、长安、南山之豆、东门之瓜等有关长安的词语典故，肯定诗题应是咸华两县（咸阳、华原），而非成华两县（成都、华阳），并定此诗作于长安时期，很有说服力，所以多为后来注家所采用。黄氏在引史证诗方面也颇有成绩，如《夔府书怀》中"恐乖均赋敛，不似问疮痍"句下引了广德元年河东道租庸调盐铁等使裴谞与唐代宗的问答，批评朝廷盘剥好利，又引大历元年诏书，见出杜诗"诗史"的性质，也为此诗作于大历元年提供了确证。当然，黄鹤编年考史也有不甚确切之处，如《赠李白》《郑驸马宅宴洞中》的编年都显然违背史实。四库馆臣在指出其穿凿之处后又予以肯定说："然其考据精核者，后来注杜诸家亦往往援以为证。故无不攻驳其书，而终不能废弃其书焉。"① 这个断语，

_____

① 《四库全书总目》卷149《黄氏补注杜诗》提要，中华书局1965年版，第1281页。

是相当允当的。

（4）郭知达《新刊校定集注杜诗》（简称《九家集注杜诗》）三十六卷，成书于孝宗淳熙八年，也是一部较早的宋人杜诗集注。郭知达序云："杜少陵诗，世号诗史。自笺注杂出，是非异同，多所抵牾，至有好事者掇其章句，穿凿附会，设为事实，托名东坡，刊镂以行，欺世售伪。有识之士，所为深叹。因辑善本得王文公、宋景文、豫章先生、王原叔、薛梦符、杜修可、鲍文虎、师民瞻、赵彦材凡九家，属二三士友，各随是非而去取之。如假托名氏，撰造事实，皆删削不载。精其雠校，正其讹舛，大书锓版，置之郡斋，以公其传。"表明有所裁汰，非简单的辑录。检核全书，所引以赵彦材（次公）最多，杜、薛次之，鲍、师又次之，又删去伪东坡注，虽然还保留伪王洙注，但采择较其他集注本为精。凡诗句下小注，不冠某云者，大略皆为他本所云的王洙注，其云旧注者亦多此类。九家注本后被采入《四库全书》。曾噩在《九家集注杜诗序》中论注杜缘起云："独少陵巨编，至今数百年，乡校家塾龆龀总之童，琅琅成诵，殆与《孝经》《论语》《孟子》并行。况其遭时多艰，瘦妻饥子，短褐不全，流离困苦，崎岖埋厄，一饭一啜，犹不忘君，忠肝义胆，发为词章，嫉邪愤世，比兴深远，读者未能猝解，是故不可无注也。"

（5）佚名《分门集注杜工部诗》，成书于南宋宁宗时。此书以诗题把杜诗分作七十二门类，书前开列注家一百五十人，真伪并处，有虚张声势之嫌。所收注解有繁琐复沓，按而不断之病。此本贡献在于：一是收杜诗较全，除一首重复之外，凡收诗一千四百五十四首，是宋代最多的，已接近清初钱谦益、朱鹤龄注本数量。二是收罗注释亦较完备，虽远不到一百五十家，但可采之处颇多，失传之杜注赖此以存。此本是宋时坊本，大多是删取九家注而成，只是偶有增益之处，分类也极为庞杂，不依时代，不分体裁。但因刻本较早，价值仍然很高。

此书虽出于书贾之手，然诚如周采泉先生所言："以学术价值而言，在宋代集注本中最为下乘，但作为参考资料而言，则亦有一定价值。如后人所驳斥之'伪苏注'，在其它集千家本中，已删削殆尽，此集几乎所引独多，正可借此以分析批判'苏注'之纰缪。"①

（二）伪书

杜甫年谱盛行意在"知人论世"，杜诗笺注之盛则重在"以意逆志"。笺注解释是以解释者之"意"逆作者之"志"的过程，然而要实现"意"与"志"二者的融合，却并非易事。在笺释中，往往会出现两种偏差，或曰两个极端，一是过分强调作者原意，其所谓"释"，仅限于文字、名物和用典的训释，对作者之"志"和读者之"意"往往不赞一辞。刘义庆的注《世说》，李善的注《文选》，以及汉儒经古文学大率如此，其病在保守拘执。二是过多强调读者之意的阐发而忽视了对文本意义的遵从。《文选》"五臣注"，汉代经今文学以及宋明理学的微言大义，多为此类，其病在穿凿附会。宋人注杜的缺点二者都有，前者多因"无一字无来历"说的影响，后者则多因"忠君说"的影响。宋代注杜总体成就不如注韩和注陶。注本众多却良莠不齐，也出现了大量的伪书伪注。

南宋注杜者蜂起，除受诗坛尊杜之风的影响外，还与宋代文学作品的商品化密不可分。宋代雕版兴盛，文化昌明，书坊林立，书商阶层涌现。书商雕印售买名家诗文，意在盈利。如苏轼的诗文每出一篇，人争传刊，书商开板雕印，视为渔利之具。东坡在给朋友的书信中云："市人逐于利，好刊某拙文。欲毁其板，矧欲更令人刊耶！"② 只要有利可图，即使并非名家，也有人"刻梓书其事，鬻于市焉"③。对于那些因某种原因风靡一时之作，书商更是看好其"卖点"，抓住商机，跟风抢进，大渔其利。庆历三年，范仲淹以言事罢职，尹洙、余靖、相继因疏救而遭贬斥，蔡襄感于时事，为作《四贤一不肖诗》，盛传于朝野："时蔡君谟为《四贤一不肖诗》，布在都下，人争传写。鬻书者市之，

---

① 周采泉：《杜集书录》，上海古籍出版社 1986 年版，第 654 页。

② （宋）苏轼：《答陈传道五首》其二，《苏轼文集》卷 53，中华书局 1986 年版，第1574 页。

③ （宋）周密：《闽鄞二庙》，《癸辛杂识》前集，中华书局 1988 年版，第 19 页。

颇获厚利。虏使至，密市以还。"① 可见其受欢迎的程度。

读者的需要、书籍的畅销是坊间书商的主要着眼点，因此，杜诗最早的一批注本带有浓重的商业色彩，付梓刊行过快，亦失之太滥。北宋中叶以后，杜诗开始风行，到了北宋末南宋初，仅数十年间便有数十种杜诗注本、编年本出现，较知名者如郑卬的《杜少陵诗音义》，师尹的《杜工部诗注》，孙觌的《杜诗押韵》，蔡兴宗的《重编少陵先生集》，杜田的《注杜诗补遗正谬》，师古的《杜甫诗详说》等。富有意味的是，北宋王琪刊刻杜诗获得经济利益，当至南宋，杜诗注家蜂起，亦与文学作品的商品化分不开。因之，宋人的注杜不尽为"研究"性质，尚有"商品"性质。

清代的钱谦益谈到宋人杜诗注时说："杜诗昔号千家注，虽不可尽见，亦略具于诸本中。大抵芜秽舛陋，如出一辙。"并总结了其八大罪状：伪托古人、伪托故事、附会前史、伪撰人名、改窜古书、颠倒事实（以前事为后事，以后事为前事）、强释文义、错乱地理。② 钱氏痛诋宋注的芜杂，对之痛加挞伐，这些虽有言之过甚之处，大体上还是说中了宋注的缺点。

杜集编注者大多名不见经传，其中可能就是一些下层文人，为书坊编著书籍赖以糊口。文化水平不高，决定了相当多的杜诗注本质量不会太高。为了促销获利，书贾还假托名人，伪造故实，以繁富相标榜，从中渔利。如各种集注本中的"王洙注"、"苏注"，皆属此类伪书伪注。有关杜诗伪书，程千帆先生曾作《杜诗伪书考》③，考出伪书五种，周采泉先生《杜诗书目》内编卷 11《伪书之属》专门列出伪书十五种。

关于伪王洙注，胡仔曾说"《注杜工部集》，则内翰王原叔所注也。"④ 对此，吴曾即有所辩驳云："世所行注老杜诗，云是王叔原（按应作原叔），或云邓慎思所注。甚多疏略，非王、邓书也。"⑤ 王洙是杜

---

① （宋）王辟之：《渑水燕谈录》卷2，中华书局1981年版，第15页。

② （清）钱谦益：《注杜诗略例》，《钱注杜诗》卷首，上海古籍出版社1979年版。

③ 程千帆：《杜诗伪书考》，《古诗考索》，上海古籍出版社1984年版，第345页。

④ （宋）胡仔纂集：《苕溪渔隐丛话》后集卷8，人民文学出版社1962年版，第56页。

⑤ 《洪驹父诗话》，载郭绍虞辑《宋诗话辑佚》，中华书局1980年版，第423页。

集的整理者，但并未注过杜诗。关于所谓王洙注，基本可认为是伪注，个中缘由，"可以断定镂版家是为了既能出版邓忠臣《注杜诗》而又能躲避严禁出版收藏元祐党人诗文集和学术著作之政治禁令，遂采取张冠李戴之手法，将《注杜诗》邓忠臣注改名为王洙注出版。"①

伪书最典型的是托名苏轼的《老杜事实》，又名《杜诗事实》《东坡事实》《东坡杜诗故事》等，宋人对此已有所揭露。郭知达云："杜少陵诗，世号诗史。自笺注杂出，是非异同，多所抵牾。致有好事者缀其章句，设为事实，托名东坡，刊镂以行，欺世售伪。"② 朱熹云："（伪苏注）所引事皆无根据，反用老杜诗见句增减为文，而傅其前人名字，托为其语，至有时世先后颠倒失序者。"③ 陈振孙则云："世有称《东坡杜诗故事》者，随事造文，一一牵合，而皆不言其所自出，且其辞气首末若出一口，盖妄人依托以欺乱流俗者，书坊辄抄入集注中，殊败人意。"④ 三人指出的基本事实是一样的，即"伪苏注"是根据杜诗成句而捏造出处。然而细究起来，"伪苏注"的作伪手法相当复杂。所以它虽然谬误百出，但有时却并不能被一眼识破。此书在注杜时任意捏造出处，牵合诗旨，作伪之明目张胆，在古书注解本中可推第一。伪苏注又散入集注本中，如《王状元集百家注编年杜陵诗史》和《分门集注杜工部诗》，误人不浅。

除去那些随口造文、伪造典事的伪书伪注不论，就一些较为严肃的注本看，编注亦较粗糙，也多浅妄之论与常识之误。如王直方言："近世有注杜诗者，注'甫昔少年日'，乃引贾少年；'幽径恐多蹊'，乃引《李广传》'桃李不言，下自成蹊'；'绝域三冬暮'，乃引东方朔三冬文史足用；'寂寂系舟双下泪'，乃引《贾谊传》'不系之舟'；'终日坎壈缠其身'，乃引孟子少坎坷；'君不见古来盛名下'乃引《新唐

---

① 邓小军：《邓忠臣〈注杜诗〉考》，《杜甫研究学刊》2002 年第 1 期。
② 《九家集注杜诗序》，《九家集注杜诗》卷首，影印文渊阁《四库全书》本。
③ （宋）朱熹：《跋章国华所集注杜诗》，《朱子全书》（修订本），上海古籍出版社、安徽教育出版社 2010 年版，第 3978 页。
④ 《直斋书录解题》卷 19《杜工部诗集注》条，上海古籍出版社 1987 年版，第 559 页。

书·房琯赞》云：'盛名之下为难居。'真可发观者一笑。"① 这些注文对读懂杜诗无甚裨益。伪书固多为荒诞不经之作，但却折射出一个注杜之盛的历史真实，伪书之盛，正说明杜诗受欢迎的程度之深，如同今日的盗版书，也只存在于畅销的情况下。

（三）赵次公注

宋人注杜良莠不齐，泥沙俱下。众多杜诗注本中，赵次公注成书较早，成就亦最大。赵次公，号彦材，嘉州（今四川乐山）人。赵注约成书于高宗绍兴四年至十七年（1134—1147），其时人们读杜谈杜，学杜注杜，已蔚然成风。赵注在南宋之初产生，一方面反映了时代的要求，一方面也带有总结北宋杜诗研究成果的性质。因此，赵次公注当时即受到论者的重视，也产生了很大的影响。如南宋人曾噩序《九家集注杜诗序》，称"蜀士赵次公为少陵忠臣"，刘克庄称"杜氏《左传》，李氏《文选》，颜氏班史，赵氏杜诗，几于无可恨矣"②。将杜诗赵注与几大古注并列，可见推崇之高。金元时期，元好问作《杜诗学引》，纵论诸家注杜，唯许赵注"所得颇多"。清初钱谦益指斥宋人所注"大抵芜秽并陋，如出一辙"，但也不得不承认赵注为"善于此者三家"之一。然而，恰恰是这样一部极具价值的杜诗注本，早已散佚失传。今人只能于几种集注本中可见零星引录，难窥全豹。现代学者林继中集多年心血从各种杜诗集注中钩沉辑佚，将所存赵注都尽行辑录，标点校订，成为一部长达百万言的《杜诗赵次公先后解辑校》，为研究宋人注杜提供了重要的线索。

就词语训释方面，赵注不仅比较准确地注释了杜诗中的词语典故，而且能联系杜诗的时代背景，指出前人注释之错误，如杜甫在夔州所作《写怀二首》中"无贵贱不悲，无富贫亦足"两句，赵注说："盖贱之所以悲者，以贵形之也，故无贵则贱者不悲矣。贫之所以不足者，以富

---

① 《王直方诗话》，载郭绍虞辑《宋诗话辑佚》，中华书局1980年版，第87页。
② （宋）刘克庄：《跋陈教授杜诗补注》，载辛更儒《刘克庄集笺校》卷95，中华书局2011年版，第4207页。

形之也，故无富则贫者亦足矣。而旧注云贵贱贫富一委顺而已，所谓乐天知命者，非是。"不仅宋人旧注如此，直到清代的仇兆鳌释此二句还是说："苟能达观，穷达生死，皆可一视，何必多此哀乐乎？"这实际是有意削弱杜诗的思想性，相比赵次公反而有所倒退。

赵注在详释字义典故、诠解诗义之外，中间也有赵氏自己的评析。如《兵车行》中"君不见青海头，古来白骨无人收"，赵注曰："时有事于吐蕃，乃青海之地，哥舒翰所立功之处也。公言古来者，盖托之以兴也。"显然，他着重以比兴来发现杜诗中的寄托，是与《文选》李善注完全不同的诗歌解释方法，且此法对明清杜诗学产生了极大的影响。

宋人注杜多失于穿凿，强为比附，认为杜诗表达"周情孔思"，可与六经相提并论，以为杜甫一言一行必合于圣人的标准。赵次公注的最大特点则是强调杜甫诗人身份，编年细致深入，风格平实。注释平实看似简单，实际不易。历来注释诗文，特别是注释有卓越成就的诗文作品无不喜欢在诗文夹缝中搜索微言大义，以表现自己发隐探赜之苦心，因此极易流于穿凿附会，求之愈深，离原义愈远。赵注风格平实，基本上能克服这些弊病。

赵注的平实不仅表现在廓清解杜中的穿凿附会上，而且其解释文字用语通俗，多采当时口语。杜诗中有些极尖锐的诗句，刺君讽君之语间或出现，往往突破了温柔敦厚的诗教，这显然不符合儒家规范。一些注者或为尊者讳，往往曲为回护，而赵注则就诗论诗，不为曲解。如赵注《前出塞》《后出塞》，皆直接指明"此讥好大喜功之主也"。对这些诗，后人或说"刺开边"，或说"遏人主喜功之心"，很少像赵氏这样直接明白。后世还有人将此改为"讥好大喜功之士"，不仅文不对题，亦可见琐屑文士为尊者讳之心态。

在编年方面赵次公贡献尤多，他不仅细致地为杜诗编年，有些甚至精细到季度、月份，做到了"年经月纬"。赵注之前有《纪年编次》，又有卷首与诗题下系年及句解所征引之史实。赵氏为每首杜诗作了详细的编年，其细致深入，超过宋代诸家。杜甫自秦州以后，辗转漂泊，行踪较为清晰，在每一地停留时间皆不太长，且留有大量的诗作以记其行。赵氏先考证某诗作于某地，据地以定其年份，然后再据诗中所反映的物候定其季节月份，予以准确系年。在发掘杜诗与历史事件的联系方面赵注做了许多工作，诗史互释，具有强烈的理性色彩。

当然，赵注远非完美，其不足也较明显。最大的不足是注文繁琐，有啰唆之病，这也是造成赵注流传不广的原因之一，其次就是有强求出处之病，此可谓宋注的通病。

除了"千家注杜"，南宋杜诗学的另一表现是诗话论杜之风的兴盛。诗话一体，起于北宋，滥觞于《六一诗话》，欧公自谓"居士退居汝阴，而集以资闲谈"①，继起者多以纪事与评诗为要旨，至南宋益盛，重心渐由纪事转向论诗，其中对杜诗的评论与阐释连篇累牍，或以儒家诗教揄扬杜诗，或关合史实以阐释史诗，或字斟句酌、摘句赏字以揣摩诗义，本事几至无杜不成书的地步，而且出现了专论杜诗的专题诗话。众多诗话与"千家注杜"桴鼓相应，联袂促成了南宋杜诗学的繁荣。

三　理学家眼中的杜诗

在宋代文化与学术空前繁荣的背景下，宋代的理学家以开拓儒学思想，重建儒家道统为己任，提出"为天地立心，为生民立命，为往圣继绝学，为万世开太平"②的远大理想。为适应这一思潮，此前儒家的章句之学一变而为义理之学，后由朱熹集其大成，至理宗时得真德秀、魏了翁等人之发扬，逐渐确立了思想领域的主导地位。

宋代理学思潮对杜诗学的繁荣起了推波助澜的作用，宋人常常从儒家经典的角度出发阐释杜诗，治杜的方式亦颇似汉人之治《诗经》。汉武帝罢黜百家，独尊儒术，设五经博士，《诗》学成为经学。自汉末经学衰落，魏晋以迄唐五代七百多年间的思想文化，总的来看是儒、释、道三足鼎立。宋代儒学复兴，重新取得主流意识形态的认同，杜甫的儒者身份被强调，杜诗中的儒家思想被阐发。杜诗被奉为诗中之"经"

---

① （宋）欧阳修：《六一诗话》，载（清）何文焕辑《历代诗话》，中华书局1981年版，第264页。
② （宋）张载：《西铭》，《张子全书》卷14，影印文渊阁《四库全书》本。

的同时，杜甫本人也被推崇为诗家之祖。对于一生寂寞的杜甫来讲，可谓不虞之誉。

但是，在理学家看来，诗是道的工具和婢女，道统之外，不存在独立的诗统。当诗有害道的危险时，则弃之如敝屣。在诗道关系上，道处于支配地位。他们着力淡化杜甫的诗人身份，强调杜甫的儒者身份。因之，对杜诗中那些吟咏风物的篇章也就表现出不满，可谓求全之毁。

理学家眼中的诗歌是道学的载体，其文道关系一言以蔽之"文以载道"，这以周敦颐（1017—1073）的说法最具代表性：

> 文所以载道也。轮辕饰而人弗庸，徒饰也，况虚车乎！文辞，艺也；道德，实也。笃其实，而艺者书之，美则爱，爱则传焉。贤者得以学而至之，是为教。故曰：言之无文，行之不远。然不贤者，虽父兄临之，师保勉之，不学也；强之，不从也。不知务道德而第以文辞为能者，艺焉而已。噫！弊也久失！①

二程的文道观表现得更为偏颇，当被问到"作文害道否"时，程颐（1033—1107）明确回答："害也。凡为文，不专意则不工，若专意则志局于此，又安能与天地同其大也？《书》曰'玩物丧志'，为文亦玩物也。"② 视作文为玩物丧志之举。他曾宣扬："某素不作诗，亦非是禁止不作，但不欲为此闲言语。"③ 那么，按照他的观点，什么样的诗才是闲言语呢？他举杜诗作以说明："且如今言能诗无如杜甫，如云'穿花蛱蝶深深见，点水蜻蜓款款飞'。如此闲言语，道出作甚？某所以不常作诗。"④ 程颐所举的两句杜诗，出自杜甫的《曲江二首》其二，是杜甫短期立朝任左拾遗时所写。两句刻画春景，描摹物态，堪称工丽，此诗将曲江暮春之景与惜春、伤春之情，留春、送春之意融为一体，表面上看似行乐，实写身在谏职却有志难伸的苦闷心情，如王嗣奭

---

① 《文辞第二十八章》，《周元公集》卷1，影印文渊阁《四库全书》本。
② （宋）程颐：《二程集·河南程氏遗书》卷18，中华书局1981年版，第239页。
③ 同上。
④ 同上。

所释："以赋而兼比兴，以忧愤而托之行乐者也。"① 或恐因其中并未见君臣大义，亦无从体现理学家孜孜以求的"道"，因而被程颐视为"闲言语"。

理学家从"理"出发，欲人们非理莫问，但是自古以来的诗统源远流长，比道统更为悠久，理学家欲截断众流，又谈何容易。因之，作诗对理学家而言是挡不住的诱惑。诗歌已成为一种普遍的文化形式，是士人间交往应酬必不可少的工具，即如程颐在宣称"某素不作诗"、"某所以不常作诗"之后，也还引证了自己的一首诗作②。从宋诗实际来看，几乎所有的理学家都有诗歌作品传世。钱钟书先生分析道学家的矛盾心理说：

> 程颐说："作文害道"，文章是"俳优"；又说"学诗用功甚妨事"，像杜甫的写景名句都是"闲言语，道他做甚！"轻轻两句话变了成文的法律，吓得人家作不成诗文。不但道学家像朱熹要说："顷以多言害道，绝不作诗"，甚至七十八天里做一百首诗的陆游也一再警告自己说："文词终与道相妨"，"文词害道第一事，子能去之其庶几！"当然也有反驳的人。不过这种清规戒律根本上行不通。诗依然一首又一首的作个无休无歇，妙的是歪诗恶诗反而因此增添，就出于反对作诗的道学家的手笔。因为道学家还是手痒痒的要作几首诗的，前门撵走的诗歌会从后窗里爬进来，只添了些狼狈的形状。③

北宋理学家对待诗歌的总体态度固执而偏颇，对杜诗评价不高，至南宋则试图调和诗与道的对立矛盾。南宋理学家专门论杜之文字不多，值得注意的是朱熹的论杜观点。朱熹是理学的集大成者，也是理学家中的大诗人，存诗一千二百余首。关于文道关系，他提出了文从道出的著

① （明）王嗣奭：《杜臆》，上海古籍出版社 1983 年版，第 65 页。
② 《二程集·河南程氏遗书》卷 18，中华书局 1981 年版，第 239 页。
③ 钱钟书：《宋诗选注》，人民文学出版社 1989 年版，第 151 页。

名观点：

> 才卿问："韩文李汉序头一句甚好？"曰："公道好，某看来有病。"陈曰："文者贯道之器，且如六经是文，其中所道皆是这道理，如何有病？"曰："不然，这文皆是从道中流出，岂有文反能贯道之理！文是文，道是道，文只知吃饭时下饭耳。若以文贯道，却是把本为末。以末为本，可乎？其后作文者皆是如此。"①

朱熹以为，道是文的本源，舍道而无文，文是道的自然流露。这是理学家一贯的重道轻文思想的延伸，同时他又提出"文道合一"的观点，"道者文之根本，文者道之枝叶，惟其根本乎道，所以发之于文皆道也。三代圣贤文章，皆从此心写出，文便是道"②。与程颐的"作文害道"说不同，朱熹试图调和文道矛盾，提出诗情与道不相悖的观点："急呼我辈穿花去，未觉诗情与道妨。"③ 崇尚自然天成的诗歌意境："自然触目成佳句，云锦无劳更剪裁。"在古今人物中，他对杜甫有很高的评价：

> 予尝窃推《易》说以观天下之人，凡其光明正大，疏畅洞达如青天白日，如高山大川，如雷霆之为威而雨露之为泽，如龙虎之为猛而麟凤之为祥，磊磊落落，无纤芥可疑者，必君子也。……于是又尝求之古人以验其说，则于汉得丞相诸葛忠武侯，于唐得工部杜先生、尚书颜文忠公、侍郎韩文公，于本朝得故参知政事范文正公，此五君子，其所遭不同，所立亦异，然求其心，则皆所谓光明正大、疏畅洞达、磊磊落落而不可揜者也。其见于功业文章，下至

---

① （宋）黎靖德编：《朱子语类》卷139，中华书局1986年版，第3305页。
② 同上书，第3319页。
③ （宋）朱熹：《次秀野韵五首》其三，《晦庵先生朱文公文集》卷3，《朱子全书》（修订本），上海古籍出版社、安徽教育出版社2010年版，第331页。

字画之微，盖可以望之而得其为人。①

在这里，他把杜甫与诸葛亮、颜真卿、韩愈、范仲淹并列，认为他们是历史上五位伟大的人物。朱熹对历史人物的评价往往非常严苛，一部《朱子语类》提到了不少青史留名的人物，却鲜有不受到他的批评的。在异常严格的道德标准审视之下，很多历史人物在他那里受到无情的审判。他所提到的五人中，诸葛亮、颜真卿、范仲淹以事功名垂青史，是道德高尚、功业彪炳的名臣，韩愈则以道统的继承者自居，是儒学复兴的关键人物，只有杜甫是比较"纯粹"的诗人，由此可见朱熹对杜甫其人的推崇之意。

在对杜甫其人揄扬的同时，朱熹对杜诗评价甚高，他以为"作诗先用看李杜，如士人治本经。本既立，次第方可看苏黄以次诸家诗"②。宋代理学家论诗多从"性理"切入，较少关乎"艺文"，相对而言，朱熹的艺术鉴赏品位较高，其论杜观点也具有较浓的诗学意味。他曾教诲人多读杜诗，领会其义，认为"杜诗佳处有在用事造语之外者，唯其虚心讽咏，乃能见之。国华更以予言求之，虽以读《三百篇》可也"③。又说："古乐府及杜子美诗，意思好，可取者多，令其喜讽咏，易入心，最为有益也。"④他强调的是杜诗之"易入心"，要求人们"虚心讽咏"。其宗旨在于以论诗而谈心性之学，将诗纳入了理学之途。朱熹认为诗与道、义可以融为一体，"就其不遇，独善其身，以明大义于天下，使天下之学者皆知吾道之正而守之以待上之使令，是乃所以报不报之恩者，亦岂必进为而抚世哉！佛者杜子美亦云：'四邻耒耜出，何必

---

① （宋）朱熹：《王梅溪文集序》，《晦庵先生朱文公文集》卷75，《朱子全书》（修订本），上海古籍出版社、安徽教育出版社2010年版，第3641页。
② （宋）黎靖德编：《朱子语类》卷140，第3333页。
③ （宋）朱熹：《跋章国华所集注杜诗》，《朱子全书》（修订本），上海古籍出版社、安徽教育出版社2010年版，第3978页。
④ （宋）朱熹：《答刘子澄》，《朱子全书》（修订本），上海古籍出版社、安徽教育出版社2010年版，第1540页。

吾家操.' 此言皆有味也"①。很明显,他不是从杜诗本身解释杜诗,而是把杜诗与儒家的道、义联系在一起,对杜诗进行发挥。

从理学家的诗学观出发,他对杜诗中不合于义理之处亦有微词,又其《跋杜工部同谷七歌》称:"杜陵此歌豪宕奇崛,诗流少及之者。顾其卒章,叹老嗟卑,则志亦陋矣。人可以不闻道哉!"② 这里体现出朱熹的矛盾心理:一方面,他从艺术风格上称赞杜诗"豪宕奇崛","诗流少及之",评价不可谓不高;另一方面,又从"道"着眼,认为诗家"叹老嗟卑",有失于儒家之大道。

宋代大诗人多钟情于杜甫夔州以后诗,尤以黄山谷为甚,朱熹对此有自己的看法:

> 李太白始终学选诗,所以好;杜子美诗好者亦多是效选诗,渐放手,夔州诸诗则不然也。
>
> 杜诗初年甚精细,晚年横逆不可当,只意到处便押一个韵。如自秦州入蜀诸诗,分明如画,乃其少作也。李太白诗非无法度,乃从容于法度之中,盖圣于诗者也。
>
> 人多说杜子美夔州诗好,此不可晓。夔州诗却说得郑重烦絮,不如他中前有一节诗好。鲁直一时固有所见。今人只见鲁直说好,便都说好,矮人看戏耳。③

似乎对杜甫夔州诗颇有微词,与黄山谷意见相左,实二人之论有相承与相通之处,饶宗颐先生对此有精彩的辨析:"朱子意在遵守旧格,侧重仿古,故反对自出规模;山谷意在求得大巧,有自家面目,但要归于平淡,不可有斧凿痕迹。朱子之方法是适用于未成熟者,从学诗之过程而言,使其不行错路,山谷是指点如何做到成熟之工夫和开拓境界,

---

① (宋)朱熹:《答陈同甫》,《朱子全书》(修订本),上海古籍出版社、安徽教育出版社 2010 年版,第 1596 页。

② (宋)朱熹:《跋杜工部同谷七歌》,《朱子全书》(修订本),上海古籍出版社、安徽教育出版社 2010 年版,第 3952 页。

③ (宋)黎靖德主编:《朱子语类》卷 140,第 3326 页。

已是进一步说。文章之事，有所法而后能，有所变而后大，朱子之意，是说如何师法，山谷之意，则说如何变化，分别是两个阶段，相反而不相妨。"①

朱熹论杜之语颇多，亦涉及杜诗的艺术特色，但其指归仍着眼于"义理"，即以论道代替论诗，以义理代替情感。可以说，理学的发展与兴盛，促进了宋代杜诗学的繁荣，但在某种程度上造成了杜诗学的异化。

四　诗中六经：伦理教科书与文化范本

以杜诗为"诗中六经"之说，源自陈善。陈善，字敬甫，号秋塘，罗源（今属福建福州）人，约生活于南宋高宗绍兴前后，其《扪虱新话》四库馆臣评价不高，收入子部杂家类存目。但其杜诗学观在当时颇具代表性："老杜诗当是诗中六经，他人诗乃诸子之流也。"② 另一位以经论杜的人物程珌（1164—1242），字怀古，绍熙四年进士及第，理宗朝累官至礼部尚书，翰林学士、知制诰，"立朝以经济自任，诗词皆不甚擅长"③。以先世居洺州（今河北永年），因自号"洺水遗民"，有《洺水集》三十卷传世。其论杜言语散见于序跋，如《赵史君诗集序》谓"《三百篇》既亡，至少陵而中兴焉，自是而后，如蝈如螗矣。……盖古人之诗不徒作也，上以风化下，下以风刺上，言者无罪，闻者足戒"④，以儒家经典来比附杜诗成为南宋杜诗学的一个重要特点。

（一）杜诗伦理价值的进一步强化

自北宋诗史说、忠君说大行于世后，杜诗的伦理意义进一步强化。杜甫本人化而为圣，杜甫其诗化而为经，为教科书，宋人在通过有意

---

① 饶宗颐：《论杜甫夔州诗》，《饶宗颐二十世纪学术文集》卷12，台湾新文丰出版股份有限公司2003年版，第100页。

② 《扪虱新话》下集卷1，《丛书集成初编》本，第55页。

③ 《四库全书总目》卷162《洺水集》提要，中华书局1961年版，第1390页。

④ （宋）程珌：《赵史君诗集序》，《全宋文》卷6784，第383页。

"误读"重塑杜甫的道路上越走越远。

敖陶孙评杜诗曰："杜工部如周公制作，后世莫能拟议。"① 南宋赵次公注杜以平实见称，然其论杜也以教化为要旨："六经皆主乎教化，而诗尤关六经之用。……唐自陈子昂、王摩诘沉涵醇隐，稍为近古，而造之未深，其明教化者无闻焉。至李杜，号诗人之雄，而白之诗，多在于风月草木之间，神仙虚无之说，正何补于教化哉！惟杜陵野老，负王佐之才，有意当世，而肮脏不偶，胸中所蕴，一切写之于诗。……诵其诗以知教化之原，岂不自我公发之耶！"② 以诗的教化作用为标准来衡论李杜诗的高下，成为宋人的普遍做法，杜诗甚至超出诗学范围成为儒家启蒙教育的经书课本。

南宋人解杜出现了一种泛道德倾向，即以儒家纲常为准则，以伦理教化为鹄的，小心翼翼地挖掘杜诗字里行间所蕴含的忠孝节义，实际上是以"六经注我"的方式解读杜诗。如葛立方《韵语阳秋》：

> 老杜咏《萤火》诗云："幸因腐草出，敢近太阳飞。未足临书卷，时能点客衣。"似讥当时阉人用事于人君之前，不能主张文儒，而乃如青蝇之点素也。说者乃谓喻小有才而侵侮大德，岂不误哉。罗隐窃取其意，乃曰："不思曾腐草，便拟倚孤光。若道通文翰，车公照肯长。"其视前作愧矣。③

以"萤火"喻宦官李辅国等，以"太阳"喻人君，是宋人解读杜甫《萤》的寻常角度，唯方回之论较为通达："说者谓此诗腐草、太阳之句以讥李辅国。凡评诗，政不当如此刻切拘泥。言之者无罪，闻之者足以戒。大丈夫耿耿者，不当为萤爇微光，于此自无相关。世之仅明忽

---

① （宋）敖陶孙：《臞翁诗评》，载魏庆之《诗人玉屑》，中华书局 2007 年版，第 25—26 页。

② （宋）赵次公：《杜工部草堂记》，载（宋）袁说友等编《成都文类》卷 42，影印文渊阁《四库全书》本。

③ （宋）葛立方：《韵语阳秋》卷 2，载（清）何文焕辑《历代诗话》，中华书局 1981 年版，第 494 页。

晦不常者，又岂一辅国？则见此诗而自愧矣，学者观大指可也。"①

其实，以比兴论杜早在北宋后期已兴起，最典型者当数惠洪（1071—?）。惠洪在《天厨禁脔》卷中列举杜诗三联："老妻画纸为棋局，稚子敲针作钓钩"（《野外》，一作《江村》）；"不分桃花红胜锦，生憎柳絮白于绵"（《送路六侍御入朝》）；"不如醉里风吹尽，可忍醒时雨打稀"（《绝句》），以比兴之法论之：

> 三诗皆子美作也。妻比臣，夫比君，棋局，直道也，针合直而敲曲之，言老臣以直道成帝业，而幼君坏其法。稚子，比幼君也。锦、绵，色红白而适用，朝廷用真材，天下福也。而真材者忠正，小人谄谀似忠，诈奸似正。故为子美所不分而憎之也。小人之愚弄朝廷，贤人君子不见其成败则已，如眼见其败，亦不能不为之叹息耳。故曰"可忍醒时雨打稀"。②

释惠洪论诗多道学气，少禅学趣。所论强为比附，简直如同痴人说梦。《江村》一诗本是写草堂夏日诗人的悠闲生活和天伦之乐，刻画浣花溪畔，江流曲折的恬静幽雅之景象。惠洪真富有想象力，竟能从老妻想到君臣，将日常生活的棋局、钓钩上升到成就帝业的"直道"，穿凿之甚，荒鄙可笑。其实这种解释法在南宋更是大行其道，如陈郁（1184—1275）《藏一话腴》外编卷上亦云："此盖言士君子宜以直道事君，而当时小人反以直为曲故也。觉范（指惠洪）今以妻比臣，稚子比君，如此，则臣为母，君为子，可乎？何不察物理人伦至此耶？"虽对惠洪有所批评，但使用的比兴论诗原则如出一辙。

在北宋以豪放论杜，诗史论杜，诗法论杜之后，至南宋又进一步把杜诗和圣人的经典相比附，杜诗和儒家经典并行于世，所谓"独少陵巨编，至今数百年，乡校家塾龆总之童，琅琅成诵，殆与《孝经》《论

---

① 李庆甲集评校点：《瀛奎律髓汇评》卷27，上海古籍出版社2005年版，第1154—1155页。

② （宋）惠洪：《天厨禁脔》卷中，载张伯伟编校《稀见本宋人诗话四种》，江苏古籍出版社2002年版，第135页。

语》《孟子》并行"①。杜诗成了圣贤法言和人伦经典的教科书。张戒
之论最有代表性：

> 杜子美李太白，才气虽不相上下，而子美独得圣人删诗之本
> 旨，与《三百五篇》无异，此则太白所无也。元微之论李杜，以
> 为太白"壮浪纵恣，摆去拘束，摹写物象，诚亦差肩于子美。至
> 若铺陈终始，排比声韵，李尚未能历其藩翰，况堂奥乎。"鄙哉，
> 微之之论也！铺陈排比，曷足以为李杜之优劣。子曰："不学
> 《诗》，无以言。"又曰："《诗》可以兴，可以观，可以群，可以
> 怨，迩之事父，远之事君。"《序》曰："先王以是经夫妇，成孝
> 敬，厚人伦，美教化，移风俗。"又曰："上以风化下，下以风刺
> 上，主文而谲谏，言之者无罪，闻之者足以戒。"子美诗是已。若
> 《乾元中，寓居同谷七歌》，真所谓主文而谲谏，可以群，可以怨，
> 迩之事父，远之事君者也。②

在这里，张戒颇不满于唐人元稹仅从艺术上论杜，而视杜诗等同于
儒家经典，直接把阐释《诗经》的一套话语系统用到杜诗评论上，采
用治经的方式来论杜。把杜甫诗篇和《诗经》某些篇章简单类比，通
过两者的一一比靠，以"诗经"的正典地位来抬高杜诗，并纳入儒家
诗学中心典范的位置。他又从"思无邪"的角度推尊陶渊明、杜甫诗：
"《诗序》有云：'诗者志之所之也，在心为志，发言为诗，情动于中而
形于言'，其正少，其邪多，孔子删诗，取其思无邪者而已。自建安七
子、六朝、有唐及近世诸人思无邪者，惟陶渊明杜子美耳，余皆不免落
邪思也。"③ 在具体作品的阐释上，南宋诗论家习惯于以《诗经》类比

---

① （宋）曾噩：《九家集注杜诗序》，《九家集注杜诗》卷首，影印文渊阁《四库全书》
本。

② 《岁寒堂诗话》卷下，载丁福保辑《历代诗话续编》，中华书局 1983 年版，第 469
页。

③ 《岁寒堂诗话》卷上，载丁福保辑《历代诗话续编》，中华书局 1983 年版，第 465
页。

解杜，如师古评《新婚别》云："《诗·采绿》，刺怨旷也。观甫此诗，怨别又甚于《采绿》者矣。"① 刘克庄《后村诗话》云："《新安吏》《潼关吏》《石壕吏》《新婚别》《无家别》诸篇，其述男女怨旷、室家离别、父子夫妇不相保之意，与《东山》《采薇》《出车》《杕杜》数诗相为表里。"② 皆以杜诗直写现实的名篇类比于《诗经》。

罗大经对杜诗也说过同样的话："语意涵蓄，不迫切，使人咀嚼而自得之，可以亚《国风》矣。"③ 以"温柔敦厚"儒家诗教解杜一直到明清，都是论杜者口实，也制约着对杜诗的解释和评论。就杜甫本人来说，虽"奉儒守官"，一生"只在儒家界内"，却并非一味地温柔敦厚，杜甫有过"纨绔不饿死，儒冠多误身"（《奉赠韦左丞丈二十二韵》）的牢骚，甚至不无偏激地借醉狂言："儒术于我何有哉？孔丘盗跖俱尘埃"（《醉时歌》），像"边庭流血成海水，武皇开边意未已"（《兵车行》）之类讥时讽世之作，也时或有之。杜甫也并非出言必合于君王政道，他的集子中有相当一部分不外乎寄情山水、人情物态的篇什。

杜甫其人由诗人而史家而圣哲，展示了杜甫"圣化"的整个过程，这个"圣化"的过程终于在南宋得以完成。"诗圣"之名虽在明代提出，但在南宋，已呼之欲出，虽无其名，已具其实了。

（二）圣于诗：杨万里论杜

在宋人尊杜学杜风潮中，中兴四大诗人之一的杨万里（1127—1206）亦酷爱杜诗，自称"一卷杜诗揉欲烂，两人齐读味初深"④。他阐述自苏东坡、秦少游以来的"集大成说"云："道子之画，鲁公之字，子美之诗，盖兼百家而无百家，旷千载而备千载者也。"⑤ 他对杜甫句法亦颇为激赏，如："晚因子厚识渊明，早学苏州得右丞。忽梦少

---

① 《师氏诗说》，载何汶《竹庄诗话》卷11引，中华书局1984年版，第205页。
② （宋）刘克庄：《后村诗话·新集》卷1，中华书局1983年版，第154页。
③ 《鹤林玉露》丙编卷6，中华书局1983年版，第333—334页。
④ （宋）杨万里：《与长孺共读杜诗》，载辛更儒《杨万里集笺校》卷42，中华书局2007年版，第2211页。
⑤ （宋）杨万里：《罗德礼补注汉书序》，载辛更儒《杨万里集笺校》卷78，中华书局2007年版，第3194页。

陵谈句法，劝参庾信谒阴铿。"① 又如："扶藜时蹑大阮踪，觅句深参少陵髓。"（《和九叔知县昨游长句》）再如："说似少陵真句法，未应言下更空回。"（《东寺诗僧照上人访予于普明寺，赠以诗》）

《诚斋集》中有不少化用杜诗成句者，如"只哦少陵七字诗，但得长年饱吃饭"②，化用杜甫《病后遇王倚饮赠歌》之"但使残年饱吃饭，只愿无事常相见"。"我无杜曲桑麻在，也道此生休问天"③，化用杜甫《曲江三章章五句》之"自断此生休问天，杜曲幸有桑麻田"。"孔子盗跖俱尘埃，杜陵老人今亦安在哉"④，化用杜甫《醉时歌》之"儒术于我何有哉，孔丘盗跖俱尘埃"。"更哦子美醉时歌，焉知饿死填沟岳"⑤，化用杜甫《醉时歌》之"但觉高歌有鬼神，焉知饿死填沟壑"。杨万里亦有集杜之作，如《类试所戏集杜句跋杜诗，呈监试谢昌国察院》：

> 有客有客字子美，日籴太仓五升米。锦官城西生事微，尽醉江头夜不归。青山落日江湖白，嗜酒酣歌拓金戟。语不惊人死不休，万草千花动凝碧。穉子敲针作钓钩，老夫乘兴欲东流。巡檐索共梅花笑，还如何逊在扬州。老去诗篇浑漫与，蛱蝶飞来黄鹂往。往时文采动人主，来如雷霆收震怒。一夜水高数尺强，濯足洞庭望八荒。阊阖晴开映荡荡，安得仙人九节杖。君不见西汉杜陵老，脱身事幽讨，下笔如有神？汝与山东李白好，儒术于我何有哉？愿吹野水添金杯，焉知饿死填沟岳。如何不饮令心哀，名垂万古知何用，万牛回首丘山重。⑥

---

① （宋）杨万里：《书王右丞诗后》，载辛更儒《杨万里集笺校》卷7，中华书局2007年版，第390页。

② （宋）杨万里：《上元夜里俗：粉米为茧丝，书吉语置其中，以占一岁之福祸，谓之茧卜，因戏作长句》，载辛更儒《杨万里集笺校》卷5，中华书局2007年版，第267页。

③ 《送王无咎，善邵康节皇极数，二首》其一，《杨万里集笺校》卷4，第257页。

④ 《行路难》其二，《杨万里集笺校》卷20，第1061页。

⑤ 《悯旱》，《杨万里集笺校》卷3，第141页。

⑥ 辛更儒笺校：《杨万里集笺校》卷19，中华书局2007年版，第956页。

此诗集用数首杜诗,有《醉时歌》、《将赴成都草堂途中有作,先寄严郑公五首》其五、《惜别行,送向卿进奉端午御衣之上都》、《江上值水如海势,聊短述》、《白丝行》、《江村》、《解闷十二首》其二、《舍弟观赴蓝田取妻子到江陵,喜寄三首》其二、《和裴迪登蜀州东亭送客逢早梅相忆见寄》、《莫相疑行》、《观公孙大娘弟子舞剑器行》、《春水生二绝》其二及《寄韩谏议》《乐游园歌》《望岳》《醉歌行,赠公安颜少府请顾八题壁》《赠李白》《奉赠韦左丞丈二十二韵》《苏端、薛复筵简薛华醉歌》《古柏行》,凡二十首,虽为戏作,而意脉贯通,不至于支离破碎。

杨万里诗少学江西,又溯江西而上追老杜,因而特别推崇李杜与苏黄,认为四人之诗各成一体:

> "问余何意栖碧山,笑而不答心自闲。桃花流水杳然去,别有天地非人间。"又:"相随遥遥访赤城,三十六曲水回萦。一溪初入千花明,万壑度尽松风声。"此李太白诗体也。"麒麟图画鸿雁行,紫极出入黄金印。"又:"折摧朽骨龙虎死,黑入太阴雷雨垂。"又:"指挥能事回天地,训练强兵动鬼神。"又:"路经滟滪双蓬鬓,天入沧浪一钓舟。"此杜子美诗体也。"明月易低人易散,归来呼酒更重看。"又:"当其下笔风雨快,笔所未到气已吞。"又:"醉中不觉度千山,夜闻梅香失醉眠。"又《李白画像》:"西望太白横峨岷,眼高四海空无人。大儿汾阳中令君,小儿天台坐忘身。平生不识高将军,手涴吾足乃敢嗔。"此东坡诗体也。"风光错综天经纬,草木文章帝杼机。"又"涧松无心古须鬣,天球不琢中粹温。"又:"儿呼不苏驴失脚,犹恐醒来有新作。"此山谷诗体也。①

杨万里以李杜与苏黄为两朝诗歌之代表诗人,所举四联杜诗分别来

---

① (宋)杨万里:《诚斋诗话》,载丁福保辑《历代诗话续编》,中华书局1983年版,第137页。

自《惜别行，送向卿进奉端午御衣之上都》《戏为双松图歌》《奉寄章十侍御》《将赴荆南，寄别李剑州》，为二首七古和二首七律，乃杜甫最擅长之体。

杨万里在《江西宗派诗序》中进一步考察苏黄与李杜的诗学渊源，并提出了"神于诗"与"圣于诗"的观点：

> 昔者诗人之诗，其来遥遥也。然唐云李、杜，宋言苏、黄，将四家之外，举无其人乎？门固有伐，业固有承也。虽然，四家者流，一其形，二其味，二其味，一其法者也。盖尝观夫列御寇、楚灵均之所以行天下者乎？行地以舆、行波以舟，古也。而子列子独御风而行，十有五日而后反。彼其于舟车，且乌乎待哉，然则舟车可废乎？灵均则不然，吟兰之露，餐菊之英，去食乎哉？芙蓉其裳，宝璐其佩，去饰乎哉？乘吾桂舟，驾吾玉车，去器乎哉？然朝阊风，夕不周，出入乎宇宙之间，忽然耳。盖有待乎舟车而未始有待乎舟车者也。
>
> 今夫四家者流，苏似李，黄似杜。苏李之诗，子列子之御风也；杜黄之诗，灵均之乘桂舟、驾玉车也。无待者神于诗者欤？有待而未尝有待者，圣于诗者欤？嗟乎！离神与圣，苏李苏李乎尔，杜黄杜黄乎尔；合神与圣，苏李不杜黄，杜黄不苏李乎？然则诗可以易而言之哉！①

这里所说的"神于诗"、"圣于诗"，借用《庄子》之语义。在《逍遥游》中，庄子区分了因人而异的逍遥游境界，认为"至人无己，神人无功，圣人无名"。杨万里在此借用庄子语，并非把李、杜、苏、黄四家划分等级，而是借以评述李、杜的不同风格。杨万里称李白"神于诗"，强调李白诗天马行空，不同凡响，出神入化；称杜甫"圣于诗"，侧重点不在于探讨杜诗所蕴含的儒家伦理价值，而是说他通过

---

① （宋）杨万里：《江西宗派诗序》，载辛更儒《杨万里集笺校》卷79，中华书局2007年版，第3231—3232页。

对诗歌艺术规则和法度的把握，经由惨淡经营而达到炉火纯青，从而实现"从心所欲"，"未尝有待"的境界。杨万里深刻把握杜诗千锤百炼而出神入化的特点，并以"圣于诗"一语涵盖之。

"圣于诗"本是对杜诗艺术特点的概括，而且杨万里在这里是并论杜、黄二家诗，并非专称杜甫。在朱熹那里，"圣于诗"的范围扩大至李白："杜甫初年甚精细，晚年横逆不可当。只意到处，便押一个韵。如自秦州入蜀诸诗，分明如画，乃其少作也。李白诗非无法度，乃从容于法度之中，盖圣于诗者也。"①

宋人对杜甫其人其诗都予以"圣"化，诗圣之说，虽未定其名，但已有其实，在宋人眼里，杜甫实已成为诗中圣哲。故明人陆时雍云："宋人尊杜子美为诗中之圣。"②"圣于诗"之说用来评价杜诗，在宋代虽未能"规范"和"定型"，却开启了此后明人的"诗圣"说。此后，以"诗圣"作为对杜甫其人其诗的整体评价在明代人文字中就屡见不鲜了。

明初台阁诗人杨士奇（1366—1444）谓："律诗始盛于开元天宝之际，当时如王孟岑韦诸作者，犹皆雍容萧散有余味，可讽咏也。若雄深浑厚有行云流水之势，冠冕佩玉之风流出胸次，从容自然而皆由夫性情之正，不局于法律，亦不越乎法律之外，所谓从心所欲不逾矩为诗之圣者，其杜少陵乎！"③"诗之圣者"之谓主要着眼点在诗律。明后期王穉登（1535—1612）则在《合刻李杜诗集序》中曰："王子曰：余曷敢言诗？闻诸言诗者，有云供奉之诗仙，拾遗之诗圣。圣可学，仙不可学，亦犹禅人所谓顿渐，李顿而杜乃渐也。"④杨慎（1488—1559）《升庵诗话》云："李白'神'于诗，杜甫'圣'于诗。"

明末王嗣奭（1566—1648）则云："青莲号诗仙，我翁号诗圣"

① （宋）黎靖德编：《朱子语类》卷140，中华书局1986年版，第3326页。
② （明）陆时雍：《诗镜总论》，载丁福保辑《历代诗话续编》，中华书局1983年版，第1416页。
③ （明）杨士奇：《杜律虞注序》，《东里集》续集卷14，影印文渊阁《四库全书》本。
④ 王穉登：《合刻李杜诗集序》，载王琦注《李太白全集》卷33附录引，中华书局1979年版，第1514页。

（《梦杜少陵作》），"诗圣神交盖有年"（《浣花草堂二首》之二）①。至此，王氏正式为"诗圣"立目，为杜甫"加冕"。

自此以后，"诗圣"成为杜甫的专称，也成为杜甫身后众多"头衔"中最辉煌的殊荣。

五 江湖诗派与杜诗

南宋后期诗坛出现了新变。在南宋四大家之后，"永嘉四灵"与江湖诗人相继崛起。自上而下思想文化的禁制，使他们的诗境收窄而情感收敛，折射出南宋诗歌从高峰走入低谷，也标志着宋代杜诗学转入低谷期。

与此同时，江西诗派势力渐弱。赵汝回说："唐风不竞，派沿江西，此道蚀灭久矣。永嘉徐照、翁卷、徐玑、赵师秀乃始以开元、元和作者自期，冶择淬炼，字字玉响，杂之姚贾中，人不能辨也。水心先生既啧啧叹赏之，于是四灵天下莫不闻。"②"四灵"提倡唐诗，尤以学习晚唐诗为能事，从而向反对学习晚唐的江西诗派提出挑战，一时之间，学晚唐者甚众。刘克庄甚至说："自四灵后，天下皆诗人"③，刘埙《隐居通议》卷10引刘五渊语云："近年永嘉复祖唐律，贵精不求多，得意不恋事。可艳可淡，可巧可拙，众复趋之，由是唐与江西相倾轧。""四灵"的出现，的确在长期流行的江西诗派粗疏拗硬诗风中注入了一股新鲜空气。叶适《徐斯远文集序》云："庆历、嘉祐以来，天下以杜甫为师，始黜唐人之学，而江西宗派彰焉。然而格有高下，技有工拙，趣有浅深，才有大小。以夫汗漫广漠，徒杗然从之而不足以充其所求；曾不如如脰鸣吻决，出豪茫之奇，可以远转而无极也。故近岁学者已复稍趋于唐而有获焉。"④

---

① （清）仇兆鳌：《杜诗详注》附编《诸家咏杜》，中华书局1979年版，第2294页。
② （宋）赵汝回：《瓜庐诗序》，《南宋群贤小集》。
③ （宋）刘克庄：《何谦诗》，载辛更儒《刘克庄集笺校》卷106，中华书局2011年版，第4413页。
④ （宋）叶适：《水心集》卷12，影印文渊阁《四库全书》本。

　　江西诗派固以杜甫为师，而对江湖诗派而言，虽打着师法晚唐的旗号，诗境琐屑，他们之中的有识之士，却也能转益多师，调和晚唐与杜甫，并自觉学习杜诗，徐鹿卿（1170—1249）有云："夫五谷以主之，多味以佐之。则又在吾心，自为持衡。少陵五谷也，晚唐多品也。学诗调味者也，评诗知味者也。"① 以食味论诗，视杜甫为五谷主食，晚唐为佐味小菜，倒也形象贴切。徐氏又云：

　　　　余幼读少陵诗，知其辞而未知其义，少长知其义而未知其味，迨今则略知其味矣。大抵义到则辞到，辞义俱到味到而体制实矣。故有豪放焉，有奇崛焉，有平易焉，有藻丽焉，而四体之中，平易尤难工。就唐人论之，则太白得其豪，牧之得其奇，乐天得其易，晚唐得其丽，兼之者少陵，所谓集大成也。②

　　认为李白、杜牧、白居易与晚唐派皆得诗之一隅，而杜甫能句兼得四者，亦涵盖了晚唐，所以为"集大成"。生活于理宗时期的陈必复亦有类似看法："余爱晚唐诸子，其诗清深闲雅，如幽人野士，冲淡自赏，要皆自成一家。及读少陵先生集，然后知晚唐诸子之诗尽在是矣。所谓诗之集大成者也。"③

　　刘克庄（1187—1269）名列江湖而身居庙堂，学识渊博，名震一代，可谓江湖诗派里年寿最高、成就最大的诗人。郭绍虞先生谓其《后村诗话》"网罗众作，见取材之博，评衡惬当，见学力之精"④，其诗学观点影响深远，常被四库馆臣征引。他的杜诗学观颇多洞见与卓识，如曰：

　　　　杜公为诗家宗祖，然于前辈如陈拾遗、李北海，极其尊敬。于朋友如郑虔、李白、高适、岑参，尤所推让。白固对垒者。于虔则

---

① （宋）徐鹿卿：《跋杜子野小山诗》，《清正存稿》卷5，影印文渊阁《四库全书》本。
② （宋）徐鹿卿：《跋黄瀛父适意集》，《清正存稿》卷5，影印文渊阁《四库全书》本。
③ （宋）陈必复：《山居存稿自序》，《宋百家诗存》卷28，影印文渊阁《四库全书》本。
④ 郭绍虞：《宋诗话考》，中华书局1979年版，第112页。

云："德尊一代"、"名垂万古"。于适则云："美名人不及，佳句法如何。"又云："独步诗名在。"于参则云："谢朓每篇堪讽咏。"未尝有竞名之意。晚见《舂陵行》则云："粲粲元道州，前贤畏后生。"至有"秋月"、"华星"之襃。其接引后辈又如此。名重而能谦，才高而服善，今古一人而已。①

看人文字，必推本其家世。尚论其师友。史记、杜诗固高妙，然子长世掌太史，如董相、东方先生，皆同时相颉颃。子美自谓吾祖诗冠古，又与子昂、太白、岑参、高适诸诗人倡和，故能洗空万古，自成一家。②

海纳百川、转益多师是杜甫成为伟大诗人的必备条件，刘克庄认为杜甫尊崇前辈，推让朋辈，这种博大的胸怀造就了他"今古一人"的大家气象。对于流俗论杜的一些观点，他也不轻易苟同。如对于杜甫的文章，林希逸曰："文章非一体能者，互有短长。……子美无韵者难读，温公不习四六，南丰文过其诗。"胡仔《苕溪渔隐丛话》卷9引秦观语曰：人才各有分限，杜子美诗冠古今，而无韵者殆不可读；曾子固以文名天下，而有韵者辄不工；此未易以理推之也。"陈善亦云："世之议者，遂谓子美无韵语，殆不堪读。"③ 诸家皆有批评之语，对此，刘克庄有不同看法：

前人谓杜诗冠古今，而无韵者不可读。又谓太白律诗殊少。此论诗之小家数，可也。余观杜集，无韵者，唯夔府诗题数行，颇艰涩，容有误字脱简。如《大礼三赋》，沉著痛快，非钩章棘句者所及。④

---

① （宋）刘克庄：《后村诗话》后集卷2，中华书局1983年版，第59—60页。
② （宋）刘克庄：《李炎子诗卷》，载辛更儒《刘克庄集笺校》卷109，中华书局2011年版，第4548—4549页。
③ （宋）陈善：《扪虱新话》上集卷1，《丛书集成初编》本，第3页。
④ （宋）刘克庄：《后村诗话》后集卷2，中华书局1983年版，第60页。

对杜甫文赋评价为"沉著痛快",亦颇具眼光。

戴复古(1167—?),在江湖诗派中年辈较长,更是以杜为师。其诗多得时贤品题序跋,名震一时。与戴氏诗歌唱酬的高斯得《次韵戴石屏见寄》有云:"投老安蓬户,平生似草堂。"① 并自注:"戴诗颇近子美。"年辈稍晚的赵以夫(1189—1256)序其诗集称:"石屏本之东皋,又祖少陵。"② 自称与戴氏为"忘年友"的姚镛(1191—?)盛称"式之以诗鸣江湖间,垂五十年。……观近作一编,其于朋友故旧之情,每惓惓不能忘。至于伤时忧国,耿耿寸心,甚矣其似少陵也。"③ 戴复古《杜甫祠》云:

> 呜呼杜少陵,醉卧春江涨。文章万丈光,不随枯骨葬。平生稷契心,致君尧舜上。时号弗我与,屹然抱微尚。干戈奔走踪,道路饥寒状。草中辨君臣,笔端诛将相。高吟比兴体,力救风雅丧。如史数十篇,才气一何壮。到今五百年,知公尚无恙。麒麟守高阡,貂蝉入画像。一死不几时,声迹两尘莽。何如耒阳三尺荒草坟,名如日月光天壤。④

表达对杜甫之崇敬之情,以及内心向往之意。他有不少诗歌体现了杜诗的特色,张宏生先生在梳理戴诗艺术渊源时,首列杜甫,并认为:"更能体现戴氏学杜特色的,主要是其内涵,即对杜诗忧国伤时之情和沉郁顿挫之风的接受。……写得慷慨悲壮,忧思郁结,在被折磨的心灵中,交织着希望和失望,语言亦富有表现力,某些方面能得杜之风神。在那个时代,江湖诗派中不少人对杜甫十分推崇,但真正学杜而能略有所成如戴复古者,还是不多的。"⑤ 其《昭武太守王子文日举李贾严羽共观前辈一两家诗及晚唐诗因有论诗十绝子文见之谓无甚高论亦可作诗

① (宋)高斯得:《耻堂存稿》卷8,影印文渊阁《四库全书》本。
② (宋)戴复古:《石屏诗集》卷首,《四部丛刊续编》本。
③ (宋)姚镛:《石屏诗集序》,《石屏诗集》卷首,《四部丛刊续编》本。
④ (宋)戴复古:《石屏诗集》卷1,《四部丛刊续编》本。
⑤ 张宏生:《江湖诗派研究》,中华书局1995年版,第233页。

家小学须知》亦谓："飘零忧国杜陵老，感寓伤时陈子昂。近日不闻秋鹤唳，乱蝉无数噪斜阳。"似对杜甫的际遇抱不平，但毕竟宗尚晚唐诗成为当时普遍流行的风尚，非一二人之力能转变之，因而总体看来，南宋后期为杜诗学的低谷期。

第五章　宋末的杜诗学

自晋室南渡后，中国文化的重心和中心逐渐南移，中经唐代安史之乱士人南迁，约至南宋这个过程得以完成。然而，纵观数千年的文明史，历史上南北对峙的结局往往都是以北统南。文化上落后的化外"蛮夷"之人往往在军事上战胜文化发达的礼仪之邦，先儒们耿耿于怀的"以夷变夏"悲剧屡次三番无情地上演。公元1279年，蒙古铁骑横扫江南，锐不可当，左相陆秀夫负祥兴帝投海自尽，绵延三百余年的宋王朝寿终正寝。"国家不幸诗家幸"，面对异族入主中原，汉族士人不但面临着国破家亡的残酷外在处境，内在心灵上亦受到了极大的创伤。爱国志士和不愿入仕新朝为异族服务的"遗民"群体，自觉继承杜甫的诗史精神，以诗存史，慷慨悲歌，留下宋代杜诗学的绝响。而刘辰翁的杜诗评点和方回的杜诗学观点则标志着宋代杜诗学的新变和总结。

一　文天祥与遗民诗人之学杜

（一）文天祥与杜甫的异代诗缘

宋亡之际，可谓杜甫精神照亮诗坛的时期，遗民诗人和爱国志士自觉继承杜甫的诗史精神，汇成了宋人接受杜诗的最后绝唱，其中的杰出代表当属文天祥（1236—1283）。正如汪元量《浮丘道人招魂歌》所咏："杜陵宝唾手亲拾，沧海月明老珠泣。天地长留国风什，鬼神呵护六丁立。我公笔势人莫及，每一吟呻泪痕湿。"① 在相似的历史背景和

---

① （宋）汪元量：《水云集》，影印文渊阁《四库全书》本。

生平经历下，两位相隔数百年的诗人缔结了异代诗缘。

在宋代学杜的诗人群体中，文天祥可谓全方位学杜者，是宋末杜诗学史不可或缺的重要人物。文天祥的学杜表现在三个主要方面：文天祥不仅在忧国情怀和诗史精神方面自觉继承杜甫，在造语诗法和艺术风格上也直追杜诗，更难能可贵的是，他的《集杜诗》开创了宋代杜诗学史上新的形式。

其一，忧国精神的再现。

文天祥是宋末的著名诗人和民族英雄。明代的胡应麟曾说文天祥是"执政能诗者"，其诗名为节名所掩，"信公气谊赫赫，诗律实工"（《诗薮》杂编卷5）。他"辛苦遭逢起一经"，状元及第，然而却生当"干戈寥落四周星"的末世，他以那些感人至深的不朽诗篇和正气凛然的爱国气节，"留取丹心照汗青"，成为传扬千古的人间楷模。

千百年来，文天祥以其气贯长虹的节操彪炳史册。关于他对杜甫忧国精神的继承，前贤时修论之甚详，毋庸赘言。我们要考察的是，文天祥与杜甫的异代诗缘并非一以贯之，而是经历了由浅入深的过程。文天祥生活在理学氛围逐渐浓厚的南宋后期，自称"幼蒙家庭之训"、"长读圣贤之书"[①]。在立德、立功、立言的人生目标序列中，立言在大多数宋代士大夫看来是不得已而求其次的目标。文天祥被时人尊为"一代儒宗"，素以天下为己任，志存高远，一生孜孜以求的首先是立德和立功。起兵勤王以后，救亡图存、复兴宋室的立功意识更为强烈。他更明确地以鲁仲连、苏武、张巡等勋臣节士自许，从不满足于做一个骚人墨客。

从文学主张看，文天祥前期对写诗论文并不看重，其《跋萧敬夫诗稿》云："文章一小伎，诗又小伎之游戏者。"[②] 对本朝诗人极力推崇的杜甫，亦并不盲从，在《送李秀实序》等序跋中，屡次三番指出"昔人谓杜子美读书破万卷，止用资下笔如有神耳"，对此颇有微词。他认为"读书固有为，而诗不必甚神"（《跋萧敬夫诗稿》)，在《送赖

---

① （宋）文天祥：《文天祥全集》，中国书店1985年版，第164页。
② 同上书，第244页。

伯玉入赣序》《送李秀实序》两文中他一再地把杜甫的读书作诗，司马迁的足迹遍天下作《史记》，横渠先生张载的"上书行都，纵观四方，后乃精思力践，以其学接孔孟之绪"① 相比较，认为子美、子长的作为不如横渠先生。总之，文天祥看重立德闻道、做人为学，而视写诗为"小伎之游戏者"。

文天祥的诗以德祐勤王为界，绝然分成前后两期，对他的前期诗，钱钟书先生作过精辟分析："他在这个时期里的作品可以说全部都草率平庸，为相面、算命、卜卦等人做的诗比例上大得使我们吃惊。比他早三年中状元的姚勉的《雪坡山人稿》里有同样的情形，大约那些人都要找状元来替他们做广告。"② 早期诗歌中，文天祥对杜诗的认识还较为肤浅，对杜诗的学习也停留在字句表层，虽然也说过"忧国杜少陵，感兴陈子昂"③，但因缺乏老杜那样的经历，他的学杜还只停留在形式上化用杜句的浅层次上。

正如赵翼所谓"国家不幸诗家幸，赋到沧桑句便工"，如果不是世事板荡，国难当头，"性豪华，平生自奉甚厚，声伎满前"④ 的文天祥可能会像大多数的士人一样，度过平庸的一生。德祐勤王之后，文天祥为挽救南宋王朝饱受磨难，内心经历了种种艰辛异常的情感体验，对杜诗有了切身的体会。他在《东海集序》中云："凡十数年间，可惊可愕、可悲可愤、可痛可闷之事，友人备尝，无所不至。其惨戚感慨之气，结而不信，皆于诗乎发之。盖至是动乎情性，自不能不诗，杜子美夔州、柳子厚柳州以后文字也。"⑤ 名为叙人行状，实乃夫子自道。正如吴之振《宋诗抄·文山诗抄序》说："自《指南录》以后，与初集格力相去殊远。志益愤而气益壮，诗不琢而日工，此风雅正教也。"后期诗风因随之一变，以诗存史，以诗抒怀成为自觉的追求。

文天祥的后期生涯，从孤军勤王，只身使敌，脱走京口，辗转通

---

① （宋）文天祥：《文天祥全集》，中国书店 1985 年版，第 232 页。
② 钱钟书：《宋诗选注》，人民文学出版社 1989 年版，第 279 页。
③ （宋）文天祥：《题梅尉诗轴》，《文天祥全集》卷 1，中国书店 1985 年版，第 12 页。
④ 《宋史》卷 418，中华书局 1977 年版，第 12534 页。
⑤ （宋）文天祥：《文天祥全集》，中国书店 1985 年版，第 358 页。

州，进兵江西，直至广东陷敌，幽囚燕狱，可谓履历万死，而志节弥坚，妻离子散、家破人亡亦不改初衷。此时，文天祥自觉地继承了杜甫的爱国精神，又经受了比杜甫更为严峻的人生考验，在漂泊困厄之上又多了性命之危，杜甫成了他的异代知音。幽禁燕狱期间，他曾作《读杜诗》一首：

> 平生踪迹只奔波，偏是文章被折磨。耳想杜鹃心事苦，眼看胡马泪痕多。千年夔峡有诗在，一夜采江如酒何！黄土一丘随处是，故乡归骨任蹉跎。①

诗中"耳想杜鹃心事苦"，是因为杜甫在《杜鹃行》一诗中说："君不见昔日蜀天子，化为杜鹃似老乌，寄巢生子不自啄，群鸟至今与哺雏。虽同君臣有旧礼，骨肉满眼身羁孤。"又在《杜鹃》诗中说："我见常再拜，重是古帝魂。生子百鸟巢，百鸟不敢嗔。仍为喂其子，礼若奉至尊。"所以这里的"杜鹃心事"，实指杜甫忠君爱国的心事。诗的前半首写杜甫饱经战乱、颠沛流离的身世和忧国伤时的心绪，后半首赞颂杜甫虽客死他乡，诗篇却流传千古。这首诗既是写杜甫，又是文天祥的自我写照，正所谓："子美于吾隔数百年，而其言语为吾用，非情性同哉？"（《集杜诗自序》）"杜鹃"意象在文天祥后期的诗篇中，也就不断出现，如"故园门掩东风老，无限杜鹃啼落花"（《旅怀三首》其三），"从今别却江南路，化作啼鹃带血归"（《金陵驿》其一），"更和天堑失，回首惨啼鹃"（《过梁门》），"听着鹃啼泪满襟，国亡家破见忠臣"（《己卯十月一日至燕越五日罹狴犴有感而赋一十七首》其七），"子卿羝羊节，少陵杜鹃心"（《咏怀》），"可怜羝乳烟横塞，空想鹃啼月掩关"（《正月十三日》）②，已内化为文天祥爱国节操的心理意象。

名作《正气歌》的篇幅虽不及杜甫《北征》阔大，但不仅间架排

---

① （宋）文天祥：《文天祥全集》，中国书店1985年版，第378页。

② 同上书，第339、355、368、376、387、390页。

比，有效于《北征》，而且"正气"一词，也取于《北征》成句"昊天积霜露，正气有肃杀"。他吟颂"唯存葵藿心，不改铁石肠"（《壬午》）。他的"葵藿心"，则明显就是杜诗"葵藿倾太阳，物性固莫夺"的忠君忧国之心，可见学习杜甫的忧国精神，在数百年后文天祥的诗中得到了再现和传扬。

其二，诗法风格追慕少陵。

杜甫自云"语不惊人死不休"，对语言的驾驭达到了出神入化、炉火纯青的程度，开后人无数法门，宋人于少陵诗法多有探究和师承。黄庭坚《赠高子勉四首》之四云："拾遗句中有眼，彭泽意在无弦。"①宋人津津乐道于杜甫诗法句眼。论者或谓文天祥诗多"作于戎马倥偬、颠沛流离之际"，因而，"无意也无暇仔细推敲润饰"②，然而在诗法盛行的宋代，文天祥的诗于遣词造句方面实亦颇见功力，而又丝毫不露斧凿痕迹，正所谓"不琢自工"。文天祥在句法与字眼上的锤炼用功最深，所谓"句中有眼"即指诗句中一字用得好，使得全句皆活，栩栩如生。文天祥诗集中妙句佳对俯拾即是，因为一二字下得妙，而使全句生动而有韵味。宋人魏庆之《诗人玉屑》卷8"句中有眼"条认为律诗中"古人炼字，只于眼上炼，盖五言诗以第三字为眼，七言诗以第五字为眼也"，这只道出了作诗一般规律，而杜诗变态百出，纵横开合，所谓"不烦绳削而自合"③，往往对诗句中最后一字特别用力，以带起全句，画龙点睛，例如：《秦州杂诗二十首》其四："抱叶寒蝉静，归来独鸟迟"；《船下夔州郭宿，雨湿不得上岸，别王十二判官》："风起春灯乱，江鸣夜雨悬"；《上白帝城二首》其一："天欲今朝雨，山归万古春"；《月夜忆舍弟》："露从今夜白，月是故乡明"；等等。文天祥诗于此诗道心领神会，往往习惯于在最末一字炼字，且多用形容词或动词，通过"句终奏雅"而使整首诗"境界全出"，如"风摇春浪软，礁激暮潮雄"（《乱礁洋》），"软"字写尽海浪起伏不定之变化，"雄"字

---

① 《黄庭坚全集》，四川大学出版社 2001 年版，第 201 页。
② 孙望、常国武：《宋代文学史》，人民文学出版社 1996 年版，第 303 页。
③ 《黄庭坚全集》，四川大学出版社 2001 年版，第 471 页。

则尽现海浪冲击礁石的力量。又如"橹声人语小，岸影客心长"（《幕客载酒舟中即席序别》），"夜雨一江渔唱小，秋风两袖客愁深（《和胡琴窗》），"钟声到枕曙，月影入帘秋。雁过江山老，蛩吟草树愁"（《晓起二首》其一），"云湿山欲动，天低雨欲垂"（《即事》），"宿雁半江画，寒蛩四壁诗"（《夜坐》），"白云栖石密，黄鹄出烟微"（《翠玉楼和胡端逸韵》）等诗句，以一字之妙，映衬全诗，体物写态，皆能曲尽其妙。

杜甫律诗句法的最大特点是跳宕起伏而又境界开阔。其一联之中往往时空相对，舒卷自如而海涵地负，如常以"万里"对"百年"、"千秋"："万里伤心严谴日，百年垂死中兴时"（《送郑十八虔贬台州司户，伤其临老陷贼之故，阙为面别，情见于诗》），"万里悲秋常作客，百年多病独登台"（《登高》），"乾坤万里眼，时序百年心"（《春日江村五首》其一），"长为万里客，有愧百年身"（《中夜》），"窗含西岭千秋雪，门泊东吴万里船"（《绝句四首》其三），等等。文天祥亦善于时空交替的对仗，于此多有取法，如："乾坤万里梦，烟雨一年春"（《石港》），"一春花里离人泪，万里灯前故国情"（《夜起》），"壮士千年志，征夫万里程"（《有感》），"风雨十年梦，江湖万里思"（《题郁孤台》），"南北东西三万里，古今上下几千年"（《不睡》）。这些诗句将广阔的时间与空间相对，使诗境开阔，错落有致。

文天祥诗化用杜甫成句者亦比比皆是，如其《南安军》"山河千古在，城郭一时非"，化用老杜《春望》"国破山河在，城春草木深"，表达黍离之悲，顿挫感慨之意又进一层。其《冬至》"春色蒙泉里，烟花几万重"[1]，化用杜诗《伤春五首》其一之"关塞三千里，烟花一万重"，表达了更深一层的沧桑之悲。其《用韵简李深之》"水澄神自止，云远意俱驰"，化用老杜《江亭》"水流心不竞，云在意俱迟"，反其意而用之，却更为自然。其《吴小村》"夜阑相对真成梦，清酒浩歌双剑横"，前句化用老杜《羌村》"夜阑更秉烛，相对如梦寐"句，而对以"清酒浩歌双剑横"，既抒发了乱离岁月的凄楚哀痛，又不失志士的英

---

① 《文天祥全集》，中国书店 1985 年版，第 394 页。

雄豪气。又如杜诗《哀江头》有云："江头宫殿锁千门，细柳新蒲为谁绿？"文天祥化用为"江上断鸿随我老，天涯芳草为谁深？"（《用萧敬夫韵》）并且一再翻用其意："满地芦花和我老，旧家燕子傍谁飞"（《金陵驿》），"唐室老臣唯我在，柳州先友托谁碑？"（《感怀二首》其一），从而使一句之内有顿挫之致。

杜甫诗风以沉郁顿挫为主，辅以萧散清丽，文天祥经历的千难万险，比杜甫有过之而无不及，而其英雄气概亦甚于老杜，因之，文天祥的诗风约可分沉郁悲凉与慷慨雄放两类。慷慨雄放之作如《赴阙》："楚月穿春袖，吴霜透晓鞲。壮心欲填海，苦胆为忧天。役役渐金注，悠悠叹瓦全。丈夫竟何事？一日定千年。"踌躇满志，豪气干云。又如《夜坐》："终有剑心在，闻鸡坐欲驰。"闻鸡起舞之志跃然纸上。在五岭坡被俘，被敌押解北上途中，依然坚信"江山不改人心在，宇宙方来事会长"（《赣州》），高唱"正气未亡人未息，青原万丈光赫，大江东去日夜白"（《发吉州》），慷慨高歌，英气逼人。

文天祥后期的诗，多数写得很沉痛，显得沉郁悲凉，如名作《金陵驿》："草合离宫转夕晖，孤云双泊复何依。山河风景元无异，城郭人民半已非。满地芦花和我老，旧家燕子傍谁飞？从今别却江南路，化作啼鹃带血归！"字里行间充溢着悲风。这方面的代表作，如《六歌》则是文天祥被俘押解北上途中学杜而作的"拍"体诗。杜甫曾作《乾元中寓居同谷县作歌七首》，感叹自己和妻子弟妹的流离，每首或哀一人，或叹一事，风格顿挫凄婉，读之令人一唱三叹。文天祥的《六歌》模仿"同谷七歌"的形式，以哀叹身世。其诗第一首哀妻，次首哀妹，三首哀女，四首哀子，五首哀妾，六首哀己，全诗酸楚悱恻，读之使人呜咽，写尽文天祥国亡家破的内心悲痛。故清代翁方纲《石洲诗话》说："文相国《乱离六歌》，迫切悲哀，又甚于杜陵矣。"① 仇兆鳌《杜诗详注》亦谓："少陵当天宝乱后，间关入蜀，流离琐尾而作《七歌》，其词凄以楚，文山当南讧箓，幸絷身赴燕，家国破亡而作《六歌》，其词哀以迫。少陵犹是英雄落魄之常，文山所处，则糜躯湛族而终无可济

---

① （清）翁方纲：《石洲诗话》卷4，人民文学出版社1981年版，第147页。

也，不更大可痛乎！"① 确为的评。

像这样悲壮苍凉的诗，集中甚多。这说明，在诗艺和风格等方面，文天祥都有着和杜甫类似的地方，因而在学习杜诗时，形成了自己独特的既沉郁又慷慨、既悲凉又雄放的诗风。

其三，开创了学杜新形式：《集杜诗》。

文天祥除了在诗作上学习杜甫精神和杜甫诗法，在杜诗学史上的最大贡献就是他的《集杜诗》，并以大型组诗集杜开创了宋代杜诗学史上的新形式。这组大型组诗计五言绝句二百首，皆集杜句而成，剪裁巧妙而自成一体，其自序叙缘起云：

> 余坐幽燕狱中无所为，诵杜诗，稍习诸所感兴，因其五言，集为绝句。久之，得二百首，凡吾意所欲言者，子美先为代言之。日玩之不置，但觉为吾诗，忘其为子美诗也。乃知子美不能自为诗，诗句自是人情性中语，烦子美道耳。子美于吾隔数百年，而忘其言语为吾用，非性情同哉？昔人评杜诗为诗史，盖以其歌咏之辞，寓记载之实，而抑扬褒贬之意，灿然于其中，虽谓之史，可也。予所集杜诗，自余颠沛以来，世变人事，概见于此矣。是非有意于为诗者也，后之良史，尚庶几有考焉。②

正因为与杜甫"情性同"，因而才有杜鹃啼血般的诗句，从而融杜诗为己诗。《集杜诗》的内容，按照时序和宋末大势的推移，大体可分为四个部分：第一部分从《社稷第一》到《陆枢密秀夫第五十二》，以世变人事为纲，写南宋政权覆灭的沧桑之变，起自宋理宗末年贾似道专权，写了景定元年泸州之叛，咸淳九年襄阳沦陷，咸淳十年鄂州之降，德祐元年鲁港之败，以及镇江之战、三山拥立、景炎宾天、祥兴登极、崖山覆灭等一系列重大政治事件和有关人物，此部分如同纪传体正史的本纪，为组诗纲领。第二部分从《助王第五十三》到《入狱第一百

① （清）仇兆鳌：《杜诗详注》卷8，中华书局1979年版，第701页。
② （宋）文天祥：《文天祥全集》，中国书店1985年版，第397页。

四》，以自身经历与行踪为主线，写自己起兵赣州、入卫临安到兵败海丰、幽囚大都的坎坷历程。第三部分从《怀旧第一百五》到《次味第一百五十五》，追忆自己的故旧亲人。写部将幕僚，大体以殉国先后为序。这两部分如同史书的列传。第四部分但标次第，未置标题，为抒情感怀之作，恰如同史书的论赞，抒发思乡怀国之情和世道沦落之叹。《集杜诗》二百首是南宋末年社稷倾覆、山河破碎的真实写照，又是作者起兵抗元，扶危济世的自传，更是一曲坚贞不屈的爱国主义、英雄主义赞歌。正如四库馆臣所论："每篇之首，悉有标目次第，而题下叙次时事，于国家沦丧之由，生平阅历之境，及忠臣义士之周旋患难者，一一详记其实，颠末粲然，不愧'诗史'之目。"① 文天祥对杜诗熟读精思，用力甚深，深得杜诗之魂，加之他平生遭遇坎坷，尤其是九死一生的磨难，狱中的艰难处境，促使他用生命体验杜诗，从而在心灵上产生共鸣，故其所集杜诗情事真切、天然浑成。另一方面，所谓"世间好言语，已被老杜道尽"②，杜诗中的"好言语"也成为采撷化用的丰富矿藏，为文天祥提供了丰富的诗料库。

《集杜诗》采自三百余首杜甫的五言诗，记叙史实，评议朝政，抒发国破家亡之痛和思亲念友之情，多能自然贴切，得浑成之妙。如《襄阳第五》写宋末至关重要的襄阳之役："十年杀气盛，百万攻一城。贼臣表逆节，胡骑忽纵横。"前两句写襄阳以孤悬之城坚守六年，阻挡元军南下，后两句写吕文焕举城降敌，前沿重镇陷落，南宋门户顿开，形势急转直下。这首诗四句，分别采自杜甫四首诗：《北风》《遣怀》《往在》和《八哀诗·赠左仆射郑国公严公武》，却妥帖自然，无拼凑痕迹，甚至连取意和语境也暗合。其他如《社稷第一》序云："三百年宗庙社稷为贾似道一人所破坏，哀哉！"诗曰"南极连铜柱，煌煌太宗业。始谋谁其问，风雨秋一叶"，抨击权奸误国的罪行；或如《荆湖诸戍第六》中的"长啸下荆门，胡行速如鬼。门户无人持，社稷堪流涕"，描写国势之岌岌可危；或如《江丞相万里第四十五》中的"星拆

① 《四库全书总目》卷164《文信公集杜诗》提要，中华书局1965年版，第1408页。
② 《陈辅之诗话》，载郭绍虞辑《宋诗话辑佚》，中华书局1980年版，第291页。

· 252 ·

台衡地，斯文去矣休。湖光与天远，屈注沧江流"，表彰忠心持国之贤相。《集杜诗》涉及宋末政局的方方面面，而多能做到感情深厚，文字贴切，一气直下，集杜而如同己出。

就纪事而论，文天祥自觉地继承了杜诗以诗写时事的诗史精神，自觉以诗存史，以二百首之巨的大型组诗反映了宋末的社会万象。《集杜诗》除包含了《指南》两录的许多内容，尚有很多增补，是宋末风云动荡的历史的总记录。在写法上，《集杜诗》并非仅仅简单直陈其事，而是以史为鉴，渗透着自己的爱憎评判和笔削褒贬，因之，鉴人论事成为《集杜诗》的重要内容。如《鲁港之遁第十四》小序云"鲁港之遁，何衰也！人心已去，国事瓦解"，《勤王第五十三》小序写道"甲戌冬，诏天下勤王。予守赣，首应诏，意同志者当接踵而奋，已而竟无应者。予遂以孤军赴阙，世事不济，殆由于此"。此处论南宋后期朝政黑暗，权奸当道，人心涣散，赵宋江山气数已尽，爱国将领有心杀贼，已无力回天，可谓一语中的。

就写人而论，《集杜诗》比杜诗亦有发展。《集杜诗》运用诗与序结合的方式，在序中交代事件的来龙去脉，把杜甫的以议论入诗推进一层。杜诗与《集杜诗》都是诗史，但在写法上，两者又有区别：杜诗对时事和人物的描写，多采用艺术概括、塑造典型的手法，如《三吏》《三别》等，所涉人与事，并非实指，以期达到窥一斑而见全豹的表达效果，追求"艺术"的真实，并不局限于"生活"的真实。而《集杜诗》则全为实录，不仅重大事件、重要人物取之于现实，就是具体事迹细节也都斑斑可考。因而，文天祥之集杜，与杜诗相比，诗史意识更为明显。

集句之体由来已久，《南齐书》卷52《文学传》史臣论赞在谈到文章著述之体时即列出"全借古语，用申今情"一体。但"集句"之名称则始于宋代，此种体裁也在宋代兴盛。借他人成句，抒己之所感，又要熨帖自然一如己出，与"原创"相比，作者学识、功力和技巧的要求尤高。因而，作好集句诗实为不易之事，即使是开始流行的宋代，集句诗的作者、作品数量亦不多。

宋代句法论盛行，集句之作亦蔚成风气。集句与摘句、联句可谓

"近亲"，三者在外在形式上非常相似。联句产生最早，大约汉代即有之；集句则在宋代开始流行，与摘句关系尤为密切。集句诗，或汇集一家之诗，或荟萃数家之诗，或篇数众多结集成书。表面上集句类似"百家衣"，是"以文为戏"①，但是其中上乘之作如王安石的《胡笳十八拍》的十八首集句，亦可写得出神入化，甚或超出原作。这要求作者必须谙熟古人诗歌章句，进行再创作，如此方能左右逢源，为我所用。否则，就会机械板滞，至其末流，"但取数部诗集诸家之善"② 者而为之，则少佳什。明人徐师曾《文体明辨序说》云："集句诗者，杂集古句以成诗也。自晋以来有之，至宋王安石尤长于此。盖必博学强识，融会贯通，如出一手，然后为工。若牵合傅会，意不相贯，则不足以语此矣。"③ 徐氏推王安石为集句高手，稍晚于王安石的孔平仲，亦好作集句诗，曾专集杜诗，成《集杜诗句赠孙元忠》一诗。但北宋以前之作，大多将集句诗视为调侃戏谑的文字游戏，或者炫示腹笥的智力测验。宋人对此批评甚多，不是谓其"无复佳语"④，就是责之"以文为戏"⑤。据《风月堂诗话》载："晁美叔秋监以集句示刘贡父，贡父曰：'君高明之识，辅以家世文学，乃作此等生活，殊非我素所期也。吾尝谓集古人句，譬如逢莘之士，适有重客，既无自己庖厨，而器皿肴蔌悉假贷于人，收拾饾饤尽心尽力，意欲强学豪奢，而寒酸之气终是不去，若有不速排闼而入，则仓皇败绩矣。非如贵公子供帐不移，水陆之珍咄嗟而办也。'美叔深味其言，归告其子曰：'吾初为戏，不知贡父爱我一至于此也。'"⑥ 可见，视集句为戏作的观念根深蒂固。

苏轼即曾调侃好作集句诗的孔平仲云："羡君戏集他人诗，指呼市人如使儿。天边鸿鹄不易得，便令作对随家鸡。退之惊笑子美泣，问君

---

① 《诗学规范·集句》，载郭绍虞辑《宋诗话辑佚》，中华书局1980年版，第619页。

② 《王直方诗话》，载郭绍虞辑《宋诗话辑佚》，中华书局1980年版，第41页。

③ （明）徐师曾：《文体明辨序说》，人民文学出版社1962年版，第111页。

④ 《蔡宽夫诗话》，载郭绍虞辑《宋诗话辑佚》，中华书局1980年版，第408页。

⑤ （宋）高文虎：《蓼花洲闲录》引《金玉诗话》，载上海师范大学古籍研究所编《全宋笔记》，第五编第10册，大象出版社2012年版，第137页。

⑥ （宋）朱弁：《风月堂诗话》卷上，中华书局1988年版，第102页。

久假何时归。世间好句世人共，明月自满千家墀。"① 黄山谷亦戏称集句诗为"百家衣体"，认为"其法贵拙速，而不贵巧迟"②。到了宋末的文天祥，才把专集杜句作为一种极为严肃的创作，精思熟虑，以大型组诗的方式，抒写自己的怀抱，成为见证一代沦亡的难得诗史，堪称宋末社会的缩影。在体例上，不仅专集老杜一家，而且专采五言一体，亦属此前不多见的新创。

总之，文天祥《集杜诗》为宋代杜诗学留下了浓墨重彩的一笔。

（二）遗民诗人之学杜

大约在江湖诗人身后，遗民诗人继起，在家国之变与诗人际遇的双重影响下，诗坛出现了新气象，掀起又一轮学杜之高潮。清人贺裳在《载酒园诗话》中说："尝叹诗法坏而宋衰，宋垂亡诗道反振，真咄咄怪事！读林景熙诗，真令心眼一开。"宋元易代之际，林景熙、谢翱、舒岳祥、谢枋得、汪元量、刘辰翁、郑思肖等人以杜为师，慷慨悲歌，如杜鹃啼血，确使诗坛为之一振，杜诗的真精神再次焕发光彩。欧阳光《宋元诗社研究丛稿》总结遗民诗人创作时言："抒故国宗社之忧愤，歌黍离麦秀之悲音，慷慨沉郁，忧深思远，不仅表现了坚贞的民族气节，而且有力地改变了宋季四灵、江湖诗人气局荒靡、纤碎浅弱的诗风，对有元一代诗歌创作影响甚巨。"③ "晚唐体"风靡宋季诗坛，成为当时江湖诗人效法之主流。"宋派亦沦坠，纷纷师晚唐"④，颇为形象地道出当日诗坛风气之一斑。在规模庞大的江湖派谢幕后，遗民诗人登上了历史的舞台。由于"故国山河成断绝，孤臣江海自飘零"⑤ 的特殊生命历程，迫使遗民诗派这一群体对宋季"晚唐体"作出深刻反思，自觉继承杜诗的精神，从而扭转"晚唐体"诗风，开创了诗坛新气象。

---

① （宋）苏轼：《次韵孔毅父集古人句见赠五首》其一，《苏轼全集校注》诗集校注卷22，河北人民出版社 2010 年版，第 2415 页。

② （宋）惠洪：《冷斋夜话》卷 3，中华书局 1988 年版，第 27 页。

③ 欧阳光：《宋元诗社研究丛稿》，广东高等教育出版社 1996 年版，第 125 页。

④ （宋）王柏：《夜观野舟浩歌有感》，《鲁斋集》卷 1，影印文渊阁《四库全书》本。

⑤ （宋）舒岳祥：《新历未颁遗民感怆二首》之一，《全宋诗》，北京大学出版社 1995年版，第 40981 页。

顾炎武有云："有亡国，有亡天下，亡国与亡天下奚辨？曰：易姓改号，谓之亡国；仁义充塞，而至于率兽食人，人将相食，谓之亡天下。"① 宋元之际的沧桑巨变，对于具有无比文化优越感的汉族士人而言，不仅仅是改朝换代的"亡国"，更是触及读书人灵魂的"亡天下"。对于宋人而言，儒家思想的"夷夏之辨"根深蒂固。从孔子"夷狄之有君，不如诸夏之亡也"②，到董仲舒"内诸夏而外夷狄"③，再到胡安国"中国之所以为中国，以礼义也。一失，败为夷狄，再失则为禽兽，人类灭矣"④，最后到王夫之"天下之大防二：华夏、夷狄也，君子、小人也"⑤，可以看到，"内中国而外夷狄"，"夷夏之辨"是自先哲以来儒家一脉相承的重要思想，自先秦以迄明清，"夷夏之辨"贯穿了整部儒家思想史的发展脉络。宋代自建国至覆亡，一直处于西部和北部少数民族政权的压力之下，可以说，此前还没有哪一个朝代像宋人如此严"夷夏之大防"，作为一个大一统的王朝，宋代也是第一个遭遇了异族颠覆的厄运。由此激起的强烈的民族意识贯穿着宋末遗民诗人的思想脉络，涌现了大批体现爱国节操的忠义之士，五百年前那位忧国忧民的唐代诗人杜甫再次走进了他们的视野，五百年前的孤苦歌吟赢得了声势浩大的回响，汇成了雄壮有力的学习杜诗的合唱。在强敌压境，山河破碎的环境之下，杜诗的忠君爱国精神，得到遗民们心灵的呼应，杜诗的以诗纪史，成为他们效法的楷模。在辗转流离或避世隐居时，读杜、注杜、评杜、学杜成为遗民诗人的精神寄托。

杜诗在遗民诗人中得到充分的弘扬，与两个时代境遇的相似密切相关。杜甫身处唐代由盛转衰的关键时刻，在安史之乱中颠沛流离。安禄山以胡族地方将帅的身份反叛中央朝廷，大半个北中国兵祸连结，满目疮痍。杜诗的巨大意义就在于充满了民族意识与正义感，杜甫时时关注民族与国家的兴亡，忧国忧民是其诗歌的主旋律。这种特殊的际遇，到

---

① 《日知录校注》卷 13《正始》，安徽大学出版社 2007 年版，第 722 页。
② 程树德：《论语集释》卷 5《八佾上》，中华书局 1990 年版，第 147 页。
③ （汉）董仲舒：《春秋繁露·王道篇》，中华书局 1975 年版，第 136 页。
④ （宋）胡安国：《春秋胡氏传》卷 12，《四部丛刊续编》本。
⑤ （清）王夫之：《读通鉴论》卷 14，中华书局 1976 年版，第 431 页。

了南宋末年，又在遗民诗人身上体现出来。他们面对着山河残破、宗庙沦丧的惨痛现实，故国之恋与黍离之悲油然而生。林景熙（1242—1310）是宋末遗民诗人的代表，他读《马静山诗集》时有感而发，以为诗"系于时矣"，认为"杜少陵自天宝末年感时触景，花泪鸟惊，非复和声以鸣其盛，然而犹有唐也"①，而自己身处异朝，"宋"已不复存在。国破家亡之痛，翻涌胸中，较杜甫有过之而无不及。其《杂咏十首酬汪镇卿》其五云"子有忧世心，蒿然见眉睫。崇交拟昔人，西风寄三叠。作诗匪雕锼，要与六义涉。臣甫再拜鹃，高风或可躐。肯作蟋蟀鸣，悲凉和秋叶"②，称赞汪镇卿作诗有忧世之心。并明确指出作诗要羽翼六义，追步杜甫，抒写忧世伤时的怀抱，反对无病呻吟的矫揉造作。宋元之际的何梦桂对此感触甚深，在其《潜斋文集》评林诗曰："相望十年间，而士大夫声诗，率一变而为穷苦愁怨之语，而吾霁山诗亦若此。世丧文邪，文丧世邪？古今以杜少陵诗为诗史，至其长篇短章横骛逸出者，多在流离奔走失意中得之。霁山诗仅见三十篇，其辞意皆婉娩凄恻，使人读之，如异代遗黎及见渭南铜盘、长安金爵，有不动其心者哉？夜半壑舟，有力者负之以去，飞鸿印雪，爪距俨然。吾是以重有感于霁山之诗者也，吾是以重有感于诗之变也。"③

遗民诗人汪元量（约1241—约1317）则以宫廷琴师的特殊身份，亲身经历了宋室由衰落到覆亡的历史变迁，成为宋亡历史的见证人。他对杜诗有切身的体会，其《草地寒甚毡帐中读杜诗》云："少年读杜诗，颇厌其枯槁。斯时熟读之，始知句句好。"④对杜诗的接受经历了由嫌弃到喜好的过程。其《昝元帅相拉浣花溪泛舟》云："万里桥西有茅屋，杜子当年来卜筑。湘江一醉不复归，四松寂寞擎寒玉。"重游故地，睹物思人，表达了对杜甫的深切追念。

汪元量诗慷慨忧悲，黍离之感充溢字里行间，在艺术风格上继承了杜甫现实主义的创作原则和实录精神，"走笔成诗聊纪实"（《凤州》）。

---

① 《霁山文集》卷5《马静山诗集序》，影印文渊阁《四库全书》本。

② 《霁山文集》卷2，影印文渊阁《四库全书》本。

③ （宋）何梦桂：《潜斋文集》卷5《永嘉林霁山诗序》，影印文渊阁《四库全书》本。

④ （宋）刘辰翁：《增订湖山类稿》卷3，中华书局1984年版，第86页。

身经乱离后，时人李珏《书汪水云诗后》对其诗有很高的评价："吴友汪水云出示《类稿》，纪其亡国之戚、去国之苦，艰难愁叹之状，备见于诗，微而显，隐而彰，哀而不怨，欷歔而悲，甚于痛哭。……唐之事纪于草堂，后人以'诗史'目之，水云之诗，亦宋亡之诗史也，其诗亦鼓吹草堂者也。其愁思抑郁，不可复伸，则又有甚于草堂者也。"①宋末遗民诗歌的兴盛，在特定时代氛围里，自觉地发扬杜甫的"诗史"精神。

汪元量的众多组诗，构成了一幅规模宏大、结构严整的时代长卷，以《湖州歌》九十八首为代表，有着重要的史诗价值和艺术价值，堪称遗民诗人中最得杜甫"以史为诗"之意者。钱谦益称其追述临安沦陷之情景，"《湖州歌》九十八首，《越州歌》二十首，《醉歌》十首，记国亡北徙之事，周详恻怆，可谓诗史"②。如《越州歌》其二："东南半壁日昏昏，万骑临轩趣幼君。三十六宫随辇去，不堪回首望吴云。"真实地再现了三宫北上这一屈辱的现实场景，冷静叙述中隐藏着作者无限悲哀。刘辰翁在给汪元量诗稿所写的序中，高度评价友人此类诗的诗史意义：

> 其诗自奉使出疆，三宫去国，凡都人忧悲恨叹无不有。及过河所历皇王帝伯之故都遗迹，凡可喜、可诧、可惊、可痛哭而流涕者，皆收拾于诗。解其囊，南吟北啸，如赋史传，亦自有可喜。③

舒岳祥（1219—1298）是遗民诗人又一代表，他三十八岁时与文天祥同榜及第。宋度宗咸淳末年，因尚气刚直，受权相贾似道排挤，即弃官归故里。后逢鼎革动乱，身不由己地卷入到时代的动荡中，遭遇国破家亡的悲惨现实，历经磨难，"涉坎险，历塞难，萍流蓬转，有陶杜

---

① （宋）文天祥：《增订湖山类稿》附录一，中华书局 1984 年版，第 188 页。

② （清）钱谦益：《跋汪水云诗》，《牧斋初学集》卷 84，上海古籍出版社 1985 年版，第 1764 页。

③ （宋）刘辰翁：《增订湖山类稿》附录一《湖山类稿序》，中华书局 1984 年版，第 185—186 页。

所未尝"①。由于目睹了社稷倾覆的沧桑巨变，也经历了亡国的不幸，因而对杜诗加深了认识，达到了"心心相印"的地步："承平三世积，丧乱一朝贫。……平生欲学杜，漂泊始成真。"（《九月朔晨起忆故园晚易》）又说："燕骑纷纷尘暗天，少陵诗史在眼前。……君能于此更著力，唐体派家俱可捐。"（《题潘少白诗》）

舒岳祥的诗作充满"忠愤感激"、"幽忧切叹之意"，与杜甫的"诗史"精神一脉相承。其诗的内容，叹身历塞难，写时局动荡。如《新历未颁遗民感怆二首贻王达善曹季辩胡山甫戴帅初诸君皆避地客也》其一云："故国山河成断绝，孤臣江海自飘零。窗间取月离离白，树下窥天碎碎青。一雁不来山驿静，千梅欲动客愁醒。新来未赐王春历，三尽尧阶自有蓂。"又云："寒气著人身似病，世途多故鬓如银。劫灰今信胡僧说，野磷多应战鬼新。兵甲纵横满天地，衣冠颠倒走风尘。古今历数归仁义，河洛图书属圣神。"

写生灵涂炭如《乱定复过西溪》："不过西溪三十秋，乱余重到泪双流。黄蒿满地青烟少，日暮驱车不敢留。"又《春雪》："呜呼！狐狸有屋尔得居，室中居人今在无。或言白骨如白雪，雪亦有仁遮白骨。"读之令人想到建安诗人那些纪实感怀的名篇。作为易代之际的知识分子，他的诗中充满着国亡臣辱的忧愤悲凉之情，又有自己对兴亡教训的深沉思考。如《杜鹃花》："杜陵野老拜杜鹃，念渠蜀王身所变。我今流涕杜鹃花，为是此禽流血溅。嗟哉杜宇何其愚，万事成败皆斯须。一枰黑白翻覆手，揖让放弑皆丘墟。汝初一身今百亿，凝滞结恋胡为乎？尔生不能存社稷，死怨谢豹何区区！至今有子不自保，寄巢生育非良图。"借古蜀王杜宇失国之故事，以古喻今。在哀叹故国、怀念故君的同时，又有所反思。

作为宋末遗民的舒岳祥，有更多"以诗存史"的自觉意识和使命感。其《次韵正仲秋晚感兴》小序说："每得正仲秋篇，必先铺叙所见闻，不必左史倚相之读坟典也。盖古事已有传之者，而新闻就泯，或惧无述焉。倘因此而增长之，则咸淳德祐故老所传，犹可一二不没也。"

---

① （宋）舒岳祥：《阆风集》卷首王应麟序，影印文渊阁《四库全书》本。

并赋诗句云："爱尔和诗添记事，愁来时解锦囊看。"他的诗在写法上大量用诗序和诗题的方式记录当代史实，而把抒情和描写放在诗句之中。因之，尽管诗作本身可能由于体裁体例所限，读者无法看到完整的当时史事，但由于纪实性诗题和小序有补充印证作用，诗中所述的诸多史事片段得到连贯，所抒发的情感也有了明确的指向。有些长篇诗题实已如同一篇短文，如："丙子兵祸，台温为烈。宁海虽经焚掠，然耕者不废。丁丑粗为有秋，但种秫者少以醉人为瑞物。吾亦似陶靖节，时或无酒，雅咏不辍也。八月初九日，连日雷雨，溪路阻绝，山房岑寂。此夕初霁，浊酒新漉，数酌竟，步秋树阴，潭鱼可数；望前峰，老枫数十株，已无色，白鸟飞翻去来，是中有惠崇大年笔。家人遣两力来迎，因倒坐篮舆而归。人或问之，戏答曰：吾日莫途远，故倒行也。记以三绝。"题中述作诗缘起，首尾完整。题下的三首绝句，文字以抒情为主，如"伤今兵乱后，人醉不如枫"（之二），"兴亡谁与吊，聊复快新晴"（之三）。诗与题对读，读者自可明了他以诗纪史，以诗存史的用意和苦心。

二　刘辰翁评点杜诗：文学本体批评的回归

南宋末年的刘辰翁（1213—1297），堪称文学批评史上第一位评点巨擘。他一生勤于撰述，著作等身，"须溪先生在宋末，文章道德为一时之冠"[1]。选录文集予以评点之风兴起于南宋，如吕祖谦、谢枋得等人以理学家或古文家的身份评点文章，而刘辰翁则是比较纯的"文士"，把文人的艺术眼光乃至狂狷傲岸之气带入评点之中。他对诗的评点，专注于作品本身，主要从文学风格和艺术特色上入手，不太注意诗作的背景与本事，也不关注诗作的具体写作时间和地点，只是凭借自己的文学素养，道出自己对诗歌的主观感受和直接观感。因此，他的诗歌评点带有明显的向文学本体批评回归的意味。在杜诗学史上，贡献甚

---

[1]　李之鼎：《须溪先生四景诗集跋》，《刘辰翁集》附录，江西人民出版社1987年版，第469页。

大、影响甚深的是他的杜诗评点。

（一）由笺注到评点

宋代号称千家注杜，笺注之风盛行，有效地促进了评点之学的应运而生。但从文本诠释的角度看，笺注和评点本属于不同的诠释层次。笺注源于汉儒的注经，侧重于词义字句的训诂，典故名物的考释，以及诗歌作年背景的探析，大体上倾向于"事实情理"；评点则以诗歌文本为基点，重在辞章立意的鉴赏和艺术特色的感悟，总体上偏向于"价值判断"。注与评虽分属不同的诠释层次，但彼此又有交叉，并非截然对立。按照西方文论的说法，两者可以相辅相成，互为利用："文学批评被区分为注释性的和判断性的两种，作为可供选择的两个类型。把批评分成对意义的阐释和对价值的判断两种当然是可以的，但是在文学批评中，单取其中一种的做法是很少有过的，也是很难行通的。"① 诗文评点就相当于艺术价值的"判断性批评"。

作为一种自觉的批评方式，评点到了宋代才真正形成。究其原因，一方面，与宋人读书认真的风气有关。另一方面，则与文学研究之发达，笺注之学与诗话评说的兴盛有关。评点是笺注的另一种形式，宋人读书，讲究虚心涵泳，喜欢独立思考，所以读书有心得处，多有题跋或笔记。此种读书心得如果单行汇集，则成著述；如果随手笺题，则为评点。黄庭坚《大雅堂记》说他读杜诗"尝欲随欣然意会处，笺以数语"②，其杜诗笺语，虽没有全部流传下来，但从保留的片段来看，一字不苟，注引广博，下语谨慎，估为黄氏后学所整理。理学大师朱熹曾说到自己的读书方法："某二十年前得《上蔡语录》观之，初用银朱画出合处；及再观，则不同矣，乃用粉笔；三观，则又用墨笔。数过之后，则全与元看时不同矣。"③ 圈点之读书风气本始自唐代，到朱熹时已经出现了五色圈点。

---

① ［美］韦勒克、沃伦：《文学理论》，刘象愚、邢培明、陈圣生、李哲明译，生活·读书·新知三联书店1984年版，第272页。
② （宋）黄庭坚：《大雅堂记》，《黄庭坚全集》，四川大学出版社2001年版，第437页。
③ 《朱子语类》卷104，第2614页。

宋代杜诗学由笺注之学而至于评点之学，亦源于商机的驱动。正如万曼先生所言："除了注释本和分类本以外，还有一种评点本，这种从刘须溪开始。最初是由书坊附在所谓千家注中，其后乃提高点评地位，反而把集注降到依从的地位。"① 评点本影响所及为书商带来了可观的经济效益。评点文字具备简洁性、导读性和启示性，类似于现代的范文赏析，比之繁琐的名物训诂，更赢得广大的读者群。随着刻书事业的发达，读者对于评点本的需求大增。于是，刘辰翁的评点应时而生，这标志着宋代杜诗研究的一种新形式。同时也表明，宋代以后文学批评走向通俗化并带有强烈的实用、功利色彩，这些特点和宋代以后整个文化发展的总体趋势亦相吻合。

从现存的文献来看，较早的"选"、"评"合一的著作是南宋吕祖谦的《古文关键》。此书选录了唐宋古文家韩愈、柳宗元、欧阳修、曾巩、苏洵、苏轼、张耒之文凡六十余篇，名为"关键"，旨在标举诸家古文的命意布局之处，并在卷首冠以总论，示初学者以作文之门径。在文学批评史上，吕祖谦《古文关键》最突出的成就在于运用了文学选本的评点方式。他在一些文章的夹行之中，旁注小批，又于文中关键的字句旁边，进行圈点，以引起读者的重视，还在书中详细批评了文章的命意、布局、用笔、句法、字法等等，示学者以门径，所以谓之"关键"。然而真正从文学批评与审美鉴赏角度从事文学评点者，应推南宋末期的刘辰翁，其杜诗评点尤可为代表。

（二）评点的特质：审美批评

刘辰翁的文学思想在宋代泛道德主义思潮中可谓独出一格，他认为赋诗作文乃因为作者有感而发，不平则鸣，不吐不快，"凡歌行、曲、引、大篇小章，皆所以自鸣其不平也"。因而其诗学思想颇为重视诗歌中的真情与感发，反对宋人的以学问为诗：

诗无论工拙，恶忌矜持。"瞻彼日月"，不在情景入玄，"彼黍

① 参见万曼《唐集叙录·杜工部集》，中华书局1980年版，第125页。

离离"，不分奇闻异事，流荡自然，要以畅极而止。彼"讦谟定命，远犹辰告"，虽为德人深致，若论其感发浓至，故不如"昔我往矣，杨柳依依"之句。比之柔肠易断，复何以学问着力为哉！诗至晚唐已厌，及近年江湖又厌，谓其和易如流，殆不可庄语，而学问为无用也。苏公妥帖排篝，时出经史，然体格如一。及黄太史矫然特出新意，真欲尽用万卷，与李杜争能于一辞一字之顷，其极至寡情少恩，如法家者流。余尝谓晋人语言，使壹用为诗，皆当掩出古今，无它，真故也。①

此处对于晚唐以来诗境逼仄提出批评，对于江西派的"以学问为诗、以才学为诗"更是颇为不满，斥之为"寡情少恩，如法家者流"。刘辰翁论诗重情意斥学问，因而特别重视杜诗中流露的真情，如评《蜀相》："全首如此一字一泪矣，写得使人忍读，更以为至。千载遗下此语，使人意伤，又因老宗，添我憔悴。"② 评《梦李白二首》其二云："起语千言万恨。结极惨淡，情至语塞。"③

对于杜诗中具有社会意义的诗篇，则予以较高评价：

> 杜诗、韩文间以俚语直致而气始振，然夔、潮以后之论兴，而惑者始不可窥较矣。今言诗，类如子美，散文言者喈喈《蓝田壁记》为古，异哉！必求其有谓与不得已，庶几《羌村》《同谷》之音，《滕王阁后记》之体，乃与无作之作合。④

在此刘辰翁一反宋人独重杜甫夔州诗的论调，高度赞赏杜甫安史之乱中的纪实之作乃是"不得已"的"无作之作"。他又说：

① 《陈简斋诗序》，《刘辰翁集》卷15，江西人民出版社1987年版，第440页。
② （宋）刘辰翁评点、（元）高楚芳编：《集千家注杜工部诗集》卷2，影印文渊阁《四库全书》本。
③ （明）高棅编选：《唐诗品汇》卷8，上海古籍出版社1988年版，第121页。
④ 《赠潘景梁序》，《刘辰翁集》，江西人民出版社1987年版，第192页。

古今穷诗人称子美、郊、岛，郊、岛以其命而子美以其时。或曰："时与命不同耶?"曰："不同也。使郊、岛生开元天宝间，计亦岂能鸣国家之盛，而寒酸寂寞，顾尤工以老。则繇其赋分言之，亦为不幸也。若子美在开元，则及见丽人，友八仙，在乾元则扈从还京，归鞭左掖，其间惟陷邺数月，后来流落田园花柳，亦与杜曲无异。若《石壕》《新安》之睹记，《彭衙》《桔柏》之崎岖，则意者造物托之子美，以此人间之不免，而适有能言者，载而传之万年，是岂不亦有数哉。"①

所谓"和平之音淡薄，而愁思之声要妙；欢愉之词难工，而穷苦之音易好"②，刘辰翁认为杜甫与孟郊、贾岛经历相似，都属于穷诗人之列，皆穷困终身而以诗歌名世。但在刘辰翁看来，却有"时"与"命"之不同。"郊、岛以其命"，主要指他们的诗多表现一己之得失荣辱，格局狭小。"子美以其时"，推扬杜甫不负时代之重托，将一己之命运与时代脉搏紧密相连，写下传诵千古的诗史名篇。刘辰翁特别推崇诗史性的作品，亦曾夫子自道云："老子平生何曾默，暮年诗，句句皆成史。"③

刘辰翁的杜诗评点本附千家注行世，现在比较通行易见的版本为台湾大通书局影印明嘉靖己丑靖江王府刊本，题作《集千家注批点补遗杜工部诗集》，凡二十卷。刘辰翁的评点意图，力图去除传统杜诗注释中的理学气和经学气，还杜甫以诗人形象，还杜诗以文学本位，并从读者的角度去玩味诗歌的意蕴、体验诗人的感情。刘辰翁之子刘将孙在批点本卷首的序言中阐述其父的评点观说：

有杜诗来五百年，注者以二三百数，然无善本，至或为伪苏

<hr>

① 《连伯正诗序》，《刘辰翁集》，江西人民出版社1987年版，第175—176页。
② (唐)韩愈：《荆潭唱和诗序》，载刘真伦、岳珍校注《韩愈文集汇校笺注》卷10，中华书局2010年版，第1121—1122页。
③ (宋)刘辰翁：《金缕曲》，载吴企明校注《须溪词》卷3，上海古籍出版社1998年版，第457页。

注，谬妄钳劫可笑。自或者谓少陵"诗史"，谓少陵"一饭不忘君"，于是注者深求而强附，句句字字必附会时事曲折，不知其所谓史，所谓不忘者，公之天下，寓意深婉，初不在此。第知肤引，以为忠爱，而不知陷于险薄，而杜集为甚。先君子须溪先生每浩叹学诗者各自为宗，无能读杜诗者，类尊丘垤而睹昆仑。①

此序表达了对注杜者附会牵强、繁琐考证的批判态度，意欲还杜诗以本来面目。在《集千家注批点补遗杜工部诗集》中，刘辰翁评点杜诗多如此类。如评杜甫《漫兴》其七曰："平常景，多少幽意，为小儒牵强见事，读之可惜。"（卷7）评其九曰："野人漫兴，深入情尽，岂复有能注者！"（卷7）皆言简意赅，切中诗意。

在具体评点上，刘辰翁对字词训释和诗作背景殊少涉及，往往三言两语道出评点者的直观感受。正如周裕锴先生所指出的："刘氏评诗从来不屑于对原文的字词、章句逐一训释，甚至很少对诗歌的本义作出阐述，而往往只是三言二语道出自己对诗歌的名章警句的总体印象或感受。"② 当然，刘辰翁的评点在发挥读者创造性的同时，难免会产生断章取义的主观性，但正所谓"作者未必然，读者何必不然"③，这样的主观能动性有其合理性。

刘辰翁的评点方式也不拘一格，或多或少，或上或下，但一般仍以双行夹批和尾批两种为最常见。有话则长，无话则短。对于体会多的诗，逐句加批，不厌其多，娓娓道来；对于无甚体会的诗，往往只批两三字或三四字，甚或不置一语。略举数例如次：

> 评《一百五日夜对月》："怨而不伤，狂而不直，评者不能及此。"（卷3）
> 评《白水县崔少府十九翁高齐三十韵》："有解诗专作寓言，

① （宋）刘辰翁批点、（元）高楚芳编：《集千家注批点补遗杜工部诗集》卷首，载黄永武主编《杜诗丛刊》第1辑，台湾大通书局1974年版。
② 周裕锴：《中国古代阐释学研究》，上海人民出版社2003年版，第298页。
③ （清）谭献：《复堂词话》，人民文学出版社1959年版，第26页。

使人生厌也。"（卷3）

　　评《成都府》："语次写景，注者屑屑附会可厌。"（卷6）

　　评《后出塞五首》其二："此诗之妙，可以招魂矣。"（卷6）

　　评《与李十二白同寻范十隐居》："下注脚不得，终待亲见自欲耳。"（卷1）

　　评《漫兴》："平常景，多少幽意，为小儒牵强见事，读之可惜；野人漫兴，深入情尽，岂复有能注者！"（卷7）

　　与两宋注杜论杜者相比，这些评语反映了刘辰翁全新的批评观，其一是对注家多有讥讽，强调"不可注"，不做牵强附会的比附。正如刘将孙在评点本序言中所谓："注杜诗如注庄子，盖谓众人事，眼前语，一出尽变言外意，意外事。一语而破无尽之书，一字而含无涯之味。或可评不可注，或不必注，或不当注，举之不可偏，执之不可著，常辞不极于情，故事不给于弗也。然讵能尔尔。是本净其繁芜，可以使读者得于神，而批评摽掇，足使灵悟，固草堂集之郭象本矣。"① 表明在刘辰翁这里，杜诗的研究由强调"无一字无来历"的语言阐释、"诗史"说的历史阐释、"忠君"说的伦理阐释，转向了文学作品本身的审美批评。其二是强调读者本身的感悟，有些诗，刘辰翁并不说破，只出以"玄"、"妙"赞叹之词让读者自己体会，常常让人摸不着头脑，甚或不着边际，故弄玄虚。由此也会带来很大的随意性，引起后代论者的诟病。

（三）刘辰翁的学杜

　　刘辰翁之诗作，四库馆臣评价甚高："于宗邦沦覆之后，眷怀麦秀，寄托遥深。忠爱之忱，往往形诸笔墨。"② 刘辰翁的诗现存二百余首，受杜诗的影响甚深，学杜痕迹亦甚明，时常化用杜诗。如其《重

---

① （宋）刘辰翁批点、（元）高楚芳编：《集千家注批点补遗杜工部诗集》卷首，载黄永武主编《杜诗丛刊》第1辑，台湾大通书局1974年版。

② 《四库全书总目》卷165，中华书局1965年版，第1409页。

阳》中的"故人四海知谁健，白发黄发总奈吹"①，化用杜甫《九日蓝田崔氏庄》之"明年此会知谁健，醉把茱萸子细看"。其词《踏莎行》②末句则直接移用此句。刘辰翁《周耐轩见访》中的"能忘特进群公表，来访寻常百姓家"③化用杜甫《赠特进汝阳王二十韵》之"特进群公表，天人凤德升"。

　　刘诗现存二百余首，其中数量最多，亦最具特色的是其《四景诗》，最可注意者是他的四时风景诗，包含："春景"六十三题，七十二首；"夏景"诗三十二题，三十五首；"秋景"诗四十题，四十四首；"冬景"诗十六题，十六首。凡一百五十一题，一百六十七首。《四景诗》的价值不在于摹写春华与秋月、夏荫与冬雪，而在于借景寓情，抒写易代之季郁结于心底的深痛与巨创。李之鼎《须溪先生四景诗集跋》云："此诗殆作于侘傺无聊之日，虽近应制体格，然运用典实，发挥题蕴，有尺幅千里之势。其间沧桑之感，故国之思，每流露于字里行间，良足慨也。"④四库馆臣评价甚高："所作皆气韵生动，无堆排涂饰之习，在程试诗中，最为高格。"⑤

　　《四景诗》多数诗题取唐人五言诗句，其中来自杜诗的春景诗有：《花蕊上蜂须》，《春来常早起》，《杖藜入春泥》，《绝域改春华》两首，《新火起新烟》，《疏帘看弈棋》，《碧山晴又湿》，《润物细无声》，《村村自花柳》两首，《去帆春色随》，《山归万古春》，《春风花草香》，《闾阖开黄道》，《衣冠拜紫宸》，《风起春灯乱》，《溪壑回春姿》，《暗水流花径》，《小水细通池》两首，《仰蜂黏落絮》，《孤舟乱春华》四首，《游丝白日静》，《花飞减却春》，《城春草木深》，凡二十三题，二十九首。

　　夏景诗题目来自杜诗的有：《既雨晴亦佳》，《树湿风凉进》，《莲房坠粉红》，《炎赫衣流汗》，《公子调冰水》，《炎宵恶明烛》，《行云递崇

---

①　段大林校点：《刘辰翁集》卷7，江西人民出版社1987年版，第267页。
②　吴企明校注：《须溪词》卷1，上海古籍出版社1998年版，第180页。
③　段大林校点：《刘辰翁集》卷7，江西人民出版社1987年版，第267—268页。
④　参见《刘辰翁集》附录，江西人民出版社1987年版，第469页。
⑤　《四库全书总目》卷165《须溪四景诗集》提要，中华书局1965年版，第1410页。

高》,《亭深到芰荷》,《蝉声集古寺》,《清风左右至》,凡十题十首。

秋景诗题目来自杜诗的有:《牛女年年渡》,《织女机丝虚夜月》,《清辉玉臂寒》,《把钓待秋风》,《秋高风怒号》,《寒城菊自花》,《客愁连蟋蟀》,《天清木叶闻》,《江动月移石》,《日出篱东水》,《山园细路高》,凡十一题十一首。

冬景诗题目来自杜诗的有:《舟雪洒寒灯》,《炉存火似红》,《深山催短景》,《至后日初长》,《梅蕊惊眼》,《官梅动诗兴》,《汉节梅花外》,凡七题七首。

刘辰翁四景诗的写法,可谓"借题发挥",借旧题写新意,在切题的同时出以己意。如其《绝域改春华》二首其一:

> 绝域魂堪断,风烟不可遮。至今疑梦事,举目改春华。此处吾为客,何言国与家。尚存他日泪,又看一年花。谷口迁莺语,都城御柳斜。茫茫皆汉土,无处种秦瓜。

此诗诗题出自杜甫夔州所作《暮春题瀼西新赁草屋五首》之四,诗中"绝域改春华"之意,并非单纯的冬去春来、节候改变之意,清初张笃行《杜律注例》评曰:"是春华不复如内地之意,'改'字起眼。"[①] 杜诗中的绝域,意谓"极边之地",指代远离长安的夔州,绝域之谓,非但是地理意义上的,更是心理意义上的。刘辰翁此作,不仅师其辞,而且师其意。借"春华"之题,抒写物是人非的黍离之悲。"谷口迁莺语,都城御柳斜",见出都城已成蒙古铁骑占领下的"绝域",不复昔日之都。"他日泪"语出杜甫《秋兴八首》之一的"丛菊两开他日泪,孤舟一系故园心",抒写遗民诗人的故国之思。

刘辰翁在宋末诗名颇盛,时常为人作序,其序中亦多称引杜诗,如《陈宏叟诗序》:

> 小隐陈君,以九日过我,因为诵老杜"旧摘人频异",徒一

---

① 萧涤非主编:《杜甫全集校注》卷15,人民文学出版社2014年版,第4456页。

"频"字，而上下二三十年，存殁离合之际无不具见，但觉去年明年之感未极平生。又如"衣冠却扈从"为还京之喜，与先时不及扈从而今扈从，道旁观者之叹，班行回首之悲，尽在一"却"字中，然此犹以虚字见意。如"远愧梁江总，还家尚黑头"，才一"梁"字耳，举梁而入陈、入隋，不胜其丑。人知江令之为隋臣而已，三诵此语，何必深切著明，攘臂而起，正色而议哉？①

刘氏论杜往往从小处着眼，不发高论大言。此处言及杜甫《云安九日，郑十八携酒陪诸公宴》《还京》《晚行口号》三诗，由一字之微而探达杜诗用义之深，可谓抉幽发微。

（四）刘辰翁评杜的价值

刘辰翁作为宋末评点学的一大家，为杜诗学开创了一种新的形式，自然功不可没。所开评赏之风，带有强烈的主观色彩，于元明两代影响颇大，尤其深得明代人的喜爱和重视，各种杜诗选本引用其评语屡见不鲜，并以此为荣。如明末钱谦益云"元人及近时之宗刘辰翁，皆奉为律令，莫敢异议"②。胡应麟亦曾赞叹道："严羽卿之诗品，独探玄珠；刘会孟之诗评，深会理窟；高廷礼之诗选，精极权衡。三君皆具大力量，大识见，第自运俱未逮。"③ 又说："南渡人才，远非前宋之比，乃谈诗独冠古今。严羽卿崛起烬余，涤除榛棘，如西来一苇，大畅玄风。昭代声诗，上追唐、汉，实有赖焉。惟自运不称，故诸贤略之。刘辰翁虽道越中庸，其玄见邃览，往往绝人，自是教外别传，骚坛巨目。"④ 胡氏每将刘辰翁与严羽相提并论，可见对刘辰翁评价之高。明人胡震亨亦云："宋人诗不如唐，诗话胜唐。南宋人及元人诗话，又胜宋初人。如严之吟卷，刘之诗评，解会超矣。"⑤

---

① 《刘辰翁集》卷6，江西人民出版社1987年版，第205页。
② 钱谦益：《注杜诗略例》，《钱注杜诗》卷首，上海古籍出版社1979年版。
③ （明）胡应麟：《诗薮》外编卷4，上海古籍出版社1979年版，第191页。
④ （明）胡应麟：《诗薮》杂编卷5，上海古籍出版社1979年版，第321页。
⑤ （明）胡震亨：《唐音癸签》，上海古籍出版社1981年版，第322页。

但是前人对刘之批点杜诗亦颇有异词，周采泉于《杜集书录》讲道："辰翁为人傲岸自负，其所评骘，固有高人之见；但亦好作英雄欺人语，故自来于其评杜毁誉参半。"①

如四库馆臣说"辰翁论诗评文，往往意取尖新，大伤佻巧。其所批点如《杜甫集》……大率破碎纤仄，无裨后学"②，又曰"辰翁论诗，以幽隽为宗，逗后来竟陵弊体。所评杜诗，每舍其大而求其细，王士祯顾极称之，好恶之偏，殆不可解"③。又如宋濂《杜诗举隅序》："须溪评杜，如醉翁寝语，不甚可晓。"黄生《杜诗说》谓："杜诗莫谬于虞注，莫莽于刘评。"皆持批评意见。

钱谦益更对刘辰翁大加挞伐："自宋以来，学杜诗者莫不善于黄鲁直，评杜诗者，莫不善于刘辰翁。鲁直之学杜也，不知杜之真脉络，所谓前辈飞腾、余波绮丽者，而拟议其横空排奡，奇句硬语，以为得杜之衣钵，此所谓旁门小径也。辰翁之评杜，不识杜之大家数，所谓铺陈始终、排比声韵者，而点缀尖新俊冷，单词只字，以为得杜之骨髓，此所谓一知半解也。弘、正之学杜者，生吞活剥，以掊扯为家当，此鲁直之隔日疟也，其黠者又反唇于江西矣。近日之评杜者，钩深抉异，以鬼窟为活计，此辰翁之牙后慧也，其横者并集矢于杜陵矣。呜呼！大雅之不作久矣。"④

推扬者则云："评杜者自刘辰翁须溪始，辰翁铺陈终始，排比声韵，不事训诂，最得论诗体例。"⑤"千家注杜，犹五臣注《选》。辰翁评杜，犹郭象注庄，即与作者语意不尽符，而玄言玄理，往往角出，尽拔骊黄牝牡之外。昔人苦杜诗难读，辰翁注尤不易省也。"⑥

无论后人的评价和争议如何，刘辰翁都是宋代诗文评点中的集大成

① 参见周采泉《杜集书录》内编卷9，上海古籍出版社1986年版，第512页。
② 《四库全书总目》卷165《须溪集》提要，中华书局1965年版，第1409页。
③ 《四库全书总目》卷150《笺注评点李长吉歌诗》提要，中华书局1965年版，第1239页。
④ （清）钱谦益：《注杜诗略例》，《钱注杜诗》卷首，上海古籍出版社1979年版。
⑤ （清）阮元：《杜诗集评序》，载刘濬《杜诗集评》卷首，台湾大通书局1974年《杜诗丛刊》本。
⑥ （明）胡应麟：《诗薮》杂编卷5，上海古籍出版社1979年版，第322页。

者，是文学史上第一位诗文评点大家。他的杜诗评点指引了宋末杜诗研究的新方向，标志着宋代杜诗学的新变，元明时的杜诗评点，由此而兴。

三　方回：宋代杜诗学的总结者

方回（1227—1305）是一个颇为复杂的人物，当宋末爱国志士保家卫国浴血奋战之时，他举城纳降，并仕于元，却以宋遗民自命。对这种不轨于"正义"的行为，周密在《癸辛杂识》中痛斥其变节无行，对他进行了严厉的道德批判，论列了十一宗可斩之罪①。但刘壎在其《隐居通议》中却为方回辩护，说他"德祐事急时，尝上书陈十事，乞斩贾似道谢天下，觉得是一磊落士也"②。总之，其人可议处甚多，然于杜诗学上有大的贡献，却具定评。方回横跨宋元两朝，文学史习惯上将其归入元代，但其诗学思想着眼于唐宋两朝，于宋代杜诗学而言，可视为小结者。

（一）诗学传承：一祖三宗

方回是江西诗派的总结者，他通过自己的诗学理论和主张，正式建立杜诗与江西诗派的联系，确立了宋诗宗法杜甫的"一祖三宗"诗学传承观。

江西诗派的学杜虽然是宋代诗歌的主潮，但在吕本中的《江西宗派图序》里，黄庭坚被树为此派的开山祖师，序中并未提及杜甫。发展到后来，出现学诗者只知有陈黄，不知有少陵的情况。南宋初年，胡仔亦谓"近时学诗者，率宗江西，然殊不知江西本亦学少陵者也。故陈无己曰：'豫章之学博矣，而得法于少陵，故其诗近之'今少陵之诗，后生少年不复过目，抑亦失江西之意乎？江西平日语学者为诗旨

---

① （宋）周密：《癸辛杂识》"方回"条，中华书局1988年版，第251—252页。
② （元）刘壎：《方紫阳序诗》，《隐居通议》卷6，影印文渊阁《四库全书》本。

趣，亦独宗少陵一人而已"①。到了方回那里，杜甫才成为江西诗派真正的祖师，黄庭坚降到与陈师道、陈与义平等，同为三宗之一的地位。

黄庭坚及江西诗派虽然学杜，却是"学杜而不为"，提倡独创，自成一家。方回《瀛奎律髓》卷1晁端友《甘露寺》诗批语说："惟山谷法老杜，后山弃其旧而学焉，遂名黄、陈，号江西派，非自为一家也，老杜实初祖也。"把"非自为一家"与陈师道对黄庭坚的"学杜而不为"评语对观，可看出方回有意取消黄庭坚在江西派中的宗主地位。

方回通过律诗的选评，有意识地寻绎一条线索，即从陈与义、陈师道、黄庭坚一直上追到杜甫的诗学主线，从而确立诗学传承的先后关系。在《瀛奎律髓》卷26方回正式提出"一祖三宗"之说："古今诗人，当以老杜、山谷、后山、简斋四家为一祖三宗，余可预配飨者有数焉。"② 在卷24又云："善学老杜而才格特高，则当属之山谷、后山、简斋。"③

"一祖三宗"之说，强调了杜甫诗法对整个江西诗派的典范意义，从根本上树立了江西诗派的诗学纲领。事实上，方回对杜甫的推崇贯穿在全部《瀛奎律髓》中，主要表现在两个方面：其一，方回将杜甫看作古往今来最杰出的诗人，认为"诗至老杜，万古之准则哉！"④ 又批评四灵说："予谓诗家有大判断，有小结裹。姚之诗，专在小结裹，故四灵学之，五言八句皆得其趣，七言律及古体则衰落不振，又所用料不过花、竹、鹤、僧、琴、药、茶、酒，于此几物一步不可离，而气象小矣，是故学诗者必以老杜为祖乃无偏僻之病云。"⑤ 指出老杜高于四灵之处，乃在于"气象"有别。

---

① （宋）胡仔纂集：《苕溪渔隐丛话》前集卷49，人民文学出版社1962年版，第332页。

② 李庆甲集评校点：《瀛奎律髓汇评》卷26陈与义《清明》评语，上海古籍出版社2005年版，第1149页。

③ 李庆甲集评校点：《瀛奎律髓汇评》卷24梅尧臣《送徐君章秘丞知梁山军》评语，上海古籍出版社2005年版，第1060页。

④ 李庆甲集评校点：《瀛奎律髓汇评》卷16杜甫《小寒食舟中作》评语，上海古籍出版社2005年版，第624页。

⑤ 《瀛奎律髓汇评》卷10姚合《游春》评语，第340—341页。

其二，方回对黄庭坚、陈师道等人的推崇与评价，以是否学杜作为准则，从而通过具体诗作的评点梳理宋代诗学的渊源，比如：

> 诗暗合老杜，今注本无之。细味诗律，谓后山学山谷，其实学老杜，与之俱化也。（《瀛奎律髓》卷1，陈师道《登鹊山》评语）
>
> 老杜诗为唐诗之冠。黄、陈诗为宋诗之冠。黄、陈学老杜者也。嗣黄、陈而恢张悲壮者，陈简斋也。流动圆活者，吕居仁也。清劲洁雅者，曾茶山也。七言律，他人皆不敢望此六公矣。（《瀛奎律髓》卷1，陈与义《与大光同登封州小阁》评语）
>
> 宋人诗善学盛唐或过之，当以梅圣俞为第一。善学老杜而才格特高，则当属山谷、后山、简斋。（《瀛奎律髓》卷24，梅尧臣《送徐君章秘丞知梁山军》评语）
>
> 此等句法惟老杜多，亦惟山谷、后山多，而简斋亦然，乃知江西诗派非江西，实皆学老杜耳。（《瀛奎律髓》卷25，杜甫《省题省中院壁》评语）
>
> 后山诗全是学杜，以万钧九鼎之力，束于八句四十字之间。江湖行役诗凡九首，选诸此。篇篇有句，句句有字。（《瀛奎律髓》卷34，陈师道《锯野》评语）
>
> 后山学老杜，此其逼真者。枯淡瘦劲，情味深幽。（《瀛奎律髓》卷42，陈师道《寄外舅郭大夫》评语）①

其实，以杜甫为江西诗派之祖，并非方回之创见新说。在他之前，叶适、胡仔都曾指出这一诗学渊源。而方回引杜甫为江西派初祖，其用意在于从诗史的角度，把杜甫视为自古以来诗学优秀传统的集大成者。在他看来，杜甫身上继承着唐前汉魏六朝以来诗歌传统，又开启了其后数百年众多诗歌流派，"其意趣全古之六义，而其格律又备后世之众

---

① 以上六条见《瀛奎律髓汇评》（上海古籍出版社2005年版），第16、42、1060、1114、1398、1500页。

体"①，学习杜甫实等同于转益多师，就等于学习了杜甫以前所有优秀的诗人：

> 学老杜诗而未有入处，当观老杜集之所称咏敬叹及所交游唱酬者，而求其诗味之，亦有入处矣。其称咏敬叹者，苏武、李陵、陶潜、庾信、鲍照、阴铿、何逊、陈子昂、薛稷、孟浩然、元结之类。其所交游唱酬者，李白、高适、岑参、贾至、王维、韦迢之类是也。（《瀛奎律髓》卷24，岑参《送怀州吴别驾》批语）
>
> 山谷教人作诗，必学老杜，今所选亦以老杜为主。不知老杜亦何所自乎，盖出于其祖审言，同时诸友陈子昂、宋之问、沈佺期也。子昂以感遇诗名世，其实尤工律诗，与审言、之问、佺期皆唐律诗之祖。唐史谓：魏建安后，迄江左，诗律屡变。至沈约、庾信以音韵相婉附，属对精密，及之问、佺期又加靡丽，拘忌声病，约句准篇，如锦绣成文，学者宗之，号曰：沈宋体。语曰：苏李居前，沈宋比肩，然则学古诗必本苏武、李陵，学律诗必本子昂、审言辈，不可诬也。此四人者，老杜之诗所自出也。特老杜才高气劲，又能致广大而尽精微耳。（《瀛奎律髓》卷4，宋之问《早发始兴江口至虚氏邨作》批语）
>
> 以老杜为祖，老杜同时诸人皆可伯仲。（《瀛奎律髓》卷16，陈简斋《道中寒食二首》批语）
>
> 孟浩然、李白、王维、贾至、高适、岑参，与杜甫同时，而律诗不出则已，出则亦足与杜甫相上下。（《瀛奎律髓》卷1，陈子昂《度荆门望楚》批语）②
>
> 老杜七言律，晚唐人无之。凡学诗，五言律可学晚唐。只如七言律，不可不学老杜也。（《涪城县香积寺官阁》）

---

① 《跋许万松诗》，《桐江集》卷2，江苏古籍出版社1988年影印《宛委别藏》本。
② 以上四条见《瀛奎律髓汇评》（上海古籍出版社2005年版），第1033、150—151、591、1页。

方回认为杜甫能够"集众美而大成"①，并且"致广大而尽精微耳"，所以提倡学习杜甫，就是提倡学习杜甫以前中国史诗的全部优良传统。方回还认为，杜甫开启了其后诗歌的众多流派。唐宋诗虽有诸多风格流派，但在方回看来，有成就的流派都可溯源到杜甫："王维、岑参、贾至、高适、李泌、孟浩然、韦应物，以至韩、柳、郊、岛、杜牧之、张文昌，皆老杜之派也；宋苏、梅、欧、苏、王介甫、黄、陈、晁、张、僧道潜、范觉，以至南渡吕居仁、陈去非而乾、淳诸人朱文公诗第一，尤、萧、杨、陆、范，亦老杜之派也，是派至韩南涧父子、赵章泉而止；别有一派曰昆体，始于李义山，至杨、刘及陆佃绝矣。"②并且，"晚唐者，特老杜之一端。老杜之作，包晚唐于中，而贾岛、姚合以下，得老杜之一体"③。在方回看来，杜甫诗学可以说是无所不包。

可以看出，方回提出"一祖三宗"说的实质在于提倡学习杜甫，其用意有二。一方面，就是通过高扬杜甫的旗帜，引导诗人通过学习杜甫，继承历史上丰富的诗学财富。另一方面，则是通过诗学源流的梳理，力戒宋末诗坛江西后学之弊，改变晚唐体、四灵体卑弱琐屑的诗风。南宋后期，江西派已趋衰落，永嘉四灵起而以工巧娴丽矫江西之弊，其诗虽有清新淡远、自然圆熟之趣，但也有语工气弱、意境狭窄之病，江西之弊未革而其自身流弊已生。至于江湖派，更是诗格卑弱。方回对宋末四灵、江湖诗风极为不满，直斥"何等淫辞《南岳稿》，不祥妖谶晚唐诗"④，认为宋末晚唐体诗兴起乃是宋亡之先兆。按照他的诗学观，认为宋诗兴而江西派出，江西派衰而宋诗不振。江西诗派之盛衰关系着宋代诗运。基于此，他把诗界起衰救弊的希望寄托于师法杜甫，重振江西诗风。其理想是通过提出"一祖三宗"之说，改革江西诗派，并加以倡导，希望以此救诗界之弊。

按照方回的诗学观念，律诗高于古体，所谓"文之精者为诗，诗

---

① 《刘元辉诗评》，《桐江集》卷5，江苏古籍出版社1988年影印《宛委别藏》本。
② 《恢大山西山小藁序》，《桐江续集》卷33，影印文渊阁《四库全书》本。
③ 《跋许万松诗》，《桐江集》卷2，江苏古籍出版社1988年影印《宛委别藏》本。
④ 《送紫阳王山长俊甫如武林五首》其1，《桐江续集》卷17，影印文渊阁《四库全书》本。

之精者为律"①，这就引导他在唐宋律诗中寻求医治宋末诗弊的药方。当晚唐体轻熟工巧诗风统治诗坛而流为靡弱时，所可救弊者当为倡导老境瘦硬、高格古奥的诗风。所以，倡导江西诗风绝非理想药方，只不过权衡利弊，两弊相遇取其轻而已，正如他说："江西诗，晚唐家甚恶之，然粗则有之，无一点俗也。晚唐家吟不著，卑而又俗，浅而又陋，无江西之骨之律。"② 可见用意在于借江西之"骨"与"律"，医晚唐体之"卑俗浅陋"。而欲以江西救弊，必先为江西起衰。江西开宗者黄庭坚本以学杜称，而江西派至后来却专推黄为宗主，已失于取径狭窄。于是，上追杜甫，取法乎上，自是诗学正路。而且，杜诗有细润工密、萧散自然一格，正可医江西粗硬多骨之病，杜诗的博大精深、海涵地负，亦可破江西后学狭隘之病。于此，我们可以寻绎出方回的诗学思想和诗学"链条"：因不满于宋末诗风而倡江西，又因欲救江西之弊而上追杜甫，诚可谓用心良苦。正如清代吴宝芝所说：

> "一祖三宗"之说，论诗家每相诟病，谓其不应独宗"江西"也。夫訾其为偏，诚所难辞。然观其论诗小序云："立志必高，读书必多，用力必勤，师传必真。四者不备，不可言诗。"可知其于此事，煞费工夫来。盖从三折九变之余，而始奉此为归宿，其中甘苦得失之数，必有独喻其微者，非漫然奉一先生之号，傍人门户以自标榜也。③

所谓"三折九变"，正是说方回在考察诗歌史环环相扣演进脉络后，才得出诗学的最终归宿。从方回的"一祖三宗"说，我们也可以看出，从宋调初起，到宋诗成熟，最后到诗风重振，宋代杜诗学一直与宋诗发展嬗变相始终。

---

① （元）方回：《瀛奎律髓序》，《瀛奎律髓汇评》卷首，上海古籍出版社2005年版。
② 《瀛奎律髓汇评》卷47，上海古籍出版社2005年版，第1753页。
③ （清）吴宝芝：《重刻记言八则》，《瀛奎律髓汇评》附录（一），上海古籍出版社2005年版，第1816页。

（二）诗学门径：老杜诗法

方回在提出"一祖三宗"的诗学传承观的同时，也指出了一些学杜之法。清人沈德潜《李玉洲太史诗序》起首即云："古来论诗家，主趣者有严沧浪，主法者有方虚谷，主气者有杨伯谦，主格者有高廷礼，而近代朱竹垞则主乎学，之五者均不可废也。"① 认为方回论诗"主法"，与宋严羽、元杨士弘、明高棅、清朱彝尊并列，誉为五位成就杰出的论诗大家。其对老杜诗法的评骘，主要如下：

1. 学杜自为，各成一家

　　黄陈皆宗老杜，然未尝依本画葫芦依老杜诗。黄专以经史雅言、晋宋清谈、《世说》中不紧要字融液为诗，而格极天下之高。陈又全与黄不同，许浑诗到后山面前，一句说不行，故曰"后世无高学，举俗爱许浑"，所以讥晚辈委靡衰陋，可谓直矣。《挽曾南丰》《别三子诗》，可见无一字俗，无一语长。年四十九而死。《除正字》诗中四句下"端能"、"敢恨"、"肯著"、"宁辞"八虚字，近时诗人惟赵章泉颇得此法。诗律精深，黄陈名同而法异。回尝言："作诗先要格律高，学前辈诗不可但模形状，意会神合可也。"②

方回强调学杜不可句规字模，要"意会神合"，才能最终自成一家。指出黄陈皆学杜诗，而面貌自异，各成一家。并一再申述"格极天下之高"、"高学"、"格律高"，与晚唐诗风的"格卑"相对，亦强调作诗的学问之高与涵养功夫。

2. 讲求活法，无意自工

　　诗至于老杜而集大成。陈子昂、沈佺期、宋之问律体沿而下

---

① （清）沈德潜：《归愚文钞》卷12，《清代诗文集汇编》，上海古籍出版社2010年版，第560页。

② 《刘元辉诗评》，《桐江集》卷5，江苏古籍出版社1988年影印《宛委别藏》本。

之，丽之极莫如玉溪以至西昆，工之极莫如唐季以至九僧，三百五篇有丽者有工者，初非有意于丽与工也。风赋比兴，情缘事起云耳，而丽之极、工之极，非所以言诗也！谓如老杜七言律诗"鱼吹细浪摇歌扇，燕蹴飞花落舞筵"，"自去自来堂上燕，相亲相近水中鸥"，"林花着雨胭脂落，水荇牵风翠带长"，"风含翠筱娟娟静，雨浥红蕖冉冉香"，学者能学此句未足为雄。《扑枣》诗云："不为困穷宁有此，只缘恐惧转须亲"，《忆梅》诗云："幸不折来伤岁暮，若为看去乱乡愁"，《春菜》诗云："巫峡寒江那对眼，杜陵野老不胜悲"，《送僧》诗云："念我能书数字至，将诗不必万人传"，此等诗不丽不工，瘦硬枯劲，一斡万钧，惟山谷、后山、简斋得此活法，又各以其数万卷之心胸气力鼓舞跳荡。初学晚生不深于诗而骤读之，则不见奥妙，不知隽永，乃独喜许丁卯体，作偶俪妩媚态，予平生不然之，而江湖友朋未易以口舌争也。①

方回列举两组杜诗名篇，前一组以绚丽工稳见长，见出有意锤炼之功，后一组以简劲朴素见长，见出无意而自工的特色，可谓豪华落尽见真淳，方回显然倾心于后者，认为黄山谷、陈后山、陈简斋"得此活法"，成一代之雄。所谓许丁卯体，指晚唐许浑的丁卯句法，以拗救工致见称。方回论诗崇尚高格古调，对这种晚唐体格的"偶俪妩媚"之态表示"不然"。

3. 看似平易，实则艰苦

或问："老杜诗如此等篇，细观似亦平易。"自山谷始学老杜，而后山继之，"山谷学老杜而不为"，此后山之言也。未知不为如何？后山诗步骤老杜，而深奥幽远，咀嚼讽咏，一看不可了，必再看，再看不可了，必至三看、四看，犹未深晓何如者耶？曰：后山述山谷之言矣，譬之弈焉，弟子高师一着，始及其师。老杜诗所以妙者，全在阖辟顿挫耳，平易之中有艰苦。若但学其平易，而不从

---

① 《读张功父南湖集序》，《桐江续集》卷8，影印文渊阁《四库全书》本。

艰苦求之，则轻率下笔，不过如元、白之宽耳。学者当思之。①

　　所谓"平易之中有艰苦"，即指杜诗千锤百炼而不露斧凿痕迹，看似平易，实从艰苦中来，这是杜甫晚期诗的特征，杜公自言"晚节渐于诗律细"，又达到"凌云健笔意纵横"的效果。因之方回亦最欣赏杜甫晚期诗歌："大抵老杜集，成都时诗胜似关、辅时，夔州时诗，胜似成都时，而湖南时诗，又胜惟夔州时，一节高一节，愈老愈剥落。"②

　　此外，方回在其《瀛奎律髓》《桐江集》《桐江续集》等论诗著作中，对杜诗句法字法多有探讨，但大多不出江西派窠臼，此不具论。总之，方回在宋代杜诗学史上的主要贡献是通过对诗学源流的梳理，提出"一祖三宗"的观点，在杜诗和宋诗之间建立了关联，可谓宋代杜诗学的总结者。

---

　　①　李庆甲集评校点：《瀛奎律髓汇评》卷 10 杜甫《春日江村》评语，上海古籍出版社2005 年版，第 324 页。

　　②　李庆甲集评校点：《瀛奎律髓汇评》卷 10 杜甫《春远》评语，上海古籍出版社 2005年版，第 325 页。

结语和余论

在整个杜诗学史上，宋人筚路蓝缕，导夫先路，创立了杜甫研究的基本格局。举凡对杜诗的整理、辑佚、笺注、点评乃至论杜尊杜学杜，皆由宋人发凡起例，并初具规模，给后人的研究打下了坚实的基础。宋代杜诗学的演进历程是宋诗学唐而变唐的集中展现，也体现为宋人对诗学经典进行选择、确立、改造和师法的过程。推动这一进程的既有文学内部因素，亦有文学外部因素。杜诗经典化的完成，既是有宋一代士人的共同选择，也是文学内外各种因素的合力所致。

我们纵向考察宋代杜诗学的发展历程，发现宋人在对杜诗经典化的同时，对诗人的形象也进行了重塑。杜甫由一个流连诗酒的文士，一变而为秉笔直书的"史官"，再变而为"一饭未尝忘君"的"忠臣"，最后终于成为万世师表的"圣贤"，生前"百年歌苦"的诗人，终于赢来身后的"千秋盛名"。杜甫地位抬升的每一个阶段，都有宋代思想文化的参与。宋代杜诗学是宋人研杜与杜甫影响宋诗的双向互动过程，宋人对杜诗的研究直接影响着宋诗特质的形成，以杜为师是宋代诗坛的群体风尚。宋人通过对诗学经典的选择和确立，促成了杜诗学的繁荣局面，杜诗作为经典的示范效应又影响了两宋三百年的诗风，整个宋代杜诗学史与宋代诗歌史相始终。

同时也应看到，宋代杜诗学的发展史并非一路凯歌高奏，而是在曲折中前进，存在着高峰与低谷，随着时序的变迁与诗风的嬗变而峰谷相间，三次高峰与三次低谷交替出现。北宋初年杜甫名不甚显，较为寂寞，为低谷期。宋中叶至元祐，随着宋调成熟和宋诗刊本的传播，尊杜学杜形成高潮。至北宋末期，苏黄等巨匠淡出诗坛，杜诗学跌入低谷。

自南宋初至中兴四大诗人崛起，杜诗学迎来第二轮高潮。南宋后期江湖派与永嘉四灵以晚唐为宗，杜诗学又陷入低谷。宋末元初遗民诗人汇成爱国合唱，则是杜诗学的又一高峰期。

不仅如此，宋人学杜而变杜，宋诗与杜诗相比，存在着相当大的差异。宋人钟情于杜甫漂泊西南以后的诗歌，此时杜诗观照现实的外视角逐渐让位于思考人生的内视角，前期诗激烈的讥刺时世，转为后期的返观自身，特别契合于宋人自持与自适的诗学心理。在情感抒发上，杜诗无论忧时伤世，还是思亲念友，均饱含着强烈的情感涌动，而宋诗总体上重道抑情，存在着有意识的情感节制，理胜于情，从而稀释了情感的浓度，这恐怕是杜诗与宋诗最为显著的区别。

宋代杜诗学带给当代杜甫研究诸多启示和鉴戒。宋人对杜诗的篆集、校勘、编年与笺注，奠定了杜甫研究的基本格局，谓宋代为整个杜诗学史上的高峰时期，确为不刊之论，这充分说明，文献清理与事实还原是一切研究的基础。我们还应看到，宋人在尊杜学杜的过程，在特定的宋型文化影响下，对杜诗的潜在价值进行了深度挖掘和重新评估，与此同时，又未免以"六经注我"的方式，在逐步将杜甫偶像化、圣哲化的过程中，存在有意的误读和过度的阐释。在今天的学术环境中，我们要做的工作，首先是继承与清理前人研究的成果，把价值判断建立在文献梳理和史实考证的基础上，摆脱意识形态和个人偏好的困扰，拨开历史的层层迷雾，还杜甫以本来面目。

宋人有言"天下几人学杜甫，谁得其皮与其骨"，不唯学杜，古往今来之研杜所得，亦有皮、肉、骨、髓之分。假如我们以为，文学经典存在一种可以打通古今、超越地域的核心价值，伟大的文学作品可以有瑕疵，甚至有明显的瑕疵，但作为文学作品的核心价值必须得到最强烈的凸显，那么作为彪炳史册而举世公认的文学经典，杜诗的核心价值究竟何在？古人尊杜诗为诗史、集大成，尊杜甫为诗圣，新中国成立后又加上了一顶"人民诗人"的桂冠。这些辉煌的头衔，固然都有其成立的依据，但恐怕还不足以概括其作为文学经典的核心价值。在我们看来，杜甫留下的那些动地歌吟，主要是他一生心路历程的总记录，自始至终饱含着诗人对社会的深切关注，对自然的无比热爱，以及对人生的执着信念，为我们呈现了丰富多彩的心灵世界与情感天地。唐代社会的复杂矛盾与诗人一生的种种困境，都在他的诗中得到了最充分的体现。杜甫的精神世界中，充满了太多的冲突和矛盾：致君尧舜与一生坎壈的矛盾，英雄豪气与百年多病的矛盾，自视甚高与寄人篱下的矛盾，痛饮狂歌与仁者情怀的矛盾，风华绝代与无人知赏的矛盾。这些矛盾形成的张力，在他的笔下化作了异彩纷呈的诗篇，生成了杜诗艺术世界里特别个人化的深沉博大的审美特质。阅读这些色彩斑斓的心灵记录，使我们既从远处仰视他的伟大，也从近处感受到他的亲切。也许，这才是杜甫作为伟大诗人的"骨髓"所在，也是杜诗穿越时光隧道打动后世读者的核心价值所在。

就题材而言，杜集中的那些诗篇，固然有很多充溢着忠君之心、忧国之念与爱民之情，但作为古典时代一位颇具个性的士人，他的诗歌里还有相当一部分登山临水、吟咏性情与酬谢应答之作。我们应该允许他在忧国忧民的同时，有"痛饮狂歌空度日"的狂放、"儒术于我何有哉"的牢骚和"晴看稚子浴清江"的闲适。只有这样，我们才能"还杜以杜"，获得一个真实的杜甫。同时，作为人文学科的研究，可能无法做到彻底的"零感情"介入和价值中立，必然会在读杜的过程中融入自己的体验，又必然试图把自己的研究意识汇入到当下文化建设的洪流中去。因之，每个阶段的杜诗学又是时代精神的体现，如何在"我注六经"和"六经注我"之间寻找一个合适的切合度，是学术史赋予当代学者的重要命题。站在时间的制高点上，面对千百年来的研究成果，总结历代杜甫研究的经验得失，凭借着时代赋予的丰富知识体系和锐利思想武器，我们有理由相信，当代的杜甫研究一定会后来者居上，超越前人。

王禹偁说得好，"子美集开诗世界"！杜甫的出现，刷新了中国诗学的总纪录，开启了古典诗歌的新纪元。斗转星移，沧海桑田，诗人杜甫和他影响下的古典诗学时代已离我们渐行渐远，凝固为寂寞的历史。然而，他用他那深沉歌吟所开创的艺术世界和文化世界却历久而弥新，他的诗歌中蕴含的情感价值和精神价值永葆着生命的活力，值得一代又一代的读者和研究者去追问、去思考。

附录一　唐宋时的李杜优劣论

毫无疑问，在群星璀璨的唐诗星空中，李杜是最耀眼的两颗巨星，是永恒的双子星。天宝三载的春夏之交，这两颗诗坛巨星相会于东都洛阳。对于这次历史性的会面，闻一多先生《唐诗杂论》用充满激情的诗化语言进行了评述：

> 我们当品三通画角，发三通擂鼓，然后提起笔来蘸饱了金墨，大书而特书。因为我们四千年的历史里，除了孔子和老子（假如他们真是见过面的话）没有比两人的会面更重大，更神圣，更可纪念的。[①]

不足一年的诗酒交游，两位诗人结下了千古传颂的深厚友谊。此后，杜甫有多首情真意切的诗篇怀想李白，长安时期的《春日忆李白》充满期待："何时一樽酒，重与细论文？"可惜的是，此后二人竟没有再见面，韩愈的《醉留东野》诗也不无遗憾地说："昔年因读李白杜甫诗，长恨二人不相从。吾与东野生并世，如何复蹑二子踪。"历史给千载以下的读者留下了遗憾——在现存文献中我们尚未找到李杜"樽酒论文"的"谈话记录"，但是，历史也给我们留下了无尽的财富——李杜的并尊于诗坛，以及由此引发的优劣之争，成为聚讼千年的公案。时代造就了两个伟大的诗人，也给后人带来了说不尽的话题。让我们拨开历史的层层迷雾，对当时诗坛的征候生态予以还原梳理。

[①]　闻一多：《唐诗杂论》，上海古籍出版社1998年版，第143页。

也许，对风格不同的诗人品评而言，只有层次之分，并无高下之别。关于李杜，严羽有一段堪称盖棺定论的评语："李、杜二公，正不当优劣。太白有一二妙处，子美不能道；子美有一二妙处，太白不能作。子美不能为太白之飘逸，太白不能为子美之沉郁。太白《梦游天姥吟》《远离别》等，子美不能道；子美《北征》《兵车行》《垂老别》等，太白不能作。论诗以李、杜为准，挟天子以令诸侯也。"① 但是，不同时代的读者还是热衷于在李杜比较上做出自己的判断，甚至时至今日，仍是学人津津乐道的话题。以接受美学的视点来看，李杜诗歌自身的艺术价值是永恒的存在，历代的李杜优劣论，由于审美品位和接受眼光大异其趣，成为一部不同时代的读者阐释解读李杜的接受史。如以禅宗六祖慧能的话头言之，即为"幡动"，而非"心动"。这种"心动"，恰恰折射出历代李杜读者自身感受的变动，同时这些个体心灵感受的汇集，也代表了不同时代的文化思潮和审美风尚的群体差异。因此，李杜优劣是古典诗学演进和嬗变的表征，是不同时代诗坛气象的风向标和晴雨表，考察李杜优劣之争可一窥当日诗坛的征候和生态。让我们拨开历史的层层迷雾，对当时诗坛的征候生态予以还原梳理。

一　李杜并称缘起

诗人的齐名和并称是唐代文坛的普遍现象，但又分成不同的情形。明代胡震亨在论及唐人并称现象时说："唐人一时齐名者，如富吴（嘉谟、少微）、苏李（前味道、峤，后颋、乂），燕许（燕国公张说、小许公苏颋），萧李（颖士、华），韩柳（愈、宗元），四杰（王、杨、卢、骆），四友（杜审言、李峤、崔融、苏味道称文章四友），三俊（元稹、李德裕、李绅），皆兼以文笔为称。其专以诗称有沈宋（佺期、之问），钱郎（起、士元，时人语'前有沈、宋，后有钱、郎'是也。又钱郎刘李，合刘长卿、李嘉祐称之，亦时人语），鲍谢（防、良辅），元白（稹、居易），刘白（合刘禹锡称），温李（庭筠、商隐），贾喻

---

①　郭绍虞：《沧浪诗话校释·诗评》，人民文学出版社 1983 年版，第 166—168 页。

（岛、㿟。出顾云文），皮陆（日休、龟蒙），吴中四士（贺知章、刘眘虚、包融、张旭。一云无眘虚，有张若虚）、庐山四友（杨衡、符载、崔群、宋济）、三舍人（王涯、令狐楚、张仲素）、大历十才子（卢纶、吉中孚、韩翃、钱起、司空曙、苗发、崔峒、耿湋、夏侯审、李端）、咸通十哲（许棠、张乔、喻坦之、剧燕、任涛、吴罕、张蠙、周繇、郑谷、李栖远、温宪、李昌符，谓之十哲，实十二人）等目。至李杜、王孟、高岑、韦孟、王韦、韦柳诸合称，则出自后人，非当日所定（按杨凭有诗云：'直用天才众却瞋，应欺李杜久为尘。'凭，大历中人也。知两公身没未几，世已有并称矣，但至韩公始大定耳。王孟以下诸合称，则宋人论诗所定也）。"①

　　依照胡震亨的说法，文人之合称分两种情况：几位作家生前为时论并尊，在同时代人中流播"美誉"，此所谓"齐名"；后世的文学批评者在当时的文化背景下，使用特有的批评尺度，将前辈作家联系在一起，此所谓"并称"。胡氏以为，李杜之目，"出自后人，非当日所定"，并引大历、元和间人杨凭的诗，认为"身没未几，世已有并称"。在他看来，李杜在生前并未"齐名"，而是为后世所"并称"。

　　李杜并尊的起始时间，两唐书及元稹《唐检校工部员外郎杜君墓系铭并序》均谓生前齐名。元和八年元稹所作的墓文，在评价杜诗之后说："是时山东人李白，亦以文奇取称，时人谓之李、杜。"② 五代后晋时所修的《旧唐书》则进一步确定了齐名的时间："天宝末诗人，甫与李白齐名。"③ 其说可能采自元稹文。成书于北宋嘉祐年间的《新唐书》更把时间提前："少与李白齐名，时号'李杜'。"此不知何据，大概是宋祁其人，作意好奇，有意变更《旧唐书》文字所致。

　　关于杜甫在生前的诗名，我们已在绪论中述及，总的来说是见称于世，但名不甚重。但李白在生前即知名天下，则是不争的事实。孟棨《本事诗·高逸第三》云："李太白初自蜀至京师，舍于逆旅。贺监知

---

① （明）胡震亨：《唐音癸签》卷28，上海古籍出版社1981年版，第288页。

② （唐）元稹：《唐检校工部员外郎杜君墓系铭并序》，载周相录《元稹集校注》卷56，上海古籍出版社2011年版，第1361页。

③ 《旧唐书》卷190，中华书局1975年版，第5055页。

章闻其名，首访之。既奇其姿，复请所为文。出《蜀道难》以示之。读未竟，称叹者数四，号为'谪仙'，解金龟换酒，与倾尽醉，期不间日，由是称誉光赫。"又说："白才逸气高，与陈拾遗齐名，先后合德。"李阳冰作《草堂集序》即赞李白"千载独步，唯公一人"①，并未言及杜甫。魏颢作《李翰林集序》云："白久居峨眉，与丹丘因持盈法师达，白亦因之入翰林，名动京师。《大鹏赋》时家藏一本。"② 杜甫久困长安，长期"卖药都市，寄食友朋"，并无名震京师的轰动效应。李杜二人文集传世情况亦大不相同，李白诗文生前就传扬四方，曾高自称道"剑非万人敌，文窃四海声"（《经乱离后天恩流夜郎忆旧游书怀赠江夏韦太守良宰》），刘全白称其"文集亦无定卷，家家有之"③。唐人所编的李集，有李阳冰《草堂集》十卷本、魏颢《李翰林集》二卷本和范传正《李翰林别集》十卷本。而唐代却并无完整的杜甫诗集流传下来。从唐人选唐诗的盛行风尚来看，现存唐人所编带有选本性质的诗集计有十三种，选家的手眼在一定程度上代表了当时的诗坛风潮，然而只有唐末五代韦庄的《又玄集》选杜诗七首，其余选本均未予选入。李白诗入选者则有《河岳英灵集》十三首，《才调集》二十八首，《又玄集》四首，从数量上也远多于杜诗。

据此可知，李杜生前应无并称之现象，也不可能出现抑此扬彼的问题。因李杜相差十一岁，当李白"名动京师"，其诗文掀起"长安纸贵"轰动之时，杜甫才刚刚登上诗坛，方为一个诗坛新进，恐不会有"少与李白齐名"的可能。杜甫旅食京华的晚期，虽写有不少名篇，却不合于当时的诗坛风尚，故天宝末年编成的《河岳英灵集》中并未选杜甫的诗。杜甫的后半生漂泊巴蜀，流落荆湘，由于地处偏僻，又逢战乱，此时虽已见称于世，却因远离文化中心，其诗名尚不能与李白比肩。确如唐末五代的王赞所言："杜甫雄鸣于至德大历间，而时人或不

---

① （清）王琦注：《李太白全集》卷31附录，中华书局1977年版，第1443页。
② 同上书，第1449页。
③ （唐）刘全白：《唐故翰林学士李君碣记》，《李太白全集》卷31附录，中华书局1977年版，第1460页。

尚之。呜呼！子美可谓无声无臭者矣。"①

因之，关于李杜齐名的时间，两唐书及元稹所撰墓志虽出现较早，然元志未明言并称的时间，正史传记恐不能为我们所采信，倒是胡震亨的说法比较可靠。

中唐以后，经韩愈、元稹、白居易等人的推崇和鼓吹，杜甫的诗名才开始与李白相齐。元稹在《唐检校工部员外郎杜君墓系铭并序》中论述最为充分，这篇名文可谓系统研究杜甫的第一篇"论文"。他在历述诗歌的发展演进之后用夸张的语调盛称杜甫：

> 至于子美，盖所谓上薄《风》、《骚》，下该沈、宋，言夺苏、李，气吞曹、刘，掩颜、谢之孤高，杂徐、庾之流丽，尽得古今之体势，而兼人人之所独专矣！使仲尼考锻其旨要，尚不知贵其多乎哉！苟以为能所不能，无可不可，则诗人已来未有如子美者。是时山东人李白，亦以奇文取称，时人谓之李、杜。予观其壮浪纵恣，摆去拘束，模写物象，及乐府歌诗，诚亦差肩于子美矣。至若铺陈终始，排比声韵，大或千言，次犹数百，词气豪迈，而风调清深，属对律切，而脱弃凡近，则李尚不能历其藩翰，况堂奥乎！②

在这里，元稹首先高度评价杜诗集前人之大成，紧接着将杜甫与李白作了比较。认为李白诗"文奇"的特色，是不世天才所造成的，其天马行空、自由奔放的艺术风格，或许可与杜甫比肩，但是，杜甫的诗歌造诣，则达到了兼容古今、博取众长的非凡功力和艺术绝诣，在创作诗法谨严、声韵和谐的鸿篇巨制方面，李白远远不及杜甫。

白居易与元稹亦有同样的看法："又诗之豪者，世称李杜。李之作，才矣奇矣，人不逮矣，索其风雅比兴，十无一焉。杜诗最多，可传者千余首，至于贯穿今古，掘缕格律，尽工尽善，又过于李。然撮其

---

① （五代）王赞：《玄英先生诗集序》，载董诰等编《全唐文》卷865，中华书局1983年版，第9070页。

② （唐）元稹：《唐检校工部员外郎杜君墓系铭并序》，载周相录《元稹集校注》卷56，上海古籍出版社2011年版，第1361页。

《新安》《石壕》《潼关吏》，《芦子关》《花门》之章，'朱门酒肉臭，路有冻死骨'之句，亦不过三四十，杜尚如此，况不逮杜者乎？"① 白居易从功利主义诗学观出发，倡导"文章合为时而著，歌诗合为事而作"的诗歌主张，以达到"救济人病，裨补时阙"② 的政治目的，因而，李杜虽为"诗之豪者"，却并不尽合乎他的理想。他对杜甫的新题乐府尚有肯定，而对李白有所不满。但在白居易的心中，李杜地位并无差别。他在诗中也将李杜并称，表达崇敬之情，如："翰林江左日，员外剑南时。不得高官职，仍逢苦乱离。暮年迁客恨，浮世谪仙悲。吟咏留千古，声名动四夷。文场供秀句，乐府待新辞。天意君须会，人间要好诗。"③ 可见在当时，李杜并称已成为共识。

与元白同时，韩愈一派诗人，对李杜也多有论列，韩愈论诗的著名诗篇《调张籍》语及李杜云：

> 李杜文章在，光焰万丈长。不知群儿愚，那用故谤伤。蚍蜉撼大树，可笑不自量。伊我生其后，举颈遥相望。夜梦多见之，昼思反微茫。徒观斧凿痕，不瞩治水航。想当施手时，巨刃磨天扬。垠崖划崩豁，乾坤摆雷硠。惟此两夫子，家居率荒凉。帝欲长吟哦，故遣起且僵。剪翎送笼中，使看百鸟翔。平生千万篇，金薤垂琳琅。仙官敕六丁，雷电下取将。流落人间者，太山一毫芒。我愿生两翅，捕逐出八荒。精诚感交通，百怪入我肠。刺手拔鲸牙，举瓢酌天浆。腾身跨汗漫，不着织女襄。顾语地上友，经营无太忙。乞君飞霞佩，与我高颉颃。④

此诗起句突兀，破空而来，开篇即用痛斥兼嘲讽的口气说："李杜

---

① （唐）白居易：《与元九书》，载谢思炜《白居易文集校注》卷8，中华书局2011年版，第323页。

② 同上书，第324页。

③ （唐）白居易：《读李杜诗集因题卷后》，载谢思炜《白居易诗集校注》卷15，中华书局2006年版，第1236页。

④ 《韩昌黎诗系年集释》卷9，上海古籍出版社1984年版，第989页。

文章在，光焰万丈长。不知群儿愚，那用故谤伤。蚍蜉撼大树，可笑不自量。"此诗因何而发？"群儿"何指？这引起了后人的极大兴趣，也引发了众多的猜测。北宋末魏泰以为这是针对元稹的扬杜抑李论而发的："元作李、杜优劣论，先杜后李。韩退之不以为然，诗曰：'李杜文章在，光焰万丈长。不知群儿愚，那用故谤伤。蚍蜉撼大树，可笑不自量。'为微之发也。"① 南宋初周紫芝则对之表示怀疑："元稹之作李、杜优劣论，谓太白不能窥杜甫之藩篱，况堂奥乎？唐人未尝有此论，而稹始为之。至退之云：'李杜文章在，光焰万丈长。不知群儿愚，那用故谤伤？'则不复为优劣矣。洪庆善作《韩文辩证》，著魏道辅之言，谓退之此诗为微之作也。微之虽不当自作优劣，然指稹为'愚儿'，岂退之之意乎？"② 周氏认为元稹优劣说固有不当，但揆之情理，韩愈所谓"愚儿"之斥并不是针对元稹而发。

至清乾隆时方世举的《韩昌黎诗集编年笺注》刊行，以为韩愈此诗为元白二人所发，在魏泰说法之上又拉上白居易"陪绑"：

> 此诗极称李、杜，盖公所推服者，而其言则有为而发。《旧唐书·白居易传》：元和十年，居易贬江州司马，时元微之在通州，尝与元书，因论作文之大旨云：……是李、杜交讧也。元于元和八年作《杜工部墓志铭》云：……其尊杜而贬李亦已甚矣。时其论新出，愈盖闻而深怪之，故为此诗。因元白之谤伤，而欲与籍参逐翱翔。要之，籍岂能颉颃于公耶？此所以为调也。③

所谓"闻而深怪"云云，当是方氏猜测之词，拉上白居易"陪绑"，恐欲坐实"群儿"之"群"。要之，诸家所论，虽有异同，但都有一个前提，即沿用《旧唐书》之说，认为元稹所论为"李杜优劣

---

① （宋）魏泰：《临汉隐居诗话》，载（清）何文焕辑《历代诗话》，中华书局1981年版，第320页。

② （宋）周紫芝：《竹坡诗话》，载（清）何文焕辑《历代诗话》，中华书局1981年版，第355页。

③ （清）方世举：《韩昌黎诗集编年笺注》卷9，中华书局2012年版，第517—518页。

论"，而韩愈则力倡"李杜并尊"之说，反对妄加轩轾。据我们看，元稹有李杜并称的诗句，如"李杜诗篇敌，苏张笔力匀。乐章轻鲍照，碑板笑颜竣"①，似并不加以优劣。那段惹起争议的著名文字，乃是元和八年应杜甫之孙杜嗣业请托而为其祖撰写的墓志。限于墓志的体例，对墓主有所颂扬固其宜矣，在内容上则并非专为李杜评价而发。正如钱仲联先生所论："微之墓志亦是文家借宾定主之常法耳，况并未谤伤供奉也。谓此诗为微之发，当不其然。"②《旧唐书》编撰者在抄录这段文字之后，却冠以"李杜优劣"之名目，并断言"自后属文者，以稹论为是"③，遂引发了千古争论不已的李杜优劣话题。后世论者在元文与韩诗之间寻绎并建立联系，恐怕只是出于逻辑推理，并不合于历史事实。

至于韩愈作《调张籍》时是否看到元稹之文，乃至于韩诗与元文的作年先后，皆需进一步考察，似不能遽下断语。已有研究者对此做出探究，认为韩诗作于贞元年间，远早于元文，可备一说④。仅就韩诗所言，说李杜二人"平生千万篇，金薤垂琳琅。仙官敕六丁，雷电下取将。流落人间者，太山一毫芒"，字里行间蕴含着对世人冷落李杜的不满。杜甫的生前寂寞，已具前述。关于李白，按照一般的说法，李白生前即声震天下，诚如袁行霈先生所说："就一个作家在其当时所引起的轰动而论，中国文学史上没有谁可以和李白匹敌。李白简直像一股狂飙、一阵雷霆，带着惊天动地的神威，以一种震慑的力量征服了同代的读者。"⑤ 但是，我们也应看到，李白固然在生前已"名动京师"，他的所谓"名"很大一部分却是因为其传奇的经历而得。他的诗文，时人谓之"奇之又奇"，而"奇"与"正"相对，在当日的语境中，当非评诗论文的最高评语。李白在京为翰林供奉名为三个年头，实则不足二

---

① （唐）元稹：《代曲江老人百韵》，载周相录《元稹集校注》卷10，上海古籍出版社2011年版，第274页。

② 《韩昌黎诗系年集释》卷9，上海古籍出版社1984年版，第990页。

③ 《旧唐书》卷190《杜甫传》，中华书局1975年版，第5057页。

④ 常思春：《韩愈论李杜刍议》，《杜甫研究学刊》2005年第4期。

⑤ 袁行霈：《李白诗歌与盛唐文化》，《中国诗歌艺术研究》，北京大学出版社1996年版，第184页。

载，旋即被"赐金还山"，离开了当时的文化中心长安，继续他的漫游生涯。在雕版未兴，书籍流通不便的情况下，位处文化中心对一个士人诗名传播有着很大的影响。李白于长安不过是短期过客，昙花一现。他在长安留下了一系列传奇故事，这也许会被人们当作茶余饭后的谈资，但说他主盟诗坛恐非事实。从盛唐及至大历间，与其说诗界领袖是李杜，毋宁说是长期处于长安文化中心的王维①。

这样，我们就可以看出韩愈此诗意义所在：通过同时提升李杜的诗名，完成李杜并称，奠定李杜诗坛至尊地位，从而成为影响深远的著名论断。换句话说，李杜的齐名并称，其前提条件是李杜皆须"成名"，成为首屈一指的大诗人。从这个意义上讲，韩愈成就了"李杜"。实际上，不唯此诗，韩愈集中并举李杜之处，屡见不鲜：《荐士诗》有"国朝盛文章，子昂始高蹈。勃兴得李杜，万类困陵暴"，《醉留东野》言"昔年因读李白、杜甫诗，长恨二人不相从。吾与东野生并世，如何复蹑二子踪"，《石鼓歌》谓"少陵无人谪仙死，才薄将奈石鼓何"，《感春四首》其二云"近怜李杜无检束，烂漫长醉多文词"，《酬司门卢四兄云夫院长望秋作》说"高揖群公谢名誉，远追甫白感至诚"，如此等等，不一而足。

至于五代后晋时所修《旧唐书》所谓"自后属文者，以稹论为是"，亦不符当日诗坛生态。中晚唐至五代大多是李杜并尊，在很长一段时间内，虽人各有好，但普遍认可的并非元、白所谓的"抑李扬杜"，而是韩愈的李杜并重，鲜见有人公开抑李扬杜或抑杜扬李。如皇甫湜《题浯溪石》所说："李杜才海翻，高下非可概。"孟郊《戏赠无本二首》其一："可惜李杜死，不知此狂痴。"杨凭《赠窦牟》："直用天才众却嗔，应欺李杜久为尘。"杜牧《雪晴访赵嘏街西所居三韵》云："命代风骚将，谁登李杜坛。少陵鲸海动，翰苑鹤天寒"，《冬至日寄小侄阿宜诗》云："李杜泛浩浩，韩柳摩苍苍。近者四君子，与古争强梁。"直至唐末皮日休还在说："明皇世，章句之风，大得建安体，

论者推李翰林、杜工部为之尤。"① 裴说《怀素台歌》则将李杜与怀素并列："杜甫李白与怀素，文星酒星草书星。"五代黄滔云："大唐前有李杜、后有元白，信若沧溟无际，华岳干天。"② 韦縠云："暇日因阅李杜集，元白诗，其间天海混茫，风流挺特。"③ 所值得注意者，中晚唐出现的李杜齐名不仅在诗歌艺术价值上并尊，也有对李杜气节人格的并称与人生际遇的比较，如李商隐："李杜操持事略齐，三才万象共端倪。集仙殿与金銮殿，可是苍蝇惑曙鸡。"④ 陆龟蒙："李杜气不易，孟陈节难移。"⑤ 李杜齐名、并驾齐驱成为中晚唐诗坛的主潮。

二　宋人的抑李扬杜

李白在唐代声名显赫，盛唐时他的地位与影响高于杜甫，中晚唐则并驾齐驱，并尊于诗坛。入宋以后，李杜并尊的格局发生了变化。杜甫的地位开始大幅度地上升，形成了千家注杜的局面，李白则受到很大的冷落，仅一家注李（杨齐贤），以至形成杜甫一人独尊的局面。正如罗大经所谓："唐人每以李杜并称，韩退之识见高迈，亦惟曰：'李杜文章在，光焰万丈长。'无所优劣也。至本朝诸公，始至推尊少陵。"⑥ 宋人在尊杜的同时，对李白颇有微词。在李杜关系上，独尊杜甫或抑李扬杜是宋代主潮。至此，李杜并尊的天平才发生了倾斜。

宋初诗文革新伊始，杜甫的地位尚未超过李白。庆历时文坛领袖欧阳修个性上更喜欢李白，对李白之诗赞赏有加。从王安石开始，类似于

---

①　（清）皮日休：《郢州孟亭记》，《皮子文薮》卷7，上海古籍出版社1981年版，第70页。

②　（五代）黄滔：《答陈磻隐论诗书》，《唐黄御史文集》卷7，《四部丛刊初编》本。

③　（五代）韦縠：《才调集叙》，载傅璇琮、陈尚君、徐俊编《唐人选唐诗新编》（增订本），中华书局2014年版，第919页。

④　（唐）李商隐：《漫成五章》其二，载冯浩《玉溪生诗编年笺注》卷2，上海古籍出版社1979年版，第402页。

⑤　（唐）陆龟蒙：《袭美先辈以龟蒙所献五百言既蒙见和，复示荣唱，至于千字，提奖之重，蔑有称实，再抒鄙怀，用伸酬谢》，《唐甫里先生文集》卷1，《四部丛刊初编》本。

⑥　（宋）罗大经：《鹤林玉露》丙编卷6，中华书局1983年版，第341页。

元稹的论调又卷土重来，尊杜而抑李，杜甫的地位也从此超过了李白。王安石之说可谓此论之滥觞，从此以后杜甫地位一步步抬升，把李白远远甩在后边。清人仇兆鳌列举宋人对杜甫的评价说："王介甫选四家诗，独以杜居第一。秦少游则推为孔子大成，郑尚明则推为周公制作，黄鲁直则推为诗中之史，罗景伦则推为诗中之经，杨诚斋则推为诗中之圣。"① 与元稹所谓李杜优劣论不同者，宋人抑李扬杜主要着眼于杜诗所蕴含的伦理价值和道德人格方面。对李白的微词亦集矢于此，王安石之论已见第二章所述。他人之论亦多与此同，如黄彻认为："（李）白之论撰，亦不过为玉楼、金殿、鸳鸯、翡翠等语，社稷苍生何赖？就使滑稽傲世，然东方生不忘纳谏，况黄屋既为之屈乎？说者以谋谟潜密，历考全集，爱国忧民之心如子美语，一何鲜也！……余窃谓：如论其文章豪逸，真一代伟人；如论其心术事业可施廊庙，李杜齐名，真忝窃也！"② 又说："柳迁南荒有云：'愁向公筵问重译，欲投章甫作文身。'太白云：'我似鹪鹩鸟，南迁懒北飞。'皆褊忮躁辞，非畎亩倦倦之义。杜诗云：'冯唐虽晚达，终觊在皇都'；又'愁来有江水，焉得北之朝'。其赋张曲江云：'归老守故林，恋阙悄延颈。'其乃心王室可知。"③ 罗大经亦云："李太白当王室多难，海宇横溃之日，作为歌诗，不过豪侠使气，狂醉于花月之间耳。社稷苍生，曾不系其心胸。其视杜少陵之忧国忧民，岂可同年语哉！"④ 皆从诗歌的道德伦理价值着眼。

苏轼在一些诗中李杜并尊，如"谁知杜陵杰，名与谪仙高。扫地收千轨，争标看两艘"⑤，但明显对杜甫有所偏重。他论杜甫时提出了"一饭未尝忘君"的著名观点，在肯定李白"气盖天下"、为其"从璘"辩护的同时，也不得不承认当时的普遍看法："李太白，狂士也，

① 《杜诗凡例·杜诗褒贬》，《杜诗详注》，中华书局1979年版，第23页。
② （宋）黄彻：《巩溪诗话》卷2，人民文学出版社1986年版，第18页。
③ （宋）黄彻：《巩溪诗话》卷3，人民文学出版社1986年版，第39页。
④ （宋）罗大经：《鹤林玉露》丙编卷6，中华书局1983年版，第341页。
⑤ （宋）苏轼：《次韵张安道读杜诗》，载王文诰辑注、孔凡礼点校《苏轼诗集》卷6，中华书局1982年版，第266—267页。

又尝失节于永王璘，此岂济世之人哉。"① 批评其政治立场错误。与乃兄相似，苏辙亦有李杜并尊之论，如："唐朝文士例能诗，李杜高深独到希。我读君诗笑无语，怳然重见储光羲"②，"南迁初不恨，李杜得从滂"③，"公诗本似李杜"④。但在《诗病五事》中也明确扬杜抑李："李白诗类其为人，骏发豪放，华而不实，好事喜名，不知义理之所在也。……唐诗人李杜称首，今其诗皆在。杜甫有好义之心，白所不及也。"⑤ 抑李的理由是李白"不知义理之所在"。《诗病五事》是苏辙论诗名文，被《苕溪渔隐丛话》《诗人玉屑》《诗话总龟》等诗话著作递相引述，影响深远，具有一定的代表性。此文评论了李白、白居易、韩愈、孟郊与王安石五家诗，首列李白，并具列举三例：一是李白以诗酒奉事明皇，二是从永王璘，三是李白以诗"但歌大风云飞扬，安用猛士守四方"讥刺刘邦。结合他所举三例可以看出，三事皆涉及臣下对君主的态度，他所谓的"义理"的核心当指"忠君"。苏辙认为：李白以诗酒奉事明皇，把自己降到弄臣倡优的地位，而不是像忠臣良将那样辅弼君主、治国平天下，这就是"不知义理"；永王李璘于明皇尚在、太子已立的情况下拥兵反叛，李白从之，当然更是与忠君有悖，"不知义理"；李白不识君主之心，不知刘邦求贤若渴、治国兴邦的志向，这也是"不知义理"。不难看出，苏辙的抑李亦从出处大节和道德伦理着眼。

以人伦风鉴优劣李杜是宋人的普遍风气。南宋赵次公注杜以平实见称，然其论杜也以教化为要旨："六经皆主乎教化，而诗尤关六经之用。……唐自陈子昂、王摩诘沉涵醇隐，稍为近古，而造之未深，其明教化者无闻焉。至李杜，号诗人之雄，而白之诗，多在于风月草木之

① 《李太白碑阴记》，载张志烈、马德富、周裕锴主编《苏轼全集校注》文集校注卷11，河北人民出版社 2010 年版，第 1092 页。

② （宋）苏辙：《题韩驹秀才诗卷》，《栾城后集》卷 4，上海古籍出版社 1987 年版，第 1187 页。

③ （宋）苏辙：《吴冲卿夫人秦国挽词二首》其二，《栾城后集》卷 3，上海古籍出版社 1987 年版，第 1148 页。

④ （宋）苏辙：《亡兄子瞻端明墓志铭》，《栾城集》，上海古籍出版社 1987 年版，第 1422 页。

⑤ （宋）苏辙：《栾城三集》卷 8，《栾城集》，上海古籍出版社 1987 年版，第 1552 页。

间，神仙虚无之说，正何补于教化哉！惟杜陵野老，负王佐之才，有意当世，而肮脏不偶，胸中所蕴，一切写之于诗。……诵其诗以知教化之原，岂不自我公发之耶！"① 以诗的教化作用为标准来衡论李杜诗的高下，成为宋人的普遍做法，杜诗甚至超出诗学范围成为学童启蒙教育的教科书。杜诗愈益受人尊崇的同时，李诗则愈益受人冷落，对杜诗的研究成为一门显学，而对李诗的研究却是异常的沉寂。宋代大部分涉及李白的资料都是并论李杜或兼论杜甫的，如果说这是因为李杜齐名向来已久，二者互为参照并不足怪，但是宋人单独讨论杜甫之处却远远超过了包括李白在内的其他唐代诗人，这就不能不视作一种倾向了。基于时代精神和价值原则的变迁，宋人对前代诗人进行了重新的审视、评估与抉择。中晚唐与杜甫处于并尊地位的李白，在宋代的典范抉择中落选，并从此未能获得与杜甫平等的实际地位。

在宋代的李杜关系中，可以看出文学外在因素对诗学价值取向的深刻影响。与杜甫主要接受儒家仁爱思想影响不同，李白的思想驳杂，出入百家而不受儒家牢笼，言行举止也多狂放不羁，诸如"白昼杀人不以为非"等，诗如其人，李白那些天马行空的诗篇有着强烈的主观色彩，张扬外露奔放不羁的情感，乃至对圣贤至尊间有辛辣讽刺，这些都不符合宋代理学倡心性修养的要求，更无补于"教化"。他之遭致宋人的批评与贬抑也就成为历史的必然。宋人对李白非议和责难多是着眼于诗歌的思想内容乃至道德人品和政治识见，如葛立方《韵语阳秋》评道："李白乐府三卷，于三纲五常之道，数致意焉。"他举出不少诗例，摘录出含有"三纲五常"思想内容的诗句。然后又批评李白的行为："徐究白之行事，亦岂纯于行义者哉！永王之叛，白不能洁身而去，于君臣之义为如何？既合于刘，又合于鲁，又娶于宋，又携昭阳金陵之妓，于夫妇之义为如何？于友人路亡，白为权窆，及其靡溃，又收其骨，则朋友之义庶几矣。"葛立方列举了李白从璘、数娶、携妓种种"无行"的道德满污点和政治错误之后，进而感叹："惜乎！二失既彰，

---

① （宋）赵次公：《杜工部草堂记》，载（宋）袁说友等编《成都文类》卷42，影印文渊阁《四库全书》本。

三美莫赎，此所以不能为醇儒也。"① 李白既非"醇儒"，当然不能像杜甫那样享有"诗圣"的崇高地位。

宋代的文学批评在很大程度上受到道德伦理规范的制约，苏辙讥笑唐人"工于为诗，而陋于闻道"②。在宋人看来，"闻道"对士人而言是第一位的要求，远重于"工诗"。李白之所以在宋代失去诗坛宗主的地位，并非因为诗艺逊色，主要还是他的言行和诗作表现出来的思想意识有悖于宋人的伦理规范。

总之，宋人中之尊杜贬李者，主要从儒家伦理观念出发，对杜甫的忠君爱国的儒者精神表示倾慕，而对李白反抗封建礼教、追求自由的叛逆精神十分不满。宋代在尊君崇儒的道德观念和理学思想的影响下，李杜二人的不同价值取向都得到了"放大"。宋人通过"六经注我"的方式，有意地把杜甫塑造成"一饭未尝忘君"的忠臣形象，而把李白看作是不遵礼法、放浪声色的"反面典型"，这与李杜二人的本来面目相去甚远，已是典型的有意误读。

三　对"抑李扬杜"的修正和反拨

宋人论李杜，虽有"抑李扬杜"一说，但也有扬杜而不抑李者，亦有虽尊杜甫而诗学李白者。至南宋晚期，则出现了对"抑李扬杜"一说的修正和反拨。

严羽不满于江西诗文影响下的诗坛，论诗倡盛唐，主"兴趣"："夫诗有别材，非关书也；诗有别趣，非关理也。然非多读书，多穷理，则不能极其至，所谓不涉理路不落言筌者上也。诗者，吟咏情性也，盛唐诸人，惟在兴趣；羚羊挂角，无迹可求。故其妙处，透彻玲珑，不可凑泊。如空中之音，相中之色，水中之月，镜中之象，言有尽而意无穷。近代诸公乃作奇特解会，遂以文字为诗，以才学为诗，以议

① （宋）葛立方：《韵语阳秋》卷10，载（清）何文焕辑《历代诗话》，中华书局1981年版，第558页。

② （宋）苏辙：《诗病五事》，《栾城三集》卷8，《栾城集》，上海古籍出版社1987年版，第1552页。

论为诗；夫岂不工，终非古人之诗也，盖于一唱三叹之音，有所歉焉。"因而在宋代抑李扬杜风潮中，对贬抑李白的时论有所不满，力主李杜并尊，不当优劣："李、杜二公，正不当优劣。太白有一二妙处，子美不能道；子美有一二妙处，太白不能作。子美不能为太白之飘逸，太白不能为子美之沉郁。严羽的论诗，虽并尊李杜，无所轩轾，实倾心于李，赏其俊逸一格。对杜甫，则"虽阳示推崇，其实神情不属"①。

抑李扬杜者所持标准固然以人伦教化为指归，而尊李者也企图从李白的诗中找出"教化"的内容，为李白"平反"，从而实现李杜优劣论的修正。从二者出发点来看，尊李和抑李持同一个评判标准。宋末元初，萧士赟颇不满宋人抑李扬杜的论调："唐诗大家数李杜为称首。古今注杜诗者号千家，注李诗者曾不一二见，非诗家一欠事与？"② 在《李太白集分类补注》中，他有意识地通过笺注方式来阐发李白诗中的政治社会内容，强调李白的忠君爱国精神并不比杜甫逊色。如卷5《黄葛篇》，萧注："太白此诗，忠厚之意发于情性，风雅之作也。今由蚍蜉辈作诗评，乃谓太白诗全无关于人伦风教，吁！是亦未之思耳。"卷16《金乡送韦八之西京》，萧注："太白此诗，因别友而动怀君之思，可谓身在江海，心存魏阙者矣！"卷17《同王昌龄送族弟襄归桂阳二首》其一，萧注："细味此诗，非一饭不忘君者乎？议者何厚诬太白不如杜哉！"卷20《陪族叔刑部侍郎晔及中书贾舍人至游洞庭五首》其三，萧注："此诗虽游赏之作，然末句隐然有睠顾宗国，系心君主之意。其视前辈所评杜甫之诗一饭不忘君者，夫何慊之有哉！"卷21《登敬亭北二小山余时客逢崔侍御并登此地》，萧注："按白此诗，其亦身在江海，心在魏阙之意乎？食息不忘君岂特杜甫为然？迄今数百载，未有发明之者，惜哉！"③ 这些评语的倾向性与针对性都很明显，针对当时盛行的李白忠君思想远远不及杜甫的说法，提出了截然相反的意见，反驳了李白诗无关风化的时论，在人伦风教上为李白平反。

---

① 朱东润：《沧浪诗话参证》，《中国文学论集》，中华书局1983年版，第29页。

② （宋）萧士赟：《补注李太白集序例》，载（清）王琦注《李太白集注》卷33附录，中华书局1977年版，第1511页。

③ 均见杨齐贤集注、萧士赟删补《李太白集分类补注》，影印文渊阁《四库全书》本。

　　这种尊李声音的出现虽较微弱，却也是对宋代尊杜太过的一种反拨。宋以后，李杜优劣代各不同，此起彼伏。但总的来看，李白的影响力不及杜甫，这是儒家一脉相承主张温柔敦厚的诗学观的反映。只有当诗歌主潮回归审美、推重性情、崇尚盛唐诗风时，对李诗的评价才会有所上扬。

　　李杜二人，生前结下了深厚的友谊，身后却被人们当作对立的两极较以优劣，引发了千年聚讼的争论。对于这场争论，我们不是最后的评判者，实际上也不可能有一锤定音的结论。按照马克思的说法，历史的事实是在矛盾的陈述中清理出来的，从这个意义上说，对历代李杜优劣之争的清理，可以帮助我们更好地探寻到诗学传承演进的历史事实。

附录二　宋代的尊杜与慕陶

一　渊明与子美：历史的因缘际会

　　文学史常常出现数个著名作家并在一起称呼的现象，并称的成因和形式不外乎以下几种情况。一是因生活时代接近而并称，例如：初唐王、杨、卢、骆并称"四杰"；唐宋两朝的韩愈、柳宗元、欧阳修、苏洵、苏轼、苏辙、王安石和曾巩以其散文成就并称"唐宋八大家"。二是因作品风格或思想倾向相近而并称，例如：唐代的山水田园诗人王维和孟浩然并称"王孟"，中唐的元稹和白居易都是新乐府诗的代表，并称"元白"；宋代词风豪放的苏轼和辛弃疾并称"苏辛"。三是因生活地点相近而并称，例如：魏晋名士嵇康、阮籍、山涛、向秀、阮咸、王戎、刘伶因常在竹林聚游并称"竹林七贤"；南宋徐照、徐玑、翁卷、赵师秀俱为永嘉人，因而并称"永嘉四灵"；清初诗人钱谦益、吴伟业、龚鼎孳都是江东人，并称"江左三大家"。四是因父子、叔侄、兄弟等血缘关系而并称，例如：三国时的曹操和其子曹丕、曹植合称"三曹"；北宋文学家苏洵与子苏轼、苏辙并称"三苏"。五是同姓而并称，例如：汉代辞赋家司马相如和史学家司马迁并称"两司马"；唐朝诗人李白、李贺和李商隐并称"三李"。六是因成就影响相当而并称，例如：汉代史学家司马迁和班固并称"班马"；唐代诗人李白和杜甫并称"李杜"；宋代诗人尤袤、杨万里、范成大和陆游并称"尤杨范陆"；等等。

　　这些并称，情形各异，但大体说来，文风相类、成就相当与年代相近是其基本条件。然而在宋代，陶渊明和杜甫，两位相去数百载，风格迥然不同的诗人却同时被奉为诗坛至尊。宋人诗句中关于二人并举之处比比皆是：

> 渊明酩酊知何处，子美萧条向此时。（王安石《和晚菊》）
>
> 少陵推健材孤出，彭泽清闲兴最长。（曾巩《孙少述示近诗兼仰高致》）
>
> 陶杜当时傥经目，定并东合赋东篱。（陈造《襄阳赋秋日江梅菊花》）
>
> 虽无杜甫惊人句，庶免渊明责子诗。（吴沆《以易授玭有契于予心喜而成诗》）
>
> 子美惟恐花欲飞，渊明自爱门常闭。（李纲《酴醾》）
>
> 子美无家寻弟妹，渊明有酒引儿童。（李纲《得家信报避寇海陵》）
>
> 渊明爱此九日名，对菊无钱可留客。杜陵烂醉作生涯，青蕊空嗟未堪摘。（李纲《对菊小饮简申伯、叔易》）
>
> 哦诗五字如渊明，读书万卷如子美。（杨万里《寄饯湖广总领张子仪少卿赴召》）
>
> 空弃孤竹陶元亮，玉佩琼琚杜拾遗。（杨万里《张功父索余近诗，余以南海、朝天二集示之，蒙题七字》）
>
> 少陵自叹休问天，高歌杜曲希陶潜。（廖行之《再酬汤无邪》）
>
> 静对陶潜径，长吟杜甫诗。（丁世昌《病中无聊忽徐渊子送酒》）
>
> 子美浣花元不恶，渊明栗里总宜贫。（喻良能《草堂成即事二首》）
>
> 君不见饭颗山头饿少陵，柴桑径里饥渊明。（赵汝腾《示林桂高歌》）
>
> 初读少陵诗，再对渊明菊。试听句掷金，坐想人如玉。（赵善括《和邦承所赠中隐古风》）
>
> 便续渊明归去引，不题工部醉时歌。（孙应时《和答叶无咎》）

贫似渊明犹爱酒，瘦如工部只缘诗。（王洋《和吉父赠兹父诗》）

柴桑松菊坐来荒，杜曲桑麻随分有。（陈杰《罗寿可再如旧都作归来窗以为亲悦劝之归者皆是予特下转语焉》）

杜陵身世霜前鬓，陶令田园雨后芜。（曹彦约《送赵安卿召除考功》）

陶杜休官窘可知，更怜坡老惠州时。三人九日俱无酒，一笑千年各有诗。（方回《九日无酒》）

杜甫生逢天宝末，陶潜空忆义熙前。（陆文圭《寄戴帅初先生》）

弃官杜甫雁天宝，辞令陶潜叹义熙。（洪贵叔《春日田园杂兴》）

上述陶杜并举的大量出现，绝非偶然现象，适堪视为宋代诗坛陶杜并尊的"集体无意识"。宋诗体派纷纭，多以师法前代诗人为尚。宋人面对前代的诗学遗产，有意识地遴选可资师法的诗学典范，我们考察宋人远祧的前辈诗人名单，曾经入围并风靡一时的诗人夥矣，杜甫生前名不甚显，而在宋代诗坛漫长的典范选择过程中最终"定于一尊"，摘取了诗坛的桂冠。

与此同时，宋人以其审美好尚，又遴选了另一位经典作家。这个经典作家，不是白居易，不是李商隐，不是韩愈，甚至不是李白，而是陶渊明。与杜甫相比，陶渊明经典地位的确立经过了一个更为漫长的过程。陶渊明在其身后很长一段时间，始终以一个隐士的面目出现在历史上。宋初三体分别学习香山、义山、晚唐，陶渊明并未进入他们的视野，只是在使典用事上，偶用陶诗典故，附庸隐逸之士表其高节。其后，梅尧臣矫正华而不实的西昆诗风，力倡"平淡"①，在其时颇具影

---

① 如《四部丛刊初编》本《宛陵先生集》卷28《依韵和晏相公》："因吟适情性，稍欲到平淡"，卷46《读邵不疑学士诗卷，杜挺之忽来，因示之，且伏高致，辄书一时之语以奉呈》："作诗无古今，唯造平淡难"，卷60《林和靖先生诗集序》："其顺物玩情为之诗，则平淡邃美，读之令人忘百事也。"

响，但他的平淡多出于"诗穷而后工"①的不平之鸣，以古拙刻意之辞而达到平淡的目的，因而与陶诗大异其趣。朱自清先生对此作了比较："平淡有二，韩诗云'艰宕怪变得，往往造平淡'，梅平淡即是此种。朱子谓'陶渊明诗平淡出以自然'，此又是一种。"②只有到了苏东坡，才真正实现了与陶渊明人格的完全契合，达到了"我即渊明，渊明即我"的化境。诚如李泽厚先生所论："终唐之世，陶诗并不显赫，甚至也未遭李、杜重视。直到苏轼这里，才被抬到独一无二的地步。并从此以后，其地位便基本固定下来了。苏轼发现了陶诗在极平淡朴质的形象意境中，所表达出来的美，把它看作人生的真谛，艺术的极峰。千年以来，陶诗就一直以苏化的面目流传着。"③经过这位文坛盟主的推扬，"渊明文名，至宋而极"④。

宋人在重建文统的过程中，充分汲取前代丰富的遗产与资源，对"晋唐传统"尤为重视，"晋以王羲之、陶渊明为代表，唐以颜真卿、杜甫为代表，形成晋、唐两个艺术传统，代表两种审美精神"⑤。张戒《岁寒堂诗话》卷上云："陶渊明、柳子厚之诗，得东坡而后发明；子美之诗，得山谷而后发明。"这两位时代不同的诗人，分别受到了宋代诗坛巨匠的极力揄扬，时代的风云际会，使两位生前寂寥的诗人联袂走上了历史的前台，一起成为宋代诗学的"双子星"。从此以后，"宋版"的杜甫和"苏版"的陶渊明就出现在文学史长河中。宋末元初的方回甚至说"万古陶兼杜，谁堪配飨之"⑥，把这两位大诗人推上了至高无上的地位。

二　忠君与节义：人格的内外楷模

在陶渊明与杜甫的接受史上，宋人首先在人格上发现了陶杜二人的

---

① （宋）欧阳修：《梅尧臣诗集序》，载洪本健《欧阳修诗文集笺校》，第1092页。
② 朱自清：《宋五家诗钞》，上海古籍出版社1981年版，第1页。
③ 李泽厚：《美的历程》，文物出版社1982年版，第163页。
④ 钱钟书：《谈艺录》，中华书局1984年版，第88页。
⑤ 张健：《知识与抒情——宋代诗学研究》，北京大学出版社2015年版，第86页。
⑥ （元）方回：《诗思》其四，《桐江续集》卷28，影印文渊阁《四库全书》本。

价值。陶渊明身后，"隐名日显，知音其稀"①，宋之前，陶渊明始终以一个隐士的面目出现在历史上。自钟嵘《诗品》推之为"古今隐逸诗人之宗"，宋之前的评论家，大多关注陶渊明的隐逸风姿，阳休之《陶集序录》亦谓："余览陶潜之文，辞采虽未优，而往往有奇绝异语，放逸之致，栖托仍高。"②视渊明为遗落世事、高标独立的隐士。在儒学复兴思潮影响下，宋人则更多从节义操守评论陶渊明，与杜甫"一饭不忘君"的忠君说相类。在宋人眼里，陶渊明的退隐并非纯为追求超脱玄远，而更多是政治立场与人生姿态的另类表达。如南宋初李邦献《省心杂言》谓："陶渊明无功德以及人，而名节与古忠臣义士等。"③不仅如此，宋人甚至发现陶渊明平淡肃穆之下的豪情与壮志，黄庭坚《宿旧彭泽怀陶令》称之"潜鱼愿深渺，渊明无由逃。彭泽当此时，沉冥一世豪。司马寒如灰，礼乐卯金刀。岁晚以字行，更始号元亮。凄其望诸葛，肮脏犹汉相"④。目渊明为一世豪杰，比作建立盖世功业的诸葛亮。与陶渊明境遇类似，杜甫虽属于所谓"统治阶级"的一员，享受"生常免租税，名不隶征伐"的特权，但除了短期为小官外，大部分时间颠沛流离，沉沦于社会底层，几乎等同于平民，终其一生并无机遇实现其"致君尧舜上，再使风俗淳"的抱负，因而在政治上也无功德惠及世人，却被朱熹置于可与诸葛亮、颜真卿、韩愈、范仲淹等政治家相比肩的"五君子"之列⑤。可以看出，宋人在"重塑"陶杜过程中，人格因素起了至关重要的作用。

苏东坡在杜诗里读出了"一饭未尝忘君"，遂衍生成为宋人津津乐道、影响极大的杜诗忠君说，陶渊明的诗文也得到了类似的政治伦理解读，如宋末遗民诗人林景熙后学章祖程在评价林诗时说："诗自《三百篇》《楚词》以降，作者不知几人，求其关国家之盛衰、系风教之得

---

① 李剑锋：《元前陶渊明接受史》，齐鲁书社2002年版，第19页。

② （北齐）阳休之：《陶集序录》，载（明）梅鼎祚编《北齐文纪》卷3，影印文渊阁《四库全书》本。

③ （宋）李邦献：《省心杂言》，影印文渊阁《四库全书》本。

④ 《宿旧彭泽怀陶令》，《山谷诗集注》卷1，上海古籍出版社2003年版，第15页。

⑤ （宋）朱熹：《王梅溪文集序》，《晦庵先生朱文公文集》卷75，《朱子全书》（修订本），上海古籍出版社、安徽教育出版社2010年版，第3641页。

失，而有合乎六义之旨者，殆寥乎其鲜闻也。惟陶渊明以义熙为心、杜子美以天宝兴感，为得诗人忠爱遗意。霁山先生之诗，盖祖陶而宗杜者也。"①

汤汉《陶靖节诗集注自序》论陶渊明"不事异代之节，与子房五世相韩之义同，既不为狙击震动之举，又时无汉祖者可托以行其志，故每寄情于首阳、易水之间，又以荆轲继二疏、三良而发咏，所谓'抚己有深怀，履运增慨然'，读之亦可以深悲其志也已。平生危行逊言，至《述酒》之作始直吐其忠愤"②，已完全成为一个忠孝节义之士。宋代士人非常看重忠君的出处大节，而陶渊明的"耻事二姓"，正符合他们的理想。"耻事二姓"之说，首创于沈约，其在《宋书·陶潜传》中说："潜弱年薄宦，不洁去就之迹。自以曾祖晋世宰辅，耻复屈身异代，自高祖王业渐隆，不肯复仕。所著文章，皆题其年月。义熙以前，则书晋氏年号；自永初以来，唯云甲子而已。"萧统《陶渊明传》，《南史·陶潜传》都承袭沈约的话语。在《五臣注文选》陶诗《辛丑岁七月赴假还江陵夜行堡口》中，词句稍有不同，但意思相差无几："潜诗，晋所作者皆题年号，入宋所作者，但题甲子而已。意者耻事二姓，故以异之。"更多的宋代士人相信"耻事二姓"的说法，葛立方还从陶之诗文中寻找此说的"内证"：

世人论渊明自永初以后，不称年号，只称甲子，与思悦所论不同。观渊明《读史》九章，其间皆有深意。其尤章章者，如《夷齐》《箕子》《鲁二儒》三篇。《夷齐》云："天人革命，绝景穷居。正风美俗，爰感懦夫。"《箕子》云："去乡之感，犹有迟迟。矧伊代谢，触物皆非。"《鲁二儒》云："易代随时，迷变则愚。介介老人，时为正夫。"由是观之，则渊明委身穷巷，甘黔娄之贫而

---

① （宋）林景熙：《霁山文集》，影印文渊阁《四库全书》本。
② 《陶靖节先生诗注》卷首，《中华再造善本》影印宋淳祐元年汤汉刻本，北京图书馆出版社 2003 年版。

不自悔者，岂非以耻事二姓而然邪！①

　　这体现了宋人注重出处大节，以儒家义理为论人准则的价值取向和诗学趣味，正因为如此，理学家对渊明的人生境界尤为推崇。朱熹也赞美陶渊明"耻事二姓"的忠贞品质，他在《向芗林文集后序》中说："陶元亮自以晋世宰辅子孙，耻复屈身后代，自刘裕篡夺势成，遂不肯仕。虽其功名事业不少概见，而其高情逸想播于声诗者，后世能言之士皆自以为莫能及也。盖古之君子其于天命民彝、君臣父子、大伦大法之所在，惓惓如此。是以大者既立，而后节概之高，语言之妙，乃有可得而言者。如其不然，则纪逡、唐林之节非不苦，王维、储光羲之诗非不翛然清远也，然一失身于新莽禄山之朝，则其平生之所辛勤而仅得以传世者，适足为后人嗤笑之资耳。"②完全用"忠君"来论陶渊明，这一点与杜甫在宋人那里受到的"待遇"略同。

　　洪迈也试图从陶渊明诗文中读出君臣大义，出处大节，他在《容斋三笔》论《桃源行》一条里说：

　　　　陶渊明作《桃源记》云：源中人自言："先世避秦时乱，率妻子邑人来此绝境，不复出焉，乃不知有汉，无论魏、晋。"系之以诗曰："嬴氏乱天纪，贤者避其世。黄、绮之商山，伊人亦云逝。愿言蹑轻风，高举寻吾契。"自是之后，诗人多赋《桃源行》，不过称赞仙家之乐。唯韩公云："神仙有无何渺茫，桃源之说诚荒唐。世俗那知伪为真，至今传者武陵人。"亦不及渊明所以作记之意，按《宋书》本传云："潜自以曾祖晋世宰辅，耻复屈身后代。自宋高祖王业渐隆，不复肯仕。所著文章，皆题其年月，义熙以前，则书晋氏年号，自永初以来，唯云甲子而已。"故五臣注《文选》用其语。又继之云："意者耻事二姓，故以异之。"此说虽经

───────────────

①　（宋）葛立方：《韵语阳秋》卷5，载（清）何文焕辑《历代诗话》，中华书局1981年版，第530页。

②　《晦庵先生朱文公文集》卷76，《朱子全书》（修订本），上海古籍出版社、安徽教育出版社2010年版，第3662页。

前辈所诋，然予窃意桃源之事，以避秦为言。至云"无论魏、晋"，乃寓意于刘裕，托之于秦，借以为喻耳。近时胡宏仁仲一诗，屈折有奇味。大略云："靖节先生绝世人，奈何记伪不考真？先生高步窘末代，雅志不肯为秦民。故作斯文写幽意，要似寰海离风尘。"其说得之矣。①

洪迈虽承认"耻事二姓"说有诸多可商榷之处，但还是以为有所寄托，"借以为喻"。可见"耻事二姓"的节义观在宋代的影响。

值得注意的是，宋人对陶渊明的推尊，还与宋人认为他知"道"有关，这在宋代学者那里尤为明显。如陆九渊认为："李白、杜甫、陶渊明皆有志于吾道。"② 真德秀说："渊明之学，正自经术中来，故形之于诗，有不可掩。《荣木》之忧，逝川之叹也，《贫士》之咏，箪瓢之乐也。"③ 都认为陶渊明志于道，当是从其品行修养和节操着眼而立论，这是宋人论诗评文的普遍风尚。

宋人在品评前代诗人时，常常会以诗人的人格修养为重要视角，并不仅仅是瞩目于其艺术价值。在这种观念支配下，宋人竭力要从陶渊明那些描写田园的诗句中挖掘出"道"的意蕴。葛立方《韵语阳秋》记载："东坡拈出陶渊明谈理之诗，前后有三，……皆以为知道之言。"④ 苏轼欣赏的陶诗分别是："客养千金躯，临化消其宝"、"采菊东篱下，悠然见南山"、"笑傲东轩下，聊复得此生"。当然，这三联陶诗中寄托的主要是道家超然物外的出尘之思，与理学思想不尽相同，但以"知道"作为评论陶诗标准的论诗倾向却是明确的。同样的缘由，宋人推尊杜甫，也是从儒家之"道"，儒家"义理"角度立论。范温曾列举杜甫大量的诸如"穿花蛱蝶深深见，点水蜻蜓款款飞"之类的摹写景物

---

① （宋）洪迈：《容斋随笔》卷10，上海古籍出版社1996年版，第536页。
② 《陆九渊集》卷34，中华书局1980年版，第410页。
③ 《跋黄鲁甫拟陶诗》，《西山先生真文忠公文集》卷36，《四部丛刊初编》本。
④ （宋）葛立方：《韵语阳秋》卷3，载（清）何文焕辑《历代诗话》，中华书局1981年版，第507页。

的诗句，评曰："皆出于风花，然穷尽性理，移夺造化。"① 这些被理学家程颢斥为"闲言语"的诗句居然也成了载道之"器"。真是以"性理"观之，则"性理"无处而不在。杜诗中这类纯粹摹景状物的诗句，被视作解释"性理"的韵文讲义，牵强附会，类同于以忠君说解杜。关于这一点，范温的一段话倒是道出了个中缘由："世俗喜绮丽，知文者能轻之。后生好风花，老大即厌之。然文章论当理与不当理耳，苟当于理，则绮丽、风花，同入于妙；苟不当理，则一切皆为长语。"② 从是否"当理"的角度出发，以"道眼"来看杜甫和陶渊明，则如周紫芝所言："少陵有句皆忧国，陶令无诗不说归。"因此，从义理的角度看，杜甫和陶渊明既是宋人的诗学典范，同时也是宋人的精神典范。

陶渊明《饮酒二十首》其十八云："仁者用其心，何尝失显默。"③ 杜甫《过津口》云："物微限通塞，恻隐仁者心。"二位诗人皆有深沉博大的仁者情怀，此一点也是儒家伦理所倡导的。所以葛立方对此非常赞赏，以为二人皆是贤者。其《韵语阳秋》卷20谓：

> 贤者豹隐墟落，固当和光同尘，虽舍者争席奂病，而况于杯酒之间哉？陶渊明杜子美皆一世伟人也，每田父索饮，必使之毕其欢而尽其情而后去。渊明诗云："清晨闻叩门，倒裳往自开。问子为谁与？田父有好怀。壶浆远见候，疑我与时乖。"老杜诗云："田翁逼社日，邀我尝春酒。""叫妇开大瓶，盆中为我取。"二公皆有位者也，于田父何拒焉。至于田父有"一世皆尚同，愿君汩其泥"之说，则姑守陶之介。"久客惜人情，如何拒邻叟。"则何妨杜之通乎？

这也是以人格修养并尊陶杜的体现。

---

① 《潜溪诗眼》，载郭绍虞辑《宋诗话辑佚》，中华书局1980年版，第326页。
② 同上。
③ 龚斌：《陶渊明集校笺》卷3，上海古籍出版社1996年版，第245页。

三 平淡与老成：诗境的多向融通

陶渊明诗中所蕴含的平淡美可谓中国封建社会后期诗学的审美理想。宋代诗人通过自己的体悟，发现了陶诗中那种"寄大音于沈寥之表，存至味于淡泊之中，非具眼者不能识也"①的大美。也正是通过陶渊明，宋人确立了他们的平淡美学理想。宋代几位大诗人个性迥异，却一致推崇陶渊明，欧阳修"推重陶渊明《归去来》，以为江左高文，当世莫及"②。王安石晚年罢隐钟山，慕陶风节，诗风稍减奋厉之气，一变而为优容不迫、古雅闲淡。作诗悟出"深婉不迫之趣"③，因而，"遣情世外，其悲壮即寓闲淡之中"④。

苏轼更是陶渊明的异代知音，在陶诗经典化的过程中，苏轼起着至关重要的作用，通过他的揄扬，树立了陶诗的经典地位。所谓"陶渊明、柳子厚之诗，得东坡而后发明"。⑤苏轼晚年迁谪惠、儋，"最喜读陶渊明、柳子厚二集，谓之南迁二友"⑥，手不释其卷，追和陶诗达百余首，著文论述陶诗的平淡，不仅高度推崇陶诗，而且极力称赏陶渊明的处世风范。黄庭坚的诗也被人誉为"气和而真力壮，音淡而古意完，此所以为高也"⑦。欧、王、苏、黄北宋四大家取于陶诗之处或许不同，但都以平淡为指归。苏轼着重于从审美情感上把握"平淡"的韵味和风神，最能反映这种审美思想倾向的，是其《书黄子思诗集后》所论：

---

① （宋）黄升：《玉林诗话》，载郭绍虞辑《宋诗话辑佚》，中华书局 1980 年版，第 504 页。

② （宋）胡仔纂集：《苕溪渔隐丛话》前集卷 3 引，人民文学出版社 1962 年版，第 18 页。

③ （宋）叶梦得：《石林诗话》卷中，载（清）何文焕辑《历代诗话》，中华书局 1981 年版，第 419 页。

④ （清）吴之振、吕留良、吴自牧选：《宋诗钞·临川诗钞》小序，中华书局 1986 年版，第 564 页。

⑤ （宋）张戒：《岁寒堂诗话》，载丁福保辑《历代诗话续编》，中华书局 1983 年版，第 463 页。

⑥ （宋）陆游：《老学庵笔记》卷 9，中华书局 1979 年版，第 120 页。

⑦ （宋）王柏：《跋东邮山谷诗轴》，《全宋文》卷 7800，第 239 页。

"予尝论书，以谓钟、王之迹，萧散简远，妙在笔画之外。至唐颜、柳，始集古今笔法而尽发之，极书之变，天下翕然以为宗师，而钟、王之法亦微。至于诗亦然。苏、李之天成，曹、刘之自得，陶、谢之超然，盖亦至矣。而李太白、杜子美以英玮绝世之姿，凌跨百代，古今诗人尽废，然魏晋以来高风绝尘，亦少衰矣。李、杜之后，诗人继作，虽间有远韵，而才不逮意。独韦应物、柳宗元发纤于简古，寄至味于淡泊，非余子所及也。"① 他所惋惜的"高风绝尘"正是以陶诗为代表的平淡美，在给其弟苏辙的信中他表达了对陶渊明其人其诗的钟爱：

> 吾于诗人无所甚好，独好渊明之诗。渊明作诗不多，然其诗质而实绮，癯而实腴。自曹、刘、鲍、谢、李、杜诸人，皆莫及也。吾前后和其诗凡百数十篇，自谓不甚愧渊明。今将集而并录之，以遗后之君子，子为我志之。然吾于渊明，岂特好其诗也哉？如其为人实有感焉！②

苏轼倾心于陶之平淡典雅，谪居黄州时认为"古今诗人众矣，而杜子美为首"③。此处，则认为李杜等皆不及陶，可见推崇之深。

与陶诗的平淡相对，杜诗的老成也得到了宋人的认同。宋人论人论事讲究阅历，喜欢以"老成"自居，以饱经沧桑、老于世故为骄傲。诚如刘辰翁所言，世人"凡讳嫩，欲称老"④。在时代文化氛围中，宋人与唐人相比，由热情奔放转为内敛冷静，由向往外在事功转向注重内在涵养，由任性不羁、飞扬跋扈转向三思而行、老成持重。

宋人古淡老成的审美趣味，从欧阳修对梅苏的评价可见一斑，他说："梅翁事清切，石齿漱寒濑。作诗三十年，视我犹后辈。文词愈清

---

① 《苏轼全集校注》文集校注卷 67，河北人民出版社 2010 年版，第 7598 页。

② （宋）苏辙：《子瞻和陶渊明诗集引》，《栾城集》卷 21，上海古籍出版社 1987 年版，第 1402 页。

③ 《苏轼全集校注》文集校注卷 10，河北人民出版社 2010 年版，第 988 页。

④ （宋）刘辰翁：《胡仁叔诗序》，载段大林点校《刘辰翁集》卷 6，江西人民出版社 1987 年版，第 203 页。

新，心意虽老大。譬如妖韶女，老自有余态。近诗尤古硬，咀嚼苦难
嗫。初如食橄榄，真味久愈在。"（《水谷夜行寄子美圣俞》）所谓"老
自有余态"，正体现了"绚烂至极归于平淡"的审美观。所谓"大抵欲
造平淡，当自组丽中来"①，"组丽"与"平淡"是相辅相成的。因为
在多数情况下，通向"平淡"的路径并不"平淡"。在诗歌史上，一个
诗人诗风的"平淡"多见于历经磨难后的生命调适。王安石、苏轼、
黄庭坚、陆游等大诗人几乎都经历过早期的豪健清雄，绚丽多彩，而在
其生命后期归于清旷闲远、平淡自然。可以说，真正的"平淡"之诗
境体现在"老成持重"的人格之境。

关于杜甫，古往今来，在"诗圣"、"诗史"这些耀眼的光环之外，
人们还送给他一个亲切的称呼：老杜。杜甫诗文中频频言"老"，以
"老"自居，也喜欢以"老"字衡文论诗，以"老成"标目。如其
《敬赠郑谏一议十韵》所言："破的由来事，先锋孰敢争。思飘云物外，
律中鬼神惊。毫发无遗憾，波澜独老成。"虽为赠人之作，适堪作为其
夫子自道。因才气浩瀚，工于锤炼，故能达到波澜老成的境界，又如
"庾信文章老更成，凌云健笔意纵横"（《戏为六绝句》其一）。对于庾
信之诗，推崇其晚年的"老成"。他评论高适亦云："叹息高生老，新
诗日又多。美名人不及，佳句法如何。"（《寄高三十五书记适》）他称
赞薛华长句为"座中薛华善醉歌，歌辞自作风格老"（《苏端薛复筵简
薛华醉歌》）。在杜甫的文学观里，有一种对"老成"境界的偏爱和
追求。

南宋胡仔曰："余观东坡自南迁以后诗，全类子美夔州以后诗，正
所谓'老而严'者也。子由云：'东坡谪居儋耳，独喜为诗，精炼华
妙，不见老人衰惫之气。'"②可以看出，在对老成境界的追求上，宋人

---

① （宋）葛立方：《韵语阳秋》，载（清）何文焕辑《历代诗话》，中华书局1981年版，
第483页。

② （宋）胡仔纂集：《苕溪渔隐丛话》后集卷30，人民文学出版社1984年版，第226
页。

和杜诗暗合。"少而锐，壮而肆，老而严"①，可以说是宋人对杜甫不同阶段诗风的概括，而对其晚年"老而严"诗歌，宋人尤为推崇。黄山谷就多次劝人学杜甫晚期诗，曾告诫向他寄诗请教的王观复云："所寄诗多佳句，犹恨雕琢功多耳。但熟观杜子美到夔州后古律诗，便得句法简易，而大巧出焉。平淡而山高水深，似欲不可企及。文章成就，更无斧凿痕，乃为佳耳。"②

　　陶诗的平淡和杜甫的老成之所以同时得到宋人的接受，还在于"淡"与"老"之诗境有相通之处，都是一种理想的艺术风格。苏轼认为："凡文字，少小时须令气象峥嵘，采色绚烂，渐老渐熟，乃造平淡。其实不是平淡，绚烂之极也。"③苏轼把"老"与"淡"的理想风格联系起来，成为诗学追求的"绚烂之极"的至境。

四　有法与无法：诗学的路径转化

　　我们在第三章讨论山谷诗法时，已涉及"有法"与"无法"的问题。大体说来，唐诗以情韵胜，其创作虽臻极致，却不重诗法探讨，可谓有诗而无"学"，或者说是有诗而无"法"。宋代诗学大盛，诗人而兼诗论家。论诗之风大兴，探讨诗法成为一时之好尚。在诗法成为宋代诗学的核心概念的同时，"有法"与"无法"的问题也为宋人所津津乐道。一方面，这固然是唐以来诗歌创作的兴盛和繁荣，其遗产需要理论概括和总结；另一方面，也使后之学诗者有法可循。以黄庭坚为代表的宋代诗人认为，要创新，必先规摹古人，先法而后成，所谓"作文字须摹古人，百工之际，亦无有不法而成者"④，其实，有关诗法尤其是句法的探讨并非宋人首创，在杜甫那里，已多有表述，其《寄高适》

---

①　（宋）吕大防：《杜甫韩愈年谱后记》，《分门集注杜工部诗集》，《四部丛刊初编》本。

②　（宋）黄庭坚：《与王观复书》之二，《黄庭坚全集》，四川大学出版社 2001 年版，第 471 页。

③　（宋）赵令畤：《侯鲭录》卷 8，中华书局 2002 年版，第 203 页。

④　（宋）黄庭坚：《论作诗文》，《黄庭坚全集》，四川大学出版社 2001 年版，第 1684 页。

诗云："佳句法如何。"《赠李白》诗云："李侯有佳句，往往似阴铿。"《江上值水如海势聊短述》更言"为人性僻耽佳句，语不惊人死不休"，将诗歌语句锤炼的重要性等同于人的生命价值，其锻炼经营、惨淡炼句之刻苦，真可谓呕心沥血。正是源于这种孜孜不倦、坚持不懈的精神，杜甫平生对诗艺的追求和创新从未间断，特别是晚年入蜀之后，远离北方政治中心，无法实现其政治理想，更把全副人生热情用于作诗，创作出无数"惊风雨"、"泣鬼神"的佳句名篇。宋人的宗杜，在艺术上也从诗法入手。

黄庭坚终身学杜，对杜诗句法精研细磨，学杜重在句法。其《赠高子勉四首》之四云："拾遗句中有眼，彭泽意在无弦。"① 这两句对杜甫和陶渊明诗的论评，实已表征宋人尊杜又慕陶的原因所在。杜甫之诗有着谨严的诗法，"有眼"表征"有规矩可学"的作诗途径；陶渊明之诗"似淡而实腴"，"无弦"代表自然超妙、了无痕迹的诗境和目标。即由法则入手，最终进入艺术自由状态，达到"无法"。由"拾遗句中有眼"的路径，而最终合于"彭泽意在无弦"的目标。

宋诗虽讲法度，但"无法"才是诗学的终极目标，这表征出诗歌创作中自由与法度的辩证关系。黄山谷谓："宁律不协，而不使句弱；用字不工，不使语俗，此庾开府之所长也，然有意于为诗也。至于渊明，则所谓不烦绳削而自合。"② 透露出对陶渊明朴拙浑成、自然淳真诗风的向往。比起庾信的"有意于为诗"，黄庭坚显然更推崇陶渊明的"不烦绳削而自合"。同样，杜甫夔州以后古律诗，"简易而大巧出焉，平淡如山高水深，似欲不可企及"，亦为他深心向往。所谓"文章本心术，万古无辙迹"③。这种无意于文，而又随心所欲不逾矩的境地，乃是他追求的诗歌极致，也点明了经由法度、超越法度而后方能达到"无法"而"无不法"的诗学路径。

宋人把陶渊明和杜甫树为诗学典范固然有人格倾慕的原因，陶杜所

---

① 《黄庭坚全集》，四川大学出版社 2001 年版，第 201 页。
② 《题意可诗后》，《黄庭坚全集》，四川大学出版社 2001 年版，第 665 页。
③ 《寄晁元忠十首》之五，《黄庭坚全集》，四川大学出版社 2001 年版，第 934 页。

提供的诗学财富也同样不可忽视，从"有法"至于"无法"，极雕琢之工而不留斧凿痕迹、极奇险深曲而不失平淡之旨。尊杜与慕陶取得了辩证统一。陶杜以其诗学实践为宋代诗学确立了路径和目标。

五　独善与兼济：宋人的双向选择

对宋代政治颇为不满的清初大儒王夫之说："宋人骑两头马，欲博忠直之名，又畏祸及，多作影子语，巧相弹射，然以此受祸者不少。"①宋人虽有"以天下为己任"的政治热情，然而党争不断、动辄得咎的政治环境却使他们忧谗畏讥、明哲保身。这种畏祸心理又自觉内化为对自适——自我心态调整——的自觉追求。以道自任与以情自适构成了宋代文人的两面人格。宋代大诗人苏轼，始于学杜，终于慕陶，也许最具有典型性。苏轼谪居儋州时，曾致书乃弟谓李杜诸人不及渊明。其后苏辙《亡兄子瞻端明墓志铭》亦云："公诗本似李、杜，晚喜陶渊明。"这是苏轼个人宦海浮沉的心路历程，也可看作大多数宋代士人复杂心态的代表。

在出处进退人生"大节"的抉择上，独善和兼济，执着与洒脱构成了宋人文化性格的两极，这是陶渊明和杜甫作为两种不同的人格范型带给他们的启示。宋代文人并不固定于一个单一的价值，一方面是有道性的、庄重的，另一方面是诗性的、自适的，生活的双重性和文化的双重性在文人身上表现得很明显。这构成了宋人文化性格的两极，互为对立却又相辅相成。

由于宋代儒学的复兴，文人地位提高，宋代士大夫用世热情高于前代，杜甫其人其诗代表的兼济人格得到了宋人的认同。"坐谈王霸了不疑"②的事功精神占据主导地位。但宦海多风波，北宋的新旧党争，南宋的和战之争，频繁的政治斗争又使他们萌生了"不如归去"的思想。

---

① （清）王夫之：《姜斋诗话》，人民文学出版社 1961 年版，第 159 页。

② （宋）苏辙：《四十一岁岁莫日歌》，《栾城集》卷 9，上海古籍出版社 1987 年版，第 210 页。

每当仕途受挫时，陶渊明所代表的独善人格又得到了他们的私心向往。"立谈信无补，闭口出国门"① 遂成为面对政治风浪自然而然的选择。

  在宋人尊杜的过程中，生前寂寥的杜甫身后经历了由诗人到史家，到忠臣，最后到圣哲的地位抬升过程。富有意味的是，苏黄以降，杜甫虽以"史笔森严"和"不忘君父"备受推崇，杜甫也自道"曾为掾吏趋三辅，忆在潼关诗兴多"，宋人的审美偏好却不在潼关和秦中诗，而在草堂尤其是夔州时期的写景咏物和琐事成吟之作；就风格而论，他们实际喜好的杜诗则可能又偏于雍容和缓而非沉郁顿挫一类，这表现出宋代文人对自适的追求。苏轼称杜甫"一饭未尝忘君"，玩赏的却是"百年浑一醉，一月不梳头"之类的草堂诗和"四更山吐月，残夜水明楼"之类的夔州诗。黄庭坚赞叹杜甫的"史笔"、"忠义"，真正喜欢的却是杜甫"不烦绳削而自合"的夔州诗。因之，宋人的尊杜学杜带有浓厚的"明修栈道，暗度陈仓"意味。这显现出宋代文人的两面性，也是宋代士大夫道学家兼诗人双重身份的折射。作为伦理道德的维护者，须以道统自居，以正襟危坐的姿态发冠冕堂皇之论；同时，作为艺术造诣精深、艺术直感敏锐的诗人，他们更倾向于欣赏诗歌的审美素质，更陶醉于诗歌所创造的艺术世界。这反映出宋代文人"道义"与"诗心"交织的两重心态。宋代文学中的诗词分途，诗庄词媚，以诗论道，以词抒情，也是这种心态的一种外在表征。

  千百年来，陶渊明和杜甫作为中国历史上最负盛誉的伟大诗人，塑造了古代士人的文化性格。尊杜与慕陶，是宋代诗人有意选择文学经典的体现，也是宋代士人徘徊于出处进退之间的表征。

---

① （宋）苏辙：《次韵子瞻广陵会三同舍各以其字为韵》之二，《栾城集》卷4，上海古籍出版社1987年版，第78页。

参考文献

基本典籍

（以四部分类为序）

《春秋左传注》，杨伯峻编著，中华书局1981年版。

《春秋繁露义证》，苏舆撰，钟哲点校，中华书局1992年版。

《论语集释》，程树德撰，程俊英、蒋见元点校，中华书局1990年版。

《孟子正义》，（清）焦循撰，沈文倬点校，中华书局1987年版。

《宋书》，（梁）沈约，中华书局1974年版。

《梁书》，（唐）姚思廉撰，中华书局1973年版。

《南史》，（唐）李延寿撰，中华书局1975年版。

《旧唐书》，（后晋）刘昫等撰，中华书局1975年版。

《新唐书》，（宋）欧阳修、宋祁撰，中华书局1975年版。

《旧五代史新辑会证》，陈尚君辑纂，复旦大学出版社2005年版。

《宋史》，（元）脱脱等撰，中华书局1978年版。

《金史》，（元）脱脱等撰，中华书局1975年版。

《资治通鉴》，（宋）司马光编著，（元）胡三省音注，中华书局1956年版。

《续资治通鉴长编》（附拾补），（宋）李焘编，（清）黄以周等辑补，中华书局1986年版。

《建炎以来系年要录》，（宋）李心传编，中华书局1956年版。

《通鉴纪事本末》，（宋）袁枢撰，中华书局1964年版。

《通志》,（宋）郑樵撰，中华书局 1995 年版。

《五代会要》,（宋）王溥撰，上海古籍出版社 1978 年版。

《宋朝事实类苑》,（宋）江少虞撰，上海古籍出版社 1981 年版。

《宝庆四明志》,（宋）胡榘撰，《宋元方志丛刊》本，中华书局 1990
年版。

《游城南记校注》,（宋）张礼撰，史念海、曹尔琴校注，三秦出版社
2006 年版。

《吴郡志》,（宋）范成大撰，江苏古籍出版社 1999 年版。

《郡斋读书志校证》,（宋）晁公武撰，孙猛校证，上海古籍出版社
1990 年版。

《直斋书录解题》,（宋）陈振孙撰，上海古籍出版社 1987 年版。

《四库全书总目》,（清）永瑢等撰，中华书局 1965 年版。

《廿二史札记校证》,（清）赵翼撰，王树民校证，中华书局 1984 年版。

《读通鉴论》,（清）王夫之撰，中华书局 1976 年版。

《说苑校证》,（汉）刘向撰，向宗鲁校证，中华书局 1987 年版。

《二程集》,（宋）程颢、程颐撰，中华书局 1981 年版。

《张子全书》,（宋）张载撰，影印文渊阁《四库全书》本。

《省心杂言》,（宋）李邦献撰，影印文渊阁《四库全书》本。

《西山先生真文忠公文集》,（宋）真德秀撰，《四部丛刊初编》本。

《朱子全书》（修订本）,（宋）朱熹撰，朱杰人、严佐之、刘永翔主
编，上海古籍出版社、安徽教育出版社 2010 年版。

《朱子语类》,（宋）黎靖德编，中华书局 1994 年版。

《西阳杂俎》,（唐）段成式撰，方南生点校，中华书局 1981 年版。

《渑水燕谈录》,（宋）王辟之撰，中华书局 1981 年版。

《青箱杂记》,（宋）吴处厚撰，中华书局 1985 年版。

《步里客谈》,（宋）陈长方撰，影印文渊阁《四库全书》本。

《蓼花洲闲录》,（宋）高文虎撰，上海师范大学古籍研究所编《全宋笔
记》本，大象出版社 2012 年版。

《侯鲭录》,（宋）赵令畤撰，中华书局 2002 年版。

《东轩笔录》,（宋）魏泰撰，中华书局 1983 年版。

《扪虱新话》，（宋）陈善撰，《丛书集成初编》本。

《鹤林玉露》，（宋）罗大经撰，王瑞来点校，中华书局 1983 年版。

《困学纪闻》，（宋）王应麟撰，《四部丛刊三编》本。

《鸡肋编》，（宋）庄绰撰，中华书局 1983 年版。

《梁溪漫志》，（宋）费衮撰，影印文渊阁《四库全书》本。

《云麓漫钞》，（宋）赵彦卫撰，傅根校点，中华书局 1996 年版。

《能改斋漫录》，（宋）吴曾撰，上海古籍出版社 1979 年版。

《麈史》，（宋）王得臣撰，《丛书集成初编》本。

《玉壶清话》，（宋）文莹撰，中华书局 1984 年版。

《西溪丛语》，（宋）姚宽撰，中华书局 1993 年版。

《清波杂志校注》，（宋）周辉撰，刘永翔校注，中华书局 1994 年版。

《容斋随笔》，（宋）洪迈撰，上海古籍出版社 1978 年版。

《老学庵笔记》，（宋）陆游撰，中华书局 1979 年版。

《学斋占毕》，（宋）史绳祖撰，《丛书集成初编》本。

《癸辛杂识》，（宋）周密撰，中华书局 1988 年版。

《册府元龟》，（宋）王钦若等编纂，周勋初等校订，凤凰出版社 2006
    年版。

《日知录校注》，（清）顾炎武著，陈垣校注，安徽大学出版社 2007
    年版。

《陶靖节先生诗注》，影印宋淳祐元年汤汉刻本，北京图书馆出版社
    2003 年版。

《陶渊明集校笺》，（晋）陶渊明撰，龚斌校笺，上海古籍出版社 1996
    年版。

《李太白全集》，（清）王琦注，中华书局 1977 年版。

《李太白集分类补注》，（宋）杨齐贤集注，（元）萧士赟删补，影印文
    渊阁《四库全书》本。

《宋本杜工部集》，商务印书馆 1957 年影宋本。

《杜诗赵次公先后解辑校》（修订本），（宋）赵次公注，林继中辑校，
    上海古籍出版社 2011 年版。

《杜工部草堂诗笺》，（宋）蔡梦弼笺，《古逸丛书》本。

《黄氏补注杜诗》，（宋）黄希原本，黄鹤补注，影印文渊阁《四库全书》本。

《九家集注杜诗》，（宋）郭知达集注，影印文渊阁《四库全书》本。

《集千家注杜工部诗》，佚名集注，影印文渊阁《四库全书》本。

《集千家注分类杜工部诗》，（宋）徐居仁编，（宋）黄鹤补注，《杜诗丛刊》本，台湾大通书局。

《集千家注批点补遗杜工部诗集》，（宋）刘辰翁批点，（元）高楚芳编，《杜诗丛刊》本，台湾大通书局。

《分门集注杜工部诗》，（唐）杜甫撰，佚名集注，《四部丛刊初编》本。

《杜臆》，（明）王嗣奭撰，上海古籍出版社1983年版。

《钱注杜诗》，（清）钱谦益笺注，上海古籍出版社1979年版。

《读杜心解》，（清）浦起龙著，中华书局1961年版。

《杜诗详注》，（清）仇兆鳌注，中华书局1979年版。

《集千家注批点补遗杜工部诗集》，（宋）刘辰翁批点，（元）高楚芳编，台湾大通书局1974年《杜诗丛刊》本。

《杜诗集评》，（清）刘濬撰，台湾大通书局1974年《杜诗丛刊》本。

《杜甫全集校注》，萧涤非主编，人民文学出版社2014年版。

《韩昌黎诗系年集释》，（唐）韩愈撰，钱仲联集释，上海古籍出版社1984年版。

《韩昌黎文集校注》，（唐）韩愈撰，马其昶校注，马茂元整理，上海古籍出版社1987年版。

《韩愈文集汇校笺注》，（唐）韩愈撰，刘真伦、岳珍校注，中华书局2010年版。

《元稹集校注》，（唐）元稹撰，周相录校注，上海古籍出版社2011年版。

《元氏长庆集》，（唐）元稹撰，影印文渊阁《四库全书》本。

《李文饶文集》，（唐）李德裕撰，《四部丛刊初编》本。

《玉溪生诗编年笺注》，（唐）李商隐著，（清）冯浩笺注，上海古籍出版社1979年版。

《皮子文薮》，（唐）皮日休撰，上海古籍出版社 1981 年版。

《唐甫里先生文集》，（唐）陆龟蒙撰，《四部丛刊初编》本。

《唐黄御史文集》，（五代）黄滔撰，《四部丛刊初编》本。

《小畜集》，（宋）王禹偁撰，《四部丛刊初编》本。

《范仲淹全集》，（宋）范仲淹撰，李勇先、王蓉贵校点，四川大学出版
　社 2008 年版。

《节孝集》，（宋）徐积撰，影印文渊阁《四库全书》本。

《徂徕集》，（宋）石介撰，影印文渊阁《四库全书》本。

《宛陵先生集》，（宋）梅尧臣撰，《四部丛刊初编》本。

《梅尧臣集编年校注》，（宋）梅尧臣撰，朱东润校注，上海古籍出版社
　1980 年版。

《欧阳修诗文集校笺》，（宋）欧阳修撰，洪本健校笺，上海古籍出版社
　2009 年版。

《苏舜钦集编年校注》，（宋）苏舜钦撰，傅平骧、胡问陶校注，巴蜀书
　社 1991 年版。

《周元公集》，周敦颐撰，影印文渊阁《四库全书》本。

《咸平集》，（宋）田锡撰，影印文渊阁《四库全书》本。

《祠部集》，（宋）强至撰，《丛书集成初编》本。

《临川先生文集》，（宋）王安石撰，中华书局 1959 年版。

《王荆文公诗笺注》，（宋）王安石撰，（宋）李壁笺注，高克勤点校，
　上海古籍出版社 2010 年版。

《潏水集》，（宋）李复撰，影印文渊阁《四库全书》本。

《清江三孔集》，（宋）孔文仲、孔武仲、孔平仲，影印文渊阁《四库全
　书》本。

《苏轼全集校注》，张志烈、马德富、周裕锴主编，河北人民出版社
　2010 年版。

《苏轼诗集》，（宋）苏轼撰，王文诰辑注，孔凡礼点校，中华书局
　1982 年版。

《苏轼文集》，（宋）苏轼撰，中华书局 1986 年版。

《苏轼选集》（修订本），王水照选注，中华书局 2015 年版。

《黄庭坚全集》，（宋）黄庭坚撰，刘琳、李勇先、王蓉贵校点，四川大学出版社 2001 年版。

《黄庭坚诗集注》，（宋）黄庭坚撰，（宋）任渊、史容、史季温注，刘尚荣校点，中华书局 2003 年版。

《山谷词校注》，（宋）黄庭坚撰，马兴荣、祝振玉校注，上海古籍出版社 2011 年版。

《栾城集》，（宋）苏辙撰，上海古籍出版社 1987 年版。

《淮海集》，（宋）秦观撰，《四部丛刊初编》本。

《后山诗注补笺》，（宋）陈师道撰，（宋）任渊注，冒广生补笺，中华书局 1995 年版。

《张耒集》，（宋）张耒撰，中华书局 1990 年版。

《姑溪居士前集》，（宋）李之仪撰，影印文渊阁《四库全书》本。

《曾巩集》，（宋）曾巩撰，中华书局 1984 年版。

《景迁生集》，（宋）晁说之撰，影印文渊阁《四库全书》本。

《松隐集》，（宋）曹勋撰，影印文渊阁《四库全书》本。

《水心集》，（宋）叶适撰，影印文渊阁《四库全书》本。

《清正存稿》，（宋）徐鹿卿撰，影印文渊阁《四库全书》本。

《溪堂集》，（宋）谢逸撰，影印文渊阁《四库全书》本。

《滹南遗老集》，（金）王若虚撰，《四部丛刊初编》本。

《李纲全集》，（宋）李纲撰，王瑞明点校，岳麓书社 2004 年版。

《太仓稊米集》，（宋）周紫芝撰，影印文渊阁《四库全书》本。

《陈与义集校笺》，（宋）陈与义撰，白敦仁校笺，上海古籍出版社 1990 年版。

《茶山集》，（宋）曾几撰，影印文渊阁《四库全书》本。

《梅溪先生后集》，（宋）王十朋撰，影印文渊阁《四库全书》本。

《丹阳集》，（宋）葛胜仲撰，影印文渊阁《四库全书》本。

《章泉稿》，（宋）赵蕃撰，影印文渊阁《四库全书》本。

《淳熙稿》，（宋）赵蕃撰，影印文渊阁《四库全书》本。

《诚斋集》，（宋）杨万里撰，《四部丛刊初编》本。

《杨万里集笺校》，（宋）杨万里撰，辛更儒笺校，中华书局 2007 年版。

《渭南文集》，（宋）陆游撰，《四部丛刊初编》本。

《剑南诗稿校注》，（宋）陆游著，钱仲联校注，上海古籍出版社 2005
年版。

《范石湖集》，（宋）范成大撰，富寿荪标校，上海古籍出版社 1981
年版。

《陆九渊集》，（宋）陆九渊撰，中华书局 1980 年版。

《刘克庄集笺校》，（宋）刘克庄撰，辛更儒笺校，中华书局 2011 年版。

《刘辰翁集》，（宋）刘辰翁撰，段大林校点，江西人民出版社 1987
年版。

《须溪词》，（宋）刘辰翁撰，吴企明校注，上海古籍出版社 1998 年版。

《元好问文编年校注》，（金）元好问撰，狄宝心校注，中华书局 2012
年版。

《文信公集杜诗》，（宋）文天祥撰，影印文渊阁《四库全书》本。

《文天祥全集》，（宋）文天祥撰，中国书店 1985 年版。

《石屏诗集》，（宋）戴复古撰，《四部丛刊续编》本。

《叠山集》，（宋）谢枋得撰，影印文渊阁《四库全书》本。

《霁山文集》，（宋）林景熙撰，影印文渊阁《四库全书》本。

《阆风集》，（宋）舒岳祥撰，影印文渊阁《四库全书》本。

《增订湖山类稿》，（宋）汪元量撰，孔凡礼辑校，中华书局 1984 年版。

《桐江集》，（元）方回撰，江苏古籍出版社 1988 年影印《宛委别
藏》本。

《桐江续集》，（元）方回撰，影印文渊阁《四库全书》本。

《瀛奎律髓汇评》，（元）方回选评，李庆甲集评校点，上海古籍出版社
2005 年版。

《隐居通议》，（元）刘埙撰，影印文渊阁《四库全书》本。

《沙溪集》，（明）孙绪撰，影印文渊阁《四库全书》本。

《袁宏道集笺校》，（明）袁宏道撰，钱伯城笺校，上海古籍出版社
1981 年版。

《渔洋精华录集释》，（清）王士禛著，李毓芙、牟通、李茂肃整理，上
海古籍出版社 1999 年版。

《忠雅堂诗集校笺》，（清）蒋士铨撰，邵海清校，李梦生笺，上海古籍
　　出版社 1993 年版。

《瓯北集》，（清）赵翼撰，上海古籍出版社 1997 年版。

《小仓山房诗文集》，（清）袁枚撰，周本淳标校，上海古籍出版社
　　1988 年版。

《章学诚遗书》（清）章学诚撰，文物出版社 1985 年版。

《梅崖居士文集》，（清）朱仕诱撰，《清代诗文集汇编》本，上海古籍
　　出版社 2010 年版。

《粟香随笔》，（清）金武祥撰，《续修四库全书》本。

《归愚诗钞》，（清）沈德潜撰，《清代诗文集汇编》本，上海古籍出版
　　社 2010 年版。

《北齐文纪》，（明）梅鼎祚编，影印文渊阁《四库全书》本。

《全唐诗》，（清）彭定求等编，中华书局 1960 年版。

《全唐文》，（清）董诰等编，中华书局 1983 年版。

《成都文类》，（宋）袁说友等编，影印文渊阁《四库全书》本。

《文苑英华》，（宋）李昉等编，中华书局 1966 年版。

《唐人选唐诗新编》（增订本），傅璇琮、陈尚君、徐俊编，中华书局
　　2014 年版。

《王荆公唐百家诗选》，（宋）王安石辑，中华再造善本影宋本，北京图
　　书馆出版社 2004 年版。

《唐诗品汇》，（明）高棅撰，上海古籍出版社 1982 年版。

《全宋词》，唐圭璋编，中华书局 1965 年版。

《全宋诗》，北京大学古文献研究所编，北京大学出版社 1995 年版。

《全宋文》，曾枣庄、刘琳主编，上海辞书出版社、安徽教育出版社
　　2006 年版。

《宋诗钞》，（清）吴之振、吕留良、吴自牧选，（清）管庭芳、蒋光煦
　　补，中华书局 1986 年版。

《宋诗精华录》，（清）陈衍评点，曹中孚校注，巴蜀书社 1992 年版。

《元诗选》，（清）顾嗣立编，中华书局 1987 年版。

《文心雕龙注》，（梁）刘勰撰，范文澜注，人民文学出版社 1958 年版。

《诗品集注》，（梁）钟嵘撰，曹旭集注，上海古籍出版社 1994 年版。

《本事诗》，（唐）孟棨撰，《历代诗话续编》本。

《六一诗话》，（宋）欧阳修撰，《历代诗话》本。

《中山诗话》，（宋）刘攽撰，《历代诗话》本。

《后山诗话》，（宋）陈师道撰，《历代诗话》本。

《唐子西文录》，（宋）强幼安撰，《历代诗话》本。

《蔡宽夫诗话》，（宋）蔡居厚撰，郭绍虞辑《宋诗话辑佚》，中华书局
　　1980 年版。

《石林诗话》，（宋）叶梦得撰，《历代诗话》本。

《藏一话腴》，（宋）陈郁撰，影印文渊阁《四库全书》本。

《诚斋诗话》，（宋）杨万里撰，《历代诗话续编》本。

《杜工部草堂诗话》，（宋）蔡梦弼撰，《历代诗话续编》本。

《洪驹父诗话》，（宋）洪刍撰，《宋诗话辑佚》本。

《沧浪诗话校释》，（宋）严羽著，郭绍虞校释，人民文学出版社 1983
　　年版。

《巩溪诗话》，（宋）黄彻撰，汤新祥校注，人民文学出版社 1986 年版。

《唐诗纪事》，（宋）计有功撰，上海古籍出版社 1987 年版。

《明诗纪事》，（清）陈田辑撰，上海古籍出版社 1993 年版。

《庚溪诗话》，（宋）陈岩肖撰，《历代诗话续编》本。

《环溪诗话》，（宋）吴沆撰，陈新点校，中华书局 1988 年版。

《临汉隐居诗话》，（宋）魏泰撰，《历代诗话》本。

《风月堂诗话》，（宋）朱弁撰，陈新点校，中华书局 1988 年版。

《后村诗话》，（宋）刘克庄撰，中华书局 1983 年版。

《冷斋夜话》，（宋）释惠洪撰，中华书局 1988 年版。

《潘子真诗话》，（宋）潘淳撰，《宋诗话辑佚》本。

《潜溪诗眼》，（宋）范温撰，《宋诗话辑佚》本。

《诗话总龟》，（宋）阮阅编，人民文学出版社 1987 年版。

《苕溪渔隐丛话》，（宋）胡仔纂集，人民文学出版社 1962 年版。

《诗人玉屑》，（宋）魏庆之编，中华书局 2007 年版。

《岁寒堂诗话》，（宋）张戒撰，《历代诗话续编》本。

《珊瑚钩诗话》，（宋）张表臣撰，《历代诗话》本。

《艇斋诗话》，（宋）曾季狸撰，《历代诗话续编》本。

《王直方诗话》，（宋）王直方撰，《宋诗话辑佚》本。

《西清诗话》，（宋）蔡絛撰，《稀见本宋人诗话四种》本。

《竹庄诗话》，（宋）何汶撰，常振国、绛云点校，中华书局1984年版。

《彦周诗话》，（宋）许顗撰，《历代诗话》本。

《韵语阳秋》，（宋）葛立方撰，《历代诗话》本。

《陈辅之诗话》，（宋）陈辅撰，《宋诗话辑佚》本。

《后村诗话》，（宋）刘克庄撰，中华书局1983年版。

《竹坡诗话》，（宋）周紫芝撰，《历代诗话》本。

《漫叟诗话》，（宋）佚名撰，《宋诗话辑佚》本。

《广川画跋》，（宋）董逌撰，影印文渊阁《四库全书》本。

《稀见本宋人诗话四种》，张伯伟编校，江苏古籍出版社2002年版。

《诗薮》，（明）胡应麟撰，上海古籍出版社1979年版。

《唐音癸签》，（明）胡震亨著，上海古籍出版社1981年版。

《诗源辩体》，（明）许学夷撰，人民文学出版社1987年版。

《升庵诗话笺证》，（明）杨慎撰，王仲镛笺证，上海古籍出版社1987
  年版。

《古诗归》，（明）钟惺撰，《续修四库全书》本。

《古诗评选》，（清）王夫之评选，张国星校点，文化艺术出版社1997
  年版。

《姜斋诗话》，（清）王夫之撰，人民文学出版社1961年版。

《复堂词话》，（清）谭献撰，人民文学出版社1959年版。

《昭昧詹言》，（清）方东树撰，人民文学出版社1961年版。

《艺概注稿》，（清）刘熙载撰，袁津琥校注，中华书局2009年版。

《瓯北诗话》，（清）赵翼撰，人民文学出版社1981年版。

《石洲诗话》，（清）翁方纲撰，人民文学出版社1981年版。

《围炉诗话》，（清）吴乔撰，《清诗话续编》本，上海古籍出版社1987
  年版。

《瓶水斋诗话》，（清）舒位撰，上海古籍出版社1991年版。

《漫堂说诗》，（清）宋荦撰，《清诗话》本，中华书局 1963 年版。

《原诗》，（清）叶燮撰，人民文学出版社 1979 年版。

（清）陆时雍：《诗境总论》，《历代诗话续编》本。

《石遗室诗话》，（清）陈衍撰，人民文学出版社 2004 年版。

《宋诗纪事》，（清）厉鹗辑，上海古籍出版社 1983 年版。

《万首论诗绝句》，郭绍虞、钱仲联、王蘧常编，人民文学出版社 1991 年版。

《杜甫诗话六种校注》，张忠纲编注，齐鲁书社 2002 年版。

近人论著

（以姓氏拼音为序）

蔡振念：《杜诗唐宋接受史》，台湾五南出版社 2002 年版。

陈伯海：《唐诗学引论》（增订本），上海古籍出版社 2015 年版。

陈良运：《中国诗学批评史》，江西人民出版社 2001 年版。

陈文忠：《中国古典诗歌接受史》，安徽大学出版社 1998 年版。

陈尚君：《唐代文学丛考》，中国社会科学出版社 1992 年版。

陈贻焮：《杜甫评传》，北京大学出版社 2004 年版。

陈寅恪：《金明馆丛稿二编》，上海古籍出版社 1980 年版。

程千帆、张宏生、莫砺锋：《被开拓的诗世界》，上海古籍出版社 1990 年版。

程千帆：《杜诗伪书考》，《古诗考索》，上海古籍出版社 1984 年版。

程焕文编：《中国图书论集》，商务印书馆 1994 年版。

邓广铭：《邓广铭治史丛稿》，北京大学出版社 1997 年版。

丁传靖辑：《宋人轶事汇编》，中华书局 1981 年版。

方孝岳：《中国文学批评》，生活·读书·新知三联书店 1986 年版。

方勇：《南宋遗民诗人群体研究》，人民出版社 2000 年版。

傅乐成：《汉唐史论集》，台湾联经出版事业公司 1977 年版。

傅明善：《宋代唐诗学》，研究出版社 2001 年版。

傅璇琮编：《古典文学资料汇编·黄庭坚和江西诗派卷》，中华书局

1978 年版。

葛兆光：《中国思想史》，复旦大学出版社 2001 年版。

郭绍虞：《宋诗话考》，中华书局 1979 年版。

郭绍虞辑：《宋诗话辑佚》，中华书局 1980 年版。

［德］H.R. 姚斯、［美］R.C. 霍拉勃：《接受美学与接受理论》，周宁、金元浦译，辽宁人民出版社 1987 年版。

［美］哈罗德·布鲁姆：《误读图示》，朱立元、陈克明译，天津人民出版社 2008 年版。

郝兰国：《辽金元杜诗学》，河南人民出版社 2012 年版。

［美］洪业等编纂：《杜诗引得》，上海古籍出版社 1983 年版。

胡可先：《杜甫诗学引论》，安徽大学出版社 2003 年版。

胡适：《胡适论学近著》，山东人民出版社 1998 年版。

华文轩编：《古典文学研究资料汇编·杜甫卷》，中华书局 1964 年版。

黄宝华：《黄庭坚评传》，南京大学出版社 1998 年版。

黄桂风：《唐宋杜诗接受研究》，辽海出版社 2008 年版。

黄奕珍：《宋代诗学中的晚唐观》，台北文津出版社 1998 年版。

［德］加达默尔：《真理与方法——哲学诠释学的基本特征》，洪汉鼎译，上海译文出版社 1986 年版。

李长之：《司马迁之人格与风格》，生活·读书·新知三联书店 1984 年版。

李剑锋：《元前陶渊明接受史》，齐鲁书社 2002 年版。

李泽厚：《美的历程》，文物出版社 1982 年版。

梁崑：《宋诗派别论》，商务印书馆 1938 年版。

林继中：《文学史新视野》，北京大学出版社 2000 年版。

林继中：《杜诗学论薮》，上海古籍出版社 2015 年版。

刘重喜：《明末清初杜诗学研究》，中华书局 2013 年版。

刘文刚：《杜甫学史》，巴蜀书社 2012 年版。

刘扬忠：《唐宋词流派史》，福建人民出版社 1999 年版。

鲁迅：《鲁迅全集·集外集》，人民文学出版社 1981 年版。

吕惠娟、刘波、卢达编：《中国历代著名文学家评传》（第二卷），山东教育出版社 1983 年版。

罗宗强：《李杜论略》，内蒙古人民出版社 1980 年版。

莫砺锋：《杜甫评传》，南京大学出版社 1993 年版。

莫砺锋：《江西诗派研究》，齐鲁书社 1986 年版。

欧阳光：《宋元诗社研究丛稿》，广东高等教育出版社 1996 年版。

钱穆：《中国文化史导论》，商务印书馆 1994 年版。

钱钟书：《谈艺录》，中华书局 1984 年版。

钱钟书：《宋诗选注》，人民文学出版社 1989 年版。

邱鸣皋：《陆游评传》，南京大学出版社 2002 年版。

饶宗颐：《饶宗颐二十世纪学术文集》，台湾新文丰出版股份有限公司 2003 年版。

尚学锋、过常宝、郭英德：《中国古典文学接受史》，山东教育出版社 2000 年版。

孙微、王新芳：《杜诗学研究论稿》，齐鲁书社 2008 年版。

陶敏、李一飞：《隋唐五代文学史料学》，中华书局 2001 年版。

万曼：《唐集叙录》，中华书局 1980 年版。

王国维：《王国维遗书》，上海古籍书店 1983 年影印版。

王国维：《观堂集林》，河北教育出版社 2003 年版。

王水照主编：《宋代文学通论》，河南大学出版社 1997 年版。

王园：《唐诗与宋代诗学》，三晋出版社 2012 年版。

王运熙、顾易生主编：《中国文学批评通史》，上海古籍出版社 1996 年版。

［美］韦勒克、沃伦：《文学理论》，刘象愚、邢培明、陈圣生、李哲明译，生活·读书·新知三联书店 1984 年版。

闻一多：《唐诗杂论》，上海古籍出版社 1998 年版。

吴相洲：《唐诗创作与歌诗传唱关系研究》，北京大学出版社 2004 年版。

吴中胜：《杜甫批评史研究》，中国社会科学出版社 2012 年版。

谢思炜：《唐宋诗学论集》，商务印书馆 2003 年版。

许总：《杜诗学发微》，南京出版社 1989 年版。

许总：《宋诗史》，重庆出版社 1997 年版。

杨经华：《宋代杜诗阐释学》，中国社会科学出版社 2011 年版。

余英时：《士与中国文化》（增订本），上海人民出版社 2003 年版。

［美］宇文所安：《盛唐诗》，贾晋华译，生活·读书·新知三联书店 2004 年版。

袁行霈：《中国诗歌艺术研究》（增订本），北京大学出版社 1996 年版。

查屏球：《从游士到儒士——汉唐士风与文风论稿》，复旦大学出版社 2005 年版。

张伯伟：《中国诗学研究》，辽海出版社 2000 年版。

张高评：《春秋书法与左传史笔》，台湾里仁书局 2011 年版。

张宏生：《江湖诗派研究》，中华书局 1995 年版。

张健：《知识与抒情——宋代诗学研究》，北京大学出版社 2015 年版。

张京媛主编：《新历史主义与文学批评》，北京大学出版社 1993 年版。

张亮采：《中国风俗史》，上海文艺出版社 1988 年影印本。

张宏生：《江湖诗派研究》，中华书局 1995 年版。

张忠纲、赵睿才、綦维、孙微编著：《杜集书录》，齐鲁书社 2008 年版。

张毅：《宋代文学思想史》，中华书局 1995 年版。

章炳麟：《国故论衡》，上海古籍出版社 2003 年版。

郑临川记录、徐希平整理：《笳吹弦诵传薪录——闻一多、罗庸论中国古典文学》，上海古籍出版社 2002 年版。

郑庆笃、焦裕银、张忠纲、冯建国编著：《杜集书目提要》，齐鲁书社 1986 年版。

周采泉：《杜集书录》，上海古籍出版社 1986 年版。

周裕锴：《宋代诗学通论》，上海古籍出版社 2007 年版。

周裕锴：《中国古代阐释学研究》，上海人民出版社 2003 年版。

朱东润：《中国文学批评史大纲》，上海古籍出版社 1983 年版。

朱东润：《中国文学论集》，中华书局 1983 年版。

朱东润：《陆游传》，百花文艺出版社 2004 年版。

朱立元：《接受美学导论》，安徽教育出版社 2004 年版。

朱自清:《宋五家诗钞》,上海古籍出版社 1981 年版。

祝尚书:《宋人别集叙录》,中华书局 1999 年版。

祝尚书:《宋人总集叙录》,中华书局 2004 年版。

左汉林:《杜甫与杜诗学研究》,东方出版社 2015 年版。

后　记

　　"子美集开诗世界"，杜甫开创的诗学世界何其广阔。杜学如海，遨游其中，但见气象万千，令人流连忘返，若要把握全局，得其真谛，则非有高段位的功夫和识力而不能至。杜学如山，峰回路转，每一个角度都有不一样的风景，如欲登高望远，则需戮力攀登。历代治杜者皓首穷杜，或仅得其一枝一叶而已，如我辈者更有绠短汲深之困难。勉力为之，恐仅能窥其一端，未免盲人摸象，难见全杜，借用钱钟书先生的比喻，谓为"企图从一块砖头上看出万里长城的气势"。可是，学术大厦的构建尚需从一砖一瓦做起，杜海拾贝，间或有一得之孔见，亦足慰怀。杜诗为古典诗歌史的制高点，宋诗则为古典诗学演进的关键环节，论题所涉，意义重大而又头绪繁多。本书所呈，实为有限之若干块面，管中窥豹，谬误与疏漏之处在所不免，敬希方家不吝赐教，俾我继续关注这一充满魅力的学术课题。

　　这一博士后课题是在合作导师祝尚书教授的倾心指导下完成的。癸未之秋，我自长安入蜀，负笈川大，从尚书先生游。先生以长者的温厚、学者的渊博、达者的淡泊与师者的谨严，于道德文章与为人处世，教我良多。从读书、生活乃至后来的出站与就业，先生始终关心有加。在站期间，博士后流动站为我提供了良好的生活环境和优越的学术平台。出站答辩之时，马德富、常思春、周裕锴、谢谦诸位先生提出了许多宝贵的修改意见。

　　出蜀之后，掉头归秦，碌碌于世事纷扰，惊诧于日月掷人，蓦然回首，竟有书剑俱老之感，加以生性疏懒，书稿遂延宕至今。幸赖师长的督促、友朋的鼓励与家人的支持，得以朝花夕拾，重审旧稿，在完成繁重教学科研任务之余，勉力修订。于我而言，拙稿之付梓可谓偿还拖欠已久的文债，只存偿债之欣慰，略无收获之喜悦，亦聊作川大读书那段岁月的总结与纪念。回想当初，自诩"饱食蜀中饭，细读少陵诗"，而反躬自省，"饱"或有余，"细"则不及。所可安慰者，得良师益友相与从游，遇青山秀水两看不厌，收获了一段值得回味的人生之旅。锦江逐人而来的春色，草堂梅香暗浮的冬景，望江楼公园里翠色相映的夏日竹影，桃林公寓窗外轻打乌桕的秋夜雨声，一并定格为难以忘怀的记忆图景。

本书的部分内容，曾发表于《文学遗产》《陕西师范大学学报》《陕西师范大学继续教育学报》《西北大学学报》《福州大学学报》《九江学院学报》等期刊，后幸获教育部人文社科研究规划基金项目与敝校出版基金资助，又承蒙中国社会科学出版社罗莉编审大力支持，以及责任编辑刘艳老师的耐心指正，以我的散漫与驽钝，谬获如此奖助，真是幸何如之！

所有这一切，连同美丽的巴山蜀水，将铭于我心。

魏景波

2015 年 12 月谨记于长安